DONGSUH MYSTERY BOOKS 78

THROUGH A GLASS, DARKLY

어두운 거울 속에

헬런 매클로이/강성희 옮김

동서문화사

옮긴이 강성희(姜誠姬)

일본 동경고등사범, 이화여대 영문과 졸업. 〈현대문학〉 희곡 《자장가》를 발표 문단에 등단. 성신여사대, 성균관대학 교수 역임. 희곡집 《영혼의 오후》 《흰꽃마을》 《두 얼굴》 《역광》 《뭔가 단단히 잘못됐거든》 《사주팔자》 등.

DONGSUH MYSTERY BOOKS 78

어두운 거울 속에

헬런 매클로이 지음/강성희 옮김
초판 발행/1977년 12월 1일
중판 발행/2003년 6월 1일
발행인 고정일/발행처 동서문화사
창업 1956. 12. 12. 등록 16-345(윤)
서울강남구신사동 540-22 ☎ 546-0331~6 (FAX) 545-0331
www.epascal.co.kr

＊

이 책의 출판권은 동서문화사(동판)가 소유합니다.
의장권 제호권 편집권은 저작권 법에 의해 보호를 받는 출판물이므로
무단전재와 무단복제를 금합니다.

편찬·필름·제작 일체 「동판」 자본으로 이루어짐에 따라
출판권 소유권자 「동판」에서 제조출판판매 세무일체를 전담합니다.
사업자등록번호 211-90-02201
ISBN 89-497-0163-4 04840
ISBN 89-497-0081-6 (세트)

어두운 거울 속에

차례

두 병의 소스 ─ 로드 던세이니

〈봄에 싹튼 조그만 푸른 싹〉
——클로이에게 바친다.

　내가 어렸을 때는 말하는 것이 어린아이 같고 깨닫는 것이 어린아이 같고 생각하는 것이 어린아이 같다가 어른이 된 뒤로는 어린아이의 일을 버렸노라. 우리가 이제는 거울로 보는 것 같이 희미하나 그때에는 얼굴과 얼굴을 서로 대하여 볼 것이요, 이제는 내가 부분적으로 아나 그때에는 주께서 나를 아신 것 같이 내가 온전히 알리라.

고린도 전서 제13장 11〜12절

등장인물

라이트홋 블레리튼 학교의 교장

기젤라 폰 호헤넴즈

포스티나 클레일 } 학교 교사

앨리스 에이티슨

마거리트 배이닝 } 학교 학생

엘리자베스 체이스

베이질 윌링 기젤라의 연인. 정신과 의사

레이먼드 배이닝 마거리트의 오빠

플로이드 체이스 엘리자베스의 아버지. 주식중매인

셉티머스 워트킨즈 변호사

제1장

포스틴, 그대와 똑같은 여자의 얼굴이
영혼의 막에 비친다.
지옥의 사람이라고 일컬어지는
그 미녀 같은 얼굴이.

———A.C. 스윈번

라이트훗 교장은 서재의 창문 옆에 서 있었다.

"자, 앉아요, 클레일 양. 실은 당신에게 참으로 딱하고 언짢은 일을 알려 드려야겠군요."

포스티나는 아무렇지도 않은 듯이 입술을 꼭 다물고 있었으나, 한순간 그녀의 눈에 두려워하는 빛이 스쳐지나갔다. 그녀는 곧 눈을 내리깔았다. 그러나 그 순간의 놀라움은 감출 수 없었다. 마치 문이란 문은 모조리 닫아걸려 있어 아무도 없다고 생각한 집의 2층 창문으로 느닷없이 부랑자가 불쑥 나타나기라도 한듯 놀랐던 것이다.

"저, 무슨 일이지요, 교장선생님?"

포스티나는 낮지만 또렷한 목소리로 물었다. 블레리튼 학교의 교사들은 모두 교양 있는 말씨를 쓰도록 요구받았다. 포스티나는 여자로서는 키가 좀 큰 편이며, 섬세한 손과 손가락, 아름다운 각선미와 보기좋은 발목, 늘씬한 몸매 등이 어딘지 대체로 연약한 느낌을 주었다. 그러나 그녀의 자태는 거짓없는 솔직한 마음과 상냥한 성품을 나타내 보여 주었다. 윤곽이 또렷하고 희고 갸름한 얼굴은 착실해 보였고, 조금 근시인 듯한 푸른 눈에서는 학구적인 빛이 엿보였으며, 꾸밈없는 머리카락은 연한 황갈색 엉겅퀴의 갓털 같은 후광이 되어 그녀가 목을 움직일 때마다 가볍게 흔들렸다. 그녀는 두어 걸음 걸어나와 팔걸이 의자에 앉을 때까지 평정을 되찾은 듯했다.

라이트홋 교장도 포스티나 못지않게 조용한 태도를 취하고 있었다. 오랜 세월이 흐르는 동안 마음의 동요를 겉으로 드러내지 않는 습관을 몸에 익힌 것이다. 까다로운 사람처럼 쑥 내밀어진 아랫입술이며 하얀 눈썹 사이로 튀어나온 빅토리아 여왕을 닮은 밝고 둥근 눈이 그녀의 동그란 얼굴을 둔하게 느껴지도록 했다.

그녀는 꼭두서니빛 옷을 즐겨 입었다. 30대에는 디자이너들이 '두더지색'이라고 부르는 인습적인 '흙탕물색'을 즐겨 입었고, 40대가 되자 '뱀장어색'을 입게 되었다. 그런 색깔로 성글게 짠 트위드며 값비싼 비로드며 바탕이 두꺼운 실크며 얄팍한 보일 등을 계절과 장소에 따라 알맞게 가려 입고, 어머니가 물려준 훌륭한 진주와 옛스러운 레이스를 언제나 옷에 잘 맞추어 하고 다녔다. 겨울 코트도 '두더지 모피(몰스킨)'로 그을린 비둘기색과 자주색을 잘 조합하여 짠 것이었다. 그리고 그처럼 점잖은 색을 자주 입었기 때문에 학부모들에게 보수적인 인상을 주는 데 성공했다.

포스티나의 입술에 항의하는 듯한 웃음이 빙긋 떠올랐다. 그녀는 말을 계속했다.

"언짢은 일을 알려주시겠다고 하셨는데 전혀 짐작이 가지 않는군요. 잘 아시겠지만 나에게는 부모도 형제도 없으니까."

라이트훗 교장은 말하기 거북한 듯이 대답했다.

"아니에요, 그런 일이 아니에요. 단도직입적으로 말하면, 이 학교를 그만둬 주었으면 하는 거예요. 물론 6개월치 급료는 드리겠어요, 계약이 그렇게 되어 있으니까요. 아무튼 곧 이 고장을 떠나주세요, 늦어도 내일까지."

포스티나의 입술이 빛을 잃고 바르르 떨렸다.

"학기 도중에 말인가요? 어떻게 그런…… 전혀 생각지도 못했던 일이에요!"

"참으로 안됐지만, 아무래도 그만둬 주어야겠어요."

"이유가 무엇이지요?"

"그건 설명할 수 없어요."

라이트훗 교장은 고풍스러운 자단나무 책상 뒤에 앉았다. 핑크 빛 압지 옆에 청동 장식물과 영국제비꽃이 하나 가득 꽂힌 진홍색 사기 꽃병이 놓여 있었다.

"나는 모든 일이 순조롭게 잘 되어가고 있다고 생각했는데……."

포스티나의 목소리가 도중에 끊겼다.

"내가 무슨 나쁜 짓이라도 했나요?"

"아니, 직접적으로는 당신 책임이라고 할 수 없어요."

라이트훗 교장은 또다시 색바랜 유리처럼 빛나는 눈을 들었다. 내면적인 생명의 빛을 잃고, 다만 유리알처럼 외부의 광선을 공허하게 반사하는 텅 빈 듯한 눈이었다.

"굳이 말하자면 당신은 블레리튼 학교의 교풍에 맞지 않는다고나 할까요."

"좀더 똑똑히 말씀해 주세요."

포스티나는 단호하게 말했다.

"어지간한 일이 아니고서는 학기 도중에 그만두게 하시지는 않으리라고 생각해요. 내 성격에 뭔가 결함이 있나요? 아니면 교사로서의 능력이 부족한 건가요?"

"아니에요, 그런 문제가 아니에요. 그냥 뭐라고 할까…… 다시 말해서 블레리튼의 교풍에 맞지 않아요. 같은 계통의 색깔이라도 서로 잘 어울리지 않는 색깔이 있다는 것을 아시지요? 이를테면 토마토의 붉은색과 포도주의 붉은색처럼 말이에요. 그와 같은 일이랍니다, 클레일 양. 당신은 이 학교에 맞지 않을 뿐이에요. 그러니까 결코 낙심할 필요는 없어요. 당신같이 뛰어난 분은 다른 학교에 가면 틀림없이 훌륭한 선생님이 될 거라고 생각해요. 하지만 이 학교는 당신에게 맞지 않아요."

"이 학교에 온 지 이제 5주밖에 안 되었는데, 어떻게 그런 걸 아시지요?"

"여학교는 온실과 같은 곳이어서, 뭔가 감정적인 마찰이 생기면 곧 학교 전체에 퍼지고 마는 법이에요."

라이트홋 교장은 반발을 받게 되면 마음이 조급해지는 성격이었다. 더욱이 이것은 여느 때 내성적이고 순종하던 상대로부터 받은 예기치 못한 반발이었다.

"이 문제는 아주 미묘해서 설명할 수가 없군요. 아무튼 당신은 지금 곧 그만둬 줘야겠어요. 이 학교를 위해."

포스티나는 힘없는 자의 헛된 노여움에 괴로워하며 몸을 부르르 떨고 일어섰다.

"당신은 이렇듯 나를 그만두게 하는 것이 내 장래에 어떤 영향을 미칠지 생각해 보셨나요? 사람들은 내가 나쁜 짓을 저질러 학교에서 쫓겨났다고 생각할 거예요. 도벽이 있거나, 레즈비언이라고 생각할지도 몰라요."

"어머나, 야비하게도! 블레리튼에서는 그런 말을 입에 담는 것이 용납되지 않아요!"

"천만에요, 블레리튼이라 해도 그런 소문은 나게 마련이에요. 만약 가을 학기 도중에 이유도 설명하지 않고 교사를 그만두게 한다면 말이에요. 당신은 바로 2, 3일 전에 내가 수업하는 광경을 보고 훌륭한 지도방법이라고 칭찬하셨어요. 그런데 지금 별안간…… 누군지는 모르나, 틀림없이 나를 헐뜯는 말을 한 거예요. 그게 누구지요? 그런 말을 당신에게 한 사람이 누구지요? 가르쳐주세요. 나는 그 때문에 일자리를 잃게 되었으니까 알 권리가 있다고 생각해요."

라이트홋 교장의 눈에 동정어린 빛이 떠올랐다.

"당신에게는 정말 안된 일이어서 나도 되도록 도와주고 싶지만, 그것만은 아무래도 설명할 수가 없어요, 클레일 양. 제대로 이유를 분명하게 설명한 뒤, 당신의 의견도 들어본 다음 결론을 내릴 문제가 아니기 때문입니다.

당신도 잘 알겠지만, 이 블레리튼 학교는 내게 있어 무엇보다 소중한 곳이에요. 블레리튼 부인께서 세상을 떠나시고 내가 그 뒤를 이어받았을 무렵 이 학교는 쓸모없게 되어가고 있었어요. 그것을 내가 다시 일으킨 거예요. 지금은 어느 주에서나 학생들이 몰려오고, 전쟁이 끝난 뒤에는 유럽에서도 우리 학교에서 공부하려고 건너오고 있어요. 어디서나 볼 수 있는 적당히 해나가는 학교와는 달라요.

이 학교에는 빛나는 전통이 있어요. 공부한 내용은 잊어버리더라도 참다운 교양이라는 것이 그 사람의 사고방식과 느끼는 방법에 크게 영향을 미치지요. 그런 교양을 우리 블레리튼 학교 졸업생들은 다른 학교 졸업생보다 몇 배나 더 몸에 갖추고 있어요. 서로 알지 못하는 두 졸업생이 우연히 한자리에 모인 경우, 사물을 생각하는 방식이나 말씨로써 상대가 블레리튼 졸업생인가 아닌가 곧 알 수 있을 정도가 되었어요.

……남편이 세상을 떠난 뒤로는 이 학교가 남편을 대신하여 가장 사랑하는 대상이 되었답니다. 어떤 일이 있어도 나는 이 학교를 지켜나갈 생각이에요. 나도 차갑고 모진 사람은 아니지만, 당신이 이 학교를 파멸로 이끌 가능성이 있다고 판단한 이상 두 눈 꼭 감고 당신에 대해 냉정한 태도를 취하지 않을 수가 없어요."

"학교를 파멸로 이끈다고요?"

포스티나는 이마를 찡그리며 되물었다.

"대체 그게 무슨 말이지요? 어째서요?"

"말하자면 당신이 자아내는 분위기 때문이지요."

"무슨 말씀이신지 도무지 알 수 없군요."

라이트훗 교장은 차분하지 못한 눈길을 창문 쪽으로 옮겼다. 바깥벽에 우거진 담쟁이덩굴잎이 폭넓은 창문 위에 검은 그림자를 드리우고 있었다. 그 저쪽에는 시들어가는 가을 풀이 약하고 부드러운 오후 햇살을 받아 반짝이고 있었다. 하루의 오후와 1년의 오후가 서로 가까이 다가서서 따사로움과 반짝임에 이별을 고하는 것 같았다.

라이트훗 교장은 깊이 숨을 내쉬고 말을 이었다.

"클레일 양, 당신은 정말 짐작되는 일이 없나요?"

한순간 두 사람 사이에 침묵이 가로놓였다. 그러나 곧 포스티나가 침묵을 깨뜨리고 대답했다.

"네, 전혀 없어요. 부디 말씀해 주세요."

"아니에요, 나로서는 그런 말을 할 수가 없어요. 이제는 더 이상 당신에게 할 말이 없습니다."

포스티나는 일을 마무리지어야 할 단계에 이르렀음을 느꼈다. 그녀는 노파같이 낮고 힘없는 목소리로 말했다.

"지금은 학기 도중이라 다른 학교에서 일자리를 찾을 수 없겠지만, 내년에 만약 새로운 일자리를 구할 때 당신의 추천을 받을 수 있을까요? 그 학교 교장에게 내가 이곳을 그만둔 것은 결코 내 잘못 때문이 아니며, 내가 유능한 미술교사라는 추천장을 써 주셨으면 해요. 간단해도 좋습니다."

라이트홋 교장의 눈길이 외과의사나 사형집행인의 눈처럼 단호하고 싸늘하게 달라졌다.

"매우 유감스럽지만 당신을 교사로서 다른 사람에게 추천할 수는 없어요."

포스티나의 얼굴에 어린아이 같은 표정이 떠올랐다. 눈을 두어 번 깜박거리자 다갈색 눈썹 사이로 눈물이 흘러넘치고, 가냘픈 입술이 경련하듯 떨렸다. 그러나 그녀는 이미 상대에게 대꾸하려고 하지 않았다.

라이트홋 교장이 다시 분명한 투로 말했다.

"내일은 화요일이에요. 당신은 오전 중에 수업이 한 시간뿐이니까 빈 시간에 짐을 챙겨주세요. 오후의 그리스 극(劇) 연구회에는 출석해 주실 수 있겠지요? 그것이 끝나면 바로 6시 20분발 뉴욕 행 열차를 탈 수 있을 거예요. 그 시간이면 남의 눈에 띄지 않고 떠날 수 있어요. 학생들이 저녁식사를 준비하는 시간이니까요.

이튿날 아침 조회시간에 당신이 그만두었다는 것을 간단히 학생들에게 알리겠어요. 당신이 다시 이 학교로 되돌아오는 일은 없겠지요. 유감스럽지만 그렇게 하는 수밖에 없어요. 당신이 직접 인사하지 않는 편이 좋을 거예요. 학교를 위해서도 당신 자신을 위해서도 그것이 가장 좋은 방법이에요."

"네, 잘 알았어요."

포스티나는 눈물로 앞이 잘 보이지 않아 비틀거리며 문 쪽으로 걸어갔다.

서재 밖의 넓은 홀에는 층계 창문을 통해 가을 햇살이 비쳐들어와 마루를 비춰주었다. 그 층계를 13살 난 두 소녀——마거리트(매그) 배이닝과 엘리자베스(베스) 체이스가 막 내려오는 참이었다. 남성적이고 단조로운 블레리튼의 제복이 마거리트의 여성적인 아름다움을 한층 더 돋보이게 했다——분홍빛 살결, 은빛을 바른 듯한 고수머리, 파란 별처럼 반짝이는 눈. 그러나 바로 그 제복이 엘리자베스의 결점을 더욱 두드러지게 해주었다——짧게 깎은 회색 머리칼, 모난 흰 얼굴, 더욱이 주근깨가 여기저기 흩어져 있어 우스꽝스러운 느낌을 주었다.

포스티나를 보자 작은 두 얼굴이 상냥하게 웃으며 밝은 목소리로 입을 모아 인사했다.

"클레일 선생님, 안녕하세요?"

포스티나는 자신의 목소리를 믿을 수 없었던지 잠자코 고개를 끄덕였다. 두 소녀는 층계를 서둘러 올라가는 그녀의 뒷모습을 곁눈질로 쫓았다. 동그랗게 벌어진 소녀들의 눈에는 의아함과 호기심이 어려 있었다.

포스티나는 층계를 뛰어올라가자 흐트러진 숨을 가다듬으며 걸음을 멈추었다. 아래층에서 나직이 웃는 목소리가 작은 요정이나 새앙쥐가 장난치고 있는 것처럼 점점 크게 들려왔다.

포스티나는 그 목소리에서 달아나듯 2층 홀을 달렸다. 그때 오른쪽 방문이 열리며 모자와 앞치마차림의 하녀가 나왔는데, 그녀는 포스티나의 모습을 보자 빙글 등을 돌려 홀끝 창문으로 밖을 내다보았다. 그의 모랫빛 머리카락이 마지막 햇살을 받아 녹슨 구리처럼 반짝였다.

포스티나는 입술이 떨리는 것을 참으면서 말했다.

"아린, 잠깐 이야기하고 싶은 일이 있어."

아린은 깜짝 놀라 몸을 돌리더니 놀라움과 적의가 담긴 눈으로 포스티나를 바라보았다.

"지금 바빠요. 할 일이 많아서 손을 뗄 수가 없어요."

"그래? 그럼, 괜찮아. 나중에 봐."

포스티나가 앞을 지나쳐가자 아린은 등을 벽에 찰싹 대듯이 하고 뒷걸음질했다.

아까의 두 소녀는 살금살금 포스티나의 뒤를 밟아와서 이 광경을 지켜보았다. 소녀들도 저마다 복잡한 심정을 품고 있는 것 같았다. 그러나 아린의 뚱뚱하게 살찐 얼빠진 얼굴에는 어떤 격렬한 감정이 뚜렷하게 떠올라 있었다. 공포였다.

제2장

일곱 빛 비늘을 번쩍이며 가까이 다가드는 살무사들
어째서 그 작은 뱀들은 몸을 사리고
음란한 혀를 내밀고 부드러운 목을 쳐들어
그대를 애무하는가, 포스틴?

포스티나는 아린이 방금 나온 방으로 들어갔다. 캐러멜 빛 마루 위에 흰 모피 조각이 깔리고, 창문에는 흰 커튼이 쳐져 있었다. 정리옷 장은 연한 노랑으로 칠해졌고, 난로 선반에는 수정 샹들리에가 달린 놋촛대가 놓였으며, 월계수 열매로 만든 향료가 섞인 녹색 양초가 꽂혀 있었다. 팔걸이가 달린 안락의자와 창가의 긴의자에는 제비꽃과 그 녹색 잎 무늬가 든 크림 빛 덮개가 씌워져 있었다. 그 빛깔은 봄날 아침과 같은 상쾌한 느낌을 주었다. 그러나 침대는 흐트러진 채였으며, 휴지통은 가득차고 재떨이에는 담배꽁초와 재가 수북이 쌓여 있었다.

창가의 긴의자 위에 책 한 권이 펼쳐진 채 놓여 있었다. 포스티나는 방으로 들어가 문을 닫자 곧 창가로 다가가 책을 집어들고 얼른 책장을 넘겼다. 이때 노크 소리가 들렸다. 그녀는 곧 책을 덮어 쿠션 밑에 감춘 다음 쿠션이 움직여진 흔적이 남지 않도록 다시 잘 놓았다.

"들어오세요!"

2천 년 전 페르시아 귀부인이 고대 아라비아 그림에서 빠져나와 밤색 암말을 타고 나타난 듯한 여자가 들어왔다. 검은 눈, 하얀 살결, 몸은 암말처럼 부드럽고 재빨랐다. 고대 페르시아라면 화려한 장밋빛과 금빛 비단을 차려입었겠지만, 미국의 기온과 20세기의 문명은 그녀에게 차분한 회색 플란넬 스커트와 솔잎 빛 스웨터를 입게 했다.

"포스티나, 그 그리스 사람의 옷차림인데……."

여자는 말을 꺼내다 말고 의아한 얼굴로 물었다.

"왜 그러지요?"

포스티나가 말했다.

"이리 와요, 기젤라. 좀 물어보고 싶은 일이 있어요."

기젤라는 말없이 방으로 들어와 창가 의자에 앉았다.

"담배피우겠어요?"

"고마워요."

포스티나는 담뱃갑을 조용히 테이블에 놓았다.

"기젤라, 대체 내가 뭘 어쨌다는 거지요?"

기젤라는 조심스럽게 되물었다.

"무슨 말이에요, 포스티나?"

"무슨 말인지 잘 알잖아요."

포스티나는 쉰 목소리로 홱 밀어젖히듯이 말했다.

"당신도 내 소문을 들었을 거예요. 모두들 대체 무슨 말을 하고 있지요?"

기젤라의 길고 까만 속눈썹이 부채처럼 보기좋게 눈을 내리덮었다. 그리고 속눈썹이 다시 쳐들어졌을 때 그녀의 눈길엔 아리송한 빛밖에 보이지 않았다. 그녀는 한 손으로 담배연기를 휘저으면서 쿠션을 손짓으로 가리켰다.

"이리 와 앉아요, 포스티나. 내가 소문 같은 걸 들을 기회가 없다는 건 당신도 잘 알잖아요? 나는 아직 외국인이고, 게다가 망명한 사람이니까. 외국인을 믿는 사람은 없어요. 망명자는 더욱 그렇지요. 망명자들은 대부분 환경에 익숙해지지 못해서 사람들이 싫어해요. 난 이 학교에서 마음을 터놓을 만한 친구가 하나도 없어요. 내 독일어는 정확하고, 게다가 빈 사람 같은 악센트가 베를린 사람의 악센트보다 미국인들의 마음에 들어 여기서 특별히 너그러운 취급을 받지만, 그래도 기젤라 폰 호헤넴즈라는 내 이름이 전쟁이 끝난 지금에도 불쾌한 연상을 하게 만들기 때문에……."

기젤라는 말을 끊고 어깨를 움츠렸다.

"아무튼 사람들과 사귀어서 그다지 즐거운 일을 겪어본 일이 없어요."

"기젤라, 당신은 내 질문을 얼버무리려고 하는군요."

포스티나는 어색한 기분으로 의자에 앉았다.

"그럼, 솔직히 묻겠어요. 당신은 내 소문을 들었겠죠?"

기젤라의 아름다운 입술이 일그러졌다. 그 표정은 친구에게는 '의지가 강한 사람'으로, 적에게는 '편협하고 비굴한 사람'으로 보였다. 그녀는 짤막하게 대답했다.

"아니오."

포스티나는 한숨을 크게 내쉬면서 고개를 가로저었다.

"유감스럽군요. 당신이 들었더라면 좋았을 텐데……."

"어째서요? 당신은 자기 이야기를 남들이 해주기를 바라나요?"

"물론 그렇지 않아요. 하지만 모두들 내 이야기를 하고 있으니까 당신도 그 소문을 들었으면 했어요. 당신이라면 누가 어떤 이야기를 했는지 나에게 말해 주리라고 생각해요. 내 친구는 당신뿐이니까."

포스티나의 뺨이 부끄러운 듯이 빨갛게 물들었다.

"당신을 내 친구라고 해도 괜찮겠지요, 기젤라?"

"물론이에요. 난 당신의 친구예요. 내가 오히려 부탁하고 싶어요. 하지만 지금 한 말은 잘 모르겠어요. 모두들 당신에 대해 말한다는 걸 어떻게 알았지요?"

포스티나는 천천히 담배를 재떨이에 비벼껐다.

"난 해고당했어요. 아무래도 그 때문에 수군거리는 것 같아요."

기젤라는 깜짝 놀라며 물었다.

"하지만 이유가 뭐지요?"

"모르겠어요. 라이트훗 교장은 설명하려고 하지 않아요. 블레리튼 학교의 교풍에 맞지 않기 때문이라고 억지스런 이유를 갖다붙였지만, 그것으로는 설명이 되지 않아요. 난 내일 떠나도록 되어 있어요."

포스티나는 마지막 말에서 숨이 막혔다.

기젤라는 몸을 앞으로 내밀어 포스티나의 손을 잡았다. 그러나 이것이 오히려 좋지 않았던 모양이다. 포스티나의 얼굴이 일그러지더니 어떤 보이지 않는 잔혹한 손이 그녀의 눈에서 쥐어짜기라도 한 듯 눈물이 넘쳐흘렀다.

"그뿐만 아니라 훨씬 더 나쁜 일이 있어요."

"더 나쁜 일이라니요?"

"내 주위에서 묘한 일이 일어나기 시작하고 있어요."

혼자 견디기 어려워 억지로 내뱉는 듯한 말투였다.

"퍽 오래 전부터 그것을 느끼고 있었어요. 하지만 똑똑히 잡히지가 않아요. 다만 그런 것 같은 여러 가지 징후가 있을 뿐이에요…… 대단치 않은 일이지만."

"예를 들면 어떤 일인데요?"

"이 방을 좀 보세요."

포스티나는 씁쓸레한 표정을 지어 보였다.

"하녀들은 당신이나 다른 선생님들의 시중은 들어주지만 내 방은 전혀 돌보지 않아요. 침구는 깔아놓은 채 그대로 있고, 물병에 얼음물도 넣어주지 않고, 물론 청소도 아예 하려고 하지 않아요. 휴지통이나 재떨이는 내가 비워야 해요. 어떤 날은 하루 종일 창문을 활짝 열어놓은 채 내버려두어서 잠잘 때 꽁꽁 얼 만큼 추웠던 일도 있어요."

"어째서 그것을 교장선생님께 말씀드리지 않았지요? 아니면 사감에게 말해 주었어도 좋았을 텐데……."

"물론 그렇게 해볼까 생각했지만, 그러나 난 겨우 이번 학기에 새로 왔잖아요? 그런 말을 해서 언짢게 생각하게 되면 안 좋을 것 같았어요. 게다가 아린에게 수고를 끼치고 싶지 않았어요. 아린은 내 방 담당인데, 나는 언제나 그녀를 가엾게 생각했으니까요. 말이 없고 아주 마음약한 여자예요. 하지만 마침내 참을 수 없어서 그녀에게 주의를 주었어요. 그런데 마치 귀머거리에게 이야기 하고 있는 것 같았어요."

"당신이 하는 이야기를 들으려고도 하지 않았다는 말이지요?"

"듣고 있기는 했지만, 도무지 쇠귀에 경읽기였어요. 그 무표정한 얼굴 뒤에 내 손이 닿지 않는 묘하게 비뚤어진 반항에 찬 것이 있나 봐요."

포스티나는 이야기에 너무 열중한 나머지 기젤라에게 담배를 권하는 것도 잊어버리고 자기만 담뱃갑에서 한 대 뽑아 불을 붙였다. 그녀는 말을 이었다.

"아린이 특별히 건방진 태도를 보이거나 골을 냈다는 말은 아니에요. 그녀는 늘 다소곳이 듣고 얌전하게 물러 갔어요. 방심해서 청소하는 것을 잊었다고 변명하며 앞으로는 조심하겠다고 약속했지요. 하지만 그 뒤로도 전혀 청소하지 않는 거예요. 오늘 오후에는 마치 무서워서 나를 피하는 것 같았어요. 우습잖아요? 나 같은 책벌레를 무서워하다니!"

"포스티나, 당신이 이상하게 생각되는 것은 아린의 태도뿐인가요?"

"아니에요! 모두들 나를 피하고 있어요."

"난 그렇지 않아요."

"그래요, 당신만은 단 한 사람의 예외예요, 기젤라. 다른 선생님들은 모두 마을 찻집에 가서 커피를 마시자고 해도 거절하고, 뉴욕으로 칵테일을 마시러 가자고 해도 거절해요. 두세 사람이 아니라 선생님들이 모두 다 그래요. 당신만은 예외지만. 더욱이 내가 마치 더럽기라도 한 듯 묘하게 어색한 태도로 거절하는 거예요.

1주일 전쯤 뉴욕에 갔을 때 5번 거리 도서관 건너편에서 앨리스 에이터슨을 만났는데, 내가 반가워하며 인사하려고 하자 그녀는 얼굴을 돌리고 못 본 체했어요. 하지만 그녀는 확실히 나를 알아봤어요. 절대로 틀림없어요. 그리고 내가 수업을 담당하고 있는 학생들의 태도도 이상해요."

"반항하던가요?"

"아니, 그렇지는 않아요. 학생들은 뭐든지 얌전하게 하라는 대로 고분고분 따라하고, 수업중에는 활발하게 질문도 해요."

"그런데요?"

"기젤라, 학생들이 자꾸만 나를 뚫어지게 쳐다보는 거예요."

기젤라는 자기도 모르게 웃음을 터뜨리고 말았다.

"나로서는 학생들이 나를 보아주면 기쁘겠어요. 칠판에 써놓고 설명할 때는 특히."

"하지만 내가 뭔가를 설명하려고 할 때 쳐다보는 게 아니에요."

포스티나는 얼른 고쳐서 말했다.

"언제나 쳐다봐요. 교실에서나 밖에서나 늘 학생들의 눈이 나를 쫓아다니고 있어요. 정말 이상한 기분이 들어요."

"교실에서 학생들이 쳐다보는 것이 싫다니, 당신은 무척 마음약한 선생님이시군요, 포스티나!"

포스티나는 기젤라를 나무랐다.

"웃을 일이 아니에요, 기젤라. 진지한 이야기예요. 모두들 나를 끊임없이 지켜보고 귀를 기울이고 있어요. 이따금 좀더 묘한 기분이 들 때도 있지요. 모두가 지켜 보는 상대는 내가 아닌 듯한 기분……."

"무슨 말인지 도무지 모르겠군요, 포스티나."

"나 자신도 잘 모를 정도니까 설명할 수가 없지만……."

포스티나는 갑자기 목소리를 낮추었다.

"모두들 무슨 일이 일어나기를 은근히 기다리면서 끊임 없이 지켜보고 귀를 기울이는 것 같아요. 뭔가 내가 알지 못하는 어떤 일이 일어나기를 기다리고 있는 것 같아요."

"포스티나, 당신이 기절하거나 히스테리를 일으키기를 기다리고 있다는 뜻인가요?"

"그럴지도 모르지만…… 모르겠어요. 하지만 나는 지금까지 기절한 일도 없고 히스테리를 일으킨 적도 없어요. 그밖에도 또 묘한 일이 있어요. 이를테면 사람들이 모두 나에 대해서 지나치리만큼 예의바르게 행동해요. 홀이나 길에서 만나면 뭔가 뜻 있는 듯한 이상한 눈초리로 쳐다보는 거예요. 마치 다 알고 있다는 듯이——내일을 나보다 더 잘 알고 있다는 듯한 눈길로 말이에요. 그리고 내가 지나가면 소리죽여 웃는 거예요. 여느 여학생다운 밝은 웃음이 아니라 당장 울부짖거나 비명을 지를 것 같은 신경질적이고 어두운 웃음 소리예요."

"교장선생님이 당신에게 그만둬달라고 말할 때 어떤 태도였지요?"

"처음에는 아주 차가운 태도였지만, 나를 동정하는 것 같았어요."

기젤라는 씁쓰레한 웃음을 지었다.

"묘한 일이로군요. 그 교장선생님은 자기 본위여서 무척 까다로운 편인데."

포스티나는 다시 이야기를 이었다.

"틀림없이 무슨 까닭이 있을 거예요. 나를 학기 도중에 그만두게 하면 6개월치 급료를 지불해야 하고, 지금 이런 때 나 대신 유능한 교사를 찾으려 해도 쉽게 구할 수 없을 테니까요. 하지만 교장선생님은 그런 일은 아랑곳없다는 태도였어요. 내가 다른 학교에서 교사 자리를 찾았을 경우에도 추천해 줄 수 없다고 했어요."

"당신에게는 해고된 이유를 설명해 달라고 요구할 권리가 있어요."

기젤라는 생각에 잠기면서 말했다.

"변호사에게 부탁해서 교장선생님과 교섭해 보도록 하면 어떨까요?"

"그런 짓은 하고 싶지 않아요. 그런 소문이 퍼지면 다른 학교에서 나를 써주지 않을 테니까요. 대수롭지 않은 일에도 걸핏하면 변호사를 불러오는 여자는 누구나 다 싫어할 거예요."

"교장신생님은 당신을 옴짝달싹하지 못하게 만들어버린 셈이군요."

기젤라는 한숨을 내쉬며 쿠션에 몸을 기댔다.

그것은 여느 쿠션보다 조금 단단했다. 그녀가 윗몸을 일으키자 쿠션이 옆으로 밀렸다. 그것을 고쳐놓으려고 돌아 보자 기젤라의 눈에 쿠션 밑에 책 모서리가 들어왔다. 쇠가죽 장정으로 금글씨가 박힌 꽤 낡은 책이었다. 가장자리가 너덜너덜하게 닳아 있었다.

"어머나, 미안해요!"

포스티나가 재빨리 책을 집어들어 두 팔로 끌어안듯이 감추어 기젤라는 그 책 이름도 볼 수가 없었다.

포스티나가 사과했다.

"앉기에 불편했겠군요. 알아차리지 못해서 미안해요."

"아니, 전혀 느끼지 못했어요. 이런 데 책이 있을 줄은 전혀 몰랐어요."

기젤라는 새끼고양이처럼 부드러운 몸을 가볍게 놀리면서 발딱 일어났다. 그녀의 목소리에는 어쩐지 차가운 느낌이 담겨 있었다.

"힘이 되어주지 못해서 유감이군요."

기젤라는 문 쪽으로 가다가 뒤돌아보았다.

"어머나, 내 볼일을 잊을 뻔했네. 내일까지 만들기로 했던 그리스극 의상이 어느 만큼이나 되었는지 알아보려고 왔었는데. 하지만 포스티나, 당신은 지금 그런 걸 생각할 형편이 아니겠지요?"

포스티나는 아직도 그 책을 가슴에 꼭 끌어안은 채 창가에 서 있었다.

"그건 이미 다 되어 있어요. 그리고 교장선생님으로부터 떠나기 전에 연구회에 출석해서 잘 설명하라는 부탁을 받았어요."

"그래요? 그렇다면 부탁해요. 내일은 우리 방에서 모이기로 했어요, 4시에."

기젤라는 홀을 가로질러 자기 방으로 돌아왔다. 그녀는 방문을 걸어잠그고 한참 동안 깊이 생각에 잠긴 얼굴로 우두커니 서 있었다. 이윽고 그녀는 책상으로 가서 유리문이 달린 책장의 걸쇠를 벗겼다. 책은 세 단으로 가지런히 정돈 되어 있어 책과 책 사이에 전혀 틈새가 없는 듯이 보였으나, 맨 아랫단만이 여느 때보다 헐렁한 것 같았다. 그녀의 더듬는 듯한 눈길이 금글씨가 박혀 있고 가장자리가 너덜너덜해진 쇠가죽 장정으로 된 몇 권의 전집물에 멎었다. 제1권이 보이지 않았다.

그녀는 말없이 눈살을 찌푸리고 생각에 잠기면서 책상 앞에 앉았다. 책상 위에 메모지가 넉 장 펼쳐져 있었다. 그 가운데 석 장은 이미 글씨로 가득 메워졌고, 한 장만이 백지였다.

그녀는 펜을 들었다.

덧붙임——괴테의 회상록을 읽은 적이 있습니까? 나는 캐로위츠 부인이 번역한 프랑스어판을 갖고 있습니다. 그런데 포스티나 클레일 선생이 내게 아무 양해도 구하지 않고 마음대로 그 제1권을 가져다 읽고 있었습니다.

바로 조금 전 그녀가 그 책을 나에게 감추려고 했는데, 우연히 본 것입니다. 어째서 그녀가 그 책을 읽고 싶어 했는지 나로서는 짐작이 가지 않습니다. 전에도 말씀드렸듯이 클레일 선생이 모두들로부터 심한 냉대를 받고 있지만 않다면, 나도 그다지 깊이 알아보려고 하지 않을 겁니다. 그러나 아무래도 자꾸만 마음에 걸리는군요. 누군가가 라이트홋 교장에게 이야기한 모양으로, 그녀는 마침내 학교를 그만두게 되었습니다. 조금 전 그녀 자신으로부터 그 말을 들었습니다.

뭔가 엄청난 일이 일어날 것 같은 불길한 예감이 들어, 부끄러운 말입니다만 조금 무서워졌습니다. 당신이 뉴욕에 계신다면 좋을 텐데. 당신이라면 틀림없이 이 사건을 모두 논리적으로 해명할 수 있을 거예요, 그러나 당신은 계시지 않고, 결국 나는 2층 홀에 파란 밤전등만 켜놓는 10시 이후에 방을 나설 때는, 뭔가 무서운 것이 뒤를 밟고 있는 듯한 느낌이 들어 자꾸만 어깨 너머로 뒤돌아 보면서 걷지 않을 수 없게 되었답니다. 무엇인지 전혀 알 수는 없지만, 아무튼 기분이 나쁩니다.

기젤라는 펜을 놓고 결단을 내릴 수 없는 듯한 얼굴로 편지를 다시 읽었다. 그러나 다 읽고 나자 꾸물거리다 마음이 달라질까봐 두려운 듯 재빨리 편지를 넷으로 접어 봉투에 넣은 다음 펜을 들고 그 위에 받을 사람의 주소와 이름을 썼다.

뉴욕 N Y 파크 거리 18번지 A,

베이질 윌링 박사님.

기젤라는 스웨터와 스커트 위에 가죽 코트를 걸치자 편지를 들고 아래 층으로 뛰어내려갔다.

밖으로 나오자 11월 해질녘의 싸늘한 바람이 뺨을 스치고 머리카락을 마구 날리게 했다. 아직 한 부분만 희끄무레하게 빛나는 잿빛 구름이 폭풍이 닥치기 전처럼 빠르게 흘러갔다. 그녀는 정문 쪽으로 난 반 마일쯤 되는 길을 발에 따라붙는 낙엽을 밟으면서 걸어갔다.

고속도로를 바라보는 빨간 우편함 옆에 한 여자가 서 있었다.

"어머나, 앨리스!" 하고 기젤라가 말을 걸었다. "저녁 우편물을 벌써 가져가지 않았을까요?"

"아니에요, 보세요, 저기 우편배달부가 오잖아요."

앨리스 에이티슨은 19살쯤 되어보이지만, 여러 가지 고난과 자유가 그녀를 상급학년학생과는 달리 젊은 여교사다워 보이게 했다. 파르스름한 눈과 노란빛 도는 살결, 무르익은 과일같이 붉은 루즈를 칠한 도톰한 입술에서 성숙한 아름다움이 엿보였다. 그녀의 옷은 머리카락과 같은 호두빛으로, 타는 듯한 오렌지 색인 가벼운 스카프가 웃옷의 풀어 젖혀진 목 언저리를 휘감고 있었다.

이윽고 낡은 포드 자동차가 한 대 요란하게 멎고 제복을 입은 사나이가 내리자 앨리스는 방글 웃었다.

"두 통 더. 늦지 않아서 다행이에요!"

그녀는 기젤라의 편지를 받아 자기 편지와 함께 우편배달부에게 건네 주었다.

"네, 그렇군요."

우편배달부는 편지를 받아 배낭 속에 던져넣었다.

"이곳 여자분들은 정말 편지를 많이 주고받는군요. 상대는 물론 보이프렌드일 테지만."

우편배달부는 말을 마치자 애교 있는 윙크를 던졌다.

두 사람이 기숙사 쪽으로 걸음을 옮기자 포드도 낡은 엔진을 털털거리며 달려가기 시작했다.

"당신의 보이프렌드는 의사인가요?"

앨리스가 불쑥 물었다.

기젤라는 놀라서 눈을 커다랗게 떴다. 앨리스는 나이많은 교사가 곁에 없을 때는 말이며 태도가 조금 버릇없어지곤 했다. 그러나 꽤 교양 있는 여자라고 생각했었다. 적어도 다른 사람의 편지 겉봉에 씌어 있는 이름을 슬쩍 훔쳐 보는 여자라고는 생각지 않았었다.

"정신과 의사예요. 어째서 그런 걸 묻지요?"

"그 이름을 전에 어디선가 들은 것 같아요. 베이질 윌링 박사……."

기젤라는 재미있게 여기는 듯했다.

"그는 아주 유명한 사람이에요. 그런데 이야기가 좀 다르지만, 앨리스에게 물어보고 싶은 일이 있어요."

"네, 말씀하세요."

기젤라는 말하기 시작했다.

"앨리스, 당신은 내가 이곳으로 오기 전부터 이 학교에 있었고 또 ……."

"그런 것들을 생각나게 하지 말아줘요!"

앨리스는 괴로운 듯이 말을 가로막았다.

"남자라고는 하나도 없는 이런 곳에서 무미건조하게 5년을 지내왔다니! 마치 여자수도원이나 여자형무소에서 사는 것 같았어요."

"5년? 어머나, 앨리스, 난 당신도 올해 처음으로 블레리튼에 왔는 줄 알았는데……."

"그전에는 메이드스튼 학교에서 4년 동안 있었어요. 선생이 아니라 학생이었지만…… 졸업하는 날을 즐거운 마음으로 기다리며 참고 살았어요. 이런 비참한 생활이 기다리고 있을 줄은 생각도 하지 않았어요. 그 무렵 내 계획을 당신에게 이야기해 주면 틀림없이 깜짝 놀랄 거예요."

앨리스의 우울한 눈이 기젤라의 머리 너머로 먼 곳을 바라보았다.

"졸업하기 꼭 3주일 전에 아버지가 권총으로 자살해 버렸어요."

"어머나, 저런!"

기젤라는 말을 잇지 못하고 숨을 삼켰다.

"몰랐어요, 미안해요."

"겨우 1년 전 일이지만, 이제는 아무도 기억하고 있지 않아요."

앨리스는 도전하는 눈길로 기젤라를 쳐다보았다.

"터무니없는 말(馬)에다 내기를 걸어 빈털터리가 된 월 거리의 주식거래인 가운데 한 사람이었어요. 아무튼 나는 무일푼으로 내팽개

쳐졌어요. 그 뒤 얼마 지나지 않아서 라이트홋 교장이 연극교사를 구한다는 이야기를 듣고 메이드스튼 학교의 교장에게 부탁해서 추천받은 거예요. 블레리튼이 메이드스튼보다는 나을 거라고 생각했지요. 그런데 다 마찬가지더군요. 이젠 모든 것이 다 싫어졌어요. 뉴욕에서 뭔가 일거리를 찾아내어 조금은 인간다운 생활을 하고 싶어요."

"메이드스튼도 여기와 같은 곳이었나요?"

기젤라가 물었다.

"사고방식은 같지만 방법이 달라요. 메이드스튼은 좀더 모던하고 건강해요. 학생들은 우유를 마음껏 마실 수 있고, 소풍도 자주 가고, 게다가 짚을 깔고 잡니다. 많은 비용을 들여서 일부러 간소한 생활을 하는 거예요. 역시 면회는 토요일 오후밖에 허가되지 않았어요. 그것도 일일이 귀찮은 수속을 밟아서 허가를 받아야 해요. 아버지는 나 같은 여자아이에겐 그것이 좋다고 생각한 모양이지만, 나는 다만 자유로운 생활을 동경하는 마음이 강해졌을 뿐이었어요."

"당신 자신은 블레리튼을 좋아하지 않을지도 모르지만 적어도 나보다는 마음이 편할 거예요. 당신은 지금 하는 일을 통해서 정말 학생들과 가까워질 수 있는 관계에 있고, 게다가 나이도 학생들과 그다지 차이가 없으니까 나 같은 사람에게 이야기할 수 없는 일도 당신에게는 쉽게 의논해 올 수 있으리라고 생각해요."

앨리스는 경계하는 눈으로 기젤라를 보았다.

"이를테면 어떤 이야기지요?"

"포스티나 클레일 선생의 일 같은 것."

"그런 거 난 몰라요."

그러나 기젤라는 야무지게 다그쳤다.

"감추어도 소용없어요, 앨리스. 당신은 그녀를 이따금 차가운 눈초리로 노려보았잖아요? 난 다 알고 있어요. 색다른 여자라도 보는 듯이 말이에요."

앨리스는 거칠게 대답했다.

"어이없는 말 하지 마세요. 포스티나 클레일 선생은 요컨대 바보예요. 색다를 것도 없어요. 세상에 흔히 있는 보잘것없는 여자예요. 마음이 약하고, 우울하고, 그러면서도 남의 기분을 맞추려고 애쓰지요. 유머 감각도 없고 친구도 없는 여자예요. 올드미스 올챙이라고나 할까요? 그녀는 날 때부터 희생자로 태어난 거예요. 겁쟁이로. 다시 말해서 포스티나 밀크토스트예요. 아무리 비타민을 먹어도 전혀 효과가 없을 것 같은 여자예요. 그녀의 식탁에 작은 리보플라빈(비타민 B_2) 병이 있는 것을 본 적이 있지요? 그런 여자는 어떻게도 해 볼 수 없어요. 손해 보는 성격이지요. 약한 자를 학대하는 사람들이나 남의 욕을 즐겨하는 사람들의 좋은 놀림감이 되도록 태어났어요. 그 올드 헤비후프(난폭한 늙은 너구리)도 약한 사람을 괴롭히고 못살게 구는 일에는 꽤 실력이 있어요."

미국의 새로운 속어에 익숙지 못한 기젤라가 알아 듣지 못하고 되물었다.

"올드 헤비후프?"

앨리스는 쓸쓸레하게 웃었다.

"학생들이 교장을 그렇게 불러요."

"그래요? 그럼……."

기젤라는 생각에 잠기면서 대충 요약해 보았다.

"만일 포스티나 선생이 학교를 그만두게 된다면, 결국 성격적으로 교사직이 맞지 않기 때문이라는 말이 되는 셈인가요?"

"글쎄요."

앨리스는 살피듯이 기젤라의 눈을 바라보았다.

"그녀가 학교를 그만두게 되었나요?"

"그건 당신이나 나와는 관계없는 일이에요."

기젤라는 얼른 화제를 바꾸었다.

"저어, 아까 부친 편지 다시 찾아올 수 없을까요? 마을 우편국장에게 전화해서 돌려달라고 부탁하면 안 될까요?"

앨리스는 까르르 웃었다.

"어머나, 기막혀라! 당신 편지는 이미 다른 우편물과 합쳐져 되찾으려면 쉰 종류나 되는 편지뭉치를 일일이 풀어헤쳐야 해요. 그렇게 하더라도 찾아낼 수 있을지 어떨지 몰라요. 그런데 어째서 그것을 되찾아오고 싶어하지요? 아주 열렬한 연애편지인 모양이지요?"

기젤라는 당황하며 대꾸했다.

"천만에, 그렇지 않아요."

"그럼, 왜 그러지요?"

"무심코 충동에 못 이겨 쓸데없는 말을 덧붙여 써버렸어요. 아무래도 잘못한 일 같아요. 미국식으로 말하는 구름잡는 것 같은 이야기를 써버렸거든요."

"엉뚱하게 만든 이야기?"

두 사람은 이때 정면 입구에 이르러 앨리스가 문손잡이를 돌려서 밀었다.

"이상하군. 잠겨 있어요."

기젤라는 초인종을 눌렀다. 저녁 어스름 빛이 스러져서 주위에 어둠이 다가왔다. 두 사람은 바람 속에서 몸을 떨며 한참 동안 그 자리에 우두커니 서 있었다.

앨리스가 소리쳤다.

"쳇, 할 수 없군! 뒷문으로 들어가요, 그곳은 언제나 열려 있어요."

기젤라는 교감이 그런 비공식적인 행위를 눈감아 줄는지 어떨지 의문스러웠지만 되는 대로 맡기는 수밖에 없어 동의했다.

두 사람은 모자도 쓰지 않은 머리를 바람부는 쪽으로 숙이고, 장갑도 끼지 않은 손을 주머니에 쑤셔넣은 채 기숙사 옆길을 돌아갔다. 응접실 창문은 어두웠지만, 기숙사 모퉁이를 돌아갔을 때 나란히 나 있는 부엌 창문에서 평화로운 불빛이 저녁 어둠을 뚫고 비쳐나왔다. 앨리스는 뒷문을 열었다. 기젤라는 그녀의 뒤를 따라 안으로 들어갔다.

이 낡은 시골집 부엌은 뉴욕의 여느 아파트 응접실보다 훨씬 컸다. 요리사를 얼마든지 구할 수 있고 급료도 쌌던 시절에 설계된 부엌이라 식사를 준비하는 데 필요한 걸음수는 아무도 계산에 넣지 않았던 것이다. 커튼이 쳐진 창문이 나란히 있고, 두꺼운 떡갈나무 판자를 깐 마루는 날마다 솔로 닦고 왁스를 칠했다. 이처럼 큼직한 방 안에는 흰 가스레인지며 스테인리스 개수대며 전기냉장고 등 현대식 설비가 어쩐지 어울리지 않는 듯이 여겨졌다.

요리사가 개수대에서 양배추 껍질을 벗겨 물에 씻고 있었다. 그것과 함께 섞을 좁쌀을 볶는 구수한 냄새가 오븐에서 풍겨나왔다. 가운데 테이블에는 한아름 가을 나뭇잎이며 꽃——국화, 쑥부쟁이, 떡갈나무와 옻나무잎 등이 수북이 쌓여 있고 포스티나가 그것들을 커다란 유리꽃병에 꽂고 있는 참이었다. 그 일은 블레리튼에 새로 온 교사에게 주어진 의무였다. 그녀는 외출복차림에 가벼운 푸른색 톱코트를 걸치고, 갈색 펠트 모자를 쓰고 있었다.

앨리스가 걸음을 멈추고 물었다.

"당신은 이제까지 밖에 나가 있었나요?"

"그래요."

포스티나는 조금 놀란 듯 그녀를 바라보았다.

뒤쪽 층계의 문이 열리고 아린이 부엌에 나타났다. 그는 한 손에 작은 차 쟁반을 들고 있었다.

"난 30분쯤 화단에 있었어요."

그다지 진지하게 대답할 질문도 아닌데 포스티나의 말투는 부자연스럽게 열을 띠고 있었다.

"왜 그런 걸 묻지요?"

"아니, 그냥 물어보았을 뿐이에요."

앨리스는 한쪽 어깨를 으쓱해보였다. 입 한쪽에 비웃음이 떠올라 있었다. 경멸과 불신이 뒤섞인 표정이었다.

"하지만 우리가 조금 전 찻길을 지나 이리로 올 때 2층 창문께에 당신 머리가 보였어요."

갑자기 유리와 사기그릇이 요란한 소리를 내며 깨졌다. 아린이 차 쟁반을 마룻바닥에 떨어뜨린 것이었다.

요리사가 날카롭게 고함질렀다.

"왜 그렇게 멍청히 서 있지, 아린! 찻잔을 또 두 개 깨뜨렸잖아! 내가 어렸을 때는 고급 사기그릇 다루는 법을 엄하게 훈련받았는데, 요즘 아이들은 도무지 그 훈련이 되어 있지 않아. 왜 그러지? 남자친구라도 생겼니?"

아린은 겁먹은 눈으로 포스티나를 뚫어지게 바라보면서 그 자리에 서 있었다.

요리사가 마구 야단쳤다.

"멍청히 서 있지 말고 얼른 비로 쓸고 쓰레받기를 가져다 치워! 교장선생님께 말씀드려서 깨진 찻잔 값을 네 급료에서 떼라고 할 테니 그리 알아라. 알겠지?"

"내가 내겠어요!"

포스티나가 불쑥 말했다.

"아린을 놀라게 한 건 나였으니까."

앨리스는 탐욕스러운 눈길로 흥미깊게 이 광경을 지켜보다가 갑자기 끼어들었다.

"그건 이상한데요, 당신은 아무 일도 하지 않았잖아요?"

앨리스는 기젤라를 돌아보았다.

"그렇지요?"

"글쎄……."

기젤라는 머뭇거리면서 말했다. "난 아무것도 보지 못해서……."

그 대답은 앨리스를 당혹하게 만든 것 같았다. 그러나 앨리스는 기젤라와 함께 식당을 지나 홀로 나갈 때까지 더 이상 한 마디도 하지 않았다. 이윽고 그녀가 느닷없이 말을 꺼냈다.

"학기가 시작되고 지금까지 이 학교를 그만둔 학생이 다섯 명이나 있어요, 알고 계세요?"

"몰랐는데요, 나는 다만 학생 셋이 다른 학교로 전학갔다고만 들었어요, 다섯이나 되는 줄은 몰랐어요."

"더구나 하녀가 두 명이나 갑자기 그만두었어요."

앨리스는 기젤라의 얼굴을 보기 위해 뒤로 돌아섰다. 홀 입구에서 비치는 불빛이 앨리스의 표정을 스포트라이트를 받은 것처럼 떠오르게 했다. 눈이 야릇하게 빛나고 비웃음이 담긴 빨간 입술은 일그러져 있었다.

"당신에게 말해 두겠는데요, 기젤라 폰 호헤넴즈 선생님, 만일 당신이 그 정신과 의사 친구에게 포스티나 클레일 선생에 대한 말을 써보냈다면 틀림없이 후회할 거예요."

제3장

술과 강렬한 독약과 밀크와 피가
그 속에 섞여 있었다.

다음날 기젤라는 포스티나에 대해서는 아주 적은 사실밖에 알지 못하면서 도무지 이해할 수 없는 불안에 하루 종일 시달렸다. 이것은 똑같은 상태의 공명판(共鳴板)이 그녀의 기억 깊숙이에 숨어 있었기 때문인 듯했다. 그런 잊혀진 사실에 관련된 감정이 집요한 죄악감의 형태로 의식 표면에 나타난 것이다. 다시 말해서 그녀는 폭발 소리를 들으면 까무러치게 놀라는——어째서 그렇게 놀라는지 스스로도 모른다——전쟁신경증환자와 같았던 것이다. 감정은 사실이나 지식보다 자유롭게 의식의 여러 층을 돌아다닌다는 사실을 그녀는 새삼스럽게 느꼈다.

그녀는 베이질 윌링으로부터 곧 답장이 오리라고 기대하지는 않았다. 그의 마지막 편지는 일본에서 왔다. 아마 그는 아직 해군의 임무로 해외에 나가 있을 것이다. 그녀는 지금까지 그에게 무척 많은 편지를 썼다. 자기 일을 털어 놓고 이야기할 수 있는 상대는 베이질 월 링밖에 없었기 때문이다.

포스티나와는 그리스극 연구회 모임이 시작되기 바로 전까지 얼굴을 마주치지 않았다.

앨리스가 담배를 비스듬히 물고 맨 먼저 나타났다. 그녀는 창가에 있는 긴의자에 웅크리고 앉아 건방진 말투로 물었다.

"포스티나 선생이 해고됐다지요? 무슨 일이 있었나요?"

기젤라가 대꾸했다.

"무슨 일이 있었겠지요, 나는 그만둔다는 것밖에 몰라요."

"어째서 해고되었을까요?"

앨리스가 끈질기게 물었다.

"글쎄, 모른다니까요."

문이 열린 것을 기젤라도 앨리스도 알지 못했다. 문득 보니 포스티나가 스케치 용지를 넣는 홀더를 옆구리에 끼고 문 앞에 서 있었다. 그녀는 겁먹은 얼굴로 말했다.

"노크를 했는데, 들리지 않았나 보지요? 하지만 당신들의 이야기 소리가 들리기에 그냥 들어왔어요."

비웃는 듯한 눈으로 앨리스가 포스티나를 올려다보았다.

"그런데 일일이 마음쓰지 않아도 돼요, 당신이 끔찍이도 예의바르다는 건 잘 알고 있으니까요."

포스티나는 떨리는 손으로 홀더를 꼭 움켜쥐었다.

"남의 이야기를 엿들은 것처럼 생각케 하고 싶지 않기 때문이에요."

"왜 그토록 마음쓰지요?"

앨리스가 비난하듯 물었다.

포스티나는 홀더를 테이블에 놓았다.

"어째서인지는 알 수 없지만, 앨리스, 당신은 언제나 나를 그런 식으로 의심하잖아요?"

앨리스가 크게 소리내어 웃었다.

"어머나, 기가 막혀! 굉장한 히스테리군요!"

포스티나는 괴로운 듯이 이마를 찡그렸다.

"앨리스, 당신은 어째서 나에게 그런 식으로 말하지요?"

그때 기젤라가 고대 그리스인 옷차림을 한 여자의 스케치를 한 장 집어들며 물었다.

"이거 메디아의 의상인가요?"

"네."

포스티나는 기젤라가 화제를 바꾸자 기뻐하며 대답했다.

"그 의상을 찾는 데 오전 내내 걸렸지요. 페프로스(고대 그리스 여성의 주름을 많이 넣은 긴 웃옷)를 머리에서부터 뒤집어쓰는 것은 슬픔이나 애도의 뜻을 나타낼 경우 쓴 방법이에요. 메디아는 이 연극에서 처음부터 슬픔에 잠긴 주인공으로 등장하니까 그렇게 하는 게 좋다고 생각해요. 다만 주름은 되도록 점잖게 잡아야해요. 페프로스를 서투르게 입으면 시골뜨기라는 증거가 되기도 하거든요."

"그럼, 메디아는 페프로스를 보기흉하게 입어야 한다고 생각해요" 하고 앨리스가 참견했다.

"왜냐하면 그녀는 이방인이었으니까요."

기젤라가 나서서 대꾸했다.

"이방인이긴 해도 그리스에 오랫동안 살았잖아요. 게다가 그녀는 왕녀였어요."

그러자 포스티나가 다시 설명을 이었다.

"그리고 웃옷 가장자리에 조금 무게를 주도록 연구해야 해요. 우리 할머니들께서 긴 스커트 자락에 달았던 추 같은 것을 써서."

"그 머리 위에 올려놓은 것은 뭐지요?" 하고 앨리스가 물었다.

"부셸(곡식의 무게를 재는 단위. 약 36리터, 두 말쯤 됨) 되 같군요."

"마이트리(冠)예요" 하고 포스티나가 크게 소리쳤다.

"셀레스의 관과 같은 거지요. 그리스 여성들은 대개 그것을 머리에 올려놓았던 모양이에요."

"메디아가 셀레스같이 하늘의 영광을 받은 가정과학 교사 같은 흉내를 냈을 리는 없다고 생각해요. 메디아는 남녀평등주의자였고, 게다가 마법사였으니까요."

기젤라가 사이에 끼어들었다.

"단언할 수는 없지만, 고대 여성들은 빵 만드는 일에 참여하는 데 자랑스러움을 느끼지 않았을까요? '레이디'라는 말의 본디 의미는 '빵을 주는 사람'이라고 하니까."

포스티나가 물었다.

"앨리스, 당신은 그녀가 티아라(고대 페르시아 관)를 쓰는 편이 좋다고 생각하나요? 헤라나 아프로디테처럼?"

"차라리 그편이 낫다고 생각해요."

앨리스가 주장했다.

그러자 포스티나가 얼른 양보했다.

"그럼, 마이트리를 티아라로 바꿀까요? 그다지 문제되지 않는 일이니까. 그리고 이 구두는 어때요? 꽃장식이 달린 이 샌들은 마음에 들어요?"

"난 이런 구두를 신어보고 싶군요" 하고 기젤라가 얼른 말했다.

"아주 멋있어요."

그러자 앨리스는 혐오하는 빛을 드러내며 샌들을 보았다.

"이건 너무 흔해요. 고양이가죽을 끈으로 매고 그 수염과 발톱을 장식한 구두 같은 게 재미있잖아요? 그리스 여성들은 정말 그런 구두를 신고 있었고, 고양이를 죽여서 가죽을 벗기는 일은 얼마쯤 통쾌하리라고 생각해요. 두 마리가 필요하겠군요, 한쪽에 한 마리씩."

기젤라가 말을 받았다.

"아예 산 채로 가죽을 벗기는 게 어때요, 앨리스? 당신에게는 그게 더 재미있지 않겠어요?"

앨리스는 조금도 거북해 하지 않고 선뜻 대답했다.

"내가 그렇게 잔인한 여자로 보이나요? 하긴 솔직히 말해서 이런 생활에 넌더리가 나서 뭔가 유쾌한 일을 해보고 싶기는 해요."

"이아손과 크레온은 어때요?"

포스티나가 다른 스케치를 두 장 꺼내보였다.

"아주 좋은데요" 하고 기젤라가 말했다. "이아손은 직업 군인다운 얼빠진 미남자인 점이 잘 표현되어 있고, 크레온은 그리스판 시골귀족인 느낌이 잘 나타나 있어요."

갑자기 앨리스가 요란한 웃음 소리를 냈다.

"포스티나, 당신은 굉장한 착각을 하고 있어요. 메디아를 창부로 만들어버렸군요."

"어째서지요?"

포스티나가 당황해서 물었다.

"그 튜닉과 조끼를 보세요. 히아신스 같은 파란색——그것은 매춘부 전용 색깔이거든요."

"어머나!"

포스티나가 기젤라에게 도움을 구하듯 물었다.

"정말일까요?"

"그럴지도 몰라요."

기젤라가 앨리스의 주장을 인정했다. "나도 그것까지 깨닫지는 못했지만."

앨리스가 오만하게 단정했다.

"물론 정말이지요. 아테네의 창부거리였던 세라믹에 대해 쓴 기록을 읽은 적 없나요? 재미있는 이야기가 있지요. 만약에 세시우스라는 사나이가 메리타라는 특정 창부와 놀고 싶으면 벽에다 숯으로 '세라믹은 메리타를 사랑한다'고 써놓는다고군요. 만약 여자 쪽에서 그것을 승낙한다면 그녀는 그 밑에다 '메리타는 세라믹을 사랑합니다'라고 쓴 뒤 금매화 가지를 입에 물고 그곳에서 상대를 기다린다는 거예요."

"하지만 그건 아테네의 일이잖아요?" 하고 포스티나는 반론했다.

"이 연극은 코린트의 이야기예요."

"그럼, 코린트의 창부들이 어떤 옷차림을 하고 있었는지 다시 한 번 조사해 볼 필요가 있겠군요."

앨리스는 포스티나의 일거리가 늘어나게 되어 기뻐하는 듯했다.

"물론 당신은 그런 걸 잘 알고 있겠지요. 당신은 창부의 전설에 대해 꽤 자세히 아는 모양이니까. 로자 디아몽드라는 이름을 들어본 적 있나요?"

포스티나의 얼굴이 병적이리만큼 빨갛게 물들었다.

"듣지 못했어요. 아무튼 나는 오늘 오후 여기를 나가야 하니까 스케치할 시간이 없어요. 이걸로 끝나는 거예요."

"어머나, 부럽군요!"

"난 조금도 기쁘지 않아요. 그만두고 싶지 않으니까."

이때 기젤라가 옆에서 끼어들었다.

"그런데 어째서 나가는 거지요? 그건 그렇고, 포스티나, 당신은 메디아의 의상 스케치를 다시 그릴 필요 없어요. 옷색깔은 옷감을 고를 때 바꾸면 되니까. 연한 노랑이면 어떨까요? 그 꽃장식이 달린 샌들에 히아신스 빛깔만큼 잘 어울릴 거예요."

앨리스가 서먹서먹하게 말했다.

"어떻든 당신 좋을 대로 하세요, 기젤라. 그런데 이건 뭐지요?"

앨리스는 다른 스케치를 집어들었다.

"마치 페이슬리 솔의 호보콘 제 모조품 같군요."

포스티나는 당혹한 눈길을 기젤라에게로 돌렸다.

"그것은 메디아가 이아손의 신부에게 선물한 독이 묻은 의상이에요. 텍스트에는 '여러 가지 색깔로 채색된'이라는 말이 여러 번 나오지요. 그래서 나는 에우리피데스 시대의 항아리에 새겨진 그림을 사진으로 보고 디자인을 흉내낸 거예요. 그 그림에는 제비꽃 무늬가 그려져 있었지만, 디기탈리스는 독 있는 식물이기 때문에 그 잎을 쓴 거예요."

앨리스가 말했다.

"과연 메디아가 자기의 마력을 그런 식으로 전했을까요? 예를 들어 만약 누군가가 나에게 디기탈리스 잎 무늬를 수놓은 옷을 선물한다면, 나는 곧 이상하게 생각할 거예요. 탐정소설을 읽는 사람이라면 누구나 그럴 거예요."

기젤라가 끼어 들었다.

"하지만 크레온의 딸은 탐정소설 독자가 아니었어요. 상징적인 표현으로 본다면 재미있지 않겠어요? 메디아 같은 마술을 믿는 사람이 실제로 할 만한 일이니까."

"색깔은 어떻지요?"

앨리스가 공격의 방향을 바꾸었다.

"이건 페르시아적인 느낌이 나지 않나요?"

그러자 포스티나가 설명했다.

"페르시아 사람과 그리스 사람들은 서로 영향을 받았어요. 조사하는 동안에 다 알게 된 일인데, 재미있다고 생각했지요. 뭔가를 조사하는 동안에 여러 가지 생각지도 못했던 일을 알게 되니까. 시발리스 사람들은 만찬을 베풀 때 1년 전부터 손님에게 초대장을 냈다는군요. 사치스러운 음식과 옷차림을 여러 가지로 계획하여 마련할 시간을 충분히 잡은 거겠지요. 그리고 그리스 사람도 테니스를 꼭 했던 모양이에요. 스파르타의 스포츠라고 기록되어 있었는데, 그들은 알몸으로 테니스를 했대요."

앨리스가 떠들었다.

"어머나, 굉장해요, 포스티나! 아주 자세히 조사했군요! 나도 이번에 테니스할 때는 발가벗고 해야지. 교장 선생님께서 꾸중하시면 이렇게 말하겠어요. '포스티나 클레일 선생님에게서 배웠답니다. 그녀의 이야기에 따르면 그리스 사람들은 언제나 알몸으로 테니스를 했다고 하므로, 나도 그 무렵 그리스 사람의 스포츠를 실제로 시험해 보아야겠다고 생각했어요'라고."

"시험해 보라는 말은 하지 않았어요."

포스티나는 금방이라도 울음이 터질 듯한 얼굴로 말했다.

"그런 짓 하지 말아요, 앨리스!"

"할 거예요!"

앨리스의 눈이 악의로 번쩍였다. 기젤라가 끼어들었다.

"그만들 해요. 포스티나, 앨리스가 잘됐구나, 하고 당신을 놀려댈 말은 안하는 게 좋잖아요?"

"알고 있어요…… 물론 농담이겠지요."

포스티나는 창백하고 진지한 얼굴로 돌아갔다.

"그럼, 이야기는 이것으로 끝내도록 하고…… 메디아의 스케치는 가지고 돌아가서 오늘 오후 떠나기 전까지 관 부분을 고쳐놓겠어요. 그밖에는 모두 당신에게 맡기겠어요, 기젤라."

포스티나는 방에서 나갔다. 문이 닫히자 잠시 침묵이 흘렀다. 이윽고 앨리스가 덤벼들 듯이 소리쳤다.

"그런 눈으로 나를 보지 말아요! 나는 저런 사람은 참을 수가 없어요. 저런 여자는 호되게 나사를 죄어줄 필요가 있어요!"

"어째서? 당신은 무척 야만스럽군요, 앨리스. 그만두고 나가는 사람에게 그렇게 할 필요 없잖아요?"

"당신은 너무 마음이 좋아요."

앨리스는 몇 개비째의 담배를 재떨이에 비벼끄고 일어섰다.

"포스티나 선생은 누구에게든 단단히 혼나지 않으면 머리가 돌아가지 않아요."

"기절할 때까지 곤봉으로 때려서? 당신은 심리학적으로 그렇게 한 셈이에요, 앨리스."

앨리스는 방 한가운데에서 걸음을 멈추었다. 그녀의 성숙하고 건강하며 아름다운 용모가 전에 없이 관능적으로 보였다. 그녀는 뭔가 말을 하려다 코웃음치며 내가 알게 뭐냐고 중얼거렸을 뿐 그냥 나갔다.

기젤라는 그날의 마지막 수업이 끝나자 학교 안을 산책하러 나갔다. 몸을 운동시킴으로써 그녀의 마음속 잠재의식 가운데 있는 그림자를 떨쳐버리고 싶었던 것이다.

가을에는 밝은 햇빛이 따뜻하게 보이면서도 썰렁하게 느껴지는 날이 있다. 그날도 그랬다. 구불구불한 숲 속 오솔길을 더듬어 나아가자 학교 부지를 빙 둘러 에워싼 수로에 닿았다. 거기서부터 다른 길을 따라 숲을 빠져나가자 수로의 기슭에서 기숙사로 이어진 비탈진 잔디밭이 나타났다. 기젤라는 앞이 툭 트여 전망이 좋은 잔디밭 가운데쯤에 이젤을 세우고 스케치하고 있는 여자의 모습을 보자 우뚝 멈춰섰다.

포스티나였다.

전과 다름없이 톱코트를 입고 있었는데, 모자는 쓰지 않았다. 가을 날 오후의 비스듬한 햇살이 후광처럼 그녀의 머리카락을 금빛으로 물들였고, 그녀의 얼굴을 눈부실 듯한 빛으로 비춰주었다.

포스티나는 기숙사 쪽으로 등을 돌리고 잔디 깔린 정원에서 본 풍경을 스케치하고 있었다. 해자를 따라 늘어선 버드나무, 바람이 없어 잎사귀 하나 까딱하지 않는 건너편 기슭의 엉성하게 띄엄띄엄 서 있는 나무, 그 나무를 뚜렷이 떠오르게 하고 있는 맑게 갠 밝은 하늘. 발치에 그림물감통이 있고, 왼손에는 작은 팔레트를 쥐고 있었다. 그녀의 그림붓이 산뜻하고 경쾌하게 움직여갔다. 스케치에 열중하여 그녀는 기젤라를 알아차리지 못한 모양이었다.

기젤라는 고무창을 댄 단화 소리가 나지 않도록 조심하여 포스티나에게 방해되지 않도록 마음쓰면서 스케치를 보려고 두어 걸음 가까이 다가갔다. 바로 그때 예기치 못한 일이 일어났다. 그것이 너무도 이해할 수 없는 일이어서 기젤라는 자기도 모르게 우뚝 멈춰섰다.

포스티나는 계속 스케치에 열중했다. 붓을 잡은 손은 아까와 마찬가지로 정확하게 숙달된 움직임을 보이고 있었다. 그러나 어쩐지 조금 전의 속도를 잃은 듯했다. 그녀의 모든 움직임이 별안간 약해져서 슬로모션 필름 속의 동작처럼 둔하고 무겁게 바뀐 것이다.

조용한 햇살로 가득한 오후의 시간 그 자체가 태엽이 풀어진 시계처럼 늦춰진 것 같았다. 만일 지구가 정지하면 폭발할 거라는 일부 현대 물리학자들의 예언과 달리, 그것은 다만 힘을 모조리 소모시키고 조용히 숨을 거두려는 듯한 모습이었다. 그러자 갑자기 산들바람이 일어 머리 위 나뭇잎을 흔들었다. 나뭇잎은 정상적인 템포로 흔들거렸다. 그러나 포스티나 클레일은 더욱 움직임을 잃어가며 들고 있는 그림붓이 당장이라도 손가락에서 빠져 떨어질 것만 같았다.

그녀가 갑자기 생기를 잃어가는 모습은 온몸이 오싹하리만큼 기괴했다. 그것은 마치 동력(動力)을 다른 곳으로 빼앗긴 기계가 서서히 멎으려 하는 상태와 비슷했다.

기젤라는 자기가 얼마 동안이나 거기에 서 있었는지 기억이 없었다. 문득 외치는 소리가 그녀를 깜짝 놀라게 했으며, 다른 모든 일을 잊어버리게 만들었다. 그 소리는 포스티나의 뒤쪽, 열려진 프랑스 식 창문에서 들렸다.

기젤라는 가장 가까운 방의 창문으로 뛰었다. 그곳은 도서실이었다. 거기에는 아무도 없었다. 조용한 가운데 커튼이 산들바람에 가볍게 흔들리고 있을 뿐이었다. 방 안은 창처럼 꽂히는 서쪽으로 기울어진 황금빛 햇살을 막기 위해 블라인드를 반쯤 내려놓았으므로 어두컴컴했다. 홀로 통하는 문은 닫혀 있었으나 다른 한쪽 문은 활짝 열려 있었다. 흐느낌으로 떨리는 날카로운 외침 소리가 그 통로 저쪽에서 들려왔다.

"오오, 베스! 베스, 정신차려! 아아, 난 어떻게 하면 좋지?……"

기젤라는 입구를 지나 책상이 놓여 있는 작은 방으로 뛰어들었다. 그 방의 커튼은 힘차게 바람에 흔들리고 있었다. 열려진 창문 반대쪽 홀로 통하는 문이 역시 열려 있어 바람이 잘 통했기 때문이다.

마거리트 배이닝은 바닥에 웅크리고 앉아 있었다. 파랗게 질린 그녀의 얼굴이 경련을 일으켰다. 그녀 옆 마룻바닥에 엘리자베스가 정신을 잃고 축 늘어져 있었다. 그 얼굴의 갈색 얼룩점과 주근깨는 여느 때처럼 핑크 빛이 아니었으며 귀엽지도 않았다. 아주 보기흉한데다 우스꽝스럽기조차 했다. 그것은 죽은 사람처럼 창백한 얼굴에 오래된 잉크 얼룩처럼 갈색으로 떠올라보였다.

기젤라는 얼른 무릎꿇고 앉아 엘리자베스의 싸늘한 손을 쓰다듬으면서 맥박을 짚었으나 너무 희미해서 처음에는 잘 알 수가 없었다.

“충격을 받았구나.”

기젤라의 차분한 목소리가 마거리트의 울음을 가라앉게 했다.

“사감선생님께 담요와 탕파를 가져오도록 말해 줘.”

“왜 그러지요?”

떨리는 목소리로 포스티나가 물었다. 그는 놀라서 눈을 크게 뜨고 열린 프랑스식 창문 밖에 서 있었다. 한 손에는 아직도 젖은 그림붓을 들고 있었다. 그녀 뒤쪽으로 그녀가 스케치하던 경치가 보였다. 해자 쪽으로 내리막길이 된 잔디밭이며 하늘과 경계가 맞닿은 언덕. 그녀는 문으로 들어오기 위해 한 걸음 걸어나왔다.

갑자기 마거리트 배이닝이 큰 소리로 외쳤다.

“싫어! 이리로 오면 싫어!”

기젤라는 스스로도 놀랄 만큼 높은 목소리로 말했다.

“매그, 조용히 해! 포스티나, 사감선생님을 부르러 가 줘요. 담요와 탕파를 갖다달라고 부탁해 줘요. 베스 체이스가 기절했군요. 자아, 빨리!”

“알았어요.”

포스티나는 통로를 빠져 홀로 뛰어갔다.

기젤라는 자기 웃옷을 벗어 엘리자베스를 싸서 안아올렸다. 그녀는 엘리자베스의 창백한 얼굴을 찬찬히 살펴보면서 마거리트에게 물었다.

“대체 무슨 일이 있었지?”

“난…… 몰라요.”

기젤라는 마거리트에게로 얼굴을 돌렸다.

“뭐라고? 무슨 일이 있었으니까 베스가 이렇게 되었을 게 아니냐?”

마거리트의 뺨이 장밋빛으로 물들었다. 그녀의 아랫입술이 얼마 동안 꼭 다물어져 있었다.

"폰 호헤넴즈 선생님, 난 베스가 어째서 기절했는지 모르겠어요. 베스가 뭔가를 본 것 같은데…… 하지만 어디가 아팠는지도 모르지요. 아무튼 외침 소리를 지르더니 뒤로 벌렁 쓰러졌어요."

홀에서 급히 다가오는 발소리가 들렸다. 기젤라가 혼자 마거리트에게 물어볼 시간은 조금밖에 없었다. 그 짧은 순간을 기젤라는 효과적으로 쓰려고 했다.

"이건 중대한 일이야, 매그. 사실을 말해 줘. 베스가 본 게 뭐지?"

마거리트의 눈이 파란 다이아몬드처럼 차갑게 빛났다.

"하지만 난 사실을 말씀드렸어요, 선생님."

마거리트의 목소리는 떨리고 있었다.

"그러나 너는 뭔가를 감추고……."

기젤라가 채 말을 끝내기도 전에 라이트홋 교장이 방으로 뛰어들어왔다. 포스티나와 담요를 손에 든 사람이 이어서 따라들어 왔다.

엘리자베스를 안고 2층으로 올라간 것은 라이트홋 교장이었다. 기젤라는 교장의 그런 여성적인 다정한 면을 본 적이 없었다. 마치 굳게 막혔던 모성애가 갑자기 넘쳐 나와 다른 사람의 아이에게 쏟아지는 듯한 느낌이었다. 교장은 엘리자베스를 자신의 침대에 편안히 눕혔다. 이때 그녀는 자신이나 학교 일은 전혀 염두에 없는 것 같았다. 이윽고 죽은 사람같이 창백한 엘리자베스의 뺨에 희미한 혈색이 떠오르며, 이마에 이슬 같은 땀이 배어나와 헝클어진 갈색 머리카락이 진한 색깔로 변할 즈음에야 교장은 겨우 안도의 숨을 내쉬었다.

엘리자베스는 가까스로 모랫빛 속눈썹을 열고 낯선 방 안을 힘없이 둘러보았다.

"여기가 어디예요?"

라이트홋 교장이 상냥하게 말했다.

"아무 말도 하지 말고 그냥 누워 있어요. 사감선생님이 네 곁에 함께 계셔주실 테니 먹고 싶은 거나 필요한 게 있거든 뭐든지 부탁하도록 해요."

교장은 말을 마친 다음 일어나서 다른 사람들의 얼굴을 둘러보았다.

"폰 호헤넴즈 선생, 재빨리 조치해 주셔서 정말 고마워요. 매그, 잠깐 너에게 이야기하고 싶은 게 있으니 서재로 와줘요."

"네, 교장선생님."

마거리트는 또 뺨이 붉어지면서 라이트홋 교장의 뒤를 따라 방을 나갔다.

기젤라는 홀로 나와서 자기 방 쪽으로 걸어나갔다. 문득 뒤에서 급한 발소리가 들렸다. 포스티나였다. 그녀는 조금 숨을 가쁘게 몰아쉬면서 기젤라 앞에 막아섰다.

"교장선생님은 어째서 나에게 한 마디도 말씀하시지 않을까요? 오늘이 마지막 날인데…… 이제 한 시간만 지나면 택시가 데리러 와요. 나에게 인사말씀은 하시는 게 당연하잖아요?"

"포스티나, 당신은 베스가 왜 기절했는지 짚이는 게 없어요?"

기젤라가 오히려 되물었다.

"모르겠어요. 기젤라, 당신은 알아요?"

기젤라는 고개를 가로저었다.

"나는 기숙사에 등을 돌리고 해자 쪽 경치를 스케치하고 있었어요."

두 사람은 포스티나의 방 앞에서 걸음을 멈추었다.

"20분쯤 지났을까? 갑자기 어디선가 외침 소리가 들렸어요. 난 깜짝 놀라서 잠시 멍하니 서 있었어요. 그림을 그리거나 글쓰기에 열중해 있을 때 갑자기 무슨 일이 생기면 어떤 상태가 되는지 알지요? 그러다 얼른 생각이 나서 주위를 둘러보았지만 아무도 없었어요. 하지만 창문이 열려 있기에 외침 소리는 거기서 들렸으리라 생각하고 그리로 달려 갔어요. 저 자습실 창문으로."

"내가 도서실로 뛰어가는 걸 보지 못했어요?"

"못 봤어요. 아마 당신이 외침 소리를 듣고 달리기 시작한 것이 나보다 빨랐던 게 아닐까요? 내가 자습실 창문으로 들여다보았을 때 당신이 베스 옆에 앉아 있더군요."

기젤라가 말했다.

"나는 도서실을 지나서 자습실로 들어갔어요. 포스티나, 당신은 잔디밭에서 곧장 자습실로 달려 갔는데도 꽤 시간이 많이 걸렸군요."

"난 너무 놀라서 금방 움직일 수가 없었어요."

포스티나의 눈이 용서를 빌고 있었다.

"게다가 당신처럼 빨리 뛰지도 못해요, 난."

"당신이 들여다본 창문은 홀로 통하는 문과 마주보고 있었고, 그 문은 열려 있었어요. 혹시 홀에서 누군가를 보지 못했어요, 포스티나?"

"그렇게 말하니 어쩌면…… 하지만……." 포스티나는 이마를 찡그리고 생각하려 애쓰며 애매하게 대답했다.

"누군가의 모습을 보았다고 확실히 말할 수는 없지만……."

기젤라는 성급하게 다그쳐물었다.

"아무튼 뭔가를 보기는 했지요?"

"굳이 말하자면 그 방에서 홀로 움직여가는 것을 본 듯했을 뿐이에요. 하지만 어두컴컴했기 때문에 잘 보이지는 않았어요. 이렇게 베니션블라인드(베네치아에서 발달한 것으로 일정한 간격으로 늘어뜨려 햇빛을 가리는 물건)를 반쯤 내려놓았으니까 말이에요. 게다가 홀 쪽은 그다지 주의해 보지 않았어요. 나는 다만 그 방 베스와 당신을 보고 있었거든요."

기젤라가 화제를 바꾸었다.

"난 해자 쪽으로 산책나갔다가 돌아올 때 당신이 스케치하는 걸 보았어요. 그때도 당신의 움직임이 무척 느리더군요……. 묘하게 천천히 붓을 놀리고 있었어요. 기분이라도 나빴나요?"

"아니, 그냥 왠지 모르게 졸음이 왔어요. 너무 졸려서 눈을 뜨고 있을 수도 없을 만큼. 그런데 갑자기 비명 소리가 들려서 번쩍 눈이 뜨여진 거예요. 그래서 더욱 놀란 거지요. 마치 언짢은 꿈에 시달리다 깨어난 것 같은 기분이었어요. 가슴이 두근두근하고……."

"그래서 겁을 먹었었군요?"

"네. 당신은 어땠지요?"

"나도 몹시 놀랐어요. 하지만 다리가 얼어붙어 움직일 수 없을 만큼은 아니었어요. 이젠 가슴이 두근거리지 않나요? 괜찮아요?"

"이젠 괜찮아요."

포스티나는 가볍게 한숨을 쉬었다.

"그냥…… 조금 피곤해요."

그녀는 희미하게 웃었다.

"짐꾸리는 일을 도와줄까요?"

기젤라가 물었다.

"고맙지만 대부분 오전중에 다 꾸려놓았고, 게다가 소지품도 그다지 없어요."

포스티나는 방으로 들어가 꽤 낡은 세 개의 여행가방 밴드를 채우고 열쇠로 잠근 다음 침대 옆 테이블에서 책 한 권을 집어들었다. 낡은 쇠가죽 장정의 금글씨가 박힌 책으로 가장자리가 닳아 있었다.

"이건 당신 책이에요, 기젤라."

포스티나는 겸연쩍은 듯 어색한 표정으로 책을 내밀었다.

"괴테의 회상록 제1권인데, 당신이 없을 때 책꽂이에 꺼내왔어요

······. 다시 읽고 싶은 대목이 있어서. 미안해요."

"괜찮아요, 그런 일을 가지고 뭐······."

기젤라는 책을 받아들고 표지를 젖혀보았다.

잉크는 연한 갈색으로 바래져 있었지만, 누군가가 길쭉한 이탈리아체 글씨로 써놓은 것이 아직도 뚜렷이 남아 있다——'볼머의 애멀리드 브와지 노이벨크 학교에서, 1853년'. 또다시 뭔가가 그녀의 마음 속, 조금만 더 뻗으면 기억의 손이 닿을 듯한 곳에서 꿈틀거리고 있는 것 같은 기분이 들었다.

기젤라가 말했다.

"떠나기 전에 내 방에서 차나 한 잔 마시고 가요. 자동차가 오려면 아직 조금 시간이 있겠지요."

두 사람이 기젤라의 방에 들어갔을 때 저녁 어둠은 이미 짙어져 있었다. 그녀는 호박색 실크 갓이 씌워진 테이블 램프의 스위치를 켰다. 그리고 나서 알코올램프로 물을 끓여 옛스러운 은찻잔에 홍차를 넣고 레몬을 띄웠다.

"당신의 앞날을 위해!"

기젤라는 마치 포도주 잔으로 건배하듯 찻잔을 높이 올리며 진지한 표정을 지었다.

"당신의 다음 일자리가 좀더 좋은 곳이기를!"

그러나 포스티나는 그 말에 대답할 기력이 없었다. 그는 홍차를 조금 마시더니 그대로 내려놓았다. 그리고 쌀쌀맞게 말했다.

"나에게는 미래가 없어요."

"그런 말 하지 말아요. 자, 따끈할 때 마셔요, 기분이 언짢을 텐데."

포스티나는 얌전히 그 말에 따라 다시 마셨다. 그녀는 마음이 내키지 않을 때에도 자기 자신을 죽이고 상대방 뜻에 따르는 성격이었다.

"잘 마셨어요, 기젤라."

포스티나는 빈 찻잔을 내려놓았다.

"그럼, 이만 가겠어요. 택시를 기다리게 해서는 안 돼요. 그리고 뉴욕 행 기차를 놓치면 나쁘니까."

"현관까지 배웅하겠어요. 주소가 정해지거든 곧 연락해요."

두 사람은 홀로 나왔다. 싸늘한 가을밤에 얇은 톱코트를 입은 모습이, 그리고 현관까지 배웅나온 이 학교 사람이 하나밖에 없는 상태로 떠나는 포스티나의 모습이 쓸쓸해 보였다.

포스티나는 기젤라보다 앞장서서 걸어가 홀 모퉁이를 돌아 층계로 내려가는 곳에 이르렀다. 2층 홀 벽에 장치한 전등빛은 층계 중간의 층계참까지만 비추었다. 거기서부터 밑의 층계는 아래층 전등이 아직 켜져 있지 않아 몹시 어두웠다.

벽의 전등불빛이 미치는 층계참에 라이트홋 교장이 꼼짝도 하지 않고 서 있었다. 그녀는 한 손을 난간에 얹고 아래층 어두운 홀을 가만히 내려다보고 있었다. 희끗희끗한 머리가 섞인 아마빛 머리를 얌전히 새로 빗어올렸고, 마노빛 이브닝드레스를 입고 있었다. 굵은 주름이 잡힌 두더지색 비로드 코트가 발목까지 늘어지고, 시폰 스커트와 같은 빛깔의 새틴 슬리퍼 끝이 스커트 자락 사이로 조금 내다보였다. 그리고 목덜미께에 희미하게 흰 것이 보였다. 흰 담비 모피와 진주였다. 코트 소매는 길게 손목까지 늘어져 있었다. 그 아래 주름잡힌 긴 장갑이 보였다. 그녀는 아래층 홀의 어둠을 바라보며 단호한 목소리로 불렀다.

"클레일 선생!"

포스티나는 층계 꼭대기에서 대답했다.

"네, 교장선생님."

라이트홋 교장은 몹시 놀라며 몸을 돌려 포스티나 쪽으로 향했다.

순간 숨막힐 듯한 침묵이 두 사람 사이에 가로 놓였다. 포스티나가 침묵을 깨뜨렸다.

"나를 부르셨습니까?"

라이트훗 교장은 여느 때의 침착성을 잃은 당황한 목소리로 물었다.

"다, 당신은 언제부터 거기에 서 있었지요?"

"지금 막 왔어요."

포스티나는 당황한 듯 웃었다.

"바삐 서두르는 참이라 순간적으로 층계 위에서 교장선생님 곁을 지나칠까 생각했습니다만, 물론 그만두었습니다. 무척 실례되는 일이니까요."

"그렇지요."

라이트훗 교장은 지그시 입술을 깨물었다.

"당신이 그토록 서두른다면 더 이상 붙잡지 않겠어요. 그럼, 잘 가요."

교장은 비로드 스커트 자락을 우아하게 펄럭이며 그 나이또래의 여자들이 몸에 익힌 습관대로 등을 똑바로 펴고 머리를 뒤로 젖힌 채 층계를 내려갔다.

포스티나와 기젤라는 조심스럽게 거리를 두고 그 뒤를 따랐다.

교장이 마지막 층계를 다 내려갔을 때 까만 옷에 흰 앞치마를 두른 아린이 응접실에서 아래층 홀로 나와 전등 스위치를 켰다. 밝은 전등 불빛이 언제나 조금도 다름이 없는 휑뎅그렁한 홀을 비추었다. 교장이 층계참에 서 있을 때 아래층의 무엇이 그녀의 눈길을 끌었는지 추측할 단서는 전혀 없었다.

"늦었구나, 아린."

교장이 조급하게 말했다.

"어두워지기 전에 전등을 켜도록 해라. 누구든 발을 헛디뎌 층계에서 굴러 떨어질지도 모르니까."

아린은 퉁명스럽게 대답했다.

"네, 알겠습니다."

교장은 아무렇지도 않은 듯이 한쪽 장갑의 주름을 폈다.

"바로 조금 전에 이 홀이나 식기실에서 식당으로 들어왔을 때 누군가를 보지 못했느냐, 아린?"

"네, 아무도 보지 못했는데요"

악의에 찬 그림자 같은 것이 아린의 입술을 스쳐갔다.

"교장선생님은 보셨습니까?"

"아니, 아니다!"

그러나 라이트홋 교장의 목소리에는 위엄이 없었다.

이때 전화 벨 소리가 주위의 고요함을 깨뜨리고 울려퍼졌다. 라이트홋 교장은 갑작스러운 요란한 소리에 신경이 날카로워진 듯 깜짝 놀라며 몸을 웅크렸다. 순간 기젤라의 머릿속에 어떤 생각이 영감처럼 번뜩였다. 누군가가, 또는 무엇인가가 엘리자베스 체이스만큼 라이트홋 교장을 놀라게 하여 공포의 충격을 준 게 아니었을까?

아린이 층계 밑의 전화실로 들어갔다.

"여보세요, 블레리튼 학교입니다. 누구십니까?······ 네, 잠깐만 기다려주십시오······. 폰 호헤넴즈 선생님께 전화입니다. 장거리전화인데, 저쪽은 이미 나와 계십니다. 베이질 윌링 박사님이라고 하십니다."

제4장

한숨과도 같은 희미한 웃음
죽은 슬픔의 껍데기…….

그는 그녀가 틀림없이 검정 옷을 입고 오리라 생각하고 있었다. 그녀는 유럽 오스트리아 빈 출신인데다 샤넬 세대의 여자인 것이다. 그런 그녀가 검은색이 아닌 옷을 입고 차분한 기분이 될 수 있겠는가?

지금 그녀가 입은 옷은 허리가 알맞게 죄어진 검정 크레이프로, 그 풍신한 스커트 자락이 검은 그림자 같은 얇은 양말을 신은 날씬한 다리며 굽높은 화사한 샌들 주위에 가볍게 드리워져 있었다. 소매도 어깨끈도 그녀의 흰 어깨의 고운 선을 망가뜨리지 않았다. 목에도 머리에도 보석은 보이지 않았다. 그러나 그녀의 머리모양은 반짝이는 보석을 연상케 했다. 일찍이 작은 관(冠) 같은 머리장식을 썼던 옛사람의 환영을 보는 듯한 느낌이었다. 그녀의 머리는 조금 짧게 잘려 귀 뒤로 아무렇게나 빗어넘겨져 있었다. 물결진 윤기 흐르는 검은 머리 아래 얼굴은 청초하고 한창 아름답게 피어나는 아름다운 흰 꽃 같았다. 그녀의 눈은 부드럽게 반짝였다. 둔하고 강한 빛이 아니라 별처럼 아름다운 반짝임이었다.

그는 그녀의 손을 잡았다.

"기젤라……."

얼마 동안 그는 더 이상 아무 말도 할 수가 없었다.

그녀가 웃을 때에는 쾌활함과 다정함이 함께 담겨 있었다. 유럽과 전쟁 전 세계의 추억을 되살아나게 하는 조용한 쾌활함. 만일 또다시 전쟁이 일어난다면, 이 지구 위에는 이런 웃음을 띨 사람이 하나도 없게 될 것이다. 순간 그의 눈엔 그녀가 잃어버린 문명으로부터 표류해 온 단편(斷片)으로 보였다──아티카나 리디아 유적의 팔다리가 떨어져나간 조각상처럼 상처가 나긴 했으나 여전히 아름다웠다.

이윽고 그는 창가 긴의자에 그녀와 나란히 앉았다. 웨이터가 차갑고 쓴 마티니를 두 잔 그들의 테이블에 놓았다.

그녀의 눈길이 옷장 속에서 6년을 지내는 동안 조금 누래진 그의 흰 넥타이를 흘끗 보았다.

"제복을 벗으셨군요…… 영원히?"

"신의 뜻에 맞는다면, 영원히!"

그는 건배하듯 술잔을 높이 들어올리더니 탐내듯이 얼른 마셨다.

"그래서 오늘 저녁 만나는 장소로 이 가게를 택한 거요."

그는 최신유행에 맞춰 칙칙한 금속 색채로 어지러이 장식한 가게 안을 둘러 보았다.

"클레인 클럽만큼 민간인다운 분위기가 도는 곳도 없을걸."

"그렇군요……."

기젤라는 잔잔하게 웃었다.

"우리가 곧잘 갔던 1번 거리의 작은 술집도 그다지 군대 같지는 않았어요."

"아니, 그걸 아직 기억하고 있소?"

"내가 잊었으리라고 생각하셨나요?"

두 사람은 다음말을 눈으로 주고받았다. 이윽고 베이질이 웃으며 말했다.

"그곳은 정말 내가 좋아하는 술집이었지. 거기 오는 사람들은 모두 디킨스나 새로얀의 소설에 나오는 인물 같았거든. 그러나 지옥으로부터의 이 귀환을 축하할 곳은 아닌 것 같았소. 나는 지금 과거를 되찾기 위해 온갖 노력을 다하고 있소. 지방검사도 시장도 모두 새로 바뀌어 버렸지만, 아무튼 나는 그 지방검사의 의학보좌라는 옛날 그 일을 다시 맡았다오.

그리고 전에 내가 있던 니커보커 병원의 정신과 과장 자리는 내 친구에게 넘어가 버렸지만——댄버라는 친구로, 그를 마지막으로 본 건 스코틀랜드에서였소——나는 그보다 훨씬 더 좋은 병원에서 같은 자리를 찾아냈소——맬리 힐 병원에서. 그리고 내가 없는 동안 집을 빌려쓰던 사람이 시카고로 돌아갔기 때문에 거처도 옛날 집을 그대로 쓸 수 있게 됐소. 듀니퍼와 나는 바로 어제 이사했다오. 아무리 낡았어도 고쳐서 새로 꾸미고 싶지 않은 내 마음을 그에게 납득시킬 수만 있다면 정말 집에 돌아온 기분을 느긋이 맛볼 수 있을 텐데…… 이제 모자라는 것은 하나뿐이오."

"그게 뭐지요?"

"당신."

기젤라의 하얀 뺨에 희미한 붉은빛이 감돌았다.

그는 나무라는 듯한 말투로 물었다.

"당신은 어째서 블레리튼 같은 학교에 있는 거요?"

"살기 위해서는 어쩔 수 없어요. 다른 사람이 그 필요성을 인정하든 하지 않든."

"그 일은 당신에게 맞지 않소, 계약은 끝났소?"

"다음해 6월까지예요."

"지금은 아직 11월이잖소, 그런 계약은 깨뜨리구려!"

"어머나, 농담이겠지요?"

"난 이처럼 진심으로 이야기해 본 적이 없소, 블레리튼은 당신의 건강에 좋지 않소, 안전하지도 않고."

"그게 무슨 뜻이지요?"

"당신은 그 일에 깊이 빠져 있소, 그녀 이름이 뭐였지? 아아, 그래, 포스티나 클레일 선생에 대한 일 말이오."

"내가 편지에 쓴 그 이야기 말이군요."

기젤라는 소리내어 웃었다.

"난 그 일을 까맣게 잊고 있었어요. 당신이 전화를 걸어 와서 오늘 저녁에 만나기로 약속했을 때 그 이야기는 하지 않았으니까. 지금 이렇게 당신과 함께 있으니까 그 일이 모두 거짓말이었던 것처럼 생각되는군요."

"그러나 오늘 밤 당신이 블레리튼으로 돌아가면 거짓말이 아닌 게 되겠지!"

"그 문제는 이제 끝났어요."

"그래, 포스티나는 갔소?"

"그러니까 끝났잖아요?"

"그러나 그녀를 쫓아낸 사람들은 아직 거기에 있소."

웨이터가 스위트블레드(소의 간 요리)를 가져왔다. 웨이터가 가자 베이질이 몸을 앞으로 내밀며 물었다.

"편지로는 자세한 것을 알 수 없었지만, 맨 처음 포스티나 클레일 선생이 이상하다고 느낀 게 언제쯤이었소? 어째서 이상하다고 생각했소?"

"아니에요, 포스티나 자신에게는 그다지 이상한 점이 없어요" 하고 기젤라가 설명했다.

"이상한 것은 그녀에 대한 다른 사람들의 태도였어요."

"같은 말 아니오? 언제쯤부터 그랬소?"

"그녀가 오고 4, 5일 지났을 무렵부터였어요."

기젤라는 그가 너무나 열심이라 놀라는 듯했다.

"그 맨 처음 사건이란 어떤 거였소?"

"잘 기억하고 있지 않아요."

기젤라는 미안한 듯한 표정을 지었다.

"새로운 직장에는 해야 할 일이 아주 많으니까요. 그녀도 나와 마찬가지로 이번 학기에 새로 왔어요. 아무튼 그녀에 대한 평판이 좋지 않다는 기색을 알아차린 것은 그녀가 온 지 1주일쯤 지났을 때였다고 생각해요. 하녀들 사이에서 소문이 돌아 학생들에게까지 퍼지고, 마침내 교사들에게로 전해졌지요. 그것이 그녀를 박해하는 일로까지 발전한 셈이에요. 결국 그녀는 해고되고 말았어요."

"그뿐이오?"

"당신에게 편지 쓴 뒤에도 두서너 가지 사건이 있었어요."

"어떤 사건이었소?"

그녀는 모든 것을 자세히 설명했다.

"어째서 다른 선생들은 클레일 선생을 특히 더 피했을까?" 하고 베이질이 물었다. "뭔가 짚이는 일이 없소?"

기젤라는 머뭇거리면서 말했다.

"모두들 그녀를 두려워하는 것 같은 묘한 인상을 받았어요. 누구나 두려운 것은 싫어하잖아요?"

"어째서 모두들 그녀를 두려워했을까?"

"그걸 모르겠어요. 도무지 알 수 없는 일뿐이에요. 군중 심리가 아닐까요? 그보다 기묘하게도 나는 이런 이야기를 오래 전 어디에선가 읽었던 듯한 생각이 들어요."

"읽었겠지. 나는 당신 편지를 읽자 곧 블렌타노 서점에 전화해서 캐로위츠 부인이 번역한 프랑스어 판 괴테의 회상록을 부탁했소."

"나도 그 제1권을 포스티나로부터 돌려받은 뒤 다시 읽어보았어요. 그러나 그녀가 맞닥뜨린 상황과 비슷한 이야기는 하나도 없었어요."

"그것은 무엇을 찾아야할지 모르고 읽기 때문이오. 당신은 포스티나 선생의 입장이나 사정을 아직 정확히 알고 있지 못한 거요."

밴드가 최근 유행하는 리드미컬한 음악을 시끄럽게 연주하기 시작했다. 기젤라는 한숨을 내쉬었다.

"이런 데서는 복잡한 이야기를 할 수 없군요."

"그럼, 어디 다른 데로 옮깁시다." 베이질이 얼른 말했다. "당신은 이런 가게를 그다지 좋아하지 않는 모양이군."

"네, 하지만······."

베이질은 벌써 웨이터를 불러 눈이 휘둥그레진 그에게 전혀 손도 안 댄 저녁식사 값을 치렀다.

이리하여 1번 거리의 이웃사람들을 상대하는 어느 한산한 술집에 무료하게 앉아 있던 단골손님들은 그날 밤 이국풍의 한 쌍이 느닷없이 침입함으로써 심심함을 달랠 수 있었다──그들은 5번 거리나 파크 거리 부근의 이방인이었다. 여자는 타는 듯한 접는식 빨간 실크 칼라를 단 검은 비로드 코트를 입고, 사나이는 실크해트에 흰 스카프를 맨 차림이었다──영화에서 곧잘 보는 모습이었다. 1번 거리는 5번 거리나 파크 거리보다 점잖아 버릇없이 흘끗흘끗 보거나 쑤군쑤군 거리지는 않았다. 1번 거리의 좋은 점은 너그러움이었다. 비록 분에 맞지 않는 부자가 왔더라도 조용하고 얌전하게 행동하기만 하면 너그럽게 대해 주는 것이다.

"처음부터 여기 왔더라면 좋았을걸 그랬군."

베이질은 옛날을 그리워하듯 오랜 세월과 담배연기와 거리의 먼지로 거무스름하게 그을린 벽을 둘러보았다.

"전혀 달라지지 않았는데."

"주크박스(돈을 넣으면 지정된 곡이 나오는 자동축음기)는 새것인데요" 하고 기젤라가 말했다.

두 사람은 자욱한 담배연기 속에서 자기들을 노려보는 괴물 같은 전등을 혐오스러운 눈으로 지켜보았다.

"바다 밑에 사는 발광어(發光魚) 같아요."

기젤라는 나직이 중얼거리고 나서 그 가게 분위기에 익숙해지려는 듯이 덧붙였다. "잔돈 있어요?"

"저 토나카이 같은 걸 울리지 않겠다고 약속한다면⋯⋯."

베이질은 언제나 주문하는 것을 부탁했다——구운 치즈 샌드위치와 필젠 풍의 맥주를.

이윽고 기젤라가 얼굴을 빛내며 돌아왔다. 베이질의 할아버지인 버질리 클래스노이가 작곡한 신데렐라 조곡 가운데 〈유리구두의 왈츠〉를 찾아냈던 것이다.

"재즈로 만들었더군요, 그래도 멋져요! 어떻게 그런 레코드가 여기 있을까요? 그밖에는 모두 달콤한 것뿐이에요."

아무도 두 사람의 이야기를 듣고 있지 않았다. 옆 테이블에서는 부랑자처럼 생긴 두 사나이가 마주앉아 맥주 한 잔을 사이좋게 번갈아 마시며 누군가가 두고 간 타블로이드 판 신문을 마치 중세기 사본을 해독하려고 애쓰는 학생처럼 열심히 성실하게 읽고 있었다. 굶주리고 여위고 지저분하게 더러워진 두 사람은 오늘의 뉴스 속에서 그들의 노고를 잊게 해줄 만한 무언가를 발견한 것일까?

그때 한 사나이가 입을 열었다.

"머리 비듬이 생기지 않도록 하는 약은 없다는군. 그 과학이라는 것도 도무지 형편없군그래!"

"아니야, 여기 뭐라고 나와 있어."

다른 한 사나이가 얼굴을 찡그리면서 띄엄띄엄 읽기 시작했다.

"우선……머리를 깨끗하게…… 감…… 감으란 말이지……."

"클레인 클럽보다 여기가 훨씬 좋아요" 하고 기젤라가 소곤거렸다.

여기에서는 마음편히 이야기할 수 있었다. 서로 이야기할 일이 너무 많아 기젤라가 걱정스러운 듯 카운터 위의 시계를 쓸 때까지 포스티나의 이야기는 나오지 않았다.

"당신이 그곳으로 돌아가야 한다고 생각하니 걱정스러워 견딜 수가 없군."

베이질은 석 잔째의 맥주를 물끄러미 바라보았다.

"그 여교사가 사건에 어떤 책임이 없었다면 라이트훗 교장이 그녀의 이력을 더럽히는 조치를 했을 리 없지."

"다시 말해서 포스티나 자신이 뭔가…… 장난이든 뭐든 계획했었다는 건가요? 어떤 방법으로, 어째서 그런 짓을 했을까요?"

"당신은 그녀로부터 자신에 대한 소문을 들은 일이 있느냐고 질문받았을 때 없다고 대답했소. 왜 그랬소?"

"모두들 그녀에 대해 쑤군쑤군하는 것은 알고 있었지만, 그게 어떤 이야기인지는 몰랐어요. 게다가 들었다 하더라도 그녀 앞에서는 말할 수 없었을 거예요. 친구인 경우에는 특히 더. 당신도 할 수 없을 거예요. 이건 불문율이에요. '당신 부인은 부정한 일을 저지르고 있습니다'라고 말하는 거나 마찬가지예요."

"그녀 자신이 물었을 때도 그렇단 말이오?"

"그녀 자신이 물었을 때는 더욱 그렇지요. 누구든 다른 사람이 자기를 보는 것처럼 자신을 보고 싶어하지는 않아요. 자신에 대한 의견을 들을 경우에도 정말은 안심하게 되기를 바라는 거예요. 미술가나 작가가 자기 작품에 대한 진실한 비평을 바라지 않는 거나 마찬가지지요. 자신에게는 잔혹하지 못한 거예요. 페르시아의 왕들은 좋지 않은 소식을 가져온 사자를 언제나 죽여버렸다는데, 모두 그 때문이 아닐까요?"

"그러나 그것이 당신의 진심이었는지 어떤지 의문인걸. 당신 자신이 그녀를 믿지 않았던 것인지도 모르고……."

"그렇지 않아요!" 하고 기젤라가 소리쳤다. "믿고 있었어요. 지금도 그래요. 그녀를 위하는 일이라면 무엇이든지 해주고 싶어요."

"정말이오?"

"정말이에요."

"그럼, 내가 그녀의 대리인이 될 수속을 해주겠소? 그럼, 내일 블레리튼으로 가서 라이트훗 교장에게 설명을 요구하겠소. 나는 정신과의사로서 블레리튼 학교 안에 퍼진 소문의 놀라운 영향에 큰 흥미를 가지고 있소."

"그렇지 않아요! 당신은 나를 트러블에서 멀리 떼어놓으려고 하는 거예요!"

"당신은 자기 생각만 하는군, 기젤라! 당신은 '트러블'이라고 했지만, 나는 '위험'이라고 말하고 싶소."

"어째서지요?"

"이 사건에는 악의가 숨겨져 있소. 그것은 포스티나 클레일의 일자리를 빼앗았소. 서서히 본색을 드러내는 비밀스러운 악의만큼 감당하기 어려운 것은 없소. 그것은 차례차례 새로운 희생자를 요구할지도 모르오."

"포스티나는 지금 뉴욕에 있어요. 퐁텐블로에."

기젤라는 구슬장식이 달린 핸드백에서 명함을 꺼냈다.

"만년필이나 연필 좀 빌려줘요. 여기에 주소를 쓰겠어요."

베이질은 바텐더에게서 연필을 빌려 왔다.

"만약 무슨 일이 있어도 돌아가야 한다면 11시 10분 기차에 늦지 않도록 그랜드 센트럴 역까지 바래다주겠소."

"내일 오후 블레리튼에서 학예회가 있어요. 당신도 오시지 않겠어요?"

"오후에는 내내 환자를 진료해야 하니 오전에 가볼까?"

"오전에는 수업이 있어요."

기젤라는 얼굴을 조금 찡그렸다.

"금요일 밤 저녁식사를 함께 할 수 있겠소?"

"그게 좋겠군요. 토요일에는 수업이 없으니까 서둘러 학교로 돌아갈 필요가 없거든요."

1번 거리와 2번 거리 사이에서 그는 차를 세웠다. 미끄러지듯 차가 멈춰섰다. 한길 양쪽의 창고는 이미 셔터가 내려졌고, 가로등도 훨씬 저쪽 네거리 모퉁이에 하나 켜져 있을 뿐이었다. 큰길은 조용하고 어두웠다. 지나가는 사람 그림자도 없었다. 두 사람은 말없이 서로 입술을 포갰다.

이윽고 기젤라가 몸을 빼내자 그는 간신히 그녀를 놓아주었다.

베이질이 말했다.

"나는 이것을 위해 6천 마일이나 날아왔소. 일본에 한 2, 3년 더 있어주었으면 좋겠다고 했지만."

"기뻐요, 당신이 그렇게 하지 않아서."

기젤라의 목소리는 떨리고 있었다.

"그렇다면 블레리튼과의 계약을 깨뜨려버리라니까!"

"……모르겠어요."

"뭘 모르겠다는 거요?"

"이런 밤에는 정신병자나 불구자만 아니라면 어떤 여자든 당신에게 사랑스러워 보이지 않을까요? 내일이면……."

기젤라는 어깨를 으쓱했다.

"더 이상 바래다주지 않아도 괜찮아요. 역까지는 두 블록밖에 안 되니까요."

그러나 베이질은 아무 대답도 하지 않고 클러치를 젖혔다. 자동차는 렉싱턴 거리의 값싸고 화려한 불빛 쪽으로 달리기 시작했다.

그랜드 센트럴 역에서 그는 윗몸을 굽히고 그녀의 손에 키스했다.

"내일 오전 중으로 블레리튼에 가겠소."

"내일 오전? 하지만 그전에 포스티나를 만나야 하지 않겠어요?"

"클레일 양은 오늘 밤에 만나지."

제5장

처음부터 악마는 주사위를 흔든 것이다.

너를 위하여, 포스틴……

퐁텐블로는 제1차 세계대전 직후 생긴 인플레이션의 산물이었다. 겉으로는 호화스러운 호텔을 가장하고 있었지만, 실제로는 근대적인 도금을 한 옛스러운 여직원용 숙사로 남자는 머물 수 없었다. 침실은 좁고 답답한 움막 같고 시설도 나빴다. 그러나 건물은 근대적인 지역 한 모퉁이에 마천루처럼 높이 솟아 있고, 1층의 칙칙하게 꾸민 응접실 및 지하에는 수영장과 스쿼시 코트도 있었다.

이 호텔을 기획한 사람은 여성에게 있는 두 가지 기본적인 공포를 잘 연구한 것 같다. 초라해 보이는 것에 대한 공포와 수상해 보이는 것에 대한 공포. 그러나 포스티나가 이처럼 많은 사람이 머무는 보호된 숙소를 택한 것은 그런 일반된 공포 때문만이 아니리라고 베이질은 생각했다.

그는 로비로 들어서자 20년 전 아직 소년이었을 무렵 뉴욕에 처음으로 와서 볼티모어의 집에서 알게 된 여자를 만나러 이곳에 왔었던 생각이 났다. 딸이 뉴욕에서 일하고 싶거나 공부하고 싶다고 할 때, 부모는 이 여자 전용 호텔에 머문다는 약속을 받아낸 경우에만 허락하고 있었던 것이다.

　그 무렵과 달라진 건 아무것도 없었다. 응접실은 여전히 모조 대리석과 마호가니 빛깔로 칠한 금속이 값싸게 번쩍거리고 있었다. 마침 그 시각은 영화나 연극에 데리고 가주었던 질좋지 않은 젊은이들에게 작별인사를 하는 젊은 여자들——여우나 담비 모조가죽, 또는 이리나 토끼털가죽 옷을 입은 젊은 여자들로 북적거렸다. 막 봉오리가 터진 듯한 순진한 얼굴, 미숙한 입매, 혹처럼 동그란 손목이 그에게 늙음과 분별, 권태로움을 느끼게 했다. 그는 그런 기분을 떨쳐버리려는 듯 실내전화기를 들어 클레일을 불렀다.

　"여보세요?"

　"나는 월링——베이질 월링이라고 합니다. 당신은 나를 모르실 것입니다. 기젤라 폰 호헤넴즈의 친구입니다."

　"그러세요? 그녀로부터 성함은 들었어요."

　"지금 막 블레리튼으로 돌아가는 그녀를 역까지 배웅하고 온 참입니다. 그녀와 저녁식사를 하며 당신 이야기가 나왔지요. 그래서 잠깐 이야기하려고 들렀습니다. 힘이 되어드릴 수 있을지 모른다는 생각이 들어서 말입니다."

　"어머나, 그러세요? 친절하시게도, 고맙습니다. 그럼, 내일…….."

　"실은 당신이 생각하시는 것보다 사태가 급박한 것 같습니다. 나는 지금 아래 로비에 있습니다. 당신을 만나뵙기에 시간이 너무 늦었을까요?"

　"아니, 괜찮아요. 옥상에 정원이 있는데, 직행 엘리베이터를 타고 올라오세요. 거기서 만나뵙겠어요. 여기에는 거실이 없고, 로비는 지금쯤 붐비고 있을 테니까요."

베이질이 옥상에 올라와보니 저쪽 구석에 한 쌍의 남녀가 있을 뿐이었다. 희미하게 보이는 흰 헝겊조각 같은 두 개의 얼굴과 빨간 담뱃불이 보였다.

그는 반대쪽 구석으로 걸어가 난간에 기대섰다. 그곳은 밤에도 큰 길이며 높은 빌딩에서 비치는 불빛이 만들어낸 기분나쁜 영겁의 어스름에 싸여 있었다. 타일을 박은 구획 속에 들어 있는 시들시들한 화분들이 울타리마냥 늘어서 있고, 금속제 의자며 테이블——같은 것들이 모두 도시의 먼지에 섞여 있었다.

그러나 조망만은 기막히게 좋았다. 심심풀이로 밤 하늘을 향해 쌓아올린 듯한 입방체의 석조건물들이 누런 빛을 번쩍여 마치 수천 개의 횃불행렬이 꼭대기에서 베풀어지는 발푸르기스의 밤(마녀와 악귀의 환락의 밤)을 축하하기 위해 몇천 개의 벗어진 대머리산을 올라가고 있는 것 같았다. 섬 출신에게는 이러한 경관이 거대한 도시가 낳은 우연의 산물이라는 사실이 좀처럼 믿어지지 않았다. 퐁텐블로에 대한 그의 감정은 얼마쯤 호의적이 되었다. 아마 이것이 중서부인 오슈코슈에서 온 그녀에게 적갈색 사암으로 지은 아파트 3층에서는 얻을 수 없는 무언가를 주었으리라.

"윌링 선생님이신가요?"

베이질은 그 목소리가 마음에 들었다. 조용하고 조심스러우면서도 발음이 보석처럼 맑았다. 뒤돌아보니 그와 거의 키가 비슷한 여자가 서 있었다. 그러나 어깨가 가냘프고 몸매가 날씬하여 몸집이 큰 여자로 보이지는 않았다.

그녀가 입은 간소한 드레스는 흰색, 아니면 어둠 속에서 희게 보일 만큼 옅은 빛깔이었다. 갸름한 달걀형 얼굴과 부드러운 머리카락은 드레스와 마찬가지로 옅은 두 가지 색조의 비스킷 색깔이었다. 그녀는 낮은 테이블을 둘러싼 의자로 그를 안내하였다. 둘은 의자에 앉았다.

베이질이 이야기를 꺼냈다.

"내가 무슨 일로 왔는지 설명하지요, 실은 블레리튼에서 있었던 일이 자꾸만 마음에 걸립니다. 기젤라는 다시 그곳으로 돌아갔는데, 아무래도 그녀가 걱정되는군요."

"무슨 말씀이지요?" 포스티나는 나직하고 힘없는 목소리로 되물었다. "그녀에게 무슨 문제가 생기리라고는 생각되지 않습니다만……."

그는 옥상에서 만나자는 포스티나의 제안에 동의한 것을 후회했다. 묘한 인공적인 어스름 속에서는 그녀를 똑똑히 볼 수가 없었다. 가는 허리며 가냘픈 어깨며 하얀 살결이며 머리카락이며 드레스, 그리고 크고 날씬한 그녀는 마치 종이인형처럼 실체가 없어보였다. 표정도 거의 없었다.

"기젤라로부터 당신과 가까이 지냈다는 말을 들었습니다. 사람 사이를 떼어놓으려고 한 변질자는 당신이 떠나버리자 이번에는 그녀 쪽으로 공격의 칼 끝을 돌릴지도 모릅니다. 기젤라는 당신의 오직 하나뿐인 친구였지요?"

"네, 그녀에게는 뭐든지 다 털어놓고 이야기했어요."

"뭐든지요?"

포스티나의 얼굴빛이 달라졌다 해도, 눈이 조금 움직였다 해도 그에게는 보이지 않았다. 그러나 분명 그녀는 대답을 망설이는 듯 희미한 불빛 속에 말없이 앉아 있었다.

조금 뒤 그녀는 당돌하게 대답했다.

"그 이상은 지금 말씀드릴 수 없어요."

그러나 목소리는 달라지지 않았다. 가늘고 무표정하고 명확하고 조금 딱딱한 목소리는.

"당신은 정신과의사시지요?"

"네, 그렇습니다."

"그래서 기젤라가 당신을 만나게 했군요. 모두들 언제나 나를 유심히 지켜본다고 말했을 때, 그녀는 내가 어떤 망상에 사로잡혀 있다고 생각한 게 아닐까요? 다시 말해서 내가 노이로제 같은 정신병에 걸린 것이라고……"

"클레일 양, 기젤라는 전혀 그렇게 생각지 않습니다. 그녀에게서 당신 이야기를 들었을 때는 확실히 이상하다고 생각했습니다만……"

"그런데 지금은요?"

"완전한 검진을 하지 않고서는 뭐라고 말할 수가 없습니다."

"나는 이제까지 정신상태를 의심받은 일은 없었어요" 하고 포스티나가 야무지게 말했다. "몸도 건강해요. 가끔 빈혈이 일어나 지금 철분과 비타민을 먹고 있어요. 그래도 정신감정을 부탁해야 할까요?"

"간단히 알 수 있는 방법도 있습니다. 만약 당신에게 그런 용기만 있다면."

"어떤 거지요?"

"나를 당신의 대리인으로 하여 라이트훗 교장과 이야기하게 해주는 겁니다. 교장은 당신에게 설명해야 할 일이 있으나 하지 않았습니다. 그것을 내가 대신 듣겠습니다."

"그래요?"

꿈 속 같은 어스름 속에서 포스티나의 의연한 표정이 희미하게 떠올랐으나 이번에는 그 목소리에 마음의 움직임이 나타났다. 베이질은 그녀가 라이트훗 교장의 고압적인 처사를 원망하며 화가 나 있음을 알았다. 그러나 그녀는 무엇이 두려워 가만히 있는 것일까?

"기젤라로부터 들었는데, 당신에겐 친척이 없다더군요."

"네, 워트킨즈 씨 말고는 아무도 없어요. 워트킨즈 씨는 어머니의 변호사였는데, 어머니가 돌아가신 뒤 내 보호자이며 유산수탁자 (受託者)로 되어 있어요."

"이번 일은 아직 그에게 알리지 않으셨지요?"

"워트킨즈 씨는 이제 노인이 되셨지만 아주 엄격한 실무가랍니다. 그런 분에게 이유도 듣지 못하고 해고된 것을 알려드리고 싶지 않았어요. 그분에게는 도저히 이런 이야기를 할 수가 없어요."

"그분이나 내가 당신을 위해 라이트훗 교장을 만나야 한다고 생각합니다."

"당신이 가주셨으면 좋겠어요."

"당신으로서는 시련이 되겠지만, 견딜 수 있겠습니까? 아니, 견뎌야만 합니다. 당신의 미래가 걸려 있으니까요."

"알겠어요."

포스티나의 목소리는 아직도 겁먹고 있었으나 될 대로 되라는 듯한 울림이, 외곬으로 몰린 겁쟁이의 자포자기한 용기가 담겨 있었다.

"꺾이거나 주저앉지 않도록 용기를 내겠어요."

"그렇다면 내가 내일 라이트훗 교장을 만나보겠습니다."

베이질은 민첩하고 활기 있게 이야기를 진행시켰다.

"4, 5일은 여기 계시겠군요?"

"네, 여기서 좀 기분을 가라앉히고 싶어요."

"그럼, 그 다음에는?"

"다른 직장이 마련되지 않으면 뉴저지 주로 갈 생각이에요. 블래이트시 바닷가에 어머니가 물려주신 별장이 있어요. 겨울 동안 거기에 있겠어요."

"이런 것을 물으면 쓸데없는 참견이 될지도 모릅니다만, 재정면은 어떻습니까?"

"라이트홋 교장에게서 6개월치 급료를 받았고 저축한 것도 조금 있으니까 절약해서 생활하면 7, 8개월은 충분히 지탱하리라고 생각해요."

"그게 모두입니까?

"블레이트시에 별장이 있어요. 그리고 30살 생일을 맞으면 어머니의 유산을 물려받을 수 있어요. 보석이에요. 쓸모없는 하찮은 것이 더 많을 듯싶지만, 워트킨즈 씨는 비싼 보석도 몇 개 있다고 말씀하셨어요. 다음해 가을에 현금이 필요해질 경우 그 보석을 전당잡혀 돈을 빌려쓸 수 있을 거예요. 다음해 10월이면 30살이 되니까요."

"별장을 물려받았을 때 어째서 보석들도 함께 상속하지 않았습니까?"

"별장은 그리 값나가는 게 아니었기 때문에 무조건 나에게 남겨주어 어른이 되면 자동적으로 내 것이 되게 해주었지요. 그러나 보석은 나의 유일한 재산이에요. 그것을 보존하는 방법을 알지 못할 만큼 어릴 때 상속받으면 아무렇게나 팔아버려 돈을 헛되이 써버리지 않을까 걱정하신 거겠지요. 어머니가 돌아가셨을 때 나는 겨우 7살이었으니까요. 초등학교에서 대학을 졸업할 때까지 학비는 남겨주셨어요. 학교가 방학하면 워트킨즈 씨는 자신이 돈을 내어 피서지에 놀라고 보내주셨지요. 그분은 부인도 안 계시고 아이도 없어요. 그렇다고 나를 상대해 줄 만한 시간도 없어서 결국 그렇게 하는 수밖에 도리가 없었던 거예요."

"부모님의 형제분, 다시 말해서 당신의 숙부나 이모는 한 분도 안 계시군요."

"네, 나는 내 친척에 대해 전혀 몰라요. 어머니에 대해서도 갈색 머리의 아름다운 부인으로, 바다표범색 코트를 입고 흰 양가죽장갑 위에 제비꽃무늬가 든 머프(두 손을 따뜻하게 하는 모피로 만든 외짝 토시 같은 것)를 끼고 있었던 것쯤 기억하고 있을 뿐이에요. 아래위로 온통 하얗게 차려입고서 손잡이가 길고 가장자리에 장식이 달린 아마 천의 양산을 들고 있었던 것 같기도 하지만, 내 멋대로 어머니의 모습을 머릿속에 그려낸 것인지도 몰라요. 아버지는 전혀 기억에 없는 걸 보면 아마 내가 갓난아기일 때 돌아가셨나봐요. 아버지 친척에 대해서 나는 여러 가지로 생각해 보았어요."

그녀의 목소리가 점점 가라앉아 갔다.

"내가 알고 있는 사람은 오직 어머니 한 분뿐이지만, 아버지 쪽으로도 전혀 친척이 없었다는 게 이상해요. 그래서 한두 번 워트킨즈 씨에게 물어보았지요. 하지만 그분은 단호하게 내게는 어머니 쪽으로나 아버지 쪽으로나 전혀 친척이 없으니 혼자 훌륭하게 살아나갈 수 있도록 노력해야 한다고 말씀하셨어요."

"라이트훗 교장을 만나본 뒤 워트킨즈 씨와도 만나서 이야기를 들어보겠습니다. 그분은 쉽게 만날 수 있습니까?"

"그는 브로드웨이와 월 거리 모퉁이에 사무실을 가지고 계세요."

베이질이 놀라서 물었다.

"설마 셉티머스 워트킨즈 씨는 아닐 테지요?"

베이질은 그때까지 그녀가 말하는 '워트킨즈 씨'란 어느 뒷골목에 조그마한 사무실을 가졌으며 이름도 그다지 알려져 있지 않은 변호사이리라고 생각했었다. 그때까지 포스티나가 한 이야기 속에 그녀의 어머니가 부탁한 변호사가 그 유명한 법률의 권위자 셉티머스 워트킨즈임을 암시할 만한 대목이 전혀 없었던 것이다.

"아니, 그것이 그분의 성함이에요. 당신이 개인적으로 만나보고 싶으시다면 아침에 일찍 일어나셔야 해요."

포스티나는 조심스럽게 웃었다. 마치 그녀의 얼굴 근육이 그런 표정에 익숙지 못한 것처럼 여겨지는 웃음이었다.

"그분의 면회 접수시간은 좀 색달라서, 아침 6시부터 7시까지거든요."

"그렇습니까?"

베이질은 틀림없이 그녀가 잘못 생각했겠지, 하고 여겼다.

아무튼 셉티머스 워트킨즈를 만날 경우에는 미리 그의 비서에게 전화하여 가장 알맞은 시간을 약속해 두면 될 것이다.

베이질이 일어섰다.

"당신이 이 문제에 용감하게 맞서려고 결심하셔서 정말 다행입니다."

포스티나는 테라스를 지나 엘리베이터까지 그를 배웅했다.

"뉴욕으로 돌아오시거든 곧 나에게 연락해 주세요."

"물론이지요." 베이질은 문득 생각난 듯 덧붙였다. "또 한 가지 당신에게 묻고 싶은 것이 있습니다. 기젤라에게서 괴테의 회상록 제1권을 빌려 읽으신 것은 무엇 때문입니까, 무슨 특별한 이유라도 있습니까?"

"아니에요, 별로…… 난 전부터 괴테를 좋아했어요."

그는 정신과의사의 경험으로 느낄 때 포스티나가 서투르게 거짓말하고 있음을 알았다. 그러나 지금은 그녀를 나무랄 때가 아니었다. 그보다도 먼저 그녀의 신뢰를 얻는 일이 중요했다. 그녀가 거짓말이 서투르다는 사실은 오히려 그에게 하나의 명확한 인상을 주었다. 그녀는 본디 정직한 여자인 것이다. 그녀가 복잡한 음모나 책략의 중심인물이 될 수 있다고는 도저히 생각할 수 없었다.

"윌링 선생님……."

포스티나의 목소리가 끊어졌다.

"말씀하십시오."

포스티나는 숨을 깊이 내쉬며 얼굴을 들었다.

"라이트홋 교장이 내일 당신에게 어떤 이야기를 하더라도, 틀림없이 나를 믿어주시겠지요?"

"나는 당신을 위해 대리인이 되었으니 당연하지요." 베이질은 그녀를 안심시키듯이 말했다. "내가 가기 전에 또 뭔가 말해 두고 싶은 일이 있습니까?"

금속이 맞닿아 삐걱거리는 소리를 내며 엘리베이터 문이 열렸다. 갑자기 포스티나의 얼굴에 환한 불빛이 비쳐 무언가에 감동한 듯 긴장된 눈이 보였다. 베이질은 처음으로 그녀의 얼굴을 똑똑히 보았다. 생기없는 갸름한 얼굴에 부드러운 표정이 떠올라 있었다. 불안과 의혹으로 상처를 입지 않았다면 순진한 얼굴이었으리라고 그는 생각했다.

"아니에요, 지금은 할 이야기가 없어요." 그녀는 조용히 대답했다. "하지만 돌아오시면 곧 만나뵙고 싶어요."

"내일 밤 전화드리지요. 당신은 엘리베이터를 안 타십니까?"

"이건 직행이에요. 내 방은 16층에 있어요. 그럼, 안녕히 가세요. 여러 가지로 고마웠습니다."

엘리베이터가 1층에 닿았을 때 그는 문득 생각했다. 만약 엘리베이터가 좀더 늦게 왔다면, 그녀는 어떤 이야기를 했을까?

이튿날 아침 9시 30분쯤 그는 병원에서 비서에게 셉티머스 워트킨즈 변호사 사무실에 전화하여 면회할 수 있는 시간을 물어보도록 일렀다. 조금 뒤 전화를 걸던 비서가 수화기를 놓으며 놀란 얼굴로 베이질을 쳐다보았다.

"그쪽 사무실 비서가 워트킨즈 씨는 면회약속을 하지 않는다고 말하는데요."

베이질은 답답한 듯이 수화기를 받아들고 직접 똑같은 질문을 했다. 남자의 목소리가 마치 의식을 진행하는 것처럼 단조로운 말투로 대답했다.

"워트킨즈 씨는 면회약속을 하시지 않습니다."

"그러나……."

"아침 6시에서 7시 사이에 오시면 언제라도 만나실 수 있습니다."

"여보시오, 지금 장난하는 거요?" 베이질은 버럭 화가 치밀어올라 따졌다. "내가 누군지 아시오?"

비서는 영국의 하인처럼 지나치리만큼 공손한 듯하면서도 무례하게 말했다.

"정말 죄송합니다만, 그것이 우리 사무실의 옛부터 내려오는 관습입니다. 워트킨즈 씨는 아침 6시부터 7시 사이에 오신 분은 누구시든 만나보십니다."

베이질은 씁쓰레한 얼굴로 수화기를 놓고 아래층으로 내려가 자동차에 올랐다.

상당히 빨리 몰아 두 시간 만에 블레리튼에 닿았다. 그는 속력을 늦추고 철문을 지나 학교 건물이며 교정을 살피는 듯한 눈으로 보면서 나아갔다. 잔디밭과 화단은 형무소를 연상케 할 만큼 잘 정돈되어 있었다. 건물은 보기흉한 빨간 벽돌로 지은 병사(兵舍) 같았으며, 구름 사이로 비쳐 나온 11월의 차가운 햇살을 받아 갈색으로 보였다.

초인종을 누르자 굵은 파란색 줄무늬 옷을 입은 하녀가 나왔다. 그녀의 멍한 눈이 뜻밖의 남자 손님을 보자 갑자기 활기를 띠었다.

"라이트홋 교장선생님 계십니까?"

"약속하시고 오셨나요?"

"아니오, 그러나 명함을 전해드리면 만나주실 겁니다."

하녀는 희미하게 입술을 달싹거리면서 명함을 읽었다——베이질

월링 박사. 뉴욕 지방검사 의학보좌.

그녀는 태어날 때부터 명함에 박힌 이름들을 동경해 온 듯한 탐욕스러운 눈으로 한참 동안 찬찬히 살펴보더니 이윽고 자신이 할 일을 생각해 냈다.

"안으로 들어오셔서 기다려 주세요. 교장선생님께 전해드리고 오겠습니다."

제6장

갓 태어난 그대의 발가벗은 영혼을
서로 빼앗아 그들은 내기를 했다.
신은 말했다.
"이긴 쪽이 맡아서 포스틴을 양육하라."

"월링 씨지요?"

라이트홋 교장은 베이질의 명함을 불쾌한 듯 엄지손가락과 둘째손
가락 사이에 끼우고 서재 책상 옆에 서 있었다.

"여기는 뉴욕이 아니라 코네티컷 주입니다. 게다가 블레리튼 학교
가 어째서 지방검사나 그 의학보좌의 관심을 끌었는지 알 수 없군
요."

"아닙니다. 마침 그 명함밖에 없었기 때문에 드린 것입니다" 하고
베이질이 대답했다. "본직은 정신과 의사로, 지방검사국 일은 내 일
의 일부분에 지나지 않습니다."

'정신과 의사'라는 말이 '지방검사'라는 말과 같은 정도로 교장의

마음을 동요시킨 듯했다.

"당신은 분명 우리 학교 폰 호혜넴즈 선생과 아는 분이라고 기억합니다만…… 언젠가 전화를 거셨었지요?"

"폰 호혜넴즈 선생이 포스티나 클레일 선생을 나에게 소개한 것입니다."

라이트홋 교장은 한숨을 내쉬었다.

"설마 당신이 그 불길한 사건을 파헤치려고 하시는 건 아니겠지요?"

억누른 노여움을 교묘하게 드러내는 말투였다.

"그런 짓을 하면 클레일 선생을 포함한 관계자 모두들에 대한 부당한 간섭이 됩니다."

"그럼, 당신이 아무것도 비난받을 일이 없는 교사를 인물증명서도 없이 갑자기 해고한 것은 공정한 처사라고 생각하십니까?"

"아무튼 앉으시지요, 윌링 씨."

라이트홋 교장은 책상 앞 자기 의자에 앉았다. 책상 위에 포개어 올려놓은 손은 어린아이 손처럼 작고 통통했다. 그러나 장밋빛 커튼을 배경으로 뚜렷이 윤곽이 드러난 그녀의 다부진 옆얼굴에는 성숙함과 성격이 나타나 있었다. 그녀가 모든 일을 학교의 번영과 결부시켜 평가하는 것은 당연한 일이다. 그녀의 위엄은 조심스럽게 길러진 직업적 자산이었다. 그러나 사실 그녀는 침착성이 없고 영리하며 공격적인 성격이다. 만약 자신의 이익이 위협받으면 틀림없이 그녀는 삼가거나 양보하지 않을 것이다.

두 사람은 서로 상대를 살피는 눈으로 바라보았다. 라이트홋 교장이 언뜻 눈썹을 모은 것을 보고 그는 그녀가 지금 망설이고 있음을 알아차렸다. 뉴욕 행정기관과 관계 있는 사람이라면 기껏해야 타마니파(옛날 뉴욕 시회를 좌우했던 당파. 부정한 시정으로 나쁜 평을 받았음)의 아일랜드인이거나 이탈리아 연합파

^{(뉴욕 사회의} 같은 판에 박힌 정치가 타입이겠지, 하고 대수롭지 않게 여
^(한 당파)
기는 눈치였다. 그러나 베이질은 그녀가 잠깐 말을 나눠보거나 그 몸
짓으로 간단히 '평가'할 수 있는 사람이 아니었다. 그는 일반적인 가
치를 지닌 숙련된 감정자를 쩔쩔매게 만들고 꼼짝 못하게 할지도 모
르는 모순에 찬 사나이였다.

"당신은 내가 아무 이유도 설명하지 않고 클레일 선생을 그만두게
했다고 말씀하셨지요?"

라이트홋 교장이 다짐하듯 물었다.

"그렇습니다. 나는 다른 사람들이 그녀에 대해 매우 기묘한 비난을
하는 것이 사실인지 아닌지 조사해 보지 않았습니다."

"어째서지요?"

"나는 하찮은 호기심을 가지고 있지 않기 때문입니다."

"하찮은 호기심이라고요?"

베이질은 씁쓸하게 웃었다.

"그러나 호기심은 지적인 생활의 중요한 근본으로, 우리 원숭이 과
㈜ 동물의 가장 귀중한 특질입니다."

라이트홋 교장은 흥미없는 웃음을 지어보였다.

"좀더 분명히 말씀드리면, 클레일 선생에 대한 터무니없는 이야기
가 전혀 잘못된 망상이었다고 하더라도 나로서는 마찬가지입니다.
왜냐하면 그것이 학교에 미치는 영향은 그 이야기가 사실이든 거짓
이든 마찬가지니까요. 그리고 나는 그 점에만 관심이 있습니다."

"하지만 클레일 선생의 경우는 아주 다릅니다. 어째서 그 소문을
그녀 자신에게 설명해 주지 않았습니까? 그쯤의 인정은 당연한 일
일 텐데요."

"보통 경우에는 그렇지요. 그러나 이번 경우에는 조치가 빠르면 빠
를수록 그만큼 모든 것이 빨라지므로 다른 모든 사람을 위해 좋았

습니다."

교장은 필요할 때에는 솔직한 태도를 취할 수 있었다.

"그런데 당신의 용건은 뭐지요, 윌링 씨?"

그는 교장과 비슷하리만큼 솔직하게 이야기를 이어갔다.

"클레일 선생을 해고한 이유를 설명해 주시기 바랍니다. 5주밖에 근무하지 않았는데도 당신은 6개월치 급료를 지불하셨습니다. 그렇다면 뭔가 큰 이유가 있었을 겁니다."

"그렇습니다. 클레일 선생이 뭐라고 하던가요, 그 이유에 대해서?"

"그녀가 말할 수 있을 리 없잖습니까? 그녀는 뭐가 뭔지 도무지 모르고 있으니까요."

"실은 나도 도무지 모르겠습니다⋯⋯" 라이트훗 교장은 자단 책상을 뚫어지게 바라보았다.

"무엇 말씀입니까?"

"클레일 선생이 이 학교에서 무슨 일이 일어났었는가를 알았었는지 어떤지 말입니다. 어쩌면 알고 있었던 게 아닐까 생각될 때도 있습니다. 알고 있었을 뿐만 아니라, 그녀는 어떤 이유에서 스스로 모든 것을 연출해 냈을지도 모른다는 생각이 들 때도 있었습니다. 그러나 또 이렇게도 생각되는군요. 그녀는 자신의 지식이 미칠 수도 없고, 어떻게 해볼 도리가 없는 힘에 희생되었던 게 아닌가 하는⋯⋯."

"힘?"

베이질은 공격의 창 끝을 옮겼다.

"그건 아주 애매한 이야기군요. 물론 이 세상에는 분명히 그렇게 느껴지면서도 입증할 수 없는 희미한 그림자 같은 일이 있습니다. 알코올 중독자에서부터 공산주의자에 이르기까지 여러 가지로, 이

번 경우 당신은 악취나는 것에 뚜껑을 덮어버리고 싶어 클레일 선생을 쫓아냈지만, 만약 당신이 증거도 없이 그녀를 비난하면 그녀가 명예 훼손으로 고소할지도 모르므로 이유를 설명할 수 없었겠지요. 그러나 클레일 선생이 이유도 없이 해고되었다는 게 세상에 알려지면 그런 종류의 소문이 퍼질 겁니다. 그럼, 블레리튼으로서도 좋은 결과가 되지 못합니다."

라이트홋 교장이 눈길을 들었다.

"아니에요, 이건 그런 일이 아니에요."

반짝이는 딱딱한 에나멜 같았던 교장의 태도가 갑자기 허물어졌다. 꽤 동요하고 있었다. 그녀는 씁쓸한 표정으로 말을 이었다.

"당신에게 이야기해야 좋을지도 모르겠군요."

베이질은 조금 상냥하게 물었다.

"어째서 나에게 이야기하기를 두려워하는 거지요?"

교장은 한숨을 내쉬었다. 그리고 나서 들려준 그녀의 이야기는 그를 놀라게 했다.

"당신이 내 이야기를 믿지 않으리라고 생각하기 때문이에요. 나 자신도 믿지 못하니까요. 그러니 직접 본 사람으로부터 이야기를 들으시는 편이 좋을 것 같군요. 그렇게 하면 내가 이야기를 꾸며낸 게 아닐까, 하는 의심을 하지 않을 테니까요. 목격자가 아직 넷이나 남아 있으니 곧 불러오겠어요. 그밖에도 일곱 명쯤 있었습니다만, 모두 가버렸답니다."

교장은 책상 구석에 있는 벨을 눌렀다. 그리고 그녀는 이야기를 계속했다.

"아린이 오기 전에 당신에게 똑똑히 말씀드려 두고 싶은 일이 있어요. 실은 포스티나 클레일 선생에 대한 소문의 진상이 어떤 것인지 나는 아직 모릅니다. 여기서 일어난 일이 모두 그녀 탓이었을지도 모르고, 또 그렇지 않았을지도 모릅니다. 그러나 이 점만은 분명합니다. 그녀가 이 불쾌한 사건의 직접 원인이며 초점이었다는 것 말입니다. 그녀가 가버리자 문제는 씻은 듯이 없어졌습니다. 그렇기 때문에 그녀를 그만두게 해야 했던 겁니다. 따라서 당신이 아무리 나를 설득하거나 동정을 구하려고 하셔도 나는 그녀를 다시 이 학교로 돌아오게 할 수 없습니다. 게다가……. "

문을 노크하는 소리가 들려 교장 이야기가 끊어졌다.

"들어 와요. "

문이 열렸다. 입구에 아까 현관에서 그를 맞아들였던 하녀가 서 있었다. 베이질은 자세히 주의하여 그녀를 보았다.

몸집이 크고 보기흉했다. 얼굴에 불필요한 살이 투실투실 붙어 있어 마치 솜씨 서투른 조각가가 서둘러 진흙을 이겨서 겨우 사람의 얼굴 비슷한 것을 만들어 놓은 듯한 느낌이었다.

입고 있는 푸른색 줄무늬 옷은 칼라가 높고 소매가 길며 스커트도 길어 전혀 어울리지 않았다. 뒤꿈치가 낮은 구두도 앞치마도 모자도 모두 라이트홋 교장이 마련해 준 것이겠지만, 아린은 두 가지 점에서 독자성을 발휘하고 있었다——입술연지와 살색 양말.

"부르셨습니까, 교장선생님? "

"그래. 윌링 씨, 이 아이는 하녀 아린 마피입니다. 자아, 문을 닫고 안으로 들어오너라, 아린. 클레일 선생님에 대해서 네가 나에게 말한 이야기를 윌링 씨에게 정확히 설명해 드리렴. "

"하지만 교장선생님께서는 아무에게도 말해선 안 된다고 이르셨잖습니까? "

"이 자리에서만은 특별히 허락하마. "

아린은 호기심에 찬 눈을 베이질에게로 돌렸다. 뒤에서 묶어 목덜미로 늘어뜨린 그녀의 머리카락은 짙고 숱이 많았지만, 얼굴에는 눈썹이 없었다. 그 때문에 얼굴이 묘하게 편편하고 넓게 느껴졌다. 분비선 장애인 모양이라고 베이질은 생각했다. 입으로 숨을 쉬고 있는 것도 편도선이 부어서 기억력이 나빠지는 아데노이드 병을 생각나게 했다. 이것은 대개의 경우 어렸을 때 가난하여 치료하지 않고 그대로 두었음을 뜻한다. 그녀의 무뚝뚝하고 퉁명스러운 태도는, 부와 교양을 갖춘 부모들에 의해 양육되었음을 증명하는 블레리튼 학교 학생들의 살결이며 머리카락이며 치아에 대한 반감 때문일까? 이 하녀는 학생들의 옷장 속에 있는 모피를 부러운 눈길로 보거나, 그녀들이 쓰는 교과서를 증오에 찬 마음으로 손댄 일은 없었을까? 같은 나이또래로서 자기보다 유복하게 지내는 소녀들의 방을 청소하고 침대를 정돈해야 하는 입장에 선다면 그것은 인간으로서 당연한 감정일 것이다.

아린이 설명하기 시작했다.

"한 달쯤 전, 학기가 시작된 지 꼭 2주일이 지났을 무렵이었어요. 나는 2층에서 침대를 정돈하고 있었어요. 그 일을 끝내자 아래층 응접실 난로의 불을 피우고 휴지통을 비우기 위해 뒤층계로 내려갔어요. 정면 층계를 쓰면 2분쯤 빠르지만, 교장선생님께서 우리는 뒤층계를 쓰라고 명령하셨거든요."

라이트홋 교장은 그 점을 강조한 아린의 비뚤어진 곁눈질을 못 본 체 무시했다. 아린은 다시 이야기를 이었다.

"벌써 어두워지려 하고 있었어요. 하지만 아직 층계가 보일 만큼은 밝았어요. 다시 말해서 어둑어둑했지만 전등을 켜기에는 조금 일렀지요. 뒤층계는 양쪽이 벽으로 되어 있으며 창문이 두 개 나 있어요. 그리고 두 번 구부러져 있습니다——창문이 아니라 층계가 말이에요."

아린은 소리죽여 웃었다. 그러나 그 웃음은 가벼운 경련처럼 순간 없어지고 곧 무표정한 얼굴로 되돌아갔다.

"그때였어요."

아린은 숨을 삼키고 사이를 두었다. 베이질은 그녀의 손이 떨리고 있는 것을 보았다.

"그때 클레일 선생님이 층계를 올라와서 나에게 가까이 다가왔어요."

베이질은 아린의 마음을 가라앉혀주듯이 물었다.

"그래서?"

그러나 아린은 앞치마를 꼭 구겨쥐며 말을 이었다.

"그때는 그다지 이상하게 생각지 않았어요. 다만 정면 층계를 사용하지 않고 뒤층계로 올라오다니 조금 이상하다고 생각했을 뿐이에요. 나는 첫번째 모퉁이를 도는 데서 불쑥 클레일 선생님을 만났던 거예요. 그래서 벽에 몸을 붙이고 선생님이 지나가실 길을 내드리며 '굿이브닝, 클레일 선생님' 하고 인사했습니다. 나는 그 선생님이 좋았거든요. 다른 선생님들처럼 거만하지 않았기 때문이에요. 하지만 선생님은 아무 대답도 하지 않았어요. 내 얼굴도 보려고 하지 않았어요. 그냥 2층으로 올라가버렸지요. 나는 좀 이상하다고 생각했어요——선생님은 늘 누구에게나 아주 상냥했으니까요——나한테까지도요. 그러나 나는 그리 깊이 생각지 않고 층계를 내려와 부엌으로 들어 갔어요."

아린은 또 숨을 삼키고 사이를 두었다.

"그런데 거기에 클레일 선생님이 계셨어요."

앞치마 위의 손이 굳어 있었다. 눈은 베이질의 얼굴을 뚫어지게 바라보았다.

"내가 뒤층계를 내려와 부엌으로 들어가는 데 겨우 몇 초밖에 걸리지 않았어요. 그 사이에 클레일 선생님이 2층 홀을 지나 정면 층계를 내려와서 다시 식당을 건너 부엌으로 온다는 것은 절대로 불가능해요. 아무리 빨리 달려도 할 수 없는 일이지요. 그래서 나는 어이가 없어 한참 동안 멍청히 선생님 얼굴을 쳐다보고 서 있었어요. 마치 여우에게 홀린 것 같았지요. 그런 다음에 겨우 숨을 쉬며 '어머나, 선생님은 정말 놀랍군요' 하고 말했습니다. 그러자 선생님은 까닭을 모르겠다는 듯이 '내가? 어째서?' 하고 물었습니다. 그래서 나는 대답했지요. '내가 지금 막 뒤층계를 내려왔을 때 선생님은 나와 엇갈려서 올라가셨잖아요?' 그러자 선생님은 '그건 네가 잘못 본 거야, 아린. 나는 3시부터 내내 밖에서 스케치하다가 바로 조금 전에 들어와서 아직 2층에는 올라가지 않았는걸' 하고 말하는 것이었습니다.

그때 요리사가 부탁하지도 않았는데 옆에서 증언해 주었어요. '정말이야. 클레일 선생님은 밖에서 이리 들어와서 내내 나하고 함께 계셨단다' 라고. 나는 말했습니다. '하지만 클레일 선생님, 나는 분명히 선생님을 보았어요. 바로 2초 전에 이리로 내려올 때 선생님께서 층계를 올라가시는 것을 보았어요.' 그러자 클레일 선생님은 '나하고 똑같은 코트를 입은 어떤 다른 사람이었겠지' 하고 말했습니다. 나는 다시 '아니에요, 분명히 보았어요. 선생님 얼굴을' 하고 말했지요.

이때 우리들의 예의범절에 대해 잔소리가 많은 요리사가 말렸습니다. '이제 그만해라, 아린. 요전에도 어른들 말씀에 말 대답해서는 안 된다고 말하지 않았느냐?' 그래서 나는 입을 다물어버렸습니다."

베이질이 물었다.

"클레일 선생은 부엌에서 무엇을 하고 있었지요?"

"선생님은 이젤과 그림물감통을 들고 개수대에서 붓을 씻고 계셨어요, 가을에 피는 조그만 보랏빛 꽃을 밖에서 스케치하고 계셨던 거예요."

"당신이 뒤층계에서 만난 사람과 부엌에 있던 클레일 선생은 완전히 똑같은 옷차림이었소?"

"네, 아주 똑같았어요. 갈색 펠트 모자를 쓰고, 파르스름한 빛이 도는 회색 코트를 입고 있었어요. 톱코트라고 하나요? 흔히 보는 것이었어요. 그 선생님은 모피나 사치스러운 옷을 입고 다니지 않았어요. 그리고 갈색 구두도 '길리'라고 불리는, 앞에 장식끈도 없는 밋밋한 것이었어요."

"모자에는 가장자리 챙이 있었소?"

"그건…… 네, 맞아요, 있었어요. 챙이 축 늘어진 모자로 슬라우치 해트라고 하나요? 모양이 단정치 못했어요."

베이질은 이 머리가 둔해보이는 여자가 다른 여자의 옷차림에 대해 날카로운 눈을 가지고 있음을 신게 감사했다.

"클레일 선생님의 얼굴이 층계 위에서 똑똑히 보였소?"

"글쎄요, 똑똑히 본 듯하기도 하고 잘 보이지 않았던 것 같기도 해요. 특별히 주의해서 보지 않았으니까요. 주의해 볼 이유도 없었고, 게다가 모자를 깊숙이 눌러쓰고 있었거든요. 하지만 입과 턱은 엇갈려 지나갈 때 똑똑히 보였어요. 아무튼 확실히 선생님이었다고 생각해요. 게다가…… 네, 그것만으로는 확실하다고 할 수 없을지 모르지만, 그런 일이 한 번이 아니라 두 번이나 일어났어요. 한 번뿐이었다면 어리석은 이야기라든가, 내가 잘못 본 거라고 생각했겠지요."

"그럼, 그런 일이 또 한 번 일어났었군요?"

"네, 지금 이야기한 것은 시작에 지나지 않아요! 그 뒤 곧 다른 하녀들이 클레일 선생님에 대해 똑같은 말을 하기 시작했답니다.

그중 두 명은 학교를 그만두었고, 나도 그 뒤에는 밤에 혼자 뒤층계를 올라가거나 어두운 홀에 내려갈 때는 막 뛰어가게 되었어요. 그래서 클레일 선생님이 그만두시기 이틀 전에 굉장한 실수를 저질렀답니다.

클레일 선생님이 부엌에서 꽃병에 꽃을 꽂는데, 에이티슨 선생님과 폰 호헤넴즈 선생님이 뒷문으로 들어오셨지요. 그때 마침 나는 뒤층계를 내려왔습니다. 그때 클레일 선생님이 에이티슨 선생님께 말씀하시는 목소리가 들렸어요——'난 30분쯤 화단에 있었어요'라고. 그러자 에이티슨 선생님이 기묘한 목소리로 '하지만 우리가 조금 전 찻길을 지나 이리로 올 때 2층 창문께에 당신 머리가 보였어요' 하고 대답하더군요. 나는 깜짝 놀라 들고 있던 쟁반을 떨어뜨리고 말았어요. 왜냐하면 나는 바로 조금 전까지 2층 선생님들 방에서 침대를 정돈하고 있었는데, 그동안 아무도 없었거든요. 하지만 그러고 보니 사람 발소리가 들린 것 같기도 해서……."

라이트홋 교장이 주의를 주었다.

"윌링 씨는 네가 직접 본 일만 듣고 싶어하셔요, 아린."

"하지만 틀림없이 이 이야기를 믿지 않으실 거라고 생각해요."

아린은 말을 마치자 베이질 쪽으로 눈길을 옮겼다.

"교장선생님께서도 처음에는 정말로 믿지 않으셨어요. 요리사가 내가 한 이야기를 교장선생님께 말씀드려 1주일쯤 뒤 교장선생님이 물으셨어요. 그래서 설명해 드렸더니 교장선생님은 나를 의사에게 보이려고 하셨답니다."

교장은 베이질에게 신경쓰며 말했다.

"어디든 몸 상태가 안 좋을 때는 묘한 환상을 보는 수가 있지 않습니까."

아린은 베이질을 똑바로 쳐다보았다.

"나는 의사의 진찰을 받았어요. 하지만 의사선생님은 아무데도 나쁜 데가 없다고 말씀하셨습니다."

"아린은 그녀의 가족들이 늘 다니는 병원에서 의사의 진찰을 받았지요. 작은 도시의 보통 개업의니까 이런 종류의 진찰에는 거의 경험이 없지 않을까 생각합니다. 그래서 내가 비용을 낼 테니 뉴욕의 정신병원에서 진찰을 받으라고 말했지만, 도무지 가려 하지 않는군요."

"그런 의사에게는 50마일 안으로 가까이 가는 것도 싫어요!" 아린은 외치듯 말하고 나서 음울하게 덧붙였다. "난 그 정신과 의사라는 사람을 영화에서 본 일이 있어요."

베이질은 당황하며 라이트훗 교장을 바라보았다. 교장은 엄격한 목소리로 아린에게 말했다.

"이젠 됐다, 아린. 지금 여기서 이야기한 것은 아무에게도 말해선 안 돼, 알았지? 그리고 윌링 씨가 찾아오신 일도 말하면 안 된다. 그럼, 지금 곧 나가서 배이닝 양과 체이스 양에게 곧 내 서재로 오라고 전해주렴."

"네, 알겠습니다."

아린의 얼굴이 다시 퉁명스러운 표정으로 돌아갔다. 그녀는 훈련받은 대로 조용히 걸어나가 가만히 문을 닫았다.

라이트훗 교장이 도전적으로 베이질을 바라보았다.

"어떻습니까? 당신이 짐작하시지도 못했던 일이지요?"

"정말입니다. 그러나 이제 겨우 알게 됐습니다…… 여러 가지 일이."

베이질은 사려깊은 웃음을 지어보였다.

"괴테지요. 괴테의 회상록 제1권. 금으로 가장자리를 두른 회색 슈트. 에밀리 사제와 토드 래플래이크 이야기. 독일어로는 도플갱어

^(살아 있는 영혼)_(이라는 의미), 그리스어로는 에이드론. 고대 이집트어의 카, 영국 민화에 나오는 페치. 그러니까 당신이 방에 들어왔을 때, 또는 거리나 시골길을 걷고 있을 때 당신 앞쪽에 버젓이 오체(五體)를 갖춘 제3차원의 색채가 명확한 사람 모습으로 보이는 것입니다. 움직이기도 하고, 광학의 법칙에 따라 명암과 그림자가 만들어지기도 하지요. 그리고 옷차림과 자태는 어딘지 모르게 본 듯한 기억이 있습니다.

그래서 당신은 좀더 가까이 다가가 자세히 보려고 서둘러 쫓아갑니다. 그때 그 모습이 돌아봅니다. 당신은 당신 자신을 보고 있습니다. 아니면 당신 자신의 영상이 거울에 비치는 것을 보고 있는 듯 생각됩니다. 그러나 거울은 없습니다. 거기서 그것은 당신과 똑같은 사람, 다시 말해서 생령(生靈)임을 알 수 있지요. 당신은 소스라치게 놀랍니다. 왜냐하면 자신의 생령을 본 사람은 그 재앙으로 죽는다는 전설이 있기 때문입니다."

"정신과 의사이시니 당연히 그 문제의 유래에 대해서도 아시겠지요? 나는 바로 며칠 전에야 그것을 알았습니다. 생령의 전설이란 심리학적으로 볼 때 좀 기묘하더군요."

"여학교에서 그것이 인기라니, 좀 이상한데요."

"확실히 그렇습니다."

라이트홋 교장은 구리로 만들어진 펜 접시 속의 펜을 손 끝으로 만지작거렸다.

"이따금 나는…… 그런 환영은 완전히 주관적인 게 아닐까 생각해보았습니다. 아니면 어떤 특정지어진 상황에서 대기의 일부가 거울 작용을 하는게 아닐까, 하는 생각도 해보았습니다. 다시 말해서 기층이나 열기에 의해 일어나는 신기루 비슷한 현상일지도 모르지요 ——신기루도 말하자면 지구나 하늘의 생령이니까요."

베이질은 가만히 교장을 지켜 보았다.

"당신은 누군가가 클레일 선생에게 원한을 가지고 있었음을 아십니까?"

교장은 놀란 눈길을 들었다.

"아니오, 어째서 그런 말씀을 하시지요?"

"전설에서 생령은 그것을 본 사람이 그 자신이든 다른 사람이든 반드시 죽음과 연결됩니다. 그러므로 클레일 선생의 생령이 나타났다는 것은 비록 어떤 트릭이 있었다 할지라도 클레일 선생의 죽음에 대한 상징적 암시일는지 모릅니다. 심리적으로 이름을 숨긴 협박장 같은 효과가 있는 것이지요."

베이질은 뚫어지게 교장을 지켜 보았다.

"클레일 선생은 이 학교에서 평판이 그리 좋지 않았던 듯한데……실제로 누군가가 그녀를 미워하고 있었던 것은 아닙니까?"

라이트홋 교장이 그 말에 미처 대답하기도 전에 문을 노크하는 소리가 들렸다.

제7장

주사위를 던졌을 때, 그것은
비스듬히 떨어지면서 소리가 났다
쉰 듯한 가냘픈 소리가 울렸다
지옥 밑바닥에서 들리는
남자의 웃음 소리같이, 포스틴

마거리트와 엘리자베스는 얌전히 서재로 들어와 라이트훗 교장이 베이질을 소개하자 허리를 굽혀 인사했다.

마거리트는 새벽녘의 분홍빛 장미처럼 발랄했으나, 베이질은 그 입술의 민감한 곡선에서 신경질적인 성질을 읽었다. 입을 다물고 있을 때도 그 입은…… 당장 울음을 터뜨리든가 웃음을 터뜨릴 것처럼 떨리는 듯했다.

엘리자베스는 완전히 마거리트를 돋보이게 해주는 입장이었다. 밝은 갈색 머리카락은 네덜란드 농가의 남자아이처럼 짧게 잘랐고 갸름한 얼굴은 주근깨투성이었다.

라이트홋 교장이 설명하는 동안 두 소녀는 호기심어린 얼굴로 듣고 있었다.

"클레일 선생님이 이 학교에 계실 때 자습실에서 본 사건을 아무에게도 이야기하지 않겠다고 약속했었지요? 그러나 이번만은 그 약속을 깨뜨리겠어요. 여기 계시는 월링 씨는 그 사건에 대해 매그와 베스가 생각해 낼 수 있는 한 자세한 이야기를 직접 듣고 싶어하세요."

"지난주 화요일이었습니다……."

"매그와 나는 자습실에 있었습니다."

두 소녀는 이야기를 멈추고 서로 얼굴을 마주보았다.

라이트홋 교장이 말했다.

"마거리트, 설명해 봐요. 그리고 엘리자베스에게 설명에서 틀린 점을 고쳐달라고 해요."

"네, 알겠습니다."

마거리트는 자기가 주역이 된 기쁨을 감추지 못했다. 친구를 보는 엘리자베스의 눈길에 부러운 빛이 떠올랐다.

마거리트가 이야기하기 시작했다.

"우리 둘만 아래층 자습실에 있었어요."

엘리자베스가 베이질에게 설명을 덧붙였다.

"자습실은 도서실 바로 옆에 붙은 조그만 방이에요. 거기에는 펜과 종이가 준비되어 있지요."

"우편함도 있어요." 마거리트가 다시 덧붙였다. "진짜 우편함이 아니라 교내용이지만요. 그때 나는 오빠 레이먼드에게 편지를 쓰고 있었고, 베스는 어머니에게 편지를 쓰고 있었어요. 다른 학생이나 선생님들은 대개 학교 안을 산책하고 있었어요. 그날은 11월치고는 아주 따뜻하게 갠 날씨여서 태양이 해자 가장자리까지 비스듬하게 뻗쳐 있는 잔디밭 가득히 내리쬐고 있었어요."

엘리자베스가 옆에서 거들었다.

"창문 밖에서 국화향기가 방으로 들어왔었지요. 마치 태양열로 요리되고 있는 것처럼."

마거리트가 설명을 계속했다.

"선생님은 창문 바로 밖에 계셨어요. 클레일 선생님 말이에요. 내가 있는 곳에서 선생님 모습이 똑똑히 보였어요. 잔디밭 한가운데 이젤을 세워놓고 수채화를 그리고 계셨지요. 파란색 코트를 입고 있었습니다. 발 밑에 그림물감통을 놓고, 왼손에 팔레트를 들고 있었지요. 선생님은 수채화를 아주 잘 그리셨어요. 유화보다 훨씬 훌륭했어요.

나는 편지 글귀가 잘 떠오르지 않으면 얼굴을 들어 굉장히 빨리 움직이는 선생님의 붓을 한참 바라보곤 했습니다. 선생님은 재빨리 팔레트에서 색을 섞어 곧 그림종이에 척척 칠하듯 그려나가셨어요."

"그렇게 빨랐었니?" 엘리자베스가 확인하듯 물었다.

"그때는 그렇게 빨랐어" 하고 마거리트가 대답했다.

"그래, 하지만 팔걸이의자를 잊었구나."

"팔걸이의자? 아아, 그 파란 의자 말이지?"

마거리트는 뒤돌아보고 베이질에게 말했다.

"자습실에서 홀로 나가면 파랑 무늬를 넣어서 짠 커버를 씌운 의자가 하나 있어요. 홀에 가서서 보시면 알 수 있을 거예요. 우린 그것을 클레일 선생님 의자라고 불렀답니다. 선생님이 곧잘 거기에 앉아 계셨기 때문이지요. 홀 창문에서 정원을 내다보시기를 좋아하셨거든요."

그러자 엘리자베스가 말했다.

"그래서 나는 선생님이 그림을 다 그리시면 언제나처럼 안으로 들어오셔서 그 의자에 앉으시지 않을까 생각하고 있었어요. 그런데 …… 그 일이 일어난 거예요."

엘리자베스는 갑자기 부끄러운 듯 목소리를 낮추었다.

베이질이 참을성 있게 물었다.

"무슨 일이 일어났지요?"

"교장선생님께서 말씀하시지 않았나요?"

마거리트는 타고난 쾌활한 태도를 잃고 겁을 내며 제대로 말을 하지 못했다. 엘리자베스가 어른처럼 침착하게 그녀 대신 이야기하는 역할을 맡았다.

"내가 문득 얼굴을 들어보니 어느새 클레일 선생님이 홀에 들어와 계셨어요. 두 손을 가볍게 무릎에 올려놓고 피곤한 모습으로 머리를 의자등받이에 기대고 파란 팔걸이 의자에 앉아 계셨어요. 눈을 뜨고 있었지만, 어딘지 아득히 먼 곳을 보고 있는 것 같았어요."

"멍하니 보고 있었던 모양이군" 하고 베이질이 덧붙였다.

"네, 아마도 그랬었다고 생각해요."

"베스, '아마도'라니, 그런 애매모호한 말을 해선 안 돼요" 하고 라이트훗 교장이 작은 목소리로 주의를 주었다.

엘리자베스가 설명을 계속했다.

"선생님은 역시 파란색 코트를 입고 계셨어요. 하지만 붓도 팔레트도 갖고 있지 않았어요. 그리고 나 있는 쪽을 보려고 하지도 않았고, 말을 걸려고도 하지 않으셨어요. 나를 전혀 알아보지 못한 것 같았어요. 꼼짝 않고 가만히 앉아 있는 거예요. 나는 다시 편지를 쓰기 시작했어요. 한참 뒤 다시 얼굴을 들어보니 선생님은 아직도 의자에 앉아 계셨어요. 그때 무심코 창문 밖을 보니……."

엘리자베스는 맥빠진 듯한 표정을 지었다.

"매그, 네가 이야기해."

마거리트는 망설였다.

"내가 이야기해도 믿어주실 것 같지 않아."

"자아, 어서 말해 봐요."

베이질이 재촉했다. 그러나 마거리트는 여전히 망설이고 있었다.

베이질이 물었다.

"클레일 선생님이 아직도 창문 밖에서 스케치를 하던가요?"

"어머나, 어떻게 아셨어요?"

마거리트가 놀라며 베이질의 얼굴을 보았다.

"교장선생님께 들으셨군요. 나는 베스의 숨막힐 듯한 외침 소리를 듣고 깜짝 놀라 얼굴을 들었어요. 베스의 얼굴이 창백해져 있었어요. 그리고 몸을 떨면서 두 클레일 선생님을 번갈아 바라보고 있었어요. 방 안의 사람과 창 밖 잔디밭에 있는 또 한 사람을."

베이질이 물었다.

"그 두 사람을 비교해 보고 다른 점은 없었소?"

"팔걸이의자에 앉은 사람은 전혀 움직이지 않았어요. 창 밖에 서 있는 쪽은 움직이고 있었어요. 다만……."

마거리트의 이야기가 끊어졌다.

"다만…… 어떻게 되었지요?"

"아까 선생님이 아주 빨리 붓을 움직이고 있었다고 설명 했지요? 사실 그때는 참새가 부리로 사방을 두루 쪼아대는 것 같았어요."

"그런데?"

"그런데 내가 의자에 앉은 쪽 선생님을 본 다음 그림 그리는 선생님을 보자. 아까보다 훨씬 움직임이 느렸어요. 모든 움직임이 느릿느릿 퍽 나른해보였어요. 무척 피로한 듯한, 마치 졸린 듯한 모습이었어요."

"꼭 몽유병자 같은 느낌이었어요."

엘리자베스가 참견했다.

베이질은 기젤라로부터 들은 기묘한 이야기를 생각했다. 기젤라는 그가 믿을 수 있는 목격자였다. 그러나 그녀는 제2의 사람을 보지 못했으며, 그런 이야기도 듣지 못했던 것이다.

"학생들이 앉아 있던 곳에서 그 두 사람은 얼마만큼이나 떨어져 있었지요?"

그러자 엘리자베스가 재빨리 대답했다.

"잔디밭에 있는 선생님은 40피트쯤 떨어져 있었다고 생각해요."

"그 잔디밭은 창문에서 해자까지 60피트쯤 되거든요. 선생님은 그 가운데쯤에 계셨어요. 그리고 의자에 앉은 쪽 선생님은 아마…… 아니, 틀림없이 30피트쯤 떨어져 있었다고 생각해요. 자습실은 길이가 길고 홀이 꽤 넓거든요."

"잔디밭에는 햇빛이 내리쬐고 있었다고 했는데, 홀 안의 밝기는 어떠했소?"

"3시쯤으로, 아직 햇빛이 약해지지 않았기 때문에 우리는 그 빛으로 편지를 쓰고 있었어요. 하지만 홀 쪽은 오후가 되면 햇살이 들기 때문에 블라인드를 반쯤 내려두었으므로 실제보다 조금 어두워 보였어요. 밖이 밝아서 더 어둡게 느껴진 것 같아요."

"의자에 앉아 있던 사람을 마거리트는 몇 분쯤 보고 있었지요?"

마거리트는 생각해 보고 나서 대답했다.

"적어도 5분쯤은 보았다고 생각해요."

"그때의 시간을 추정하기는 어렵지. 손목시계나 괘종시계를 보았소?"

"아니에요. 하지만 우리가 그쪽을 보고 몇 분이 지난 것만은 틀림없어요."

"아주 무서웠어요." 엘리자베스의 목소리가 떨렸다. "우리는 단둘 뿐인데, 바로 가까이 팔걸이의자에 사람이 앉아 있으니 말이에요. 게 다가 진짜 클레일 선생님은 창문 저쪽에서 기분나쁠 만큼 천천히 붓 을 움직이고 계셨거든요."

그러자 마거리트가 말을 받았다.

"나중에 우리는 어떻게 해야 좋았을까 여러 가지로 생각해 보았어 요. 이를테면 홀로 나가 팔걸이의자에 앉아 있는 사람을 만져본다 든가, 또는 창문에서 클레일 선생님을 불러 졸고 있는 듯한 묘한 상태로부터 깨워드린다든가…… 하지만 그때는 그런 생각을 할 여 유가 없었어요. 무서워서 덜덜 떨리기만 하고…….

나는 가만히 앉아서 이것은 착각이며, 실제로는 이런 일이 일어 날 수 없다고 자신에게 타일렀어요. 하지만…… 역시 눈 앞에서 일 어나고 있는 거예요. 나는 눈을 감아버리려고 했어요. 그러나 자신 도 모르는 사이에 또 눈을 뜨면 그 모습이 여전히 거기에 있는 거 였어요. 나는 생각했지요. 이런 상태가 오래 계속될 리 없다, 곧 없어질 것이다, 기껏해야 1분쯤 참으면 된다고요. 그러나 그 1분이 마치 백 년처럼 길게 느껴졌어요. 그러는 동안 이윽고 그 사람은 의자에서 일어나더니 소리도 없이 홀 안쪽으로 가버렸어요. 훨씬 안쪽 식당께의 어두운 그늘로 녹아버리듯 모습이 사라졌지요. 바로 그때 베스가 비명을 지르며 정신을 잃었어요. 그리고 곧 도서실에 서 폰 호혜넴즈 선생님이 달려오셨지요."

엘리자베스가 덧붙였다.

"그런 다음 문득 정신을 차려보니 선생님은 언제나와 조금도 다름 없는 모습이었어요. 물론 클레일 선생님 말이에요. 아주 민첩하게 움직이고 있었어요. 더욱이 선생님은 무슨 일이 일어났는지 전혀 알지 못하는 듯한 말투였어요."

"의자에 앉아 있던 사람의 얼굴을 틀림없이 보았소, 엘리자베스?"

"네, 똑똑히 보았어요" 하고 엘리자베스는 분명하게 대답했다.

"틀림없이 클레일 선생님이었어요. 절대로 확실해요."

"클레일 선생님에 대한 기묘한 일은 그것이 처음이었소?"

두 소녀는 서로 얼굴을 마주보았다.

"저어······."

엘리자베스가 머뭇거렸다.

그러자 마거리트가 술술 막힘없이 대답했다.

"이야기는 여러 가지로 들었지만, 실제로 본 것은 처음이었어요."

"여러 가지 이야기란 어떤 거지요?"

베이질이 물었다.

"네, 저어······."

엘리자베스는 조금 위쪽을 올려다보며 생각을 정리하듯 눈을 감았다. 이윽고 그녀는 다시 눈을 뜨고 말을 이었다.

"모두들 가끔 클레일 선생님을 도저히 있을 수 없는 장소에서 보았다고 쑤군거렸어요. 다시 말해서 어떤 사람이 선생님과 어떤 장소에서 만나고 나서 바로 얼마 되지 않아 선생님이 아무리 빨리 뛰어도 앞질러가지 않은 이상 도저히 갈 수 있으리라 생각할 수 없는 장소에서——실제로 앞질러가지 않았는데도——다시 불쑥 만났다는 그런 이야기였어요. 처음에는 모두들 뭔가 잘못되었겠지 생각했어요. 다시 말해서 어느 쪽이든 한쪽이 다른 사람인데 클레일 선생님으로 착각했든가, 그렇지 않으면 처음 만난 다음 다시 만날 때까지 시간을 실제보다 너무 짧게 느꼈든가 둘 중 하나라고 생각했지요.

만약 그것이 한두 번 뿐이었다면 누구나 그렇게 생각하고 말았을 거예요. 그러나 그런 일이 다섯 번, 여섯 번 되풀이되고, 게다가 꼭 클레일 선생님에게만 그런 일이 일어났기 때문에 당연히 뭔가 있지 않을까? 클레일 선생님은 이상하다는 소문이 나기 시작한 거지요."

"이상하다니, 어떻게?"

베이질이 물었다.

"베스는 당신이 웃지 않을까 싶어 말을 못하는 거예요."

엘리자베스를 변호하는 마거리트의 아름다운 입이 떨렸다.

베이질은 정색하며 대답했다.

"나는 웃을 기분이 아니오."

그러자 엘리자베스가 결단성 있게 이야기를 시작했다.

"그런 일은 그전에도 있었던 모양이에요. 물론 자주 일어나지는 않겠지만요. 아무튼 몇 번 일어났어요. 그러나 아무도 믿어주지 않을 것 같아 말하지 않았지요. 자신이 직접 보지 않은 이상 도무지 믿어지지 않는 일이니까요. 그래서 모두들 잠자코 있었던 거예요. 그러나 실은 몇 해 전 우리집에 스코틀랜드 고지(高地)에서 온 하녀가 있었는데, 그녀가 나에게 사람이 죽기 전에 생령을 보게 된다는 이야기를 들려준 적이 있었어요. 그녀는 그것을 '가버 보아'라고 불렀지요. 나는 그 이야기를 까맣게 잊고 있었어요. 그러다 클레일 선생님 사건이 일어나자 문득 생각이 나서 매그에게 이야기해 주었지요."

라이트훗 교장이 설명을 덧붙였다.

"그것이 곧 온 학교 안에 퍼졌답니다. 학생이며 하녀며 몇몇 선생들까지도, 교양 있는 여성들까지 말이에요."

그녀는 어깨를 으쓱해보였다.

"자아, 윌링 씨께서 더 이상 질문이 없으시다면 그만 돌아가도 좋아요."

베이질이 고개를 끄덕였다.

마거리트와 엘리자베스는 라이트홋 교장 앞에서는 말할 용기가 나지 않는 갖가지 질문을 담은 눈길로 그를 쳐다보았다. 베이질이 두 소녀를 위해 문을 열어주자 생긋 웃으며 머뭇머뭇 목소리를 모아 말했다.

"안녕히 가세요, 베이질 씨!"

베이질은 문을 닫고 교장을 돌아보았다.

그녀는 지친 목소리로 말했다.

"어떻습니까? 실제적인 여자가 이처럼 환상적인 문제에 맞닥뜨린 예가 있을까요? 이것은 아주 실제적인 면을 가지고 있는 문제입니다. 이 이야기가 학생들의 편지로 더욱 과장되어 부모님들에게 알려진다면 어떤 영향이 미칠지 상상해 보세요. 이미 그 때문에 블레리튼을 그만둔 학생이 다섯 명이나 된답니다."

"당신은 일곱 명의 목격자가 가버렸다고 말하셨습니다."

"다섯 명의 학생 말고도 두 하녀가 예고없이 그만둬버렸습니다. 만일 이런 소문을 빨리 수습하지 않으면 그만두는 하녀나 전학하는 학생이 자꾸만 늘어났을 거예요. 그래서 클레일 선생을 그만두게 한 겁니다.

물론 전학한 학생들의 부모님들도 클레일 선생에 대한 이 이야기를 곧이곧대로 받아들이지는 않았습니다. 그들은 그것을 사춘기의 망상증상이 나타난 거라고 보고 있습니다. 그러나 그것은 학생들에게 학업에 흥미를 갖게 하는 학교의 능력을 의심받게 만드는 중대한 영향을 미쳤습니다."

"마거리트와 엘리자베스는 아직 여기에 있는데, 그들도 부모에게 편지를 냈습니까?"

"마거리트는 부모님이 안 계십니다. 오빠가 한 사람 있는데, 24살이 된 방자한 젊은이로 보호자로서 의무를 착실하게 이행하고 있지 않습니다.

엘리자베스의 부모는 이혼했습니다. 어머니는 위자료를 늘이기 위해 법정에서 잔소리를 늘어놓는 일에 몰두하고 있고, 아버지는 52번 거리에서 나이트클럽을 경영하고 있지요. 두 분 다 엘리자베스에게는 그다지 관심이 없는 것 같습니다. 그녀는 9살 때부터 줄곧 이 학교에서 자랐습니다. 마거리트는 이번 가을에 이 학교로 왔지요. 그전에는 뉴욕의 어떤 학교에 다녔답니다."

베이질은 선 채 한 손을 벽난로 선반 위에 올려놓고 질문을 계속했다.

"이 학교에서 클레일 선생의 생령을 똑똑히 보이는 거리에서 본 사람은 그밖에도 또 있겠지요? 저 13살쯤 된 두 학생과 17, 8살 된 하녀 말고도?"

교장은 그 질문에 담긴 뜻을 곧 알아차린 것 같았다.

"네, 있습니다. 그 네 번째 목격자는 냉정하고 꽤 관찰력이 있으며 회의적인 중년여성이에요."

"그렇다면?"

"바로 나 자신입니다."

베이질의 손이 옆으로 떨어졌다.

"정말입니까?"

"네, 정말이에요. 자아, 앉으세요. 담배피우셔도 괜찮아요."

교장은 담담한 말투로 조용히 이야기하기 시작했다.

"클레일 선생이 떠나기 바로 전이었어요. 나는 그날 저녁 교외에서 회식할 약속이 있었지요. 6시쯤 옷을 갈아입고 코트를 걸친 다음 장갑을 끼고 내 방에서 나왔습니다. 그 시각에는 언제나 2층 홀 벽에 붙은 전등이 켜져 있답니다. 양피지갓이 달린 1백 와트짜리 전구가 두 개 달린 전등으로, 정면 층계 첫번째 층계참 근처까지 불빛이 비쳐서 밝혀주지요. 그런데 그 층계참에서부터 아래쪽이 그날 저녁에는 어둡더군요. 아린이 아래층 홀의 전등 켜는 일을 게을리 했기 때문이었지요.

내 드레스는 길고 굵은 주름이 많이 잡혀 있었으므로 나는 한 손으로 난간을 잡고 천천히 내려갔습니다. 맨 첫 번째 층계참까지 왔을 때 누군가가 나보다 훨씬 빠른 걸음으로 실례한다는 말도 없이 앞질러 내려가는 것이었습니다. 쳐다보니 클레일 선생이었습니다.

나는 그녀를 보기 전에 이미 곁을 지나쳐가려 한다는 것을 깨달았습니다. 나를 밀치지는 않았지만, 그러나 누군가가 서둘러 곁을 지나칠 때 바람 같은 공기의 움직임을 느낄 수 있잖아요?

그녀가 곁을 지나칠 때 얼굴을 본 것은 아닙니다. 그녀는 돌아보지도 않고 내려가 버렸으니까요. 그러나 뒷모습으로 알 수 있었지요. 몸매며 걸음걸이며 옷차림으로. 그녀는 갈색 모자를 쓰고 파란색 코트를 입고 있었습니다. 겨울 코트는 아직 이르기 때문에 그녀는 밖에 나갈 때면 언제나 그걸 입었습니다. 그 코트밖에 없었기 때문이지요.

나는 그녀의 무례한 태도에 화가 치밀었습니다. 그녀가 나를 원망스럽게 생각할 이유는 충분히 있었지만, 버릇없는 태도로 화가 났음을 나타내는 것은 비열한 방법이지요. 그래서 나는 그 자리에 멈추어선 채 불렀습니다. 단호하게 될 수 있는 한 위압에 찬 목소리로. 나는 그런 일을 제법 잘한답니다. 위엄부리는 방법을 알지 못하면 학교를 운영해 나갈 수 없으니까요.

나는 '클레일 선생!' 하고 불렀습니다. 그러자 '네, 교장선생님' 이라는 대답이 곧 되돌아왔습니다. 그러나 클레일 선생의 목소리는 내 머리 위 2층 홀에서 들려왔습니다. 그런데 그 순간에도 내 눈에는 아래층 홀의 어둠 속을 걸어가는 클레일 선생의 뒷모습이 보였던 것입니다.

나는 자신도 모르게 뒤로 흠칫 물러서며 난간에 몸을 웅크렸습니다. 좀처럼 당황하는 일이 없는 이 라이트홋 교장이 말입니다. 그리고 나서 얼른 뒤돌아보았으므로 층계 밑에서부터 꼭대기까지 한눈에 볼 수가 있었습니다. 나는 위를 올려다 보았습니다.

그러자 층계 꼭대기에 2층 홀의 밝은 불빛을 받으며 갈색 모자를 쓰고 파란 코트를 입은 포스티나 클레일 선생이 서 있더군요. 생명과 이성이 반짝이는 그의 눈이 가만히 내 눈을 들여다보더니 다시 말했습니다. '나를 부르셨습니까?' 틀림없는 그녀였습니다. 포스티나 클레일 선생이었습니다. 그러나…… 그렇다면 지금 막 바람을 일으키며 버릇없이 내 곁을 뛰다시피 달려간 그녀는 대체 누구였을까요? 나는 다시 아래를 내려다보았습니다. 그때는 복도 홀에 아무도 없었습니다. 다만 어둠이 있을 뿐이었지요.

나는 당황하고 혼란된 마음을 있는 힘을 다해 가라앉히며 이치에 맞는 해답을 찾으려고 물었습니다. '다, 당신은 언제부터 거기에서 있었지요?' 그 목소리는 내가 듣기에도 이상했습니다. 그녀는 서슴지 않고 대답했습니다. '지금 막 왔어요. 바삐 서두르는 참이라 순간적으로 층계 위에서 교장선생님 곁을 지나칠까 생각했습니다만, 물론 그만두었습니다. 무척 실례되는 일이니까요.' 다시 말해서 그녀는 층계 중간에서 나를 앞지르려는 충동을 느낀 것이지요……

그것이 어째서 나를 당황케 했는지 설명하기 어렵지만, 아무튼 몹시 마음에 걸렸습니다. 몽유병자는 깨어 있을 때 억누르고 있던 충동을 잠든 동안 행동으로 옮기는 수가 있다는 이야기를 기억하고 있었던 것이 그 원인 가운데 하나였는지도 모르겠습니다. 때문에 나는 정말 겁이 나서 가까스로 층계를 내려갔습니다. 물론 어두운 아래층 홀에는 아무도, 아무것도 없었습니다. 다만 아린이 응접실과 홀의 전등을 켜기 위해 부엌에서 식당을 거쳐 나오는 것이 보였습니다. 나는 아린에게 누군가를 보지 못했느냐고 물었습니다. 그녀는 아무도 보지 못했다고 대답했습니다.

그러나 나를 앞질러 층계를 내려간 누군가가 아래 홀에서 나갈 수 있는 통로는 둘밖에 없습니다. 응접실을 지나든가 정면 입구 통로로 나가는 것입니다. 그러나 그곳 문에서 내가 눈을 뗀 것은 클레일 선생 쪽을 돌아본 몇 초 동안뿐이었습니다."

베이질은 생각에 잠겼다.

"어쩌면 아린이……."

그는 그 질문을 허공에 띄워놓은 채 말을 멈추었다.

"그것은 있을 수 없는 일이에요. 그녀는 그때 부엌에서 요리사와 함께 있다가 나온 참이었으니까요."

"당신은 그 생령이 옆을 지나칠 때 바람 같은 공기의 움직임을 느꼈다고 말씀하셨지요? 무슨 소리가 나지는 않았습니까? 바람이 휙 지나가는 소리라든가 옷자락 스치는 소리라든가……."

"네, 소리는 전혀 나지 않았어요."

"발소리는?"

"없었습니다. 층계의 카펫은 두껍고 폭신하답니다."

"누구에게서든 희미하게 체취나 향수 냄새 같은 것이 나기 마련이지요."

베이질은 머리에 떠오르는 대로 목소리에 담아냈다.

"분, 립스틱, 헤어토닉, 파마 로션, 면도 로션, 요드 팅크 등 그밖의 약품. 숨결 냄새——음식물, 담배, 술. 그리고 입은 옷의 냄새——나프탈렌, 드라이크리닝 유액 냄새, 구두약, 러시아 가죽 냄새, 비누회사의 광고가 우리를 걱정하게 만드는 체취, 당신은 그 생령을 바로 곁에서 본 유일한 목격자입니다. 아주 희미하고 눈깜짝할 사이의 순간적인 냄새였을지도 모르지만, 아무튼 무슨 냄새가 나지 않았습니까?"

라이트훗 교장은 크게 고개를 가로저었다.

"냄새는 전혀 없었어요. 미처 못 느꼈는지 모르지만."

"그렇습니까?"

베이질은 창문 위에 놓인 꽃병으로 흘끗 눈길을 던졌다.

"신경이 예민한 부인이 아니면 로즈 제라늄이나 레몬 바비나 같은 미묘한 냄새를 즐길 수 없을 겁니다만……."

교장은 빙그레 웃으며 대답했다.

"난 사실 손수건에 레몬 바비나를 쓰고 있습니다. 나쁜 버릇이지요, 어떤 프랑스 회사가 벨베느의 향수를 보내 왔는데 난 이걸 거절하지 못하고 있답니다. 이건 남자 분들이 면도한 뒤 로션으로 쓰는 모양이더군요, 이걸 쓰는 여자는 이 세상에 나 하나뿐일지도 모르지요."

"클레일 선생은 뭔가 정해진 향수를 쓰고 있었습니까?"

"라벤더였어요. 손수건에 쓰는 것 같지요."

"그렇다면 그 생령에서는 라벤더 냄새가 나지 않았다는 말씀입니까?"

"그럴 수밖에 없지 않겠어요." 교장은 비웃듯이 말했다. "거울에 비친 영상에 냄새가 있을 리 없잖아요? 신기루도 마찬가지지요."

베이질은 담배를 집어들었다.

"그럼, 당신 자신은 이 사건을 어떻게 생각하십니까?"

교장의 입술에서 웃음이 사라졌다.

"세 가지 가능성을 생각할 수 있어요. 첫째, 포스티나 클레일 선생이 교묘하게 트릭을 썼을지도 모른다는 것. 그러나 아무리 그렇다 해도 자기와 똑같은 사람의 환영을 만들어내는 일이 과연 가능할까요? 더욱이 왜 그래야 했을까요? 그녀는 이 일에서 아무것도 얻는 바가 없었습니다. 이익은커녕 좋은 직장마저 잃었지요.

두 번째 가능성은 그녀가 스스로도 의식하지 못하는 요술쟁이였는지 모른다는 것. 다시 말해서 사람들을 놀라게 하고 겁먹게 하고 싶어하는 충동을 지닌 분열증환자로, 스스로 그것을 알지 못했기 때문에 억누를 수 없었던 게 아닐까 하는 것입니다. 어떤 종류의 몽유병적 상태에서는 본디의 자기 자신이 없어지고 무의식적인 제2의 자기가 여러 가지 충동을 받아 행동한다고 하니까요. 그런 일이 실제로도 있잖아요?"

베이질은 그 말에 동의했다.

"그런 증세를 나타낸 환자의 기록이 없지는 않습니다. 그렇다면 당신이 그녀를 해고했을 때 그녀가 해고당한 이유를 몰랐다는 것도 그것으로 설명할 수 있는 셈이군요."

"그렇습니다. 하지만 그것을 설명할 수 있다 해도 또 하나의 의문을 해결할 수는 없습니다. 어떻게 그녀가 그렇게 할 수 있었는가 하는 의문이지요. 밖에서 수채화를 그리면서 동시에 집 안 의자에 앉아 있는 모습을 두 학생에게 보이게 하는 일을 어떻게 할 수 있었을까요?"

"세 번째 가능성은 무엇입니까?"

라이트훗 교장은 똑바로 베이질을 보며 말했다.

"몽유병 상태나 최면상태, 또는 분열 상태에 있을 때는 본디 의식적인 자기는 가면(假眠)상태에 빠져 나타나지 않으며, 그 대신 제2의 무의식적인 자기가 몸을 움직여 정상상태일 때 억압되어 있던 행동을 한다고 말하더군요. 이 무의식적인 정신상태 아래에 행해지는 구속받지 않는 자유로운 행동이 좀더 정도가 심해진다고 가정해 보십시오. 마거리트와 엘리자베스는 포스티나 클레일 선생의 생령이 나타났을 때 그녀는 잠들어 있는 듯한 상태였다고 말했습니다. 나는 분명히 내 눈으로 진짜인 클레일 선생의 억압되어 있던 충동을 생령이 행동으로 옮기는 것을 보았습니다. 살아 있는 그 영혼이 마치 클레일 선생의 잠재의식을 그대로 투영하고 있기라도 하듯이.

아시겠습니까? 다시 말해서 무의식 속에 있는 영혼 같은 것이 스스로 에너지를 한 곳으로 모아 공중에 자신의 영상을 분명히 그려낼 수 있다고 가정하면 어떨까요? 아마도 뭔가 굴절광선 같은 모습으로 투영 되겠지요. 꿈을 꾸고 있는 그 자신뿐만 아니라 다른 사람에게도 뚜렷이 보이는 꿈의 영상 같은 것——보이지만 실체는 없는 것, 무지개나 신기루 같은 것, 똑똑히 보이고 사진으로 찍을 수 있을 만큼 입체감이 있는 것입니다. 그러나 손으로 만져서 느낄 수는 없습니다. 실제적인 부피가 없는 것입니다. 또 소리도 나지 않습니다. 보통의 시간과 공간의 차원에는 없는 것이니까요. 이쪽이 움직이면 저쪽도 따라서 움직이기도 합니다. 생령을 만져보거나 그 소리를 들은 사람은 아무도 없습니다. 다만 보일 뿐입니다."

"당신은 그것을 믿으십니까?"

베이질이 물었다.

"나는 현대적인 여자예요, 윌링 씨. 다시 말해서 아무것도 믿지 않는다는 뜻입니다. 종교적인 신앙도 타고나지 못했고, 또 과학에 대한 신앙도 잃었습니다. 나는 막스 프랭크나 아인슈타인 같은 사람의 이론은 이해할 수 없습니다. 그러나 구체적인 세계란 현상(現象)의 세계이지 실체(實體)의 세계가 아니라는 것만은 알고 있습니다. 우리가 보고 듣고 손으로 만져서 느끼는 모든 것은 어쩌면 거울에 비치는 상(像)이나 사막의 신기루 같은 일종의 환영일지도 모릅니다.

나는 에딩턴의 이른바 전자(電子)의 춤을 믿습니다. 재미있게도 힌두교도들은 물질적인 생명을 마야——곧 '환영'이라 하고, 그 마야의 상징이 춤추는 사람이라고 말한답니다. 그들의 신령설(神靈說)에 따르면 에로틱한 춤이 리드미컬한 움직임의 최면효과에 의해 남자의 감각을 교란시키듯, 그들의 춤은 참된 현실을 바라볼 수 없게 만든다고 합니다.

마야의 춤 깊숙이 숨겨진 것이 무엇일까요? 우리는 모릅니다. 우리의 두뇌도 그 일부에 지나지 않기 때문이지요. 팔을 움직이려고 했을 때 당신의 마음은 몸에 어떤 작용을 미칠까요? 심리학이나 정신병리학도 그것을 완전히 설명할 수는 없습니다. 그들은 정신과 육체의 2원성을 부정할 뿐이지요. 과학의 역사는 언제나 설명할 수 없는 일을 단적으로 '모른다'고 하지 않고 부정하는 경향이 있습니다. 도플갱어의 전설은 매우 오래된 것입니다. 그것을 설명하는 여러 가지 말이 있지요.

윌링 씨, 그것이 제3의 가능성입니다. 정말 그런 일이 일어난 것일까요? 포스티나 클레일 선생은 현대심리학이 연구는커녕 인정하려고도 하지 않을 만큼 이상한 사람이었을까요?"

만약 그녀가 스스로 믿고 있지도 않은 일을 믿고 있는 척해 보이려고 했다면——어리석은 사람이 어리석다고 놀림받는 것을 두려워하고 있다면——그녀는 상대를 잘못 본 것이었다. 베이질은 조용히 말했다.

"바꾸어 말한다면 당신은 클레일 선생이 무의식적인 영매(靈媒, 죽은 사람의 영혼과 통할 수 있는 매개자)라고 여기고 싶으신 거로군요."

교장은 얼굴이 빨개졌다.

"영매라니, 언짢은 말이에요. 나는 죽은 사람의 부활을 꿈꿀 만큼 감상적이고 이기적인 사람은 아닙니다."

"천만에요, 내가 당신을 감상적인 사람이라고 말할 리가 있습니까?"

베이질은 창 밖 잔디밭으로 눈길을 돌렸다. 가을바람이 눈에 보이지 않는 아기고양이처럼 마른 잎을 굴리기도 하고 덤벼들기도 하며 장난치고 있는 것이 보였다.

"하지만 나를 이기적이라고 말하고 싶겠지요?"

"글쎄요, 그런 것 같군요."

베이질은 그녀에게로 얼굴을 돌렸다.

"당신은 자신의 세계관이 산산이 부서질 만큼 중대한 경험에 맞닥뜨렸는데도 그것을 조사해 보려고 하지 않았습니다. 당신은 그 일이 학교에 미치는 영향에만 관심을 가졌습니다. 어째서 당신은 이 문제로 클레일 선생과 대결하지 않았습니까? 어째서 그녀에게 설명할 기회를 주지 않았지요?"

"그건 당치도 않은 말이에요, 윌링 씨! 당신이든 나든 그녀가 현대의 모든 과학 지식이나 학설의 영역을 초월한 어떤 기괴한 존재일지도 모른다고 정면으로 맞대놓고 말할 수는 없을 거예요. 비록 정말 그렇다 하더라도…… 영매의 입장에서 보면 얼마나 끔찍스러운 일일지 당신은 생각해 보셨나요? 당신은 세상사람들로부터 사기꾼이라는 비난을 받아 사회·경제적으로 매장될 거예요. 과학에 대한 모독, 종교에 대한 까닭없는 박해, 어리석은 미신이라는 욕설을 듣고 웃음거리가 되어 약아빠진 사람들의 장사꾼 같은 선전에 이용되는 게 고작일 거예요. 아니, 그뿐만이 아니지요. 당신은 미지의 이상한 힘, 위험하고 사악한 힘의 먹이라는 자신의 증명할 수 없는 비밀스러운 지식과 맞서야 할 거예요.

이 세상 어느 한 사람도 당신을 도와 대항해 줄 수 없는 힘의 제물. 이처럼 모든 인간으로부터 소외당한 사람이 또 있을까요? 고독과 공포의 비참한 생활! 나라면 견뎌 내지 못하고 독약이라도 마실 겁니다. 과거의 많은 영매들처럼 말이에요. 내가 클레일 선생에게 아무 말도 하지 말았으면 좋겠다고 부탁드린 이유 가운데 하나는 이것이었습니다."

"하지만 그녀는 진실을 알 권리가 있다고 생각합니다."

"만약 내가 당신에게 진실을 이야기해 드린다면, 당신은 그것을 그녀에게 알리지 말아야 한다는 나의 의견에 동의하실 거라고 생각합니다!"

베이질은 씁쓰레한 웃음을 지었다.

"그것은 잘못 생각하신 겁니다."

그는 모자와 운전용 장갑을 집어들고 일어섰다. 그리고 걸음을 떼려던 발을 문득 멈추며 물었다.

"클레일 선생의 생령이 그녀가 블래리튼에 왔을 때에만 나타났다는 사실을 당신은 어떻게 설명하시겠습니까?"

라이트홋 교장은 마지막 한 발을 위해 강력한 탄환을 준비해 놓고 있었다.

"당신에게 이야기할 생각은 없었습니다만, 말씀드리지요. 실은 몰리 메이드스튼이라는 내 친구로부터 며칠 전 진실을 들었습니다. 절대 비밀로 해달라는 부탁이었지만, 당신에게는 말씀드리지요."

"어떤 이야기입니까?"

"클레일 선생은 블래리튼을 그만두게 된 것과 똑같은 사정으로 지난해 메이드스튼 학교를 그만두었답니다."

제8장

그대가 태어난 날,
별 하나가 타서 없어졌다.
아름다운 빨간 빛을 내뿜던 그 별은
한 번도 천국을 동경하지 않았느니라, 포스틴.

기젤라는 목요일 아침 새벽녘에 잠이 깼다. 동쪽 창문에서 아침해
가 비쳐 들어오고 있었다. 그녀는 아래층으로 내려가 정면 입구 쪽으
로 갔다. 세상이 상쾌한 햇빛으로 새로이 만들어진 것처럼 보였다.
하녀들도 아직 내려오지 않은 이른 아침이었다.

그녀는 남쪽 잔디밭을 가로질러 꽃꽂이에 쓰이는 꽃을 가꾸는 화단
을 바라볼 수 있도록 만든 담쟁이덩굴로 뒤덮인 정자로 걸어갔다. 네
모난 꽃밭은 주위보다 낮아 돌 층계가 놓여져 있었다. 그녀는 돌층계
를 내려가 햇빛이 반사되는 꽃밭 한가운데 연못으로 통하는 오솔길을
따라갔다. 봄이나 초가을이면 그 부근이 시럽 같은 달콤한 향기와 갖
가지 색의 꽃들로 에워싸이지만, 지금은 빛바랜 엉성한 국화가 향료

같은 향기를 풍길 뿐이었다. 그녀는 대리석 벤치에 앉아 한 손으로 턱을 괴고 조용한 연못 수면을 바라보았다.

"아침에 일찍 일어나니 역시 조금은 이득이 있군!"

기젤라는 젊은 남자의 목소리에 깜짝 놀라 그 목소리에 어울리는 얼굴을 올려다보았다. 이탈리아인을 연상케 하는 고전적인 갸름한 얼굴인데, 살결은 영국인으로 어린아이처럼 곱고 희다. 푸른 눈에 담긴 장난기어린 광채가 짙은 금빛 속눈썹으로 부드럽게 덮혀져 있었다. 입술의 선은 민감하게 곡선을 그려 당장이라도 장난스러운 이야기를 꺼낼 듯 달싹거렸다.

"누구신지 모르겠습니다만……"

"그러나 나는 당신을 알고 있지요."

젊은이는 멋대로 벤치 다른 쪽 끝에 앉아 길고 늘씬한 다리를 포갰다.

"기젤라 폰 호헤넴즈 선생님이지요? 당신에 대해서는 어떤 확실한 소식통으로부터 듣고 있으며, 나는 당신을 퍽 존경하고 있습니다."

"어째서지요?"

"어째서라니오……"

젊은이는 시원스러운 몸짓을 해보였다.

"다윗의 선조 룻처럼 이국 생활을 견디고 있는 젊고 아름다운 가난한 망명자이기 때문이지요. 한 번도 당신을 만난 일이 없는 사람이라도 존경할 게 틀림없습니다. 그런데 나는 지금 당신을 만나보았으니까요."

젊은이는 빙그레 웃었다. 기젤라가 말했다.

"당신의 로맨틱한 상상을 깨뜨리는 것 같아 마음내키지 않지만, 나는 당신 말대로 젊지도 않고 또 그처럼 몹시 가난하지도 않아요. 여기서 상당한 급료를 받고 있으니까요"

"돈을 번다는 그 말은 듣기가 좋지 않군요. 당신은 구태여 돈을 벌 필요가 없습니다. 가만히 아름답게 앉아 있기만 하면 됩니다."

"그리고 심심해서 죽는 날만 기다리고 있으면 된다는 말인가요? 그럴 수 없어요. 당신은 이곳이 여학교 정원이라는 걸 아시나요? 남자분의 면회시간은 엄격하게 정해져 있어요. 아침 6시는 면회시간이 아니에요."

"호오, 군대보다 더 엄격하군!"

젊은이는 화난 듯 소리쳤다.

"난 말이오, 규칙을 깨뜨리는 상습범입니다!"

"그런 설명으로 교장선생님을 만족시킬 수는 없어요."

기젤라는 일어섰다.

"설마 술을 마신 건 아니겠지요?"

"어째서 술을 마시면 안 되지요?"

"이렇듯 이른아침부터 그런……."

"나는 그 규칙도 자주 깨뜨리지요. 그러나 오늘 아침에는 마시지 않았습니다. 다만 당신에게 취했을 뿐이지요."

"다시 말하면 자신의 테크닉에 도취한 늑대새끼로군요!"

"어머나, 레이 오빠가 여기 와 계신 줄은 몰랐어요!"

감색 서지 옷을 입은 조그만 사람그림자가 아름다운 곱슬 머리를 뒤로 나풀거리며 잎이 진 인동덩굴 나무 사이로 달려왔다.

"레이 오빠!"

마거리트 배이닝은 젊은이의 품에 뛰어들어 반갑게 매달렸다.

"여어, 키드!"

젊은이는 가만히 몸을 떼고 소녀를 내려놓았다.

"아아, 당신은 마거리트의 오빠 레이먼드 씨였군요. 나에 대해 들었다는 확실한 소식통은 매그였나 보지요?"

"그렇습니다."

손에 매달린 소녀를 내려다보는 그의 얼굴에서 웃음이 사라졌다. 그리고 다시 얼굴을 들어 기젤라를 본 그의 눈은 마치 참회하는 사람 같이 진지했다. 입술만은 당장에라도 웃음을 터뜨릴 것처럼 떨리고 있었지만. 두 사람이 함께 나란히 서자 많이 닮았음을 똑똑히 알 수 있었다.

"폰 호헤넴즈 선생님!"

마거리트는 오빠의 손에 매달린 채 존경하는 눈으로 기젤라를 올려 다보았다.

"교장선생님은 내가 레이 오빠와 함께 마을 여관에서 아침식사를 하도록 허락해 주실까요? 오늘 오후 학예회를 보러 올 테니까 될 수 있으면 아침식사를 함께 하자고 오빠와 약속했거든요. 그리들 케익(번철로 구운 과자, 핫케익 등)에 소시지, 그리고 딸기 잼……."

"비타민을 자동차로 운반해 올 수는 없으니까요" 하고 레이먼드가 쓴웃음을 지으며 말했다. "듣자니 블레리튼 학생들은 비타민 부족 이라더군요."

"아무튼 교장선생님께서는 8시에 아래층으로 내려오시니까 부탁해 봐요" 하고 기젤라가 말했다.

"레이 오빠가 부탁하면 허락해 주실 거예요, 틀림없이!"

마거리트는 오빠의 손을 잡고 몸의 균형을 잡으면서 한 발로 깡총 뛰었다.

"오빠는 어떤 상대도 꼭 자기 생각대로 설득시키니까요.

학예회는 매달 있는 행사였다. 이사회가 끝나는 대로 라이트홋 교장은 교사와 학생들, 그리고 학생들이 초대한 부모와 친지들과 함께 이사들을 학예회장으로 초대하여 다과를 접대하기 좋아했다.

그러나 젊은 교사들은 이런 행사 때 교장이 기대하는 만큼 세련된 기품과 교육학적인 예법을 잘 나타내 보여주어야 하기 때문에 고문 장소 같았다.

그날 오후 기젤라는 거울을 들여다보면서 망설인 끝에 겨우 흰 울 드레스와 금목걸이와 금팔찌로 무난하게 타협을 보았다. 그런 다음 홀로 나가자 앨리스 에이티슨의 방문이 열려 있어 기젤라는 언뜻 들여다보았다. 잠깐 보았을 뿐이었으나 앨리스가 옷차림에 그다지 마음쓰지 않았다는 것을 알 수 있었다.

앨리스는 방문을 열어놓은 채 통로 쪽으로 옆얼굴을 돌리고 화장대를 향해 서 있었다. 스카프와 똑같은 눈부신 오렌지 색 실크——굵고 가는 실로 이랑지게 짠 것이었다——로 만든 긴 홈드레스를 입고 있었다. 굽이 아주 높은 검은 양가죽 펌프스에는 큼직한 버클 모양의 모조 다이아몬드 장식이 달려 있었다. 소매는 팔꿈치까지 내려왔으며 목선이 봉긋하게 솟은 유방 위까지 파여서 아슬아슬한 곡선이 엿보였다. 처음에 기젤라는 그처럼 용감하게 선정적으로 차려입은 앨리스를 아름답다고 생각했다. 그러나 좀 정도가 지나친 듯싶었다.

앨리스가 기젤라를 돌아다보았다.

"마치 매그나 베스에게 마음대로 옷을 입게 한 것 같은 모습이군요" 하고 기젤라가 말했다.

"아무래도 괜찮아요!"

앨리스는 옷자락 스치는 소리를 내고 화려한 스커트를 물결치듯 일렁이며 가까이 다가왔다. 뺨은 진한 살구빛으로 칠해져 있었다. 노르스름한 눈이 짙은 밤색 머리카락 밑에서 금빛으로 빛났다.

"교장선생님께서 뭐라고 말씀하실까요?"

"뭐라고 말해도 좋아요, 어차피 이런 곳에 오래 있을 생각은 없으니까."

앨리스는 기젤라의 팔에 자기 팔을 끼었다.

"우리 옷차림이 아주 잘 어울리는군요. 흰색과 오랜지색, 게다가 머리카락이 모두 짙은 빛이니까."

"앨리스, 그만둘 생각이에요?"

"될 수만 있으면 그만두고 싶어요."

앨리스는 더욱 세게 기젤라의 팔을 죄었다.

"오늘 알게 될 거예요."

"만약 안 된다면?"

"흥! 그때는 될 대로 되라지요, 뭐!"

두 사람이 아치 통로를 지나 큰 응접실로 들어갔을 때 기젤라에게는 아무도 눈길을 보내지 않았다. 앨리스는 문턱 위에서 연극 배우 같은 태도로 걸음을 멈추었다.

짙은 파란색 호박단(평직으로 짠 비단의 한 종류) 옷을 입은 올드미스 첼리스는 하마터면 입으로 가져가던 홍차 잔을 떨어뜨릴 뻔했다. 건포도 색 헐렁한 비로드 옷을 입은 마드모아젤 드 비트레는 선망과 경멸이 섞인 눈으로 그녀를 보았다. 중서부에서 온 신임 미술교사 도드는 잘 만들어진 멋진 크레이프 옷을 입고 있었는데, 자신이 생각했던 것만큼 멋진 기분이 들지 않는 듯한 얼굴을 짓고 있었다. 물색과 제비꽃색이 섞인 드레스를 입은 은발머리의 글리어 부인은 여느 때와 마찬가지로 침착한 얼굴이었다. 그러나 흰 제복을 입은 학생들은 모두 하나같이 기회가 오면 맨 먼저 저런 드레스를 입어야지 생각하는 듯했다.

기젤라는 앨리스의 나이가 블레리튼 학교 최상급반 학생보다 한 살쯤 많을 뿐이라는 것이 생각났다.

라이트홋 교장의 태도는 훌륭했다. 그녀의 속눈썹 하나의 움직임에도 통로에 선 유별난 차림의 여자 모습을 알아 차린 눈치는 없었다.

그녀는 바로 옆자리에 앉은 나이지긋한 신사와 낮은 목소리로 이야기를 나누고 있었다. 입술에 웃음을 띠고 무관심한 눈이었다.

한편 기젤라는 엘리자베스의 어머니 체이스 부인이 말을 걸어와 숨을 자리를 발견하고 마음이 놓였다.

"올해는 우리 딸아이가 그리스극에 나온다는군요. 엘리자베스는 그리스어를 읽고 말할 수 있게 된 것일까요? 집으로 보내오는 편지의 글씨는 내가 보기에 병아리 발자국 같은데 말이에요! 우리가 여학생일 무렵에는 여자들이란 공부를 많이 할 필요가 없다면서 프랑스어와 댄스를 조금 가르쳐주는 정도였지요. 그래서 나는 16살에 학교를 나와 17살에 처음으로 사교계에 들어섰고, 18살에 결혼했답니다. 물론 첫결혼이지요."

기젤라는 체이스 부인을 보면서 그녀의 진짜 나이는 몇 살일까 생각했다. 적갈색 머리카락은 그녀의 입술이며 손톱에 칠한 토마토 색과 마찬가지로 인공적인 것이 분명했다. 짙고 칙칙한 화장이 살결과 눈을 한층 더 힘없이 만들어놓았다. 위로 쳐들린 코며 둥근 턱은 언제까지나 어린아이 같아보였고, 뺨도 화장으로 매끄럽게 해서 나이를 숨길 수 있었지만, 목둘레의 가느다란 주름살은 그녀의 나이를 숨겨주지 못했다. 장갑을 만지작거리는 그녀의 손마디가 굵은 작은 손에서 네모난 에메랄드가 두 개 반짝였다. 그녀의 손은 얼굴보다 10년쯤 늙어보였으며, 목소리는 손보다 10년쯤 더 늙어 있었다.

"그리스극이란 어떤 연극이지요?"

체이스 부인이 이야기를 계속했다.

"메디아 말씀인가요?" 기젤라는 망설이듯 대답했다. "질투와 살인을 주제로 한 연극이랍니다."

"살인!"

에메랄드가 갑자기 움직이지 않았다.

"여학교 연극에 그런 걸 해도 괜찮을까요, 프로일라인?"

체이스 부인에게는 독일어 교사는 모두 프로일라인이고 프랑스어 교사는 누구나 다 마드모아젤이었다.

기젤라가 설명했다.

"모두들 라디오로 〈갱배스터즈〉를 듣는 정도랍니다. 이것은 순수한 그리스 고전극 가운데 하나인 비극적인 시(詩)지요."

"우리 베스는 어떤 역을 하지요?"

"베스와 친한 친구인 마거리트 배이닝은 매디아의 아들로 나오지요. 결국 메디아는 품행이 나쁜 남편을 벌주기 위해 아들들을 죽이는 것입니다."

"어머니가 자기 아이들을 죽이다니…… 더구나 그런 이유로! 학생들이 그런 욕된 일을 배워서는 안 돼요!"

"학생들에게 아무것도 가르쳐선 안 된다는 뜻인가요?"

"어머나, 어쩌면……."

처음에 기젤라는 체이스 부인이 아직도 에우리피데스 때문에 당황한 것으로 생각했었다. 그러나 곧 체이스 부인은 이미 그런 이야기를 들으려고 하지 않는다는 것을 알았다. 그녀는 놀라 눈을 휘둥그렇게 뜨고서 방 한쪽 구석을 멍하니 바라보고 있었다.

앨리스 에이티슨은 열린 창문 앞에 서 있어 그 화려한 광채가 마치 거리에 붙은 포스터의 계산된 색의 섬광처럼 자동적으로 모든 사람들의 눈길을 그쪽으로 끌어 모았다. 그녀는 손에 든 담배연기를 너울거리게 하며 밖의 메마르고 작은 나뭇가지에 위험할 만큼 가까이 뜨거운 재를 털고 있었다. 그녀 옆에서 한 남자가 얼빠진 웃음을 떠올리며 이야기를 듣고 있었다. 그 남자는 40살쯤 되어보였으며, 머리가 벗어지고 뚱뚱하게 살이 쪘다. 시골사람처럼 보이게 차려 입은 트위드 양복은 오히려 시골에서 익숙지 않은 하루를 보내고 있는 도시사람처럼 보이게 만들 뿐이었다. 그 트위드 양복과 두꺼운 밑창을 댄 번쩍번쩍 빛나는 구두는 어쩐지 돈다발 냄새를 풍겨 주었다.

"저 사람은 누구지요?" 체이스 부인이 나직이 물었다.

"남자분 말인가요, 아니면 여자분?" 하고 기젤라가 물었다.

"여자말이에요."

"앨리스 에이티슨 선생이에요. 연극부 선생으로 있어요. 남자분은 누군지 모르지만, 아마도 친척이겠지요?"

체이스 부인은 앨리스에게서 눈을 떼지 않고 물었다.

"어떤 여자이지요, 그녀는?"

"글쎄요, 뭐라고 할까……." 기젤라는 신중하게 대답했다.

"학생들 사이에서는 평판이 좋은 훌륭한 선생이에요."

"과연 그렇겠군요."

체이스 부인의 뾰죽한 입모양이 한층 더 늙어보이는 엄한 선으로 바뀌었다.

"여러 가지로 고마웠어요, 프로일라인."

체이스 부인은 알맹이 없는 웃음을 던지고 나서 혼잡한 사람들 속으로 들어 갔다.

기젤라는 차 테이블 쪽으로 가려고 했다. 그러자 바로 옆에서 다른 목소리가 말을 걸었다.

"당신은 그렇게 해서 돈을 벌고 있습니까? 도로시아 체이스같이 모자라는 여자에게 고전의 교육가치를 말해 주어서 말이오."

돌아보니 레이먼드 배이닝의 장난기어린 눈이 있었다.

"우리 이야기를 들으셨군요."

"다른 건 다 제쳐놓더라도 그것만은 듣고 싶었으니까요. 그녀는 틀림없이 에우리피데스를, 현대로 말하면 에드거 월레스 같은 미스터리 작가쯤으로 생각했겠지요."

"어머나, 큰일났군요! 그녀는 설마 메디아를 《폴리애나》나 《파파
의 긴 다리》로 바꿔달라고 교장선생님께 부탁하지는 않겠지요?"

"그녀가 이제부터 하려는 일은 아무래도 그런 것 같은데요."

기젤라는 그의 눈길을 더듬어가 체이스 부인이 마침 교장에게 가까
이 다가가 막 이야기를 시작한 테이블 쪽을 보았다. 두 사람은 앨리
스가 트위드 양복의 사나이와 이야기하고 있는 열린 프랑스식 창문
앞에서 몇 피트 떨어진 곳에 서 있었다. 기젤라는 어떤 충동을 느끼
며 물었다.

"저 남자분을 아시나요?"

"앨리스와 함께 있는 뚱뚱한 사나이 말입니까? 플로이드 체이스라
는 주식중매인이지요. 베스의 아버지랍니다. 다시 말해서 도로시아
의 전남편이지요. 그가 오늘 여기 온다는 것을 알았다면 그녀는 아
마 오지 않았을 겁니다. 그러나 어쨌든 그는 베스의 아버지임에 틀
림없으니까요. 하지만 싸우고 헤어진 아버지와 어머니 사이에서 이
쪽저쪽으로 끌려다니는 베스가 가엾군요."

"한지붕 밑에서 늘 싸움만 하는 어머니 아버지와 함께 사는 것보다
는 나을지도 몰라요."

레이먼드 배이닝은 빙긋이 웃었다. 그 웃음은 그녀와 그 자신, 그
리고 세상 모든 것을 비웃는 듯했다.

"하긴 그렇겠지요. 그러나 그렇게 말해선 안 됩니다. 바야흐로 결
혼의 신비적인 정당화가 이미 힘을 잃은 이상 우리는 결혼에 대해
뭔가 분명하고 합리적인 정당성을 찾아야 합니다. 그것이 없기 때
문에 이혼하여 싸움에 끝장을 내고 아이들의 정신 건강을 영원히
잃게 만드느니보다는, 결혼이라는 굴레 속에서 싸움을 하며 사는
편이 아이를 위하는 길이라고 강요하게 되는 거지요. 아마 이혼할
수 없는 사람들에게는 그런 사고방식이 큰 위안이 될 겁니다. 비참

한 생각을 하지 않아도 될 뿐만 아니라 도덕적인 우월감을 지닐 수 있으니까요!"

"당신은 인간을 혐오하는군요."

"흐음, 앨리스가 나에 대한 이야기를 당신에게 한 모양이군요."

"앨리스 에이티슨이? 당신은 그녀를 알고 있나요?"

"잘 알지요, 옛날에 약혼했던 사이니까."

레이먼드는 오렌지 색 드레스 쪽으로 눈길을 던졌다. 도전적인 불꽃이 그의 눈에서 번쩍였다.

"앨리스는 돈을 좋아하지요. 플로이드 체이스는 돈이 많은 부자이고 나는 빈털터리 가난뱅이니까요."

"솔직하군요, 당신은."

"어차피 모두들 믿지 않을 테니까 사실을 말해 두는 편이 이롭지요. 그렇게 하면 모두들 내가 뭔가 감추고 있다고, 거짓말하고 있다고 생각하여 진실을 잡기 위해 다른 것을 찾을 테니까요. 그건 그렇고, 티파티라는 건 도무지 내 성미에 맞지 않습니다. 이만 실례하고 찻길에 세워둔 내 자동차 안에서 좀 쉬고 올까? 좌석 옆에 버번 위스키가 5분의 1갤런쯤 든 병이 있지요. 당신도 함께 가시겠습니까?"

"아니, 괜찮아요."

기젤라는 레이먼드의 제멋대로 구는 뻔뻔스러움을 재미있게 생각하는 듯했다.

"나는 차를 좋아하니까……."

기젤라가 말을 끝내기도 전에 아린이 곁으로 다가왔다.

"실례합니다, 폰 호헤넴즈 선생님, 전화입니다. 장거리 전화예요."

"그래? 누구에게서 온 거지?"

훈련된 하녀의 가면에서 은밀한 호기심이 살짝 얼굴을 내밀었다.

"클레일 선생님이십니다."

기젤라는 서둘러 통로 쪽으로 나갔다. 앨리스와 플로이드 체이스가 서 있는 창문 앞을 지나치려는데 앨리스가 말을 걸었다.

"체이스 씨를 아시나요, 존 호헤넴즈 선생님?"

"나는 지금 급해요, 전화가 와서……."

"당신의 정신과 의사이신 친구분께선 틀림없이 비싼 전화 요금을 내야 할 거예요!"

앨리스가 놀리듯이 말했다.

"아니, 이번에는 포스티나에게서 온 거예요."

"그 정신병자가 아직도 당신을 괴롭히나요?"

기젤라는 달아나듯이 층계 밑 전화실로 뛰어들었다.

"여보세요?"

작고 먼 목소리가 그 말에 대답했다.

"기젤라? 나 포스티나예요."

"어떻게 지내요? 마음이 좀 가라앉았어요?"

"네, 잘 있어요. 하지만 당신이 없어서 아주 쓸쓸해요. 무슨 새로운 소식 듣지 못했어요?"

한 마디 한 마디 몹시 애를 써서 느릿느릿 목구멍에서 쥐어짜내는 듯한 귀찮아하는 말투였다.

"소식이라니요?"

"윌링 씨가 교장선생님을 만나러 가신다고 하셨거든요."

"아아, 네, 오늘 아침에 왔었어요. 난 수업이 있어서 만나지 못했지만."

"교장선생님이 무슨 말을 했을까요"

"글쎄요…… 하지만 그가 될 수 있는 한 빨리 당신에게, 알릴 거예요, 늦어도 오늘 저녁까지는."

"그렇게 해주시면 좋겠지만, 기다리다 벌써 지쳤어요."

"언제까지 뉴욕에 있을 예정이에요?"

"금요일까지. 그리고 나서 뉴저지 주 블레이트시로 가겠어요. 별장이 있으니까. 주말에 오겠어요?"

"가고 싶어요. 하지만 금요일 밤에 저녁 약속이 있어요. 내가 당신을 만날 수 있을 때까지 뉴욕에 있을 수 없을까요, 포스티나?"

"금요일 저녁 별장에서 사람을 만나기로 했어요. 꼭 만나고 싶은 사람이에요. 그날 저녁식사가 끝난 뒤 오지 않겠어요? 아무리 늦어도 괜찮아요."

"분명히 약속할 수는 없지만 가도록 할게요. 몇 시쯤이 좋겠어요?"

"몇 시라도 괜찮아요. 금요일이나 토요일이나 일요일, 언제든 당신 형편이 좋을 때 와줘요. 나는 금요일 밤 말고는 약속이 없으니까요."

그 목소리는 전보다도 나른하고 느려져서 마치 혼수상태에 빠져든 듯한 말투였다.

"그럼, 뉴욕에 있는 동안 기분전환으로 뭐든지 해봐요. 꼭 필요한 일이에요. 친구를 찾아가보면 어떨까요?"

"친구가 전혀 없어요."

"그럼, 연극이라도 보러 가요. 물건을 사는 것도 좋고. 뭐든 그다지 필요없는 물건인 편이 더 좋아요. 모자 같은 게 어떨까요?"

"글쎄…… 그럼, 나중에 또. 잘 있어요, 기젤라."

"안녕."

기젤라는 뭔가 떳떳지 못한 기분을 느끼며 수화기를 놓았다. 떠난 사람은 멀어진다. 요 몇 시간 동안, 바로 조금 전까지 포스티나에 대한 생각은 전혀 해 보지도 않았다. 이미 그 쓸쓸해 보이는 모습이 기억의 지평선 저쪽으로 사라져가고 있었다. 포스티나가 가고 한 달만 지나면 그 기묘한 사건도 블레리튼의 모든 사람들 기억에서 잊혀지고 말 것이라고 한 교장의 말이 옳았다. 그것은 모두들 바쁜 생활을 보내며 설명도 하지 않고 설명할 수도 없는 채 내버려두어 잊혀지는 숱한 자질구레한 사건 가운데 하나에 지나지 않았던 것이다. 어쩌면 지금부터 몇해 뒤 어떤 여자가 만성절 전날 밤 모닥불을 에워싼 한무리의 친구들에게 이런 이야기를 들려줄지도 모른다.

"알 수 없는 이상한 추억이라면 꼭 한 가지, 아직 아무에게도 설명할 수 없는 묘한 사건이 있었어. 내가 여학생일 때 한 미술교사가 있었는데……."

그러나 대부분의 사람에게 있어 그런 기억은 긴 세월의 온갖 개인적인 추억거리에 밀려나 또다시 되살아나는 일이 없을 것이다.

기젤라는 응접실로 돌아와 홍차를 넣은 찻잔을 들고 조금 전 앨리스가 서 있었던 창문께로 갔다. 지금은 앨리스의 모습이 보이지 않았다. 플로이드 체이스도 레이먼드도 없었다. 그 세 사람은 지금 레이먼드의 자동차 안에서 홍차가 아닌 강한 알코올을 마시고 있는 게 아닐까, 하고 생각했다. 앨리스라면 그럴지도 모른다.

홍차를 마시면서 기젤라는 창 밖으로 눈길을 돌려 완전히 잎이 져버린 11월의 풍경 속에 드러난 기둥과 지붕뿐인 정자를 바라보았다. 그때 정자 안의 어두컴컴한 그늘 속에서 누군가가 움직인 것 같이 느껴졌으나, 너무 멀어서 확신을 가질 수는 없었다. 적어도 152미터쯤 떨어져 있었다. 그런 다음 안채 아래 꽃밭 부근에 있는 타는 듯한 오렌지 빛 드레스가 그녀의 눈을 끌었다. 그녀는 찻잔을 놓고 프랑스식 창문을 지나 뜰로 나갔다. 그리고 나서 몇 초 뒤 그녀는 돌층계를 뛰어내려가고 있었다.

반짝이는 냉랭한 햇살 속에 앨리스가 땅바닥에 쓰러져 있었다. 그녀의 머리는 돌층계 아랫단에 놓여 있었다. 루즈를 칠한 입술이 오싹거릴 만큼 창백한 얼굴과 대조를 이루며 피처럼 붉게 빛났다. 기젤라는 허리를 굽혀 그 뻣뻣하게 굳어진 손을 만지기도 전에 앨리스가 죽어 있음을 알았다. 갑자기 심한 구역질과 현기증을 느끼며 몸을 일으켰다. 햇빛이 내리쬐는 곳에서 기젤라는 죽은 여자와 단둘이 마주보고 있었다. 연극연습을 해 온 에우리피데스의 말이 문득 떠올랐다.

'절망에 쫓겨 하늘 높이 날아오른 후회할 줄 모르는 그 영혼은, 어떤 무서운 일이라도 저지를지 모른다.'

앨리스는 메디아 같은 여자였다. 용감하고 후회할 줄 몰랐다. 오늘 오후 그녀는 절망에 쫓긴 듯이 블레리튼을 떠나고 싶다고 말했었다――"흥! 그때는 될 대로 되라지요, 뭐!"――그러나 이것은 사고로 보아야 할 거라고 기젤라는 속으로 중얼거렸다. 틀림없이 사고일 것이다. 이것이 자살이라고 밝혀낼 필요는 전혀 없다. 저렇게 높은 구두 뒷굽이 스커트 자락을 밟는 것은 어렵지 않으리라. 그것을 입증하듯 스커트 자락에 조그만 구멍이 나 있었다. 게다가 한쪽 구두가 벗겨져 있었다. 그 구두는 시체에서 조금 떨어진 곳에 뒤집혀져 있었다……

기젤라는 돌층계를 뛰어올라갔다. 그리고 나서 프랑스식 창문을 향해 조금 잰걸음으로 천천히 잔디밭을 가로질렀다. 그런 다음 될 수 있는 한 사람들 눈길을 끌지 않도록 마음 쓰면서 혼잡한 속을 헤치고 라이트홋 교장 곁으로 다가갔다. 교장은 기젤라가 입을 열기도 전에 거의 알아들을 수 없을 만큼 작은 목소리로 말했다.

"어디에 갔었지요? 손님들께 실례되잖아요? 에이티슨 선생도 보이지 않는 것 같군요, 어디 갔는지 모르세요?"

"죄송합니다." 기젤라의 목소리 역시 낮았다. "전화를 받으러 잠깐 나갔었습니다. 그런 뒤 돌아와서 우연히 꽃밭 쪽을 보았지요, 앨리스 에이티슨 선생이 돌층계 밑에 쓰러져서 죽어 있습니다."

기젤라는 이때만큼 라이트홋 교장의 침착성에 감탄한 일은 없었다. 교장의 입술은 거의 움직이지 않았다.

"확실한가요?"

"네, 그녀를 만져보았습니다."

"그럼, 함께 가봅시다."

라이트홋 교장은 조금도 서두르는 모습을 보이지 않고 일어섰다. 혼잡한 틈을 헤치고 걸어가면서 실례한다는 뜻으로 웃음까지 입가에 만들어 내고 있었다. 누구나 다 그녀는 볼일이 있어 불려나가는 거라고밖에 생각하지 않았을 것이다. 그러나 일단 밖으로 나오자 그 웃음은 완전히 사라지고 잰걸음으로 걷기 시작했다. 이윽고 돌층계 밑에 이르자 기젤라처럼 몸을 숙이고 앉았으나 앨리스를 만져보려고 하지는 않았다. 가만히 선 채 알 수 없다는 표정으로 죽은 여자를 물끄러미 내려다볼 뿐이었다. 참다못해 기젤라가 말을 걸었다.

"의사를 부를까요? 강직(强直)현상이 나타날 경우에는 죽은 것처럼 보이는 수도 있으니까요."

라이트홋 교장이 대답했다.

"죽었다는 건 보면 알 수 있어요. 목을 보세요. 부러져 있지요. 이 것이 무엇을 뜻하는지 알겠어요? 검시를 해야지요. 코네티컷 주에 검시관이 있는지 없는지 모르지만."

"이것은 사고가 아닐까요?" 하고 기젤라가 물었다.

교장은 깜짝 놀라 갑자기 긴장한 눈으로 기젤라의 얼굴을 들여다보았다.

"그밖에 무엇을 생각할 수 있지요?"

"네, 저어……" 하고 기젤라는 머뭇거렸다. "자살일 가능성도 우선은……."

"당치도 않아요!" 라이트홋 교장은 딱 잘라 말했다. "우리 학교에서는 스캔들은 금물이에요. 당연히 검시를 받아야겠지만, 결론은 이미 알고 있어요. 말할 것도 없이 사고사예요. 저 스커트 밑자락의 찢어진 구멍이며, 저기 떨어진 구두를 보세요. 발 끝이 걸려 넘어진 거예요. 이곳에는 내 운전수 스펜서 말고는 믿을 만한 사나이가 없으니 곧 차고로 가서 다른 사람이 눈치채지 않도록 주의하여 그를 불러주세요. 파티가 끝나기 전에 시체를 차고로 옮겨놓으면 우리가 경찰을 부르기 전까지는 아무에게도 알려지지 않을 거예요. 학생이나 학부모들이 그녀를 보고 소동을 일으키면 안 되니까요."

"하지만 경찰이 현장을 보기 전에 시체를 움직이면 안 된다고 생각합니다!" 하고 기젤라가 소리쳤다.

"아니에요, 이런 상황에서는……."

"나라도 괜찮으시다면 도와드릴까요?"

쾌활한 남자의 목소리가 돌층계 꼭대기에서 들렸다. 두 사람은 동시에 그쪽을 올려다보았다. 플로이드 체이스가 얼빠진 웃음을 띠고 서 있었다. 기젤라에게는 라이트홋 교장이 그 한순간에 갑자기 늙어버린 것처럼 보였다.

"이젠 늦어버렸군!" 하고 교장은 중얼거리듯 말했다.

체이스가 돌층계를 내려왔다.

"누가 기절이라도 했습니까?"

플로이드 레이스는 여전히 빙그레 웃고 있었다.

"아니, 앨리스 아닙니까!"

그는 마지막 돌층계 한 걸음 앞에서 우뚝 멈춰섰다.

"이게 대체 어찌된 일입니까!"

라이트홋 교장이 말했다.

"사고 같습니다. 좀 도와주시겠습니까? 시체를 치울 때까지 돌층계 위에 서서 아무도 내려오지 못하도록 해주셨으면 합니다. 학생들에게 보이고 싶지 않으니까요."

체이스는 마치 아무 말도 들리지 않은 듯한 얼굴로 교장을 지켜보며 어째서 이렇게 되었느냐고 쉰 목소리로 다그쳐 물었다.

"그건 모릅니다."

교장은 안타까운 듯이 대답했다.

"내가 마지막으로 에이티슨 선생을 본 것은 응접실에서 당신과 이야기 하고 있을 때였으니까요."

체이스는 흥분된 목소리로 말했다.

"나의 전아내가 이야기를 방해했습니다. 앨리스는 곧 우리를 두고 가버렸지요. 프랑스식 창문을 지나 밖으로. 그리고 도로시아가 이러니저러니 귀찮은 말을 꺼내기에 겨우 구실을 만들어 도망쳐 나와 앨리스를 찾으러 밖으로 나온 참입니다."

"당신 부인께선 어디 가셨습니까?"

"그런 걸 내가 알 게 뭡니까!"

"플로이드!"

마치 그 말이 등장신호인 듯 도로시아 체이스의 넋두리 같은 잔소리가 들려 왔다.

"당신 그런 데서 뭘 하시지요? 난 여기저기 찾아다녔어요. 채소밭 속까지!"

도로시아 체이스는 이미 돌층계 꼭대기에 한 발을 내딛고 있었다. 그녀의 손을 끌고 돌층계를 내려오려고 하는 흰 드레스를 입은 조그마한 엘리자베스의 모습도 보였다.

엘리자베스가 야무지게 말했다.

"보세요, 저기 선생님이 계시잖아요, 어머니! 내 망상이 아니었어요. 정말이라니까요!"

플로이드 체이스가 돌층계를 뛰어올라갔다.

"도로시아, 베스를 데리고 오면 안 되오! 안 돼!"

도로시아 체이스가 심술궂게 외치는 목소리를 듣고 기젤라는 처음으로 그 사나이에게 조금 동정을 느꼈다.

"베스가 나를 데려가려는 거예요, 내가 베스를 데려가려는 게 아니라! 하지만 당신이 그런 말을 하면 나는 점점 더 그리로 가고 싶어져요, 어째서 내가 가는 것을 바라지 않는지 똑똑히 확인하기 위해서예요! 나는……."

도로시아 체이스의 목소리가 뚝 끊어졌다. 그녀는 그 자리에 우뚝 선 채 죽은 여자의 엎어진 모습을 믿어지지 않는 듯이 내려다보았다. 이윽고 그녀는 소리쳤다.

"베스! 빨리 2층으로 돌아가거라!"

그러나 엘리자베스는 꼼짝도 하지 않고 어머니 곁에 서서 공포와 호기심이 뒤섞인 눈으로 시체를 바라보고 있었다.

체이스는 한숨 같은 욕설을 퍼부었다. 라이트홋 교장은 한 걸음 앞으로 나서며 자신의 긴 스커트로 엘리자베스와 앨리스 사이를 가로막았다.

"체이스 부인, 당신이 남편을 찾아 밖으로 나오셨을 때 어디서 에이티슨 선생님을 보지 않으셨습니까?"

체이스 부인은 그 질문이 뜻하는 바가 무엇인지 알아듣지 못할 정도로 둔한 사람처럼 엉뚱한 대답을 했다.

"네, 나는 이 기숙사 저쪽에 있었는걸요."

"하지만 나는 선생님을 보았어요!"

모두들 엘리자베스를 돌아보았다. 그녀는 자기가 높은 목소리로 말한 그 대답이 뜻하는 것을 알지 못하는 듯했다.

"어머니가 아버지를 찾아오라고 하셔서 나는 혼자 이쪽으로 돌아와 정자와 그 밑 꽃밭 쪽을 둘러보았어요. 그때 에이티슨 선생님이 돌층계 꼭대기에 서 계셨어요."

"선생님은 무엇을 하고 계시더냐?"

체이스가 물었다.

"이야기를 하고 계셨어요."

라이트훗 교장이 자신도 모르게 재빨리 물었다.

"그럼, 선생님은 혼자가 아니었구나?"

"네, 교장선생님. 나는 선생님이 혼자 계셨다는 말은 하지 않았어요."

플로이드 체이스가 조급하게 물었다.

"누가 선생님과 함께 있었지?"

"다른 선생님이었어요. 얼굴이 창백하고 몸이 마른…… 우리에게 그림을 가르쳐주셨던 클레일 선생님이었어요."

"그럴 리가 없어요!"

기젤라가 소리쳤다.

"그녀는 아까 뉴욕에서 나에게 장거리전화를 걸어왔었어요!"

엘리자베스가 항의했다.

"하지만 난 정말로 클레일 선생님을 보았어요. 폰 호헤넴즈 선생님, 그 말을 어머니에게 했지만, 곧이듣지 않아 어머니에게 보여주려고 이리로 모셔온 거예요.

클레일 선생님은 여느 때와 마찬가지로 파란색 코트에 갈색 모자를 쓰고 계셨어요. 선생님이 거기 서서 기다리는데 에이티슨 선생님이 정자 모퉁이를 돌아오셨어요. 그리고 선생님이 무슨 말인지 하셨지만, 내게는 들리지 않았어요. 그런데 클레일 선생님이 갑자기 팔을 뻗쳐 에이티슨 선생님을 확 밀었어요. 에이티슨 선생님은 비명을 지르며 뒤로 넘어져서 돌층계로 굴러 떨어졌어요. 그러자 클레일 선생님은 언제나처럼 아주 조용히 발소리도 내지 않고 저쪽으로 가버리셨어요."

제9장

막달라에게서 악마를 쫓아버린 신도
그대를 위해서는
도움이 되지 않으리라, 포스틴.

　그날 밤 맬리 힐 병원 간부직원과 이사들은 어떤 신문사의 사장으로 있는 이사장의 사무실에서 모임을 가졌다. 베이질이 그 건물을 나와 자동차를 세워둔 7번 거리 주차장을 향해 브로드웨이를 걸어간 것은 한밤중이 지나서였다.

　평화가 또다시 브로드웨이를 코니 아일랜드처럼 요란한 싸구려로 만들었다.

　베이질은 지쳤으나 움직이는 네온사인과 전광판이 억지로 갖가지 회사의 담배며 위스키로 그의 눈길을 끌어당겼다. 그것들은 모두 예술의 부정이었다. 속이 뻔히 들여다보이는 선전문구며 원색의 나열, 단순한 움직임의 반복을 좋아하는 너무 크게 자라버린 어린아이를 위한 거대한 기계장치로 된 장난감이었다.

그런 네온사인의 불빛이 더러워진 발 밑 아스팔트를 대낮처럼 환히 비추었다. 신문팔이소년이 내일 아침신문을 베이질의 손에 들려주었을 때 1페이지의 어떤 표제를 비춰낸 것도 그 병적인 부자연스러운 불빛이었다. ——'젊은 여교사, 목이 부러져 죽다'——그의 눈길을 끈 것은 날짜가 찍힌 곳이었다——'블레리튼 발행, 11월 17일 목요일'. 그는 걸음을 멈추고 읽기 시작했다.

　오늘 오후 5시쯤 뉴욕 근교 블레리튼 학교 연극교사 앨리스 에이티슨 양이 학교 안에서 죽어 있는 것을 같은 학교 동료교사 글리젤 폰 호헨슈타인 양이 발견했다.

　시체는 꽃밭으로 통하는 돌층계 밑에 있었다. 경찰이 발표한 바에 따르면, 에이티슨 양은 입고 있던 긴 오렌지 빛 호박단 드레스 자락에 높이가 7센티나 되는 구두 뒤꿈치가 걸려 층계에서 굴러떨어지며 목이 부러져 죽었다고 한다.

　블레리튼 학교 학생 엘리자베스 체이스 양(13살)이 이 사건을 목격하고 마침 학교를 방문했던 어머니에게 알리려고 돌아온 사이 폰 호헨슈타인 교사가 시체를 발견했다. 엘리자베스 양의 아버지 플로이드 체이스 씨는 기자들이 딸을 만나는 것을 거절하고 있는데, 소문에 의하면 비극이 일어나기 직전 그녀는 에이티슨 양이 전에 블레리튼의 교사였던 포스티나 클레일 양과 이야기하는 것을 보았다고 한다. 클레일 양은 현재 뉴욕의 모 호텔에 머물고 있어, 만약 그녀를 신문한다 해도 오늘 밤 꽤 늦은 시각이 되어야 할 것이다.

　에이티슨 양의 아버지는 증권업자였던 고(故) 스탠리 모든트 에이티슨 씨로, 그는 월 거리에서 재정적으로 파탄하자 1945년 자살했다.

그녀의 장례식은 내부 사람들끼리 조용히 치를 예정이다.

베이질은 신문을 접어 주머니에 쑤셔넣고 서둘러 자동차 쪽으로 갔다. 혹시 신문기자가 기젤라의 이름을 아무렇게나 전해듣고 글리젤폰 호헨슈타인이라고 썼다면 그밖의 기사도 자세한 면에서는 그다지 믿을 수 없겠지만, 그래도…… 베이질은 서둘러 자동차의 시동을 걸고 주택지구의 자동차 물결 속으로 뛰어들었다.

퐁텐블로에 도착한 것은 밤 1시쯤으로, 로비는 텅 비어 있었다. 그는 야근직원에게 명함을 내주었다.

"나는 신문기자는 아니지만, 서둘러 클레일 양을 만나야 하오. 아래층에 있다고 전해주시오."

"그녀 방의 전화는 저녁 6시쯤부터 끊어졌습니다" 하고 직원이 대답했다. "아마 이미 주무실 겁니다. 게다가……."

"아주 급한 일이오."

직원은 명함을 다시 한 번 본 다음 실내전화를 걸었다.

"클레일 양은 2, 3분 뒤 이리로 내려오시겠답니다."

포스티나가 로비를 가로질러올 때 베이질은 처음으로 밝은 불빛 아래에서 그녀를 똑똑히 볼 수 있었다. 지난번과 마찬가지로 호리호리하고 약한 느낌이었다. 그러나 그녀는 이미 로맨틱한 환상의 여자가 아니라, 생기없고 가냘픈 여자에 지나지 않았다. 밝고 숱이 적은 갈색 머리카락은 헝클어지고 우윳빛 도는 파란 눈에도 생기가 없었다. 갈색 울 니트를 입고 있었다. 혈색나쁜 뺨에 빨갛고 작은 여드름이 생겨 지저분했다. 지난번의 어두컴컴한 속에서 느낀 기묘한 매력 가운데 아직 남아 있는 것은 조용한 몸놀림과 다정함뿐이었다.

두 사람은 로비 구석의 의자에 앉았다. 베이질이 담배를 권했으나, 그녀는 거절했다.

"교장선생님을 만나셨나요?"

"네."

베이질은 담뱃불을 붙이며 의자에 깊숙이 앉았다.

"클레일 양, 당신은 오늘 오후 5시쯤 어디에 있었지요?"

"위층 내 방에 있었어요."

"혼자 있었습니까?"

"네."

"무엇을 하셨지요?"

"5시쯤에요? 기젤라에게 장거리전화를 걸고 있었어요. 실은 저녁 때 뉴욕 경찰에 계신 분에게도 지금과 똑같은 설명을 했어요. 코네티컷 주 경찰에서 연락이 왔었다더군요. 그리고 나서 신문기자들이 몰려오기 시작했기 때문에 전화를 끊어버렸어요."

"경찰이 왜 당신에게 그런 질문을 했는지 아십니까?"

"앨리스 에이티슨이 죽었기 때문이지요? 경관들은 그냥 물어보는 것뿐이라고 하더군요."

"그들은 언제나 그런 식으로 말하지만, 결코 그렇지 않습니다."

베이질은 주머니에서 신문을 꺼냈다.

"이걸 읽어 보십시오."

포스티나가 두 단락까지 읽었을 때 신문이 그녀의 손에서 미끄러져 떨어졌다.

"이런 일은 있을 수 없어요! 나는 오늘 오후 블레리튼에 가지 않았어요. 기젤라에게 건 장거리전화가 그것을 증명하고 있어요."

"그 덕분에 당신은 더 이상 조사받지 않았을 겁니다."

"내가 하루 종일 여기 있었다는 것은 다행히 곧 증명할 수 있어요. 퐁텐블로에는 출입문이 하나밖에 없거든요. 만일 내가 밖에 나갔다면 엘리베이터보이나 객실담당 급사나 도어맨이 보았을 테니까요.

오늘 오후 내내 밖에 나가지 않았다는 것을 그들이 증명해 줄 거예요."

"비상구는 있습니까? 또는 종업원 통로는 어떻게 되어 있지요?"

"경찰도 그것을 모두 조사해 본 모양이에요. 종업원들이 쓰는 통로는 레스토랑 주방을 지나가야만 한대요. 그런데 주방에는 요리사 한 사람과 허드렛일을 하는 사람이 오늘 오후 내내 있었다는군요. 그리고 비상구는 주방 앞 복도로 내려가게 되어 있으니까 발소리가 들리거나 모습이 보일 거예요."

"기젤라와 전화한 다음 무엇을 했지요?"

"잠을 잤어요."

"오후 5시에 말입니까?"

"네, 기젤라와 이야기할 때부터 졸음이 왔어요. 이리 옮겨온 뒤로는 오후에 차를 마신 다음 잠깐씩 자는 습관이 생겼어요."

직접 말을 하지는 않았지만, 베이질은 그녀가 말하지 않은 일을 알아차리고 고개를 끄덕였다. 포스티나는 블레리튼에서 해고된 충격 때문에 정신이 빠지고 지쳐 방심상태가 되어서, 노파나 어린아이처럼 오랜 시간 동안 이어지는 의식의 무거운 짐을 견디지 못하고 현실에서 백일몽으로 도피하려 했던 것이다.

베이질은 등줄기에 야릇한 한기를 느꼈다. 이것은 11월 밤의 차가움 때문만은 아니었다. 몽유병자는 깨어 있을 때 억제되었던 충동을 잠잘 때 행동으로 나타내는 것이다.

"포스티나, 당신은 앨리스 에이티슨을 죽여버리고 싶다는 충동을 느낀 일이 있습니까?"

"어머나, 어떻게 그처럼 끔찍한 짓을!"

포스티나는 정말 순수하게 놀라는 것 같았다. 그러나 그런 충동이 무의식적으로 억눌려 있었는지도 모른다. 만일 그렇다면 그녀가 아무것도 모르는 것이 당연하다.

"그러나 당신은 앨리스를 좋아하지는 않았었지요?"

"네, 그래요. 좋아했다고는 할 수 없어요. 앨리스는 태도가 거칠고 나에게 언제나 심술궂게 대했으니까. 때로는 그녀를 미워한 적도 있었어요."

베이질은 또다시 고개를 끄덕였다. 포스티나가 앨리스를 미워한 이유를 알 듯한 기분이 들었다. 약자는 강자를 미워하여 상대의 강함을 '거칠다'고 하며, 자신의 약함을 '점잖다'고 말한다. 힘으로 적을 이길 수 없는 사람은 자기 마음속의 안전하고 자유로운 공상 세계에서 적을 무찌른다. 사람을 미워하는 것은 그를 없애버리고 싶다는 생각이며, 사람을 없애는 방법은 한 가지밖에 없다──죽이는 것. 어린아이도 본능으로 이것을 알고 있어서 '죽어버려!'라는 욕을 한다. 포스티나는 오늘 오후 침대에 누워 앨리스를 죽이는 잔인하고도 즐거운 공상을 머릿속에 그리고 있지 않았을까? 포스티나는 그런 살의를 품고 잠든 게 아니었을까? 그리고 몽유병자처럼 일어나서……

아니다, 그것은 시간적으로 불가능하다. 그녀가 잠자고 있거나 깨어 있거나 아무의 눈에도 띄지 않게 퐁텐블로를 빠져나가 기젤라와 통화한 뒤 앨리스 에이티슨이 죽기까지 몇 분 사이에 뉴욕에서 코네티컷으로 달려간다는 것은 절대로 불가능한 일이다. 의식이 없는 심령(心靈)이 응결하여 공중에 시각적인 영상을 만들어내는 에너지를 갖고 있어 그녀를 블레리튼에 비추었다면 이야기가 다르지만. 무지개나 신기루가 시간과 공간을 초월하는 것처럼.

저주에 의한 살인──아득한 옛날 주술사의 특기였던 범죄. 베이질은 그런 케케묵은 기묘한 생각을 애써 웃어넘기려고 했으며 선조의 피가 마음속 깊숙이 소용돌이치는 물결처럼 움직여 기묘하게 강한 매력을 느꼈다.

"아마 코네티컷 주 경찰은 엘리자베스 체이스가 잘못 보았거나 착각한 거라고 결론을 내리겠지요. 아무튼 아직 13살밖에 안 된 어린 아이의 증언에 지나지 않으니까요. 하지만 그 아이는 분명 뭔가를 보았습니다. 대체 그것이 무엇이었을까요?"

"글쎄요, 모르겠어요……."

"나는 당신이 알고 있거나 어슴푸레하게 느끼고 있지 않을까 생각하는데요."

포스티나의 파란 눈이 초점을 잃고 흐릿해졌다. 그녀는 마치 몸의 겉에서 움츠려들어가 현실보다 안락한 그녀 자신의 꿈 속으로 사라진 것처럼 가만히 앉아 있었다.

블랙 앤디의 아버지는 토드 래플레이크에 대해서 뭐라고 말했던가? 그렇지, 지독한 스코틀랜드 사투리로 "틀림없이 많은 사람들이 너처럼 꿈을 동경했단다……"라고 말했었다. 확실히 그 말이 맞다. 그것이 재난이 되어 몇백 명의 포스티나 클레일이 몸부림치고 괴로워하고 비명을 지르면서 산 채로 불에 태워졌던 것이다. 무지와 공포의 신의 희생물이 되어서…….

"클레일 양, 당신은 아무래도 나에게 모든 것을 털어놓지 않은 것 같군요. 어제 당신은 라이트홋 교장이 나에게 어떤 이야기를 할 것인지 이미 알고 있었지요? 자아, 처음부터 설명해 주십시오. 당신은 어째서 지난해 메이드스튼 학교를 그만두었지요?"

포스티나는 소스라치게 놀라며 몸을 움츠렸다. 마치 그녀의 몸 겉으로 되돌아와서 밖의 세계와 접촉하기가 고통스러운 것처럼. 그러나 그녀는 여전히 잠자코 있었다. 이야기의 실마리조차 말하려 하지 않았다.

"당신은 내가 생령에 대한 옛날 영국 전설을 알지 못하리라고 생각하고 싶지요? 생령——다시 말해서 살아 있는 사람과 똑같이 생긴 환영――독일어로는 도플갱어라고 하지요. 만일 당신이 그것을 알지 못했다면 기젤라에게서 괴테의 책을 빌려가지 않았을 겁니다."

베이질은 자신의 말에 대한 갖가지 반응을 예기하고 있었다. 놀라움, 노여움, 부정 등. 그러나 두 손으로 얼굴을 가리고 울음을 터뜨릴 줄은 전혀 생각지 못했다.

"윌링 씨, 난 대체 무엇을 하려는 걸까요?"

베이질은 로비 저쪽의 카운터를 돌아보았다. 직원은 40피트쯤 떨어져서 열심히 장부를 정리하고 있었다. 게다가 포스티나는 이성을 잃기는 했지만 울음 소리를 내지 않았다. 직원은 어두컴컴한 구석에 있는 그녀에게나 그밖의 것에 대해서도 주의를 기울이고 있지 않았다.

"라이트훗 교장에게 가기 전에 어째서 나에게 말해 주지 않았습니까?"

"나는 당신에게 라이트훗 교장을 찾아가 달라고 말하지 않았어요." 포스티나는 힘없이 말했다. "가시겠다고 말한 것은 당신이었어요. 게다가 난 정말 아무것도 몰라요."

포스티나는 손을 내렸다. 눈두덩이 빨갛게 붓고 뺨이 눈물에 젖은 얼굴을 애원하듯 그에게로 돌렸다.

"나는 한 번도 그것을 본 적이 없어요. 정말로 그것이 무엇인지 전혀 몰라요. 다만 메이드스튼 학교에서 사람들이 말해 준 것을 알고 있을 뿐이에요. 그래서 블레리튼에서도 똑같은 일이 일어난 게 아닐까 생각했던 거예요. 그러나 정말인지 어떤지 알 수 없었어요. 교장선생님은 나에게 말해 주려고 하지 않았고, 나도 물어볼 수가 없었어요. 당신이 가주셨으면 하고 바란 것도, 교장이 당신에게라면 이야기할지도 모른다고 생각했기 때문이에요. 그래서 당신이 가시기 전에 내가 먼저 그런 말을 꺼낼 수 없었던 거예요. 만일 내가 말했다면 틀림없이 당신은 웃어넘기셨겠지요. 아니면 내가 노이로제에 걸렸다고 생각하셨을 거예요. 1년 전에는 나도 그런 일을 정말로 믿는 사람을 정신이 이상해진 거라고 생각했었거든요.

하지만 만일 당신이 교장선생님으로부터 그 이야기를 들으면 웃지 못하시겠지요. 이제는 웃지 않으시리라고 생각해요. 당신이 비록 교장선생님의 이야기를 믿지 않는다 해도 아무튼 듣고 오셨으므로 아주 나쁘게 보더라도 정신이 돈 것은 내가 아니라 교장선생님이라고 생각하실 테니까요."

"당신은 라이트훗 교장이 노이로제에 걸려 있다고 생각하십니까?"

"그럼, 메이드스튼 교장도 노이로제였을까요? 두 학교의 선생님들이며 학생이며 하녀들도 모두 노이로제였을까요? 윌링 씨, 만약 당신이 그런 일 때문에 두 번이나 직장을 잃었다면 태평스럽게 웃어넘길 수 없을 거예요. 그것은 모두 환상이라고 항의하겠지요. 하지만 나는 그것이 뭔지 몰라요. 그것은 그들이 말하는 것과 같은 게 아닐지도 모르지요. 그러나 공상이나 환상은 아니에요.

뭔가 현실적인 것이 있어요. 그러나 나 자신은 아니에요. 나는 자신이 남을 교묘하게 속이는 사람이 아니라는 것을 알고 있어요. 물론 당신은 이런 말만으로는 납득할 수 없겠지요. 하지만 나는 알고 있어요. 그렇다면 대체 무엇이 남을까요? 내가 아무 의식 없이 그런 짓을 저지르는 것일까요? 그것은 물리적으로 불가능해요. 비록 몽유병 상태였다 해도 동시에 두 장소에 있을 수는 없을 거예요. 그런데 이야기를 들어보니 그런 일이 정말 일어났다는 거예요. 그것도 한두 번이 아니에요.

그들은 모두 나를 속이기 위해서 그런 장난을 꾸며낸 것일까요?

버지니아 주의 메이드스튼 씨와 코네티컷 주의 아린 마피처럼 서로 아무 관계도 없는 사람들이 그런 쓸데없는 장난을 공모하여 나를 곤란하게 만들기 위해 1년도 넘게 바보스럽고 뻔히 알 수 있는 엉터리 연극을 진지하게 되풀이해 왔다고는 도저히 생각할 수 없어요. 그렇다면 그밖에 무엇을 생각할 수 있을까요? 나는 모르겠어요. 그러나 걱정이에요."

포스티나는 베이질의 어깨 너머로 밝게 비춰진 텅 빈 로비를 둘러보았다. 그녀는 다시 말을 이었다.

"내게 이 일이 무엇을 뜻하는지 상상할 수 있나요? 나는 해답이 나오지 않는 낡은 의문을 자신에게 계속 던져 왔어요. 인생의 목적은 무엇인가? 어째서 인간은 만들어졌는가? 오히려 신이 악인 것처럼 생각될 때도 어째서 우리는 어디까지나 신을 선이라고 가정해야 하는가? 우리는 처음도 끝도, 그리고 목적도 없는 화학반응에 의해 생겨난 우연한 산물인가? 무정한 희극을 연기하고 있는 특수한 콜로이드인가? 불교신자들이 믿는 것처럼 우리는 신이 꾼 꿈인가? 그래서 우리는 어린시절 거울 속에 비친 자신의 얼굴을, 손과 발을 보며 이렇게 혼잣말하는 것인가? ——'나는 나다. 나는 포스티나 클레일이다. 나는 다른 아무도 아니다'라고.

하지만 아무리 자기가 다른 사람 아닌 바로 자신이라는 것을 확인하려고 해도 내 내부의 무언가가 반드시 그렇지만은 않다고 계속 느끼게 한답니다. 다시 말해서 나는 일시적으로, 지역적으로 포스티나 클레일에 지나지 않는다고 말이에요. 나는 쉽사리 다른 누군가가 될 수도 있다고. 그것이 인생을 꿈처럼 만들고 자신이 실제로 존재하지 않는 것 같은 느낌이 들게 하는 것이라고……

나는 철학이며 과학이며 종교에 대한 권위 있는 책을 많이 읽었어요. 그러나 그런 책들은 실제생활의 긴급한 사건이나 개인적인 문제와는 전혀 관계가 없었어요. 그 지은이들은 다만 자신과의 지적인 체스 놀이를 하고 있을 뿐, 곤란을 당한 여느 사람들이 얼마나 마음과 이성을 모두 만족시켜 주는 해답을 찾고 있는지 생각해 본 일은 없는 것 같아요. 우리는 빵을 애타게 찾고 있는데, 그들은 말을 줄 뿐이에요. 이런 일에 시달리면서 앞으로 인생을 어떻게 살아갈 수 있을까요? 대체 나는 이제부터 어떻게 되는 것일까요?"

포스티나는 또다시 조용히 울기 시작했다. 베이질은 그녀가 울음을 그치기를 기다렸다가 차분히 말했다.

"메이드스튼에서 어떤 일이 일어났었는지 이야기해 주십시오."

포스티나가 눈물을 닦으려고 손수건을 꺼냈을 때 희미한 라벤더 향기가 풍겼다. 그녀의 얼굴은 얼마쯤 침착을 되찾았지만 목소리는 아직도 울음이 섞여 떨려나왔다.

"그곳은 내가 대학을 졸업하고 처음 가진 직장이었어요. 메이드스튼 학교에 부임했을 때 나는 긍지와 만족스러움을 느끼고 있었어요. 그곳 역시 블레리튼 학교와 마찬가지로 기숙사 제도의 학교지만, 좀더 규모가 컸지요. 그리고 코네티컷 주와 버지니아 주의 차이점도 있어 학생들은 제복을 입지 않았고, 훨씬 발랄했어요. 하이킹이며 승마며 수영 시간이 많았지요. 하지만 블레리튼 학교와 마찬가지로, 아니 그보다 훨씬 더 엄격했어요. 일요일 오후 이외의 시간에는 남자 방문자를 들여놓지 않을 정도였지요.

1주일쯤 지났을 때 나는 다른 사람들이 묘한 눈으로 나를 보는 것 같은, 나 없는 곳에서 내 험담을 하는 것 같은 느낌이 들기 시작했어요. 하지만 그 까닭을 몰랐어요. 어떤 학생이 의아해 하는 눈으로 나를 지켜보는 것을 느끼고 얼른 돌아다보면, 그 학생은 홱 고개를 돌리고 모른 체하는 거였어요. 또 몇몇이 모여 이야기를 나누는 방에 내가 들어가면 그 순간 모두들 하던 이야기를 뚝 그치고 전혀 다른 말투로 다른 이야기를 시작했지요. 그래서 모두들 나에 대해 쑤군대는 것을 알 수 있었어요.

하지만 어떤 이야기를 하는지 도무지 짐작도 가지 않았어요. 다른 교사들은 되도록 나를 피하려 했고, 학생들은 도무지 마음을 가라앉히지 못하고 들떠 있었으며, 말도 제대로 하려고 하지 않았어요. 블레리튼에서도 그렇게 되었지만, 이윽고 하녀들도 나를 무서워하고 싫어 하는 것 같았어요. 하지만 그때는 처음 겪는 일이라 그다지 마음쓰지 않았어요. 아마 모두들 나의 어떤 점──옷차림이라든가 말씨라든가 태도가 마음에 들지 않는 모양이라고 생각했었지요.

그러는 동안 묘한 일이 자꾸 일어나기 시작했어요. 층계나 홀에서 누군가를 만나면 상대방은 깜짝 놀라거나 난처한 얼굴로 말하는 거였어요──'어머나, 선생님, 어째서 여기 계시지요? 난 지금 막 2층에서 당신을 만났었는데'라고. 그러면 나는 솔직하게 말해 주었어요. '틀림없이 잘못 보았을 거예요. 나는 오후부터 줄곧 뜰에 있다가 지금 막 들어오는 참인걸요.' 이런 일이 도서실이며 여기저기서 일어났어요. 그리고 놀라워하는 표정이 미워하고 의심하는 표정으로 바뀌어갔어요.

그런 일이 자꾸 거듭되자 나 자신도 의문을 품게 되었어요. 대체 어찌된 일일까? 어째서 모두들 분명 내가 있을 리 없는 곳에서 나를 보았다고 생각하는 것일까? 나도 다른 사람과 마찬가지로 이상해서 견딜 수가 없었어요. 하지만 그것을 다른 사람에게 털어놓고 의논할 용기가 없었어요. 그리고 아무도 나에게 그런 일을 설명해 주지도 않았어요. 그러나 너무나 기묘한 일이었으므로 나는 처음부터 그 일에 시달렸고, 마침내 무서워졌어요. 그래서 누군가가 깜짝 놀라며 어디에 있었느냐고 물어도 대답하지 않기로 했지요.

마침내 메이드스튼 교장으로부터 통지가 전해졌어요. 해고장으로, 1년치 급료 수표가 함께 들어 있더군요. 그 무렵 나는 지금보다 용기가 있었어요. 게다가 메이드스튼 교장은 완고하고 융통성 없는 북부의 청교도인 라이트홋 교장보다 훨씬 가까이하기 쉽고, 사람 대하는 태도가 다정하고 싹싹한 버지니아 사람이었거든요. 그래서 나는 통지를 들고 교장선생님의 서재로 달려갔지요. 처음에는 자꾸 대답을 피했으나 결국 나의 슬픔이 그녀의 저항을 무너뜨렸어요. 그녀는 열쇠가 잠겨 있는 책장에서 책을 여러 권 꺼내어 읽어보라며 나에게 건네주었어요.

그날 밤 나는 밤새워 그 책들을 읽었어요. 나에게는 이해하기 어려운 책들이었어요. 나는 언제부터인가 심령론자를 비웃어왔고, 그들이 종교며 과학으로부터 경멸받는다는 것을 알고 있었어요.

그러나 그런 책을 지은이들은 심령론자가 아니라 유령이나 영혼의 불멸 등을 믿지 않는 무신론자들이더군요. 그들은 정통파인 과학이 연구도 하지 않고 그대로 내버려 둔 몇 가지 이해할 수 없는 현상이 존재한다는 것은 믿고 있었어요. 게다가 그들은 이름없는 괴짜들이 아니라 저명한 과학자였어요. 그 가운데 한 사람인 심리학자 윌리엄 제임스는 공공연히 내놓고 연구하면 학자로서의 생애가 위험해지기 때문에 비공식적으로 그런 현상들을 연구하고 있었지요. 노벨 의학상을 받은 생리학자 샤를르 리셰는 공공연하게 연구를 발표하여, 금기를 깨뜨린 사람이 언제나 정통파에게 지불해야 하는 대가와 같은 비웃음의 폭탄을 견뎌내고 있더군요.

그리하여 나는 곧 메이드스튼 교장이 어째서 나에게 그런 특수한 책을 빌려주었는지 알았어요. 그 속에는 이른바 '생령'——다시 말해서 백일몽 또는 살아 있는 인간의 유령——에 관한 객관적인 기록이 몇 가지 있었어요. 괴테의 체험도 인용되어 있더군요. 내가 기젤라에게서 괴테의 회상록을 빌려본 것은 그 때문이었어요. 그리고 1백 년쯤 전에 일어난 내 경우와 아주 비슷한 리보니아의 어느 젊은 프랑스인 교사 사건도 씌어 있었지요.

나는 거기까지 읽자 책을 모두 옆으로 밀어놓고 메이드스톤의 내 방에 혼자 앉아 창문을 통해 오리온 자리와 큰곰자리를 바라보았습니다. 지난 몇 주일 동안의 여러 가지 목소리들이 마음속에서 메아리쳐 들려왔어요——'클레일 선생님, 2층에서 무얼 하셨나요? 지금 막 창문으로 밖을 내다보았더니 당신이 찻길을 걷고 있었어요'——'어머나, 클레일 선생님, 아까 발코니에 계신 분은 당신이었나요? 난 당신이 음악실에서 피아노를 치고 계시는 줄 알았는데 …….'

한 번이 아니라 다섯 번 여섯 번 계속해서 일어난 알 수 없는 사건…… 나는 이미 더 이상 읽을 생각이 없어졌어요. 왜냐하면 그런 실제적인 예를 모아서 발표한 사람들은 그것을 전혀 설명하려고 하지 않았기 때문이에요. 그들은 모두 과학자인 동시에 기질적으로 불가지론자(不可知論者)인 것 같았어요. 단순히 목격한 사람의 말을 기록한 다음, 이렇게 덧붙이는 거예요. '이 사람들은 실제로 그런 일이 일어난다고 말하고 있다. 물론 그들은 모두 거짓말을 한 것인지도 모른다. 그러나 그렇다면 이야기가 되지 않으므로, 우선 그들이 거짓말한 것이 아니라고 해두자. 그렇다면 다시 말해서 만약 그들이 진실을 이야기한 것이라고 한다면 대체 무엇이 그런 현상을 불러일으킨 것일까? 그것은 어떤 장치로 되어 있고, 무엇을 뜻하는 것일까?'

만약 그들이 진실을 이야기한 것이라고 한다면——'만약'이라는 말이 내 머리에 달라붙어 괴롭히기 시작했어요. 나는 그들과 마찬가지로 해답을 알지 못했어요. 그러나 적어도 나는 그제야 비로소 메이드스튼 학교 사람들이 나에 대해 무슨 말을 했으며, 어떻게 생각하고 있는지 알았던 거예요.

이튿날 아침 나는 메이드스튼 교장의 서재로 책을 돌려드리러 갔어요. 그녀는 완고한 교장에게는 정통사상이 강요되고 있기 때문에 오히려 이런 일에 은밀한 흥미를 느낀다고 말하더군요. 아주 친절한 분이었어요. 그녀는 나의 영력(靈力)에 대해서 성실하게 열심히 이야기했어요. 그것을 정말로 믿었기 때문에 그녀는 나를 한순간이라도 메이드스튼에 두고 싶지 않았던 거지요. 블레리튼의 라이트훗 교장은 나를 요술쟁이나 마술사의 희생자로 생각하며 쫓아냈지만, 메이드스튼 교장은 내가 마술사가 아니라는 것을 알고 있었기 때문에 해고한 것이지요. 그녀에게 있어서 그것은 훨씬 더 귀찮은 일이었어요. 나로서도 마찬가지였어요. 만약 그녀가 나를 마술사라고 비난했다면, 나는 그것을 부정하고 그렇지 않다는 것을 실증할 수 있었을 거예요. 그러나 또 한 가지의 고발에 대해서는 반론할 수가 없었어요. 아무것도 증명할 수가 없었지요. 나 자신이 그 진상을 알지 못하니까요.

그녀는 나에게 아무 죄가 없다는 것을 알고 있었기 때문에 매우 딱하게 여기고 진심으로 동정하여 추천장을 써주셨어요. 덕분에 나는 조금 뒤 블레리튼 학교에서 일자리를 얻었지만……."

"죄송합니다만, 잠깐 물어보아도 되겠습니까?" 하고 베이질이 가로막았다. "메이드스튼에서는 생령을 몇 번이나 목격했다고 하던가요?"

"처음 얼마 동안은 그다지 마음쓰지 않았으므로 잘 모르겠어요. 그러나 나중에 메이드스튼 교장과 이야기를 나누어보니 그것이 일곱 번째였다고 하더군요. 밤중에 두 번──내가 방에서 잠자고 있을 때 잔디밭에 서 있는 것을 2층 창문에서 보았다는 거예요. 오전에 세 번——내가 아래층 교실에서 수업하고 있을 때 2층 발코니에 있는 것을 정면 찻길에서 보았다는 것이었어요. 그리고 오후에 두 번——이때 나는 정면 입구 안쪽에 서 있었는데 정면 홀 안쪽의 열려진 창문 밖을 지나갔다는 거였어요."

"그때도 당신은 늘 갈색 모자에 파란색 코트를 입고 있었습니까?"

"모자는 같은 것이지만, 코트는 달라요. 그때는 모직 낙타지 코트를 입고 있었지요. 메이드스튼에서는 그것이 유행이었어요. 그곳의 겨울 기후에 맞았으니까요."

"그래서 결국 당신은 블레리튼으로 옮기셨군요?"

"메이드스튼을 그만두었을 때의 불안감보다 당황한 기분이 더 강했던 것 같아요. 비록 그 사건이 모두 짓꿋은 장난이 아니라 그 생령이라는 것이 집단에게 환각처럼 작용했다 할지라도, 그런 일은 이제까지 한 번도 일어나지 않았으므로 메이드스튼의 어떤 특수한 상황이 불러일으킨 게 아닐까 생각되었어요. 만약 기후라든가 그 학교 사람들의 심리상태에 그 원인이 있다면, 다른 곳에서는 다시 일어나지 않을 거라고 생각했지요.

나는 메이드스튼을 정말 명예롭지 못한 일로 그만두었기 때문에 블레리튼에서 일자리를 찾게 되자 굉장한 행운으로 생각하고 모두들 기뻐하도록 열심히 노력했어요. 처음 1주일 동안은 성공이었다고 생각되었어요. 그 1주일 동안이 지난해 이래 처음으로 비교적 행복한 시기였다고 생각해요. 그러나 거기서도……

어느 날 나는 2층 홀에서 중년부인인 첼리스 선생을 만났는데, 그녀가 내게 말했어요. '클레일 선생님, 교장선생님은 교사들이 뒤층계를 사용하는 것을 좋아하지 않아요.' 그래서 나는 말했어요. '실례지만 나는 뒤층계를 사용한 일이 없어요, 첼리스 선생님.' 그러자 그녀는——의아한 얼굴로 말했어요. '그래요? 나는 지금 막 당신이 꽃밭에 있는 것을 보았어요. 그리고 나서 정면 층계를 올라오다가 이 2층 홀에서 또 만났어요. 당신은 정면 층계에서 나를 앞지르지 않았으므로…….'

나는 거기까지만 듣고도 알 수 있었어요. 똑같은 일이 일어났던 거예요. 나는 정말 무서워졌어요. 만약 그것이 현실적인 존재가 아니라면 어떻게 1년 가까이 사이를 두었다가 메이드스튼에서 블레리튼으로 내 뒤를 따라올 수 있을까요? 그 두 학교를 잇는 고리는 단 하나 나 자신뿐이므로 내가 그 원인임에 틀림없다고 생각했지요. 만약 그것이 마술이라는 것을 알았다면 나는 너무 기뻐 그 마술사를 끌어 안았을 거예요."

"아니, 메이드스튼과 블레리튼을 잇는 고리는 또 하나 있습니다" 하고 베이질이 말했다. "앨리스 에이티슨입니다. 그녀는 기젤라에게 만약 당신 일의 조사를 나에게 부탁하면 후회할 거라고 했다는데, 어째서 그런 말을 했는지 짚이는 일이 없습니까?"

"기젤라가 학교 안에서 일어난 일을 외부 사람에게 이야기하면 교장선생님께서 화내실 거라는 뜻이 아니었을까요?"

"앨리스 에이티슨은 메이드스튼에서 생령을 본 목격자 가운데 한 사람이었습니까?"

"아니에요. 하지만 그녀는 그 학교에서 일어난 나의 사건에 대해서 잘 알고 있었어요. 메이드스튼에서는 모두들 그 이야기를 들었으니까요. 나는 이번 가을 학기가 시작되어 블레리튼에서 그녀를 만났을 때, 그녀가 다른 사람들에게 그 이야기를 퍼뜨리고 다닐까봐 무척 걱정스러웠어요. 그래서 처음으로 그녀와 단둘이 있게 되었을 때 블레리튼에서 아무에게도 그 이야기를 하지 않겠다고 약속해 달라고 부탁했지요. 그녀는 약속해 주었고, 정말로 그 약속을 지키고 있었던 것 같았어요. 하지만 그녀는 언제나 다른 사람들 앞에서 굳이 내가 싫어하는 말을 하곤 했어요. 다른 사람은 까닭을 모르지만, 나는 알아들을 수 있는 수수께끼 같은 말을 말이에요. 그녀는 그것이 나를 조마조마하게 만든다는 것을 알기 때문에 내가 괴로워하며 몸부림치는 모습을 보고 즐긴 거예요. 내가 그곳을 떠나는 날 분명히 꽃밭에 있었는데도 그녀는 2층 창문께에서 내 머리를 보았다고 말하더군요. 하지만 그것이 나를 괴롭히고 골탕먹여 하녀를 깜짝 놀라게 만들기 위한 장난임을 나는 곧 알 수 있었어요."

"어떻게 알았습니까?"

"그녀는 아주 태연한 얼굴이었거든요. 그 이야기를 할 때 그녀의 눈이 나를 비웃고 있었어요. 다시 말해서 앨리스는 모든 일이 내 책임이라고 생각했던 거예요. 그녀가 블레리튼에서 아무에게도 말하지 않겠다고 약속해 주었을 때 나는 눈물이 쏟아져나왔어요. 그러자 그녀는 독특한 말투로 말했지요. '당신처럼 내성적이고 억압적인 여자는 곧잘 히스테리를 진전시키지요. 하지만 만일 당신이 이곳에서 일자리를 잃고 싶지 않으면 잠재된 의식의 충동을 억제할 수 있어야 해요.'

나는 정말 소스라치게 놀랐어요. 그래서 다그쳐 물었더니 이치에 맞는 설명은 한 가지밖에 없다는 거였어요. 즉 내가 마술 비슷한 짓을 하고 있는 장본인이라는 거예요. 내가 어떤 종류의 몽유상태에서 그런 일을 저지르고 나중에 전혀 기억하지 못한다는 해석이지요. 앨리스가 언제나 나를 경멸하며 다른 사람들처럼 무서워하지 않았던 것은 아마 그 때문이었을 거예요."

포스티나는 잠깐 머뭇거리더니 다시 천천히 이야기를 계속했다.

"아마 그것이 그녀를 죽게 했는지도 몰라요."

베이질이 놀라서 물었다.

"그게 무슨 뜻이지요?"

"생각해 보세요, 윌링 씨, 앨리스가 어떤 방법으로 살해되었는지. 로프나 칼이나 권총같이 뚜렷한 흉기는 아무것도 쓰이지 않았다더군요. 그녀는 돌층계에서 발을 헛디뎌 굴러떨어지는 바람에 목뼈가 부러졌어요. 사고였어요. 그러나 사고란 외부 원인으로 일어나는 때도 있지만, 내부 원인으로 일어날 때도 있을 거예요. 보험회사의 통계에 따르면 사고를 일으키기 쉬운 타입이 있다고 하더군요."

"네, 그렇습니다. 결국 대기업이 프로이트를 지원하고 있는 셈이지요. 프로이트는 자책하는 죄악충동을 갖고 있는 사람에게 사고가 잘 일어난다는 설을 주장했지요. 다시 말해서 굽높은 구두나 긴 스커트가 사고를 일으키는 계기가 되었을지는 모르지만 그 원인은 아닙니다. 그것은 피해자의 불성실한 마음 밑바닥에 있었던 것, 이른바 무의식적인 자살과 같은 것이었겠지요."

"만약 어떤 사람의 잠재의식이 다른 사람의 잠재의식에 들어가서 어느 쪽에도 알아차리지 못하게 자살충동을 심어주었다면, 그것은 살인이 될 거예요. 전혀 알아차릴 수 없는——피해자뿐만 아니라 범인 자신도 알아차리지 못하는 새로운 형태의 살인이지요. 몇 세기 전부터 시인들은 미움이 사람을 죽일 수도 있다고 했는데, 그것이 옳은 말일지도 모르겠어요."

"텔레파시에 의한 살인이라……"

베이질은 씁쓰레하게 웃었다.

"그럼, 우리는 아무도 안전하지 못하다는 결론이 나오는군요! 그러나 다행히도 최면술을 쓰지 않는 한 어떤 사람의 의식이 멀리 떨어진 다른 사람에게 영향을 줄 수 있다는 일은 아직 실증되지 못했습니다."

"나는 텔레파시나 최면술을 생각하고 있는 게 아니에요. 내가 생각하고 있는 것은……"

"무엇이지요?"

베이질이 다그쳐물었다.

"베스의 증언이 정말이었을지도 몰라요. 깜짝 놀라는 바람에 다리를 헛디뎌 층계에서 떨어지는 일은 흔히 있잖아요. 그리고 구두가 벗겨진 것과 스커트 자락이 찢어진 것은 굴러떨어진 원인이 될 수도 있고 결과가 될 수도 있을 테니까요. 앨리스 에이티슨을 깜짝 놀라게 한 것이 있다면, 그게 무엇이었을까요? 그녀는 기젤라가 뉴욕으로부터 걸려온 장거리전화로 나와 이야기했었다는 것을 알고 있었어요. 그런데 내 모습이 블레리튼 정원 돌층계 위에 서 있었어요. 그녀를 놀라게 한 것은 틀림없이 그것이었을 거예요.

앨리스는 나에 대한 소문을 알고 있었지만 전혀 믿지 않았어요. 그렇기 때문에 내가 뉴욕에 있다는 것을 알고 있을 때 블레리튼에서 대낮에 불쑥 맞닥뜨린다면 놀라움이 한층 더 컸겠지요. 그런 일이 있을 리 없다고 언제나 비웃던 그녀가 실제로 나타난 환영을 보았으니 아마 굉장한 충격을 받았을 거예요. 게다가 만약 그것이 손을 뻗쳐 그녀를 만졌다면, 그녀는 틀림없이 주저앉을 만큼 놀라 발을 헛디뎌 층계에서 굴러 떨어졌을 거예요."

"그렇다면 앨리스를 미워하던 당신이 잠들어 있을 때 자신도 모르는 사이 그녀에게 환영을 보내 그녀가 그 환영을 본 것이라고 생각하십니까?"

포스티나는 자포자기한 태도로 대답했다.

"그밖에 앞뒤가 들어맞는 설명이 또 있나요?"

베이질은 그녀의 얼굴을 살피듯이 지켜보았다. 흥분하여 발갛게 상기된 빛이 얼굴에 새로운 특징을 주었다. 비쳐 보일 듯이 희고 투명한 살결 속에서 그 광휘가 이상하리만큼 아름답게 반짝였다. 만약 그녀가 좀더 활력 있고 신진대사율이 높고 피가 따뜻하여 순환이 좀더 빠르다면 아마 매력 있는 미인일 것이다. 기본 골격이며 생김새가 뛰어났다. 그녀를 언제나 생기없게 보이도록 하는 것은 성격 속에 깃들어진 약함과 활발하지 못한 표정이었다. 그러나 그는 지금 생기 있게 보였을지도 모르는 그녀의 한 단면을 보았다.

그는 그녀의 절망감이 거짓이 아님을 확실히 알았다. 그리고 역설적으로 말하면 그 절망감이 익숙하지는 않으나 상쾌한 어떤 힘의 의식에서 비롯된 만족감과 섞여 있다는 것도 확실히 알았다. 그녀는 힘을 구하지는 않았으나 그 힘이 지금 자신에게 주어졌음을 확신한 이상, 그녀도 사람이므로 완전한 공포보다 복잡한 기분을 느끼는 것이 당연하리라. 거기에는 공포도 있지만 그와 함께 좀더 다른 미묘한 감정이 섞여 있는 것이다. 못생기고 내성적이며 언제나 멸시당해 온 자신이, 포스티나 클레일이, 자신의 모든 나쁜 점을 오만하고 냉혹하게 비웃던 대담하고 아름다운 여자에게 죽음이라는 앙갚음을 해주었다고 생각하면 남몰래 회신에 찬 웃음을 짓지 않을 수 없었을 것이다.

17세기의 많은 마녀며 마법을 쓰는 남자들이 고발된 자기들의 죄상을 어째서 그처럼 명랑하게 낱낱이 고백했는가를 베이질은 비로소 이해할 수 있었다. 그들에게 그런 거짓 고백을 하도록 만든 것은 고문만이 아니었다. 그들은 무서운 죽음을 눈 앞에 보면서도 박해자를 위협하며 즐기고 있었던 것이다. 그것은 그들에게 허용된 유일한 복수였다. 비교적 마음이 약한 사람도 자신이 신비한 힘을 지녔다고 확신하고 있었다. 왜냐하면 자신을 야만스러운 박해자의 무력한 희생자로 여기기보다 그편이 훨씬 기분좋았기 때문이다. 그 마녀들이 모두 힘의 의식의 건전한 배출구를 갖지 못한 사람들이었다는 것은 중요한 의미를 가진다.

"난 말일세, 마녀나 마법사들이 어째서 누더기를 걸친 주름살투성이 할멈이나 쓸모없는 늙은이들뿐이었을까 몇 번이나 생각해 보았다네."

블랙 앤디는 거기에 못생기고 재산도 사회적 지위도 없는 고독한 젊은 여자들을 덧붙였어야 했을 것이다. 그녀들은 자기들에게 즐거움이나 긍지를 느낄 기회를 거의 주지 않은 사회에 대해 비뚤어진 성격으로 비밀스럽고 심술궂게 복수하는 사회적 낙오자들이다.

그러나 비록 그것을 완벽하게 인정하더라도 아직 큰 의문이 남아 있다. 그들의 복수는 완전히 자기 기만의 산물에 지나지 않는 것일까? 아니면 더할 나위 없이 무거운 심리적 스트레스를 가진 사람들은 평범한 생활을 하는 여느 건강한 사람들이 알지 못하는 어떤 특수한 심령력을 활동시킬 수 있는 것일까? 세계의 온갖 종교가 세 가지 커다란 욕구불만——독신생활과 단식과 빈곤——을 신령스럽다고 보는 환영을 낳기 위한 중요한 과정으로 이용하는 것은 우연일까?

이윽고 베이질이 말했다.

"나는 당신이 앨리스 에이티슨의 죽음 때문에 죄악감을 느낄 필요는 없다고 생각합니다. 과학에는 필요한 증명과 증명하려고 하는 대상이 갖는 개연성 사이에 어떤 비율이 있습니다. 다시 말해 이미 입증된 어떤 사실의 유형에 꼭 맞는 일을 입증할 경우에는 증명이 필요한 부분이 그런대로 적은 셈이지요. 그러나 지금까지 인정받고 있던 사실이나 학설과 모순되는 일을 증명할 경우에는 당연히 몇 세대에 걸쳐 쌓아올린 연구를 무너뜨릴 막대한 증거가 필요합니다.

그러므로 결국 경찰은 앨리스 에이티슨의 죽음을 순수하게 물적 수단에 의해서——즉 굽높은 구두와 긴 스커트와 그녀의 목을 부러뜨린 돌층계에 의해서 비롯되었다고 생각할 것입니다. 거기에는 신비스러운 일이 아무것도 없습니다——엘리자베스의 증언이 있지만, 13살 소녀는 증인으로서 그다지 믿을 수가 없습니다. 블레리튼에서 뭔가 좋지 않은 장난이 있었다는 것은 확실하지만, 그것이 영혼을 육체에서 이탈시킨 장난이라고는 여겨지지 않습니다. 아참, 지금 막 생각난 일인데, 당신은 유언장을 만드셨습니까 ? "

포스티나는 오만한 콧대를 꺾이자 실망한 듯 길게 한숨을 내쉬었다.

"아니오, 왜요 ? "

그녀는 어깨를 움츠렸다.

"아시다시피 나에게는 가족이라고는 한 사람도 없는데다 얼마 되지 않는 나의 소지품을 물려줄 만한 사람도 없어요. "

"그럼, 적당히 누군가를 택하십시오. 우연히 알게 된 사람이라도 좋습니다. 만약 당신이 결혼하거나 새 친구가 생겼을 때는 언제라도 유언장을 바꿀 수 있으니까요. 아무튼 누군지 알 수 없는 사람으로부터 위협받고 있는 상태에 놓인 사람은 유언도 없이 세상을 뜨는 위험을 저질러서는 안 됩니다. 다시 말해서 당신이 죽음으로써 누가 이득을 얻는지 짐작할 수 없는 상태는 위험합니다. "

포스티나는 힘없이 웃었다.

"만약 내가 재산가라면 그렇겠지만, 나 같은 사람이 유언을 하고 죽든 유언장도 만들지 않고 죽든 그다지 이득이 될 사람은 없어요. "

"내일 당신의 변호사이신 워트킨즈 씨를 만나 당신의 친족관계에 대해 물어보겠습니다. 아침 5시에 일어나서 가야 하다니, 정말 괴상한 사무소입니다. 그리고 내일 밤 다시 여기서 당신과 만나……. "

"내일 밤에는 여기에 없어요. "

"어째서지요 ? "

"휴식과 프라이버시가 필요해요. 신문기자들로부터 달아나고 싶어요. 그래서 내일 여기를 떠나 겨울 동안 블래이트시의 별장에서 지낼 계획이에요."

"그건 안 됩니다!" 하고 베이질이 날카롭게 말했다. "아직 안 됩니다. 만약 이 호텔이 싫다면 다른 호텔로 옮기도록 하십시오. 어디든 호텔에 있어야 합니다. 이 호텔처럼 크고 밝고 떠들썩하고 엘리베이터보이며 도어맨이 여럿 있는 곳을 택하십시오. 그리고 식사는 꼭 식당에서 할 것, 혼자 외출해서도 안됩니다. 많은 사람들 속에 있어야 합니다. 밤에는 방문을 열쇠로 잠그고, 내가 다시 올 때까지 열지 마십시오."

"방문을 열쇠로 잠그라고요?"

포스티나는 묘하게 쉰 목소리로 웃었다.

"문을 걸어잠가도 그다지 차이는 없을 텐데요……."

"어째서지요?"

베이질은 그녀의 마음속에는 오래 도사리고 있는 두려움을 말로 해버리는 편이 정신위생을 위해 좋으리라 생각하고 다그쳐 물었다.

"내가 무엇을 두려워하고 있는지 모르시겠어요?"

"말씀해 주십시오."

"나는 자신의……나 자신의 생령을 보는 것이 무서워요. 괴테처럼……."

"그럼, 당신은 아직도 당신 자신의 생령을 본 일이 없었습니까?"

"꼭 한 번 있었지만, 잠깐 흘끗 보았을 뿐이므로 지금은…… 정확하게 생각해 낼 수가 없어요. 블레리튼을 떠나기 바로 전의 일이었어요. 나는 정면 층계 꼭대기에 서 있었고, 라이트홋 교장은 아래에 있었어요. 그때 층계 아래의 어둠 속을 누군가가 서둘러가는 것이 보였어요…… 그뿐이에요. 하지만 라이트홋 교장의 태도로 미루어보아 그녀는 그것을 좀더 자세히 본 모양이었어요. 그것이 무엇인지는 잘 모르지만, 아무튼 그녀는 매우 당황하고 있었어요."

"그래서 당신은?"

"그다지 놀라지는 않았어요. 만약 그 이상 아무 일도 일어나지 않았다면 나는 견뎌낼 수 있었을 거예요. 어두운 곳을 서둘러 가는 모습을 언뜻 보았을 뿐이었으니까요. 다른 사람들이 곁에 있었다면 꽤 떨어진 어두컴컴한 곳에서 나와 똑같은 뒷모습을 몇 초 동안 보았다 해도 그다지 놀라지 않을 거예요. 하찮은 일──이른바 환상 같은 것이니까요. 그리고 좀 떨어진 곳에서 나와 똑같은 모습을 흘끗 보았을 뿐이라면 장난이거나 착각일지도 모른다고 생각할 거예요. 하지만 만약 그것만으로 끝나지 않는다면……."

"그밖에 또 뭔가 일어날 것 같습니까?"

"모르시겠어요?"

포스티나의 목소리는 낮게 떨리고 있었다. 화사한 그녀의 손가락이 갑자기 긴장하며 의자팔걸이를 세게 움켜쥐었다.

"만약 어느 날 밤 방의 불을 끄고 문을 걸어잠그고 혼자 있을 때 갑자기 사람 모습이 나타난다면, 그리고 바로 눈 앞에 있는 그 얼굴생김새가 나와 똑같고 이 뺨에 난 여드름까지 똑같다면 어떻게 될까요? 그것은 엉터리 속임수나 환상일 수가 없어요. 만일 그런 일이 일어난다면, 나는──또는 나의 일부는──어딘지 알지 못하는 곳을 여행하고 있다고 생각할 수밖에 없겠지요.

어떻게 그곳으로 갔고, 왜 그곳으로 갔으며, 거기서 무엇을 했는지 알지 못하겠죠. 그저 내가 거기 있었다는 사실밖에는…… 그리고 나 자신을 알지 못하는 그것이 견딜 수 없이 무서워질 거예요. 치명적인 충격을 상상할 수 있나요? 나는 틀림없이 그런 충격을 받고 죽을 거예요."

"그런 생각은 하지 마십시오."

베이질이 힘주어 명령하듯이 말했다.

"그런 일은 일어날 리 없습니다. 그것은 당신도 알잖습니까. "

베이질은 과학적인 교육을 받은 여느 사람보다 한층 더 자신에게 충실했다. 한참 뒤 그는 거리로 나오자 하늘 가득 번쩍이는 별을 올려다보았다. 침묵 속에 반짝이는 비인간적인 별. 만약 천문학자의 추측이 맞는다면, 상상을 넘는 아득히 먼 저쪽의 별무리들, 저 캄캄한 어둠의 거리는 지구로부터 멀어지면 멀어질수록 측정할 수 없을 만큼 추워진다고 대학에서 배운 적이 있다. 그러나 최근의 연구에 의해 인공위성으로 관측할 수 있는 고도(高度) 안에서는 추운 층과 더운 층이 번갈아 나타나는 것이 발견되었다. 그러나 어째서 지금까지 생각되어 온 것처럼 모두 춥지 않은지는 아무도 모른다.

베이질은 으스스 몸을 떨고 코트 깃을 세웠다. 구두 뒤꿈치가 포도를 밟을 때마다 조용하고 차가운 밤을 가르는 듯한 소리가 날카롭게 울렸다. 거리모퉁이까지 왔을 때 그는 거의 외치는 듯한 목소리로 말했다.

"이 알 수 없는 세계에서 무슨 일이 일어날지 어떻게 알겠는가! 나 자신이 생각해도 퍽 아는 체했군 ! "

제10장

왜냐하면 운명의 신은
우리가 알지 못하는 시간에 늦지 않도록
그대의 운명을 짜넣은 생애의 직물을
짜기 시작했기 때문이다, 포스틴.

베이질은 듀니퍼의 조심스러운 노크 소리에 겨우 두세 시간의 잠에서 깨어났다. 그는 셉티머스 워트킨즈의 터무니 없는 집무시간을 저주하면서 아직 잠이 덜 깬 자신을 억지로 잠자리에서 끌어내어 꽁무니빼려는 몸을 차가운 샤워 속에 밀어넣어 기분을 상쾌하게 만들지는 못했지만 아무튼 눈을 뜨게 했다.

구름이 낮게 드리워진 어두운 하늘은 새벽녘 어스름빛을 품고 있었다. 베이질은 이스트 강에서 피어오른 안개가 하얀 수증기처럼 자욱한 거리를 걸어 자동차를 세워둔 3번 거리 차고까지 갔다.

베이질은 워트킨즈의 평판밖에 알지 못했다. 그는 한 번도 법정에 선 일이 없는 변호사 가운데 한 사람으로, 50년 동안 뉴욕의 이름난 부자들 가운데 절반쯤 되는 사람들의 법률고문 또는 대리인이 되어 그들의 신탁자금을 관리하고, 결혼 및 이혼수속을 하고, 유언장을 집행하고, 유가증권목록을 보관하고 있다. 그는 그처럼 널리 알려졌으면서도 절대로 모습을 나타내지 않았으므로 거의 전설적인 인물이 되어 있었다. 셀 수 없을 만큼 많은 에피소드가 그 두뇌의 늠름한 탄력성이며 시야가 넓은 날카로운 판단력을 말해 주었지만, 베이질은 대부분의 사람들과 마찬가지로 신비에 싸인 그의 실제 모습에 대해서는 전혀 상상할 수가 없었다.

아침 6시 10분 브로드웨이와 월 거리 모퉁이에 자리잡은 큰 빌딩 로비는 텅 비어 있었다. 놋쇠 상감세공으로 장식된 바닥 위로 더러워진 자루걸레를 귀찮은 듯 끌고다니는 청소부와 엘리베이터보이밖에 없었다.

베이질이 26층에 닿았을 때, '워트킨즈, 피셔, 언더우드, 반 애스딜, 트레이버스'라고 씌어진 젖빛 유리를 끼운 이중문 안쪽에 불이 켜져 있지 않았다. 그는 손잡이를 당겨보았다. 문은 잠겨 있었다. 베이질은 문기둥에 있는 작은 초인종을 발견하고 눌렀다. 네 번 누르고 나서야 비로소 의심이 들기 시작했다. (워트킨즈는 관습이라는 말을 내세워 사람들을 속이고 있는 게 아닐까? 이것은 손님이 찾아오지 못하게 하는 교묘한 방법이다.)

베이질이 이런 생각을 하며 그 자리를 떠나려고 했을 때 젖빛 유리가 노란빛으로 빛나며 지나치게 여위고 동작이 가벼운 사나이가 문을 홱 열었다. 남자의 머리카락은 하얬으며, 숱이 많고 길었다. 뺨은 통통하고 혈색이 좋았다. 머리카락이 일찍 센 중년남자처럼 보였다. 셉티머스 워트킨즈는 아마 70살이 넘었으리라.

"워트킨즈 씨는 이런 시각에 여기에 계신 모양인데……."

베이질은 이 괴상한 집무시간이 아직도 믿어지지 않는 듯 말했다.

"나는 윌링 박사입니다. 그에게 안내해 주실 수 있겠습니까?"

남자는 인사치레없이 말했다.

"내가 워트킨즈요, 자, 들어오십시오."

파란 눈이 날카로웠으나 친밀감이 담겨 있었다.

"당신이 정신병학자이신 베이질 윌링 박사로군요, 내 사무실은 홀 저쪽입니다. 이리로 오십시오."

두 사람은 작은 호텔 로비만한 응접실을 지나갔다. 그리고 나서 워트킨즈는 앞장서서 양옆에 닫힌 문이 죽 늘어선 긴 복도를 걸어 어둡고 휑뎅그렁한 큰 사무실을 세 개 지나 가더니 막다른 곳에 있는 문을 열었다.

그들은 다른 사무실보다 훨씬 크고 창문이 두 방향으로 나 있어 아름다운 항구가 바라보이는 모퉁이방으로 들어갔다. 11월의 희미한 태양이 여전히 높은 빌딩 무리를 뿌옇게 둘러싼 안개 위로 기어오르려 하고 있었다.

베이질은 노란 불길이 귀찮은 듯 자작나무 장작을 훑으며 아침의 찬 기운을 녹여주는 황갈색 난로 앞에 멈춰섰다.

"사무실에서 장작때는 난로를 보는 것은 런던을 떠나온 뒤 처음입니다. 아침 5시에 여기서 차를 드시나 보지요?"

워트킨즈의 웃는 모습은 상냥하고 친밀하여 거북하지 않았다. 몇십년 동안 좌절당한 일도 없고 배반당한 적도 없는 사람의 다정한 웃음이었다.

"어디에 있든 마음편해야 한다는 것이 내 신조랍니다. 차는 그다지 좋아하지 않지만, 만일 마시고 싶으면 그 단추를 누르십시오, 저 판자 안쪽에 작은 바가 있지요."

베이질은 세계에서 가장 큰 항구의 파노라마를 펼쳐보여 주는 창문으로 눈길을 돌렸다.

"당신이 이처럼 이른 시각에 여기에 계시는 것도 이상하지 않군요. 나라도 틀림없이 여기서 살 겁니다!"

위트킨즈의 파란 눈이 반짝 빛났다.

"내가 아침 일찍 여기에 오는 것은 경치가 좋기 때문이 아닙니다. 당신은 틀림없이 이상하게 생각하셨을 겁니다. 그 까닭은 이렇습니다. 벌써 몇십 년 전 일인데, 내 일의 규모가 지금보다 훨씬 작았을 무렵 사무실을 갖고 있으면 시간을 낭비하게 만드는 자들이 자꾸 방해한다는 것을 알았습니다. 눈치빠른 비서라면 한눈에 해로운 사람을 알아보고 처리할 수 있겠지요. 보험가입을 권하는 남자들, 실크 양말을 억지로 팔러 오는 여자들, 자선사업에 협력해 달라고 부탁하는 자칭 박애주의자들, 돈을 보태달라고 구걸하는 부랑자들. 비서는 신문기자나 지방명사나 미친사람이나 범죄자까지도 물리칠 수 있을 겁니다. 그러나 만일 고객이나 동료가 일에 대한 이야기를 하려고 찾아온 경우 그런 사람들을 응대하느라고 시간을 보내면 어떻게 되겠습니까? 손님이 와 있으면 일을 할 수 없고, 손님이 오지 않으면 일거리가 없고.

그래서 나는 여러 가지로 생각한 끝에 이런 방책을 만들었습니다. 좀 색다른 집무시간을 정한 거지요. 평일에는 날마다 사무실에 나오지만, 오전 6시부터 7시까지 있기로. 그 시간에 나를 만나러 오면 어떤 상대라도, 어떤 용건을 가진 사람이라도, 가령 용건이 전혀 없는 사람이라도 만나기로 했습니다. 그러나 이 '그러나'가 중요하지요. 나를 만나려면 아침 6시에 내 사무실에 와야 하므로 4시 30분이나 5시쯤 일어나야겠지요. 따라서 그때까지 관찰한 인간의 성질로 판단하건데 아주 중요한 의논거리가 없는 한 아무도 그처럼 이른 시각에 일어나지 않으리라 생각한 겁니다."

"그 예상이 맞았습니까?"

"지난 23년 동안 아무 볼일 없이 긴 이야기를 하려고 찾아온 손님 때문에 시간을 낭비한 일이 두 번 있었지요. 그러나 나는 그 두 사람에 대해 그다지 마음쓰지 않았습니다. 만약 그들이 내 시간을 낭비하게 하고 싶어 아침 5시에 일어나는 것도 마다하지 않았다면, 그들에게 시간을 내주는 것이 당연하다고 생각했기 때문입니다

대부분의 사람들은 나를 만나기 위해서 아침 6시에 와야 한다는 말을 들으면 좀더 손쉬운 시간에 내 동료 가운데 한 사람을 만나 나에게 용건을 전해달라고 부탁하지요. 당신은 내가 아주 적은 수의 손님을 만나고 있어 뜻밖으로 생각하셨을 테지만, 나는 지금도 이런 시각에 일부러 찾아오시는 분은 누구든 직접 만나서 이야기하기를 거절하지 않는다는 것을 내 명예를 걸고서 지키고 있습니다. 쉴새없이 밀어닥치는 손님을 접대하면서 여덟 시간 동안 일하는 것보다 여기서 방해받지 않고 한 시간 일하는 편이 훨씬 많은 일을 할 수 있답니다. 물론 전화는 7시에 내가 이곳을 나갈 때까지 끊어놓고, 마치지 못한 일거리는 집으로 가져가서 합니다."

베이질은 미안한 듯 웃었다.

"실은 워트킨즈 씨, 쓸모없는 긴 이야기를 하려고 찾아 온 건 아닙니다. 그러나 나는 아주 하찮은 이야기를 하기 위해 아침 6시에 찾아온 23년 동안의 세 번째 손님으로 손꼽히지 않을까 걱정스러워지는군요. 이것은 즉 당신에게 있어 하찮은 일이라는 뜻입니다. 물론 나에게 있어서는 중요한 일입니다만, 그렇지 않다면 여기 올 까닭이 없지요."

워트킨즈는 웃었다.

"그럼, 됐습니다. 당신에게 중요한 일이라면 나는 기꺼이 이야기를 듣겠습니다. 내가 싫어하는 사람은 자기 자신에게 중요하지도 않은 일에 대해 수다스럽게 늘어놓는 것을 즐거움삼아 나를 괴롭히는 이

들이지요. 자아, 어서 앉으셔서 당신이 고민하는 일을 말씀하십시오."

베이질은 난로에 등을 돌리고 창문을 향해 앉았다.

"당신은——아니면 당신의 법률사무소는——포스티나 클레일 양의 유산 수탁자로 되어 있다지요? 실은 그녀가 세상을 떠날 경우에 누가 그녀의 유산을 상속받게 되는지 그 점을 알고 싶습니다."

워트킨즈의 눈에서 온화한 반짝임이 사라졌다.

"그것은 불쑥 들어와서 질문하는 사람에게 변호사가 대답할 성질의 문제가 아니로군요."

"정확히 말하자면 나는 지나가다가 불쑥 들어와 묻는 질문자가 아닙니다. 나는 지방검사의 의학보좌로 있으며, 클레일 양의 친구입니다. 당신은 그녀가 블레리튼 학교를 그만둔 사정에 대해 아십니까?"

워트킨즈는 신중하게 대답했다.

"그녀가 그만두었다는 것은 알고 있지만, 그녀는 나에게 이유를 말하지 않았습니다. 그러나 어찌되었든 그런 일은 그녀에게 있어 그리 큰 문제가 아닙니다. 다음해 가을 30살 되는 생일에 많지는 않으나 예비금을 상속받게 될 테니까요. 그녀의 재산은 안전하게 보관되어 있습니다."

"내가 문제삼는 것은 그녀의 재산이 아니라 그녀의 정신 건강, 또는 그녀의 생명에 관계될지도 모르는 일입니다."

"그녀는 정신과 의사로서의 당신에게 의논했습니까?"

"아니, 그녀는 내 환자가 아닙니다. 친구로서 나에게 의논한 것입니다. 그러나 정신과 의사인 나로서는 그녀 주변 상황이 정신 건강에 나쁜 영향을 미칠지도 모른다는 점을 인정하지 않을 수 없습니다. 당신은 그녀가 이 2년 동안 두 번이나 교사 자리를 잃은 사실

뒤에 뭔가 기묘한 일이 있지 않을까 생각되지 않습니까? 두 번 다 새학기가 시작된 지 겨우 몇 주일 뒤였습니다. 그리고 두 번 다 학교 측에서 계약을 깨뜨렸습니다."

"나는 포스티나의 유일한 보호자로서 그 사정을 꼭 자세히 알고 싶습니다. 당신이 나에게 모든 사실을 이야기하면 그녀의 신뢰를 배신하는 일이 될까요?"

"아닙니다, 그렇지 않으리라고 생각합니다. 그러나 만약 그것이 클레일 양을 구하는 일이 된다면 나는 신뢰를 배신해도 괜찮습니다."

"그녀를 구한다고요? 무엇에서 말입니까?"

"그것을 당신이 나에게 설명해 주실 수 있으리라고 생각합니다."

베이질은 메이드스튼과 블레리튼 학교에서 포스티나가 겪었던 일을 간단히 요약해서 들려주었다. 워트킨즈는 한 번도 끼어들지 않고 주의깊게 귀를 기울였다. 이윽고 베이질의 이야기가 끝나자 그는 한참 사이를 두었다가 그 말에 대답하기 위해 몸을 일으켰다.

"참으로 놀라운 이야기로군요, 윌링 씨. 나는 이 나이가 되도록 기괴한 일을 아주 많이 보아왔기 때문에 이 문제가 나이어린 여학생의 히스테리라고 쉽게 처리해 버릴 성질의 일이 아님을 알고 있습니다. 그렇다고 해서 신비스런 해석을 받아들이려는 것은 아닙니다. 어떻게 생각해야 좋을지 모르겠군요."

"나도 모르겠습니다. 그러나 누군가가 클레일 양이 자살하거나 미쳐버리도록 몰아붙일 만한 동기를 지녔을 가능성은 있습니다. 그 동기는 정신질환이라고도 할 수 있는 악의에 뿌리를 둔 것인지도 모르고, 또는 이 세상에서 가장 물욕적인 것, 다시 말해서 재산에서 비롯되는 건지도 모릅니다."

"그 양쪽을 다 갖춘 경우도 있겠지요."

"당신은 클레일 양의 유산 상속인을 아십니까?"

"물론이지요, 한 사람밖에 없습니다."

"그게 누굽니까?"

"나 자신이오."

워트킨즈는 베이질의 놀란 얼굴을 보고 빙긋이 웃었다.

"당신에게 모든 것을 다 털어놓을 수는 없지만, 법률적으로 내가 포스티나의 유산상속인이오. 그녀 어머니의 유언에 따라 그녀가 30살 되는 생일을 맞기 전에 사망할 경우 그녀에게 건네주기로 된 몇 가지 보석을 내가 물려 받도록 되었소. 그러나 나는 그녀 어머니와의 비공식적인 구두약속에 의해 유언장에 이름을 올리고 싶어 하지 않은 어떤 특정인들에게 그 보석들을 건네주기로 했소."

"그 사람들의 이름을 가르쳐주실 수 없습니까?"

"유감스럽지만 말할 수 없습니다."

"클레일 양에게도 가르쳐 주실 수 없습니까?"

워트킨즈는 가까운 창문으로 눈을 옮겼다. 트리니티 교회의 뾰죽탑이 경제계의 거대한 회색 돌로 지은 흉벽 저 밑에서 어둡게 위축된 것처럼 보였다.

"그녀에게도 말할 수 없는 일입니다. 왜냐하면 그 포스티나의 경우가 아주 복잡하기 때문입니다. 내가 밝힐 수 있는 한에서 설명을 해드리지요. 포스티나에게 닥친 위협이 그 방면에서 온 게 아닐까, 하는 엉뚱한 오해를 피하는 지름길이 될 테니까요. 그러나 그들의 이름은 말할 수 없습니다. 그리고 지금부터 말씀드리는 것도 모두 비밀로 해주셔야 합니다. 특히 포스티나에게는 절대로 말하지 말아 주십시오.

나는 여느 때부터 당신의 명성을 들어왔으므로 이 미묘한 사정에 대한 비밀을 지켜주시리라 믿겠습니다. 포스티나의 복잡한 성장과 정을 당신에게 조사당하느니보다 내가 직접 말하는 편이 좋으리라고 생각합니다."

"그녀가 자라온 과정이 그토록 복잡합니까?"

워트킨즈는 이마를 찌푸리고 마치 정신을 집중시키려는 듯 입술을 오므렸다.

"그 불행한 아이, 포스티나 클레일은 사생아입니다. 그녀의 어머니는…… 그런 여자를 '세계에서 가장 오래된 직업인'이라고 부른 사람은 분명 키플링이었던가요? 오늘날에는 유사 이전의 사회풍습에 대한 연구가 진보해 '매춘'이란 가장 현대적인 직업이라고 알고 있지요. 재산이 없는 곳에는 결혼이 없고, 결혼이 없다면 부도덕도 없다는 말이 됩니다."

베이질이 믿어지지 않는 듯이 외쳤다.

"포스티나 양의 어머니가 매춘부였습니까?"

"좀더 정확하게 말하면 니논 도우 랭클로의 위대한 전통을 이어받은 클티잔이었지요."

워트킨즈는 마치 시간에 의해 살균된 스캔들을 천천히 음미하듯 엷은 웃음을 지었다.

"그녀의 본명은 클레일이었지요. 직업상으로는 예명(藝名)을 쓰고 있었지만."

"그 예명이 무엇이었는지 가르쳐주실 수 없습니까?"

"그것은 말하지 않는 편이 좋을 겁니다. 그녀는 찬송가를 지은 어떤 사람의 딸로 볼티모어에서 태어났지요. 그리고 19세기 무렵 집을 나와 처음에는 뉴욕으로 갔다가 파리로 건너갔습니다. 그리고 화류계의 스타가 되었지요. 발자크가 풍취 있는 필치로 자세히 묘사한 저 훌륭한 파리 낙원의 미녀 가운데 한 사람이 된 겁니다.

그녀는 미국의 한 시골 소녀에 지나지 않았지만, 교양 있는 연인들로부터 완벽한 프랑스어로 이야기하는 법이며 쓰는 법을 배우고 음악, 미술, 문학의 소양을 몸에 익혔습니다. 이런 일은 당신 또래의 미국인으로서는 이해할 수 없을 겁니다. 19세기의 파리와 페리클레스 시대의 아테네에서조차 그런 여성은 태어나지 않았었지요. 진정한 데미몽데느는 가장 뛰어난 사교계의 귀부인(몽데느)이 갖는 모든 것을 갖추었으나 단 한 가지——합법적인 결혼과 그에 따르는 신분이 없었습니다. 그녀는 상류 사회 밖에서 살고 있는 어떤 훌륭한 여자보다도 훌륭한 생활을 했지요. 재산도 있고, 화려한 사교생활도 있으며, 연인들의 사랑과 존경마저 받고 있었습니다. 우리 세대에는 부도덕한 일에도, 당신들 세대에서는 볼 수 없는 세련된 무언가가 있었던 겁니다.

　　나는 그녀가 클티잔이었다고 했는데, 20세기 사람들 마음에는 그것이 어떻게 비칠까요? 물들인 머리카락, 피처럼 빨간 손톱, 불쾌한 슬랭——'미인'——등이겠지요. 그러나 그녀는 지성이 있고 예의범절을 알고 있었습니다."

"그럼, 포스티나 양의 아버지는?"

"해운계에 투자하여 돈을 번 뉴욕 사람이었습니다. 그는 1912년 아내를 공공연히 비난하지 않고 이혼하려 생각하고, 파리로 건너가 남의 눈에 띄도록 그녀와 함께 마차를 타고 블로뉴 숲을 다녔습니다. 그녀는 그 무렵 대서양 서쪽에서 아주 유명했기 때문에 단 한 번 포장없는 마차를 함께 탔을 뿐인데도 미국 법정은 큰 충격을 받아 충분히 간통의 증거가 된다고 여겼지요. 그래서 몇 사람의 증인이 프랑스에서 건너와 그의 아내는 그가 바라던 대로 이혼소송에서 이겼습니다.

　　그는 남의 눈에 띄도록 함께 마차에 탄 일이며 법정에서 그녀의 이름을 이용하게 한 협력자의 호의에 대해 1천 달러를 지불했다는 말이 나돌았지만, 그건 거짓말이었습니다. 그녀는 자기 집 앞 돌층계에서 손 끝에 키스하는 일도 없이 그와 헤어질 것을 조건으로 했었는데, 그러나……."

워트킨즈는 잠시 말을 끊고 희미하게 호색적인 웃음을 지어 보였다.

"포스티나 클레일은 그 두 사람의 딸입니다."

"그렇다면 그들은 그녀의 집 앞에서 헤어지지 않았었군요?"

"아니, 헤어졌습니다——그때는. 그러나 아주 뜻밖의 일이 생겼지요. 아니, 그처럼 뜻밖의 일은 아니었을지도 모릅니다. 아마도 그녀는 그 사람을 속이고 유혹하는 재주를 알고 있었겠지요. 처음에 마차를 함께 타고 있는 동안 아주 조심스럽게 행동한 것은 그녀의 기교 가운데 하나였는지도 모릅니다. 다시 말해서 그는 단순히 그녀를 편리한 도구로써 이혼하는 구실로 이용할 생각이었는데, 그녀는 남몰래 그것을 원망하여 복수했는지도 모릅니다. 어쨌든 편리한 수단이었던 그녀는 그 남자의 인생을 완전히 바꾸어놓았습니다. 왜냐하면 그가 그녀에게 반했기 때문입니다. 이런 일은 좀처럼 믿어지지 않겠지요. 그러나 나는 그렇지 않습니다. 파리에서 지낸 몇 해가 그녀에게 세련된 기지(機智)를 주었으며, 그녀는 뛰어난 미인이었습니다. 불꽃 같은 머리카락, 눈같이 흰 살결, 보티첼리가 그린 비너스 같은 몸매……."

"당신은 그 무렵의 그녀를 알고 있었군요?"

베이질은 '알고 있다'는 동사가 몇 가지 의미를 포함하고 있음을 미처 깨닫지 못하는 듯했다.

"나는 그 특권을 가지고 있었지요."

워트킨즈는 아무렇지도 않게 대답했으나 늙은 눈에 불타는 듯한 광채가 떠올랐다.

"나는 그녀의 변호사였으니까요."

"그것이 저 내성적이고 빈혈증세가 있으며 백일몽을 꾸는 여자의 혈통이었군요!"

베이질은 포스티나에게서 받은 여러 가지 인상을 되새겨 보았다. 워트킨즈는 어깨를 흠칫했다.

"세상사람들이 흔히 말하지 않습니까. 바람둥이 여자의 딸은 조심성이 많은 법이라고."

"포스티나는 이러한 사실을 전혀 모르고 있습니까?"

"그렇게 생각합니다. 나는 포스티나의 보호자로서 그녀 어머니가 바라던 대로 그 일에 대해 아무 말도 하지 않았습니다. 그러니까 당신도 그녀에게 이 이야기를 해서는 안 됩니다. 포스티나는 인습적인데다 아주 민감하지요. 이런 사실을 알게 된다면 굳건한 의지가 없는 마음에 깊은 상처를 입을 것입니다."

"포스티나의 어머니는 그 사람을 사랑했었습니까?"

항구의 풍경을 멀리 바라보던 늙은 눈이 흐려졌다.

"그런 여자를 이해할 수 있는 남자가 이 세상에 있겠습니까? 아무도 그녀를 이해하려고 하지 않았습니다. 다만 즐길 뿐이었지요."

자기가 뜻이 애매한 동사를 사용했다고 베이질은 뒤늦게 깨달았다. 워트킨즈는 말을 계속했다.

"그는 그녀를 미국으로 데리고 돌아와 맨해튼의 작은 집――그 무렵에는 아파트가 없었지요――과 훨씬 전부터 그가 갖고 있던 뉴저지의 여름별장을 그녀에게 주었습니다. 그는 이혼했지만, 그녀와 결혼하지는 않았습니다. 그녀가 아기를 가진 뒤에도."

"무엇 때문이었을까요?"

"이 이야기는 1912년부터 시작됩니다. 그 무렵 남자들은 그런 여자와 결혼하지 않았지요. 요즈음이라면 아마 그는 그녀와 결혼했을 겁니다. 당신 세대는 모든 경계선을 흐릿하게 만들었습니다. 당신은 그녀들을 데미 몽데느라고 부르지도 않습니다. 호스테스니 모델이니 스칼렛이라고 부르며, 그런 일은 전혀 생각지 않고 결혼하겠지요. 당신의 비난을 담은 말 '미인'은 대개 그 앞에 '싸구려'라는 형용사가 붙여져 사회의 낙오자인 더러운 창녀에게 쓰지요. 다시 말해서 당신 세대는 도덕적인 과실에 대해서는 너그럽지만 경제적인 실패는 용납하려 하지 않습니다."

"그러나 당신 세대는 이브와 릴리스(아담의 첫아내.
이브에게 쫓겨났음)의 사이에 확실한 선을 그음으로써 부자연스러운 배덕(背德)을 만들어내지 않았습니까? 그리고 타락의 스릴을 즐기고 있지 않았습니까? 거기에 비하면 우리는 좀더 현실적이고, 조금 덜 불친절하다고 생각하는데요."

"그럴지도 모르지요. 나는 낡은 사고방식을 분석하기 위해서 좀 너무 깊이 빠져들어간 모양이군요. 확실히 우리의 풍습은 포스티나로서 알 수 없고 이해할 수 없는 것으로 포스티나를 괴롭히는 결과가 되었습니다.

1918년 포스티나가 태어났을 때, 어머니는 43살이고 아버지는 이미 50대였지요. 그는 오래 살 수 없다는 것을 알고 있었습니다. 심장이 나빴거든요. 그것은 포스티나에게도 유전되었습니다. 그래서 그는 공공연히 내놓으면 딸의 장래에 나쁜 영향을 미치게 될지 모르므로 다른 방법으로 딸과 어머니에게 재산을 남겨주고 싶다는 뜻을 나에게 의논해 왔지요.

그래서 나는 이혼한 아내에게 합법적인 유산상속자가 있으니, 그들은 틀림없이 정부(情婦)에게 유산을 분배하는 일에 이의를 내세울 것이므로, 그가 유언장에 포스티나나 어머니의 이름을 쓰면 스캔들을 피할 수 없으리라고 말했지요. 그리고 그가 죽기 전에 조건 없이 재산을 넘겨줄 방법을 가르쳐주었습니다. 지금 우리가 상속세를 물지 않기 위해 쓰는 방법이지요. 그런데 운나쁘게도 그는 그

증서에 서명하기로 예정된 날 며칠 전에 심장발작을 일으켜 세상을 떠났습니다. 그래서 포스티나의 어머니에게는 두 채의 집과 몇 개의 보석밖에 남겨지지 않았던 것입니다.

포스티나의 어머니는 나에게 의논하러 왔더군요. 그리고 내 조언에 따라 뉴저지의 별장을 살림집으로 하고 뉴욕의 집은 팔았지요. 그것은 포스티나의 교육비며 생활비를 충분히 댈 만한 금액으로 팔렸습니다. 보석은 앞으로 그 가치가 올라갈 테니 팔지 말라고 충고했지요. 사실 그것은 지금 포스티나에게 있어 상당한 자산이 될 것입니다."

"상당한 자산이라면 얼마쯤 됩니까?"

"대충 2만 내지 3만 달러쯤 되리라고 생각합니다. 최근에 보석을 평가받지 않았고, 시장변동이 심해서 그 이상 정확한 것은 모릅니다. 그 가운데 루비 귀걸이는 40년 전보다 훨씬 가치가 올랐을 테지만 얼마쯤 될지는 짐작하기 어렵군요.

그 보석들이 포스티나의 어머니가 딸에게 남겨줄 수 있는 유일한 자산이었습니다. 그녀는 딸이 아직 어리고 세상물정을 모를 때 그 소중한 재산을 물려받아 헛되이 쓰거나 잃어버리게 되지 않을까 걱정했습니다. 그래서 포스티나가 30살이 될 때까지 유산상속을 유보한다는 유언장을 나에게 쓰도록 했지요. 여기에서 아까 당신이 질문하신 그 문제가 나온 것입니다. 즉 포스티나가 30살이 되기 전에 어머니와 딸이 모두 죽었을 경우 누가 그 보석을 물려 받는가? 나는 그 문제를 포스티나의 어머니에게 물었습니다. 그러자 그녀는 한참 동안 아무 말 없이 골똘히 생각하더니 말했습니다. '나는 오랫동안 당신을 믿어왔어요. 그러므로 마지막까지 당신을 믿고 부탁드리고 싶은 일이 있답니다. 이것은 아주 오래 전에 계획한 일인데, 내가 유언장에 적어넣을 수 없는 이름이 몇몇 있어요. 이름을 써넣으면 유언장의 검증을 받을 때 그들에게 괴로움을 주게 될지도 모르기 때문이지요. 그래서 내 공식 유언장에는 당신에게 보석을 남기는 것으로 하겠습니다만, 그 이름을 적은 리스트를 비밀히 당신께 드리겠어요. 그리고 저마다 이름 옆에 그 사람에게 줄 보석을 써두겠어요. 그러니 만약 내 딸이 그 보석을 상속할 나이가 되기 전에 나도 그 아이도 죽었을 경우 그 리스트에 이름이 씌어진 사람이나 또는 그 사람의 상속자에게 지정된 보석을 전해주세요. 될 수 있는 한 신중한 방법으로.'

물론 이것은 매우 이례적인 일이지요. 그러나 모든 사정이 다 이례적이었습니다. 나는 곧 그녀의 계획을 알 수 있었습니다. 그 리스트는 일찍이 그녀에게 보석을 선물한 연인들의 명단이었습니다. 그것들은 대부분 아마 가보(家寶)였을 겁니다. 따라서 그녀의 로맨틱한 양심이 나이를 먹음에 따라 스스로를 나무랐던 모양입니다. 그래서 만약 포스티나가 그것을 상속받을 수 없게 된다면 거기에 대해 감상적인 권리가 있는 연인의 아내나 딸이나 손녀딸에게 돌려주고 싶던 거지요.

나는 자신의 평판을 떨어뜨리지 않도록 하기 위해 다른 변호사를 그녀에게로 보내 포스티나가 30살이 되기 전에 죽었을 경우 나를 그녀의 상속인으로 정한다는 유언장을 만들게 했지요. 그 리스트는 지금도 내 금고 안에 있습니다. 만약 내가 그 보석들을 상속한다면, 리스트에 이름이 씌어 있는 사람들의 상속자들에게 보석을 전한 다음 그것을 태워버릴 생각입니다."

워트킨즈는 말을 끊고 소리내어 웃었다.

"내 사무실 난로는 그런 일에 쓰이기도 한답니다"

"그렇습니까. 그런데 그 리스트를 본 사람은 몇 명이나 됩니까?"

베이질은 워트킨즈의 숱많은 백발 속에 차곡차곡 저축되어 있을 갖가지 비화(祕話)를 생각해 보았다.

"포스티나의 어머니와 나 말고는 아무도 보지 않았습니다. 마닐라지 봉투에 넣고, 빨간 왁스를 찍어 그녀 엄지손가락으로 실인(實印)을 눌러 봉인했지요. 퍽 오래 전 옛날 일이니까 그 봉인은 그리 간단히 복제할 수 없을 겁니다."

"그밖에 누군가 그 리스트에 대해 아는 사람이 있습니까?"

"나는 당신 말고는 아무에게도 아직 그 이야기를 하지 않았습니다."

"한 가지만 더 묻겠습니다. 그 리스트에는 어떤 이름이 실려 있습니까?"

워트킨즈의 대답은 재빠르고 날카로웠다.

"윌링 씨, 나는 그것을 당신에게 말해 줄 권리가 없습니다. 그녀의 신뢰를 저버릴 수 없으며 또 그런 잊혀진 옛날 스캔들과 함께 말려들도록 하여 훌륭한 집안의 이름을 더럽힐 수 없습니다. 하지만 모략이나 폭력으로 포스티나에게 위해를 가하지 않을까 두려워할 필요가 없는 사람들임을 보증하겠습니다."

베이질은 지지 않고 반론했다.

"그러나 곤경에 몰려 너무 괴로운 나머지 음모를 꾸미거나 폭력에 호소하는 사람이 없으리라고 단정할 수는 없지 않습니까? 그 이야기는 아주 오랜 옛날 일인데다, 한 집안의 운명이란 놀랄 만큼 재빨리 달라지는 수도 있으니까요. 그런 가족 가운데 돈에 매우 곤란받는 사람이 있을지도 모릅니다. 겨우 2, 3천 달러의 돈에도, 그리고 그 보석들은 당신이 추측한 것보다 훨씬 더 값비싼 것일지도 모릅니다."

"아니, 그 리스트에 적힌 어느 가족도 모두 기껏해야 5천이나 1만 달러쯤밖에 차지하지 못할 것입니다."

"만약 그 가운데 몇 사람이 상속인을 남겨두지 못하고 죽었다면 어떻게 됩니까? 한 사람이나 두 사람의 가족이 남아 있을 뿐이라면 그들은 상당한 자산이 되는 보석을 손에 넣을 수 있습니다. 아마 그것은 폭력에 호소하기 쉬운 기질을 지닌 마음의 평형을 잃은 남자 또는 여자에게 마지막으로 한 번 더 등을 밀어주어 법의 울타리를 뛰어 넘도록 하기에 충분한 금액일 것입니다."

"그야 상속인이 한 사람이나 두 사람밖에 안 될 경우에는 금액이 꽤 커지겠지요, 당연히" 하고 워트킨즈는 동의했다. "하지만 어째서 그처럼 마음의 평형을 잃은 사람이라고 가정하십니까?"

"만약 누군가가 클레일 양 주위에서 어떤 음모를 꾸미고 있다면, 그런 일을 꾸미는 마음은 평형을 잃고 있음에 틀림없습니다. 그녀의 어머니 같은 여자는 그런 마음에 자학에 가까운 노여움을 터뜨리기 쉬운 타입입니다. 그리고 그 노여움이 딸에게까지 영향을 미치는 수가 있지요."

워트킨즈가 대답했다.

"당신은 한 가지 잊은 일이 있습니다. 저 봉투의 봉인은 본디대로 되어 있고, 나는 그 리스트에 대한 것을 당신 말고는 아무에게도 말하지 않았습니다. 포스티나에게도. 만일 포스티나에게 이야기했다면 그녀는 틀림없이 감추어진 진실이 있음을 알아차리고 자신이 태어나게 된 유래까지 모두 파헤쳐서 알아냈겠지요. 아무튼 그 가족은 아무도 그 리스트에 자기들 이름이 적혀 있다는 것을 알리가 없습니다."

"그럴까요? 그녀의 어머니가 죽기 전 그 리스트에 적힌 사나이 가운데 한 사람에게 이야기했을지도 모릅니다. 그리고 그 사나이가 다른 사람에게, 특히 그의 상속인에게 털어놓고 이야기했을지도 모릅니다."

"포스티나의 어머니가 그처럼 어리석은 짓을 했으리라고는 생각되지 않습니다. 그런 일이 없었다면 좋겠군요."

"나도 마찬가지입니다."

"월링 씨, 당신은 '살인'이라는 말을 쓰지 않았지만, 넌지시 그런 냄새를 풍기고 있는 듯하군요. 좀더 솔직하게 이야기합시다. 살인범은 실제적인 법이지요. 범행 전에 일부러 1년 이상이나 수고를 해가며 교묘하게 자신의 의도를 상대방이 알아차리도록 하는 짓은 하지 않습니다. 어떻게 생각합니까?"

"글쎄요, 그 점은 잘 모르겠습니다. 당신도 모르실 겁니다."

베이질은 자신의 대답에 깃든 엄격함을 목소리의 울림으로 얼버무렸다.

"만약 내가 그 리스트에 대한 일을 경찰에 알려 소란을 피우면 어떻게 되겠습니까?"

"당신이 거기에 대해 좀더 생각해 볼 시간이 있다면 그처럼 터무니없는 짓은 하지 않으리라고 확신합니다. 포스티나의 생명이 위협받고 있다는 것을 암시할 만한 일은 아무것도 일어나지 않았으니까요."

베이질은 돌아가려고 일어나 문 쪽으로 걸어가다가 발을 멈추었다.

"워트킨즈 씨, 나에게 조금만 힌트를 주십시오. 그 리스트 가운데 이런 이름이 없습니까? 라이트훗, 체이스, 배이닝, 마피, 메이드스튼, 에이티슨?"

"그 질문에는 어떤 변호사도 대답하지 않을 겁니다."

그러나 베이질이 방을 나갔을 때 워트킨즈는 얼굴을 찌푸리고 있었다. 뭔가가 그를 불안하게 했던 것이다.

제11장

포스틴을 감추고 있는
좁고 꽃이 잘 피지 않는 불모의 화원
주위에 떼지어 모여선
저 불결한 망령들은 대체 무엇인가?

베이질이 병원근무를 마치고 집으로 돌아온 것은 저녁 어스름이 밤으로 녹아들 무렵이었다. 전쟁 전에는 상점거리였던 파크 거리의 이 좁은 집은 그가 어린시절을 지낸 볼티모어의 집에 비하면 아주 보잘 것없어 임시 거처같이 보였다.

그러나 몇 년 동안 해외에서 살다 돌아온 지금 그곳은 그의 집이었다. 지금부터 줄곧 그럴 것이다. 베이질은 특히 이맘때의 이 부근 정경이 좋았다. 쉴새없이 타이어 소리를 남기며 주택지로 흘러가는 자동차의 흐름. 넓고 예스러운 가로수 양쪽에 늘어선 낮고 예스러운 집들의 커튼 사이로 흘러나오는 부드러운 불빛. 밤하늘의 짙은 불빛을 배경으로 밝은 투명체처럼 우뚝 솟은 그랜드 센트럴 빌딩의 조명.

끊임없이 주의력을 집중해야 하는 하루 일과를 끝내고 돌아와 현관 열쇠를 돌리면, 그 소리를 듣고 듀니퍼가 얼른 식사 전 마티니를 만들기 시작한다는 것을 생각하고 마음이 느긋해지며 편안한 기분을 느낀다.

그러나 오늘 밤만은 그렇지 않았다.

베이질이 희고 까만 체스 판 같은 현관 홀의 대리석 바닥을 가로지를 때 안쪽 문이 조심스럽게 열리며 갈색 주름살 투성이의 듀니퍼 얼굴이 나타났다. 그는 나직이 말했다.

"손님들이 서재에서 기다리고 계십니다. 체이스 부부와 배이닝 씨라는 분입니다. 살그머니 2층으로 올라가시겠습니까? 그럼, 오늘 저녁에는 집에 안 돌아오신다는 전화가 있었다고 손님들에게 말씀드릴 테니까요."

"아니, 괜찮소."

베이질은 바로 조금 전까지의 피로를 깨끗이 잊어버렸다. 이 예기치 못했던 손님의 방문으로 느긋하게 풀리려던 신경이 팽팽하게 긴장되었다.

그는 층계의 넓고 낮은 계단을 올라가 거실 겸 사무실로 쓰는 흰나무판자를 둘러친 서재로 들어갔다. 듀니퍼는 붉은색 커튼을 닫고 흰 갓을 씌운 전등을 켜놓았다. 베이질의 발소리를 듣고 한 젊은이가 열린 아치 형 문 쪽을 돌아보았다. 전등불빛이 그의 작은 머리에 착 달라붙은 금회색 고수머리를 금빛으로 보이게 했다.

"윌링 선생님이시지요? 이렇게 불쑥 찾아와서 죄송합니다. 아주 급한 용건이 있기 때문에…… 나는 마거리트의 오빠 레이먼드 배이닝입니다. 라이트홋 교장께서 당신과 의논해 보라고 권하시더군요. 함께 마주친 분은 체이스 부부이신데, 엘리자베스의 부모님이십니다."

엘리자베스? 마거리트? 베이질은 이 흔해빠진 두 개의 이름이 블레리튼에서 포스티나의 생령을 보았다는 목격담을 들려준 마거리트와 엘리자베스라는 것을 알기까지 조금 시간이 걸렸다.

다른 두 손님은 전등불빛이 닿지 않는 어두운 곳에 있었다. 여자는 불 없는 난로에 가까운 팔걸이의자에 앉아 있었는데, 요즈음 유행하는 색다른 모자가 그녀의 얼굴에 그림자를 드리웠다. 어두운 빛깔의 옷차림도 어스름한 배경과 잘 조화되었고, 전등불빛은 어깨에 걸친 윤기나는 모피와 작고 뼈만 앙상한 두 손 위의 파란 에메랄드 빛을 잡았다. 사나이는 두 다리를 크게 벌린 채 난로를 등지고 서 있었는데 그 자세가 어딘지 공격적인 느낌을 주었다. 몸집이 작고 딱딱한 그 사나이의 벗어진 머리는 왁스로 닦은 것처럼 번쩍번쩍 빛났다.

베이질은 문으로 들어서면서 흔한 향수의 희미한 냄새를 깨달았다──레몬 바비나였다. 그 냄새는 방 한가운데로 가기 전에 사라졌다. 그는 세 사람 가운데 누가 그 냄새를 가져왔는지 알 수 없었다.

도로시아 체이스가 불만스럽게 이야기를 꺼냈다.

"라이트홋 교장선생님은 이번 블레리튼의 괴상한 사건에 대해 당신께서 누구보다 잘 알고 계실 거라고 말씀하셨습니다. 나는 베스를 그 학교에서 데려와야 할까요? 어떻게 해야 할지 모르겠군요."

플로이드 체이스가 말을 가로챘다.

"베스는 지금 당장 그런 곳에서 나와야 한다고 생각합니다. 당신이 찬성해 주시면 기쁘겠습니다, 윌링 씨. 실은 나는 그다지 참견할 수가 없답니다. 우리는 이혼해서 도로시아가 그 아이의 보호자가 되어 있으니까요."

레이먼드 배이닝이 끼어들었다.

"나도 매그를 다른 학교로 전학시킬 생각입니다. 그러나 그 학교에서 무슨 일이 일어났는지 분명히 알고 싶습니다. 걱정이 되어 견딜 수가 없군요."

그러나 그는 걱정하고 있는 얼굴이 아니었다. 한쪽 팔을 책장 위에 기대고 보기흉한 모습으로 서 있었다. 갸름한 얼굴에 다리가 길고 어깨가 좁아 빅토리아 왕조 시대의 소설가들이 '귀족적'이라고 부르던 모습이었다. 베이질은 그런 빈약한 타입을 농가나 공장노동자 가족들에게서 이따금 보아왔으므로 인간의 골격은 재산과 여가로써 2, 3대 사이에 달라진다고 믿고 있었다.

도로시아가 정색하며 말했다.

"그러나 아주 멋진 학교예요! 플로이드——나의 남편입니다만——엘리자베스가 그곳에 있는 아이들과 함께 생활하면 얼마나 유익한지 전혀 모른답니다. 베스를 그 학교에서 데려오면 그 아이의 인생은 엉망이 될 거예요."

"학교는 거기 말고도 얼마든지 있소!"

체이스가 말했다.

"블레리튼은 하나밖에 없어요. 당신도 잘 아시잖아요. 영국에서 말하면 로딘이에요, 그곳은."

"그 명성도 얼마 못 갈 거요, 이런 사건이 일어났으니."

"라이트홋 교장선생님이 그 무서운 클레일 선생이 없어졌으니까 이제는 아무 걱정 없다고 하셨잖아요?"

레이먼드 배이닝이 끼어들었다.

"클레일 선생이 그렇게 무서운 사람이었습니까? 매그에게서 얼마쯤 듣기는 했습니다만, 이 기묘한 이야기에서 그녀는 대체 어떤 역할을 했습니까? 도무지 모르겠군요, 윌링 선생님. 클레일 선생은 주동자였습니까, 아니면 피해자였습니까?"

베이질이 위엄 있게 대답했다.

"피해자는 앨리스 에이티슨 양인 모양이더군요."

한순간 답답하고 긴장된 침묵이 방을 가득 메웠다. 도로시아가 그 침묵을 깨뜨렸다.

"뭐라고요? 그건 사고였어요!"

"다시 말해서 에이티슨 양이 있을 리가 없는 장소와 시간에 어떤 모습을 보고 일어난 사고지요. 적어도 당신 따님의 말에 따르면 그 렇습니다. 에이티슨 양이 굴러떨어져 뼈가 부러진 게 직접적인 원 인이었지만, 대체 무엇이 그녀를 굴러떨어지게 했을까요? 클레일 선생의 모습을 보고 충격을 받아 굴러떨어진 게 아니었을까요?"

"그렇다면 클레일 선생이 일부러 에이티슨 선생을 놀라게 했단 말 입니까?"

레이먼드가 물었다.

"아니오, 그것은 클레일 선생이 아니었습니다. 그녀는 그때 뉴욕에 있었다는 것을 증명할 수 있습니다."

"그럼, 누굽니까, 그건? 대체 무슨 일이 일어난 겁니까?" 하고 체이스가 소리쳤다.

베이질은 대답 대신 방 한구석의 책장 쪽으로 갔다. 그곳에는 이상 심리학의 이해할 수 없는 영역을 탐색하는 여러 가지 책들이 꽂혀 있 었다. 베이질은 그 가운데서 1백 년쯤 전인 1847년에 출판된 더러워 진 갈색 헝겊 표지의 책을 한 권 꺼내 난로 옆으로 돌아와 전등불빛 아래에서 펼쳤다.

"이 책에는 1845년 리보니아에서 일어난 에밀리 사제 또는 사제트 라는 여자의 사건 기록이 있습니다. 이 사건에 대해서는 그 뒤 글 덴슈츠베, 오엔, 애크사콥, 프래말리온 등의 학자들이 저마다 의견 을 발표하고 있습니다."

베이질은 갈색 끝이 닳아빠진 누런 책장을 넘기면서 소리내어 읽기 시작했다. 읽어가는 동안 조용히 듣는 사람들의 신경이 더할 수 없이 긴장하여 거의 폭발하기 직전 상태가 되어 있음을 그는 느꼈다.

그 이야기는 이상하리만큼 포스티나 클레일의 경우와 똑같았다. 다만 그 여학교가 리거에서 80마일 떨어진 보르마르에 있으며, 그 선생이 디종에서 태어난 프랑스인이었다는 점이 다를 뿐, 역시 성격이 나약하고 얌전한 32살의 여성이었다.

처음 얼마 동안은 사제트 선생이 두 군데 다른 장소에서, 한 군데 장소에서 다른 또 한 군데 장소에 가닿을 수 없는 시간 안에 저마다 다른 사람들과 만났다는 소문이 났다. 이것은 목격한 사람들 사이에 논의되어 어느 쪽인가가 잘못 본 거라는 결론이 내려졌다. 그러나 곧 그처럼 간단히 설명할 수 없는 일이 일어났다. 그녀와 아주 똑같은 모습을 한 두 사람을 자수교실에 있던 마흔 두 명의 여학생이 거의 동시에 본 것이다. 한 사람은 몇 분 전부터 줄곧 교실 의자에 앉아 있었다. 그런데 갑자기 창문 밖 화단에서 꽃을 꺾고 있는 또 한 사람이 나타난 것이다. 그녀가 의자에 앉아 있는 동안 화단에서 꽃을 꺾던 또 한 사람의 그녀는 잠들었거나 매우 지친 듯 '움직임이 둔하고 매우 느렸다'.

"흐음, 내가 베스에게서 들은 클레일 선생의 이야기와 똑같군요."

체이스가 중얼거리듯 말했다.

베이질은 책을 덮고 세 사람을 둘러보았다. 도로시아는 보석반지 낀 손을 무릎 위에 놓고 어두운 의자 속에 깊숙이 몸을 파묻고 있었다. 그녀의 얼굴은 입만 보였다. 빨간 루즈를 칠한 동그랗게 내민 입. 체이스의 둘째손가락은 두꺼운 입술 위의 가느다란 수염을 만지작거리고 있었다. 그의 눈은 진지하고 당황한 표정을 띠었다. 레이먼드는 여전히 묘하게 몸을 도사리고 책장에 기대고 서 있었다. 자세는 아까와 같았지만 태도가 조금 달라져 한 마디도 놓치지 않으려는 듯 가만히 귀기울이고 있었다. 눈은 그의 여동생처럼 스타 사파이어같이 기묘한 안개가 서린 밝은 푸른빛이었다.

베이질은 이야기를 계속했다.

"그 뒤 좀더 기이한 사건이 몇 번 일어났습니다. 이윽고 마흔 두 학생 가운데 열 두 명이 부모들에 의해 다른 학교로 전학되어 사제트 선생은 해고당했습니다. 그때 그녀는 울면서 이런 일로 일자리를 잃은 것이 16살 되던 해로부터 열 아홉 번째라고 외쳤답니다. 그리고 그녀는 노이베르크 학교를 나온 순간 역사에서 사라졌습니다. 그녀가 어떻게 되었는지는 아무도 모릅니다. 그러나 그때 13살 된 여학생이었던 줄리아 폰 글덴슈츠베 남작부인이 정신병학을 전공하던 오빠에게 이 이야기를 들려주었습니다. 그에 의해 이것을 주제로 한 저술이 나오고, 그것이 생령 또는 도플갱어를 연구하는 사람에게 고전적인 문헌이 되었지요. 지금도 일반에게는 그다지 알려져 있지 않습니다만.

그런데 프래말리온이라는 학자가 1895년 이 일을 자세히 조사하려고 디종에 가서 1813년의 출생기록을 조사해 보았습니다. 사제트 선생이 1845년에 32살이었다는 것이 사실이라면 그 해에 태어났을 테니까요. 그러나 그해 기록에는 사제트라는 성을 가진 사람이 없었습니다. 그러나 옥타비 사제트라는 여자아이가 1813년 1월 13일 디종에서 태어났다고 기록되어 있었습니다. 물론 프랑스어로 사제트(Saget)나 사제(Sagée)는 똑같이 발음되므로 발음만 듣고는 철자를 알 수 없습니다. 따라서 겨우 13살이었으며 더욱이 프랑스 사람이 아닌 줄리아 폰 글덴 슈츠베가 철자를 잘못 알아들은 게 아니었을까 충분히 생각해 볼 수 있습니다. 그러나 '옥타비'라는 이름을 '에밀리'로 착각했다고 생각하기는 좀 곤란합니다. 그러나 출생 기록에는 '옥타비 사제트'라는 이름 밑에 뭔가 중요한 의미가 있음 직한 단어가 하나 기록되어 있었습니다——'사생아'라고.

다시 말해서 에밀리 사제트 또는 옥타비 사제트는 불의의 자식으로 태어난 것이 프랑스어 교사를 하면서 독일이나 러시아를 떠돌아 다니게 된 원인이었는지도 모릅니다. 디종은 조그마한 지방인데다 프랑스의 시골 사람들만큼 경건하고 인습에 젖은 사람들도 없지요. 19세기에는 더욱 그랬습니다. 따라서 그녀는 자신의 본디 성(姓)을 감추려고 성의 철자를 바꾸고, 퍼스트네임도 다르게 쓰고 있었는지 모릅니다. 그런 점으로 미루어 만약 노이베르크의 불가사의한 사건에 어떤 정신병적 근거가 있었다고 하면, 그것은 감정에 있어서 사생아라는 무거운 짐을 지고 있던 감수성이 예민한 여자의 정신분열이었는지도 모릅니다. 물론 이것은 단순한 추측에 지나지 않습니다."

도로시아는 갑자기 윗몸을 일으켜 베이질 쪽을 돌아보았다. 전등불빛이 똑바로 그녀의 얼굴에 닿았다. 베이질은 그 화장의 가면 밑에서 자신의 의지와 달리 억지로 진지하게 생각하는 척했던 불성실한 여자의 불안한 표정을 보았다.

"어머나, 기가 막혀라!"

그녀의 불신은 무엇이 옳고 무엇이 그른가를 분간해 내는 민감한 감각으로 강조되어 있는 듯했다.

"당신은 클레일 선생과 그 프랑스인 여자가 정말 일종의 고리를 만들고 있다고 말씀하시는 건가요? 그것은 불합리하며 게다가……."

그녀는 할 말을 찾다가 자랑스러운 듯 내뱉었다.

"실행이 불가능한 일이에요!"

"그렇지만 여기에는 매우 실용적인 점이 있습니다."

그러자 레이먼드가 빈정거리듯 물었다.

"정말입니까? 그것이 어떤 점이지요?"

"두 사건이 정확하게 대응하고 있다는 점입니다. 클레일 선생 사건은 하나에서 열까지 모두 사제트 사건을 그대로 따온 것입니다."

레이먼드가 중얼거리듯 물었다.

"사생아라는 점만 빼놓으면 말이지요?"

도로시아는 베이질의 얼굴을 지켜보았다.

"설마 클레일 선생이 사생아였던 것은 아니겠지요?"

베이질은 그 질문을 무시하고 말했다.

"만일 클레일 선생에게 위해를 가하려고 하고 있던 사람이 우연히 사제트 사건에 대한 것을 읽거나 들어 그것을 자기 목적에 응용하려고 했다면 어떻겠습니까? 만약 그렇다면 두 사건이 매우 비슷해질 것은 당연합니다."

레이먼드가 다그쳐 물었다.

"그러나 그것이 어째서 클레일 선생에게 위해를 가하는 일이 된단 말입니까?"

"그녀는 이미 두 번이나 일자리를 잃었습니다."

"네? 두 번이나?"

도로시아가 소스라치게 놀랐다.

"그렇습니다. 아니, 그보다 더욱 나쁜 것은 그녀의 정신 건강을 해치고 있는 점입니다. 그 일은 그녀를 엉망진창인 상태로 만들어 파멸로 몰아넣을지 모릅니다. 사제트 사건과 다른 점이 꼭 한 가지 있습니다——에이티슨 선생의 죽음입니다. 물론 어떤 착오로 에이티슨 선생이, 클레일 선생을 노린 심리작전을 방해하게 된 것인지도 모릅니다."

그러자 레이먼드가 말했다.

"그렇다면 클레일 선생이 블레리튼을 그만둔 뒤에도 생령이 나타났다는 것은, 그녀에게 그 이야기를 들려주어 깜짝 놀라게 만들기 위해서 계획된 일이로군요? 확실히 그것은 누군지 본 사람을 깜짝 놀라게 만들기 위해 계획된 일이었을지도 모릅니다. 그러나 설마 그것을 본 사람이 놀라 돌층계에서 굴러떨어져서 목뼈가 부러져 죽으리라는 것까지는 계산에 넣지 않았을 테지요. 그것은 정말 우연한 사고였습니다."

체이스는 레이먼드보다 머리가 잘 돌아가지 않는 듯했다.

"레이먼드, 좀더 분명히 설명해 줄 수 없겠소? 그럼, 생령이 가짜였단 말이오?"

"그야 물론이지요!"

레이먼드는 답답한 듯이 대답했다.

"그러나 그렇다면……."

체이스는 레이먼드에게서 베이질에게로 눈길을 옮긴 다음 다시 레이먼드 쪽으로 돌렸다.

"어떤 방법으로 그렇게 했을까? 앨리스가 대낮에 엎어지면 코닿을 만큼 가까운 거리에서 그것을 보고 깜짝 놀랄 만큼 진짜와 아주 똑같은 클레일 선생 모습을 어떻게 만들어냈단 말이오?"

레이먼드는 그 질문을 베이질에게로 건네주었다.

"어떻습니까, 그것은?"

베이질은 한숨을 쉬었다.

"그것을 알고 있다면 고생하지 않아도 되겠지요."

도로시아가 물었다.

"그것이 정말 클레일 선생과 똑같았다고 하면 뭔가 반사경 같은 것을 쓴 게 아닐까요?"

베이질은 고개를 저었다.

"클레일 선생이 바깥 잔디밭에서 스케치하고 있을 때 그 생령은 방안 팔걸이의자에 앉아 있었습니다. 당신 따님의 설명에 의하면 클레일 선생과 그 생령은 모습이 똑같았지만 동작이 똑같지는 않았습니다. 어떤 반사경으로도 그런 영상을 만들어낼 수는 없습니다."

"그렇군. 정말 이상한데요."

체이스는 못마땅한 표정으로 억지로 동의했다.

"나도 거울이 아닌가 생각했습니다만…… 스크린을 쓰지 않고 영화를 비출 방법은 없을까요?"

"그것도 밝은 햇빛이 비치는 곳에서!"

레이먼드가 소리내어 물었다.

"그건 무리한 일이지요. 첫째, 블레리튼에 그처럼 규모가 큰 기계를 운반해 들이거나 그것을 가지고 도망치다니, 상상도 할 수 없는 일입니다. 게다가 기숙사 제도인 학교에는 감출 장소가 없습니다."

"하긴 그렇지만, 그럼, 어떻게 했을까요?" 하고 체이스가 물었다.

"아무튼 어떤 방법으로 했음에 틀림없는데……."

베이질이 대답했다.

"아무리 생각해도 그 점이 잘 설명되지 않습니다. 이것이구나 생각한 순간 곧 그것과 모순되는 사실이 생각나거든요. 어떤 때는 이른바 '생령'이 클레일 선생의 억제된 충동을 실행에 옮겨 라이트훗 교장을 층계 중간에서 앞지르지 않았을까 생각했지요. 다시 말해서 그 생령은 클레일 선생의 잠재의식 속에 있는 생각이 투영된 영상이었다는 말이 되는데, 그러나 이것도 어떻게 설명해야 좋을지 모르겠습니다. 그리고 에이티슨 선생이 사고를 당했을 때 전화로 이야기하고 있던 클레일 선생의 목소리가 묘하게 느려지며 졸린 듯했다는 것도……."

"그녀는 그때 수면제를 먹었던 게 아닐까요?" 하고 체이스가 물었다.

"만약 그렇다면 놀랄 만큼 정확하게 시간을 짐작해서 맞춘 셈이로군요. 어찌되었든 만약 내가 교장이라면 클레일 선생뿐만 아니라 엘리자베스나 마거리트가 학교를 그만두는 데 찬성할 것입니다. 그리고 또 아린 마피라는 하녀도 해고할 것입니다."

그러자 레이먼드가 당혹한 얼굴로 물었다.

"설마 당신은 매그가 이 사건에……."

"진상이 어떻든 그 밑바닥에는 인간적인 요인이 있습니다. 만약 여기에 관계된 사람들을 모두 떼어놓는다면 이 소동도 가라앉을지 모릅니다."

레이먼드는 분명하고 활발하게 말했다.

"또는 가라앉지 않을지도 모르지요. 아무튼 당신 이야기를 듣고 나는 결심이 섰습니다, 윌링 선생님. 지금 곧 동생을 만나 블레리튼을 그만두게 하겠습니다."

체이스가 화가 치밀어오르는 듯 신음 소리를 냈다.

"나는 이상심리학에 대해서는 아무것도 모르는데다 그런 일은 알고 싶지도 않습니다. 그러나 무슨 일이 있어도 베스를 그 학교에서 데려오고 싶습니다. 들었소, 도로시아? 만일 필요하다면 나는 법정으로 가겠소!"

"나도 그렇게 생각해요……."

도로시아는 에메랄드를 만지작거렸다.

"내년에 패딩튼이 좋을지도 모르겠군요. 올 겨울 동안은 가정교사를 두어도 좋아요. 하지만 모두들 너무 현실에서 동떨어져 있는 것 같아요. 나나 당신이나 베스가 1백 년 전 리보니아에서 일어난 일과 대체 무슨 관계가 있다는 거지요?"

그녀는 장갑을 끼면서 자리에서 일어났다. 남자들은 그녀의 뒤를 따라 홀로 나왔다. 천장의 강한 샹들리에 불빛이 미용실에서 만들어 낸 듯한 그녀의 모습을 베이질에게 똑똑히 보여주었다. 헤너로 물들인 빨강머리, 붉은 벽돌색 살결.

그것들은 모두 너무나 어마어마하고 인공적이어서 베이질은 몇 해 전에 본 어떤 우스꽝스러운 프랑스의 어릿광대놀이가 생각났다. 그것은 신혼 첫날밤 장면으로, 신부가 옷을 벗기 위해 칸막이 뒤에 몸을 숨긴다. 이어서 그녀가 입고 있던 옷가지가 칸막이 너머로 내던져진다. 그런 다음 가발, 틀니, 인조 속눈썹, 안경, 인조 손톱, 나무로 만든 팔, 나무로 만든 다리가 차례차례 내던져진다. 기다리다 지친 신랑은 마침내 참지 못해 칸막이 뒤를 들여다보았다. 그러나 거기에는 아무도 없다. 휑뎅그렁한 마룻바닥에 누더기가 수북이 쌓여 있을 뿐. 그 어이없는 프랑스의 어릿광대극은 플로이드 체이스의 결혼 첫날밤이 어떤 것이었는지를 상징해 주는 게 아닐까?

베이질은 도로시아의 눈을 찬찬히 들여다보았다. 그녀의 몸에서 눈에 보이는 부분 가운데 손이 가지 않은 유일한 곳. 그 홍채는 연한 갈색으로, 묘하게 속이 깊지 않고 단조로웠다. 몇 센티미터밖에 안 되는 강물을 통해 시커먼 흙탕이 깔린 강바닥을 보는 듯한 기분이 들 뿐 그에게 아무 말도 해주지 않았다.

모두가 현관으로 나왔을 때 도로시아는 일부러 전남편을 무시하고 레이먼드에게 말을 걸었다.

"내 자동차를 기다리게 해두었어요. 함께 주택지로 드라이브하지 않겠어요, 레이?"

"좋지요!"

레이먼드는 그녀의 뒤를 따라 보도를 가로질러 검은 리무진 쪽으로 걸어갔다. 운전수가 문을 열었다.

체이스는 모자를 손에 든 채 베이질 곁에 서서 우물쭈물했다.

"저어, 당신과 잠깐 이야기하고 싶은 게 있는데요."

베이질은 손목시계를 보았다.

"친구와 레스토랑에서 만나기로 되어 있어서……."

"그럼, 자동차로 거기까지 모셔다드리지요. 가면서 이야기 할 수 있을 테니까요."

베이질은 거절하려고 했으나, 체이스의 얼굴에 나타난 좌절감의 그늘 같은 표정과 호소하는 듯한 눈길이 생각을 바꾸게 했다.

"네, 그렇게 하지요. 그럼, 듀니퍼에게 레스토랑 전화번호를 써두고 오는 동안 잠깐만 기다려주십시오. 오늘 밤 병원에서 전화가 올지도 모르니까요."

조금 뒤 베이질이 돌아왔을 때 체이스는 보도 끝에 세워둔 경쾌한 컨버터블 곁에 서 있었다. 의자에 청동색 가죽을 씌운 음침해 보이는 자동차로 그가 좋아함직한 것이었다.

흐르는 듯한 자동차 행렬 속에 끼어들었을 때 베이질이 물었다.

"무슨 걱정거리라도 있습니까?"

"앨리스에 대한 일입니다만……."

체이스는 앞쪽의 흔들리는 불빛에서 눈을 돌리지 않았다.

"앨리스 에이티슨 말입니까? 블레리튼에서 죽은 그 젊은 여교사?"

"그렇습니다. 나는 그녀를 사랑했답니다."

제12장

그대가 주려고 하는 것은 독(毒)인가,
그렇지 않으면 무엇인가, 포스틴.

그 레스토랑은 매디슨 거리에 있었다. 새로 꾸며진 작고 조용한 가게로, 동물성 기름을 쓰지 않고 남부의 맛을 내는 요리를 전문으로 했다. 그러나 이름이 알려지지 않아 거의 손님이 없었다. 언젠가 식사하려고 와보니 가게 바닥에 아무것도 없어 또 집을 내놓았다는 쪽지가 붙었을지도 모른다고 생각했다. 맛있는 요리와 쾌적한 분위기만으로는 장사가 되지 않는 것이다. 과장된 선전과 손님을 끌 수 있는 방법, 또는 그럴싸한 겉모습이라든지 여러 가지 것들이 필요한 법이다.

기젤라는 좌석에 앉아 모자를 벗고 있었다. 베이질이 맨 처음 본 것은 눈부실 듯 아름다운 흰 얼굴 위에 비단처럼 까만 머리칼이 퍼진 모습이었다. 비버 모피 코트는 뒤에 놓고, 은단추로 목까지 꼭 채운 회색 드레스를 입고 있었다. 그는 갯버들꽃 같은 색이라고 생각했다.

밝은 부분은 은색으로 보이는 비둘기 날개빛 같은 회색이었다.

그녀가 웃으며 그를 올려다보자 머리카락이 귀에서 뒤로 늘어지며 길고 아름다운 목선이 드러났다. 그녀의 눈길이 가볍게 놀란 빛을 띠며 그의 뒤를 따라들어온 또 한 사람 쪽으로 옮겨졌다.

"체이스 씨도 함께 칵테일을 마시기로 했소" 하고 베이질이 설명했다. "이분에게는 그것이 필요할 것 같소."

"친절하신 말씀을 고맙게 받고 함께 자리하겠습니다."

체이스는 부러운 듯이 두 사람을 보았다.

"한 잔만 마시고 실례하겠습니다. 실은 폰 호헤넴즈 선생님, 나는 윌링 씨뿐만 아니라 당신과도 이야기할 기회를 얻어 기쁩니다. 저어, 앨리스에 대한 일인데, 그녀가 우리 일을 당신에게 말한 적이 있습니까?"

기젤라가 대답했다.

"아니오, 자세한 말은 듣지 못했어요. 그녀는 다만 블레리튼을 그만두고 다른 곳으로 가겠다고 말했었지요."

웨이터가 오고 베이질이 주문했다. 체이스는 웨이터가 갈 때까지 기다렸다가 다시 이야기했다.

"그렇지요, 그녀는 그렇게 할 생각이었습니다. 나는 그녀에게 결혼을 신청했답니다."

"그녀가 오렌지 빛 드레스를 입은 건 그때문이었군요. 당신을 위해 좀더 아름답게 차려입고 싶었을 뿐, 다른 사람이 어떻게 생각하든 상관없었던가 봐요."

"그럴지도 모릅니다. 물론 나는 그녀가 무엇을 입든 상관없었습니다. 그녀가 헐렁한 드레스를 입었더라도 나는 사랑했을 겁니다. 나는 도로시아와 헤어졌을 때 다시는 결혼하지 않겠다고 맹세했습니다만, 그러나 앨리스는 도로시아와 달리 여러 가지 매력을 갖춘 여자였습니다. 쾌활하고, 마음이 따뜻하고, 활기 있고, 인간적이고……."

웨이터가 유리잔 세 개를 가져왔다.

체이스는 마치 미각이며 그밖의 모든 감각을 잃어버린 것처럼 무관심하게 한 모금 마셨다. 그는 다시 말을 이었다.

"나는 처음부터 그것은 자살이 아니라고 생각했지요, 그녀는 행복했습니다. 나는 그것을 알고 있었습니다. 그녀는 자살 따위는 생각도 해보지 않았을 겁니다. 나는 비록 도로시아가 요구한 금액 이상으로 내게서 돈을 빼앗아갔다 해도 아직 충분히 있으니까 앨리스가 갖고 싶어 하는 것은 무엇이든지 사줄 수 있습니다. 그런데 어째서 이처럼 짓궂은 결말이 되었는지 도무지 납득이 되지 않습니다. 희망이 이루어지려는 바로 그 순간 이처럼 터무니없이 어리석은 방법으로 죽다니……."

"사고였어……."

기젤라가 입을 열었으나 그의 눈길이 그녀의 말을 막았다.

"아시겠습니까? 인간의 목을 부러뜨리는 것은 아주 간단합니다. 군대에서 그 방법을 배웠지요, 머리부분을 두 손으로 붙잡고 재빨리 옆으로 비틉니다. 그러면 추골(椎骨)이 딱 부러지지요."

체이스는 두 손의 손가락을 뻗어 그 사이에 있는 상상의 머리를 잡는 듯한 시늉을 했다. 힘껏 비트는 몸짓은 소름 끼칠 만큼 실감이 났다. 그는 그 동작을 마치 경례하는 법이나 무슨 초보적인 교련시범을 보여주듯 아무렇지도 않게 해보였다.

"재치 있는 군대식 방법을 쓰면 문제없이 해치울 수 있습니다. 그렇게 한 다음 시체를 돌층계 위에서 떨어뜨립니다. 스커트 자락을 찢고 한쪽 구두를 벗어 던지는 것은 몇 초도 걸리지 않을 겁니다. 그렇게 해두면 사고가 아니라고 말할 사람이 아무도 없겠지요."

"그렇지만……."

기젤라는 어이가 없어 숨을 삼켰다.

체이스는 낮게 가라앉은 단로로운 목소리로 말을 이었다.

"세 사람이 앨리스를 미워했습니다. 나의 전아내 도로시아와 레이먼드 배이닝과 포스티나 클레일 선생입니다. 도로시아는 내가 재혼하리라 생각하고 질투했으며 화가 나 있었지요. 특히 상대가 앨리스같이 젊은 여자라면 아이를 낳게 되고, 그러면 베스에게 갈 돈의 일부를 떼어주게 될 테니까요. 레이먼드 배이닝은 1년 전 앨리스와 약혼했답니다. 젊은 남녀의 분별없는 사랑놀음으로 결국 그녀가 그를 버렸습니다. 싸움도 한 모양입니다. 앨리스는 입이 아주 거칠었으니까요. 그리고 그녀의 말을 들어보니 클레일 선생을 괴롭히며 즐거워했던 모양입니다."

"여자가 다른 여자의 목을 부러뜨리다니, 상상도 할 수 없어요" 하고 기젤라가 말했다. "여자라면 권총이나 독약을 쓰지 않을까요?"

그러자 체이스가 반론했다.

"질투가 강한 여자라면 화가 날 때 어떤 짓을 할지 모릅니다. 다른 여자를 돌층계에서 굴러떨어뜨리는 일이라도 말입니다. 클레일 선생이 앨리스에게 그런 짓을 했다고 베스가 말하지 않았습니까? 당신은 뭔가 알아차리지 못했습니까? 경찰에 말하지 않은 무언가를?"

"유감이지만 아무것도 깨닫지 못했어요. 다만 앨리스와 찢어진 드레스 자락과 내던져진 구두가 있었을 뿐이에요."

"발자국은?"

"전혀 보이지 않았어요. 그때는 그런 것을 찾을 여유가 없었어요."

체이스는 몇 초 동안 참고 있었던 듯 큰 숨을 토했다.

"그렇습니까? 그렇다면 절망적이군요. 앨리스가 어떻게 죽었는지 밝혀내기는."

기젤라가 말했다.

"포스티나가 그때 뉴욕에 있었던 것은 확실해요. 나는 앨리스가 죽어 있는 것을 발견하기 조금 전에 전화로 그녀와 이야기 했으니까요."

체이스는 빈 술잔을 내려놓았다.

"내가 들은 이야기를 종합해서 생각하면, 포스티나 클레일 선생은 알리바이를 가질 수 없는 세상에 보기드문 사람 같더군요. 아아, 나는 무엇을 믿어야 할지 모르게 되었습니다! 정말 잘 마셨습니다. 이젠 돌아가야겠군요. 그럼, 이만……."

그는 조금도 웃지 않고 건성으로 말하더니 비틀거리면서 일어났다. 그리고 조금 몸짓을 섞어 작별인사를 한 다음 위태로운 걸음걸이로 테이블 사이 통로를 지나 휴대품 예치소로 갔다. 그리고 정중하게 인사하는 웨이터장 앞을 장님처럼 지나 밖의 어둠 속으로 나갔다.

기젤라는 베이질을 돌아보았다.

"앨리스에게 정말 무슨 일이 일어났을까요?"

"글쎄……."

베이질은 무겁게 그녀의 눈길을 피했다.

"체이스 씨 자신이 그녀를 죽였다고 볼 수도 있소. 그는 지금 그 수법을 몸소 실연해 보였소. 그는 자기의 발자국이나 뭔가 다른 흔적을 남기지 않았나 기젤라에게서 들어보려고 했는지도 모르오."

"삼각관계라는 건가요?"

"뭐, 그런 거지. 그녀가 정말 체이스 씨를 사랑했을까? 당신은 어떻게 생각하오?"

기젤라는 잠깐 넋나간 얼굴표정을 지었다.

"당신은 그와 레이먼드 씨를 만났어요."

"레이먼드 쪽이 여자에게 더 인기 있을 거라는 말이오?"

"그렇게 생각해요. 물론 이런 일에서 반드시 그렇게 볼 수는 없겠지요. 말할 수 없을 만큼 못생긴 남자가 어떤 타입의 여자 마음을 끄는 경우도 있으니까요. 못생긴 여자에 대해서도 똑같은 말을 할 수 있어요. 게다가 체이스 씨에게는 돈이 많고, 앨리스가 학교교사 생활을 몹시 싫어했다는 것을 아울러 생각해 보면…… 만약 베스가 정말 그런 것을 보았다면 끔찍한 일이에요! 그 나이또래 여자아이가 아버지에게 혐의가 주어질까봐 임기응변으로 포스티나의 이야기를 끌어들이는 따위의 재치가 있을까요? 그렇다면 결국 포스티나의 이야기는 환상에 지나지 않았다는 말이 되잖아요?"

베이질은 고개를 가로저었다.

"이건 그렇게 간단한 사건이 아니오. 라이트홋 교장에게 들었는데, 포스티나 양은 지난해 같은 이유로 메이드스튼을 그만두었다고 하오."

"그래요? 그곳은 앨리스가 다니던 학교예요."

"그렇지. 그러니까 앨리스는 포스티나를 괴롭히며 즐거워했던 거요."

기젤라가 눈을 휘둥그렇게 떴다.

"그렇다면 앨리스는 두 학교에서 포스티나에게 어떤 악의 있는 장난을 했다는 건가요? 포스티나에게 두 번이나 일자리를 잃게 만들 만한 장난을? 그 뒤 포스티나가 어떻게 그것을 알아차리고 블레리튼으로 돌아와 앨리스에게 복수했다는 말인가요?"

"그렇다면 당신에게 장거리전화를 건 사람은 누구지?"

"그건 틀림없이 포스티나의 목소리였어요."

기젤라는 얼굴을 찌푸렸다.

"그 가냘프고 무척 나른한 꿈을 꾸고 있는 듯한 그 목소리를 잘못 알아들었을 리가 없어요. 게다가 뉴욕에서 걸려온 전화라는 것도 확실해요. 코네티컷 주 경찰이 전화국에 문의해서 알아보았다더군요."

"다른 사람의 목소리를 아주 똑같이 흉내낼 수 있는 사람도 있소." 베이질이 말했다.

"포스티나가 그런 사람을 믿고 이용했다고 생각할 수는 없어요."

"장난하는 것뿐이라고 속이고서 부탁했을지도 모르지."

"만약 그렇다면 그 사람은 앨리스 사건이 신문에 보도되었을 때 곧 경찰에 신고했을 거예요. 그런 게 아닌 뭔가가 있었을 거예요. 틀림없이 앨리스가 포스티나를 놀라게 해주려고 꾸민 트릭이 잘못되어 거꾸로 앨리스에게 충격을 준 것이라고 생각할 수는 없을까요?"

"어떤 트릭으로? 앨리스가 어떻게 포스티나의 생령을 만들어낼 수 있었다는 거요? 그리고 그 거꾸로 되는 일은 어떻게 해서 일어났겠소?"

이번에는 기젤라가 고개를 가로저었다. 베이질이 이야기를 이었다.

"나도 그 문제를 여러 번 생각해보았는데, 아직 해답이 나오지 않는군. 블레리튼에서 포스티나 선생의 생령을 본 사람은 넷이었소 ──어지간히 멍청한 하녀와 13살 된 두 소녀, 그리고 교장이오. 목격자 중 어른인 하녀와 라이트훗 교장은 어두컴컴한 데서 보았을 뿐이오. 둘 다 얼굴을 똑똑히 보지 못했소. 게다가 그 두 사람은 두 개의 모습을 동시에 보지는 않았소. 포스티나 자신의 모습과 페치를 말이오."

"페치라니요?"

"옛날 영어지. 어원은 모르지만. 아마 살아 있는 사람의 유령을 '페치(fetch)'라고 부르게 된 것은 그 출현이 대개 그 사람의 죽음을 예고하기 때문일 거요. 다시 말해서 그것은 그 사람을 페치, '부르러 온' 것이오. 디킨스의 소설에도 '갬프 부인과 꼭 닮게 그린 페치'라는 문장이 있소. 이런 생령은 옛날부터 어두컴컴한 불빛 속에 나타난다고 하더군. 저녁이나 새벽이나 달밤 같은 때."

"하지만 포스티나의 생령은 대낮의 밝은 햇빛 속에서도 나타났어요" 하고 기젤라가 항의했다.

"두 번이었소. 그것을 본 사람은 처음에는 두 학생, 두 번째는 그 가운데 한 사람이오. 앨리스가 무엇을 보았는지 어떤지는 알 수 없소. 그리고 포스티나 자신이 모습을 보이고 있을 때 생령이 나타난 것은 꼭 한 번뿐이오. 그 사건도 기묘하게 그 두 학생이 증언하고 있소."

"그 아이들이 거짓말할 리가 없어요. 정말로 놀랐던 거예요. 베스는 놀라 정신을 잃었고, 매그는 입술까지 새파래져서 덜덜 떨고 있었어요. 그리고 나는 그때 포스티나의 움직임이 기묘하게 느려지는 것을 보았어요."

"아니, 당신이 의식적으로 거짓말을 했다고는 생각지 않소. 하지만 어른이라도 그럴지 모른다고 예상하고 있으면 그렇게 보이는 법이오. 그 두 학생은 그것을 보기 전에——그것이 무엇이었는가는 우선 제쳐놓고——포스티나 선생에 대한 소문을 듣고 있었소. 그 소문이 그 소녀들의 마음에 선입관을 주고 있었기 때문에 진짜인 포스티나 선생과 의자에 앉아 있는 사람이 사실보다 지나치게 닮아 보였는지도 모르오."

"그럼, 의자에 앉아 있었던 사람은 누구였을까요? 뭘까요? 그것은 어째서 거기에 앉아 있었을까요? 그것은 1년 전 메이드스튼에 나타났던 것과 똑같은 것인가요?"

베이질이 한숨을 내쉬었다.

"버지니아에 가서 조사해 볼까 생각도 했지만, 그러나 거기서 사건이 일어난 것은 1년 전이었으므로 지금은 아무도 정확하게 기억하고 있지 않을 거요. 햇빛이며 거리며 옷차림이며 그밖의 자세한 점을 알고 싶지만. 포스티나 양 자신의 설명에 따르면 메이드스튼에서는 여러 가지 빛 상태 속에서 생령이 나타났던 모양이오. 오전에도, 오후에도, 그리고 한밤중에도. 그러나 언제나 거리가 꽤 떨어져 있었다더군."

"가엾은 포스티나를 괴롭히기 위해 1년 이상이나 그런 질 나쁜 장난을 계속하다니…… 이 세상에 그런 사람이 있을까요?"

"정상이라면 그런 짓은 하지 않겠지."

"정상이 아닌 사람이라면 이처럼 심하고 묘하게 부지런하며 유머 감각이 있는 장난을 치지 못할 거라고 생각해요."

베이질은 씁쓰레하게 웃었다.

"정상이 아닌 사람은 기본적으로 무슨 짓을 시작할지 예측할 수 없다오. 그밖에 뭘 생각할 수 있겠소?"

기젤라가 돌려준 미소는 변덕스러운 마음의 움직임을 희미하게 비춰주는 것 같았다.

"나는 이것을 질이 나쁜 트릭이라고 나무랐지만, 이렇게 생각해 볼 수는 없을까요? 결국 살아 있는 사람의 영적인 영상이 우연히 다른 사람에게 보이는 수가 있을지도 모르니까요. 따라서 포스티나는 그런 자신의 환상을 무의식적으로 방사하는 능력을 가진 보기드문 사람이라고 말이에요."

"당신도 라이트훗 교장에게서 이야기를 들은 모양이군, 기젤라."

"네, 들었어요. 어째서 그게 나쁘지요? 교장선생님은 아주 이성적인 분이에요. 과학을 잊고 교장선생님의 가설이 억지로 갖다붙인 이론이나 과장된 이야기가 아니라, 포스티나의 사건을 풀어가는 단

하나의 열쇠가 되는지 어떤지 검토해 볼 필요가 있다고 생각해요. ”

“그럴까 ? ”

베이질이 회의에 찬 웃음을 지었다. 그러나 기젤라는 이제 진지해졌다.

“그것은 메이드스튼과 블레리튼에서 있었던 포스티나의 온갖 사건을 설명해 주고 있어요. 또 앨리스 에이티슨 사건도 설명해 주지요. 앨리스는 메이드스튼에 있을 때 일어난 일련의 사건을 포스티나 또는 다른 누군가가 꾸며낸 장난이라고 생각했던 것 같아요. 그러므로 블레리튼에서 포스티나와 만났을 때 앨리스는 메이드스튼에서 있었던 일을 라이트홋 교장에게 일러바칠 만큼 수다스럽지는 않았지만, 포스티나를 경멸하고 비웃었던 거예요. 앨리스 같은 여자가 히스테리나 못된 장난을 하는 사람에게 그런 태도를 취하는 건 당연했을지도 모르지요.

그런데 앨리스는 내가 진짜 포스티나와 전화로 이야기하고 있다는 사실을 알고 있는데 대낮에 포스티나와 꼭 닮은 사람과 딱 마주쳤어요. 그녀는 그 충격으로 발을 헛디뎌 굴러떨어진 거지요. 베스 같은 아이라면 진실을 말하리라고 생각해요. 베스는 무슨 일이 일어났는지 정확하게 보았어요. ”

“베스는 포스티나가 앨리스에게 손을 뻗쳐서 그녀를 떠밀었다고 말했소. ”

“그래서 앨리스의 충격이 더 컸을 거예요. 만약 그 포스티나와 꼭 닮은 상대가 현실의 사람이 아니었다면. ”

“또는 앨리스가 그것을 현실의 사람이 아니라고 생각했다면……”

하고 베이질이 바로잡았다.

“어머나. 기가 막혀 ! ”

기젤라는 웃었다.

"당신은 그런 현상이 있을지도 모른다는 생각에 아무래도 승복할 수 없는 모양이군요! 나는 유럽에서 자랐기 때문에 훨씬 쉽게 받아들일 수 있어요. 우리의 고대문명은 모든 신앙에 회의적이에요. 미국사람이 거의 종교에 가깝도록 숭배하는 현대과학에 대해서까지도. 우리의 문명은 수많은 지적인 혁명을 거쳐 이루어졌기 때문이지요. 어떤 세대의 과학이 다음 세대에는 신화가 되어버리는 것을 우리는 몇 번이나 보아왔어요. 전기의 역사는 이제 겨우 2백 년밖에 안 돼요. 겨우 10년 전만 해도 유명한 물리학자들이 원자의 핵분열을 일으키게 하는 것은 불가능하다고 말했었지요. 오래된 격언 가운데 가장 슬픈 구절이 있잖아요? '이것도 또한 지나가리'.

과거는 언제나 우리와 함께 바로 가까이에 있어요. 책 속에뿐만 아니라 풍습이며 가정에도. 낡은 성이나 성채는 역사책에 있는 장소가 아니라 대부분 우리가 아는 사람들이 지금도 살고 있는 곳에 있어요. 바사레온부르크며 그라미스같이 아주 오래된 저택에서는 이따금 묘한 일이 일어나지요. 하지만 그런 곳에 사는 사람들은 그런 설명할 수 없는 일에 익숙해서 공포도 관심도 느끼지 않아요. 당신이라면 부정하든가 조사하지 않고는 못 배기겠지만. 우리는 그냥 웃으며 어깨를 한 번 으쓱하고는 말하지요. '이것도 또한 지나가리'."

"당신은 설마 앨리스 에이티슨이 본 것과 딱 마주치더라도 놀라지 않을 거라는 말을 나에게 믿으라는 것은 아니겠지? 당신이 포스티나에 대해 편지를 써보냈을 때는 이처럼 용감하지 않았는데……."

"그건 내가 아직 일이 어떻게 된 것인지 몰랐기 때문이에요. 모르는 것에 대해서는 두려움을 갖는 게 당연하잖아요? 하지만 지금은 사정을 알고 있어요. 그처럼 내성적이고 얌전한 포스티나 클레일과 꼭 닮은 모습이 나타난다 해서 무서워할 까닭은 없어요. 만약 그런 것이 존재한다면, 그것은 자연의 일부예요. 왜냐하면 '초자연'이라는 것도 없지는 않으니까요. 어떤 일이 일어나든, 비록 과학이 받아들이지 않더라도 그것은 자연이에요. 앨리스 같은 독단에 가까운 회의가나 그런 상황에 충격을 받지요——믿고 있는 자와 눈앞에 나타난 모습과의 갑작스러운 분열에 의해 큰 충격을 받는 거예요. 나는 이것과 아주 비슷한 사건을 알고 있으므로 그런 충격을 받지 않았을 거예요."

"당신 자신이 그런 일을 경험했단 말이오?"

"아니오, 내가 아니라 나의 대고모님——아마리드 보아시라는 프랑스 사람이에요——이 이와 아주 비슷한 이야기를 들려주었어요. 대고모님 아버지가 러시아의 프랑스 대사관에 근무할 때 그녀는 리보니아의 보르마르 지방 어느 학교에 다녔대요."

베이질이 갑자기 얼굴을 들었다.

"노이베르크 학교 말이오?"

"어머나, 당신도 알고 계시는군요."

"에밀리 사제트와 거기서 일어난 일이라면 나도 아오. 내 전문은 정신병학이기 때문에 이상심리학에 대해서도 특별히 관심이 있지. 어째서 당신은 지금까지 에밀리 사제트에 대한 이야기를 나에게 해 주지 않았소?"

"우리가 처음 포스티나에 대해 말했을 때——클레인 클럽에서 만났던 그날 밤 일을 기억하세요?——나는 똑똑히 생각나지는 않지만 아주 비슷한 이야기를 들은 것 같은 기억이 있다고 했지요? 그게 바로 사제트 사건에 대한 것이었어요. 나는 그 이야기를 퍽 오래 전 아주 어렸을 때 들었기 때문에 좀처럼 생각해 내지 못했던 거예요. 괴테의 회상록을 보고 생각날 만도 했는데 말이에요. 아마리드 대고모님이 나에게 사제트 이야기를 들려주실 때 일찍이 시인

괴테에게도 비슷한 일이 일어났었다고 하며 괴테가 그 체험을 기록한 프랑스어 판 회상록을 나에게 주었지요. 지금 사제트 이야기를 생각해 보니 포스티나의 경우와 아주 비슷하지만 한 가지 다른 게 있어요. 에밀리 사제트는 사생아였어요."

베이질은 망설였다. 그러나 그는 기젤라를 누구보다도 믿고 있었으므로 결단을 내리고 털어놓았다.

"실은 포스티나도 그렇소. 그러나 이 일은 아무에게도 말하지 말아주오. 그녀 자신도 모르는 일이니까"

"어머나, 가엾은 포스티나······." 기젤라는 동정하는 목소리로 말했다. "그녀가 언제나 고독하고 뿌리없는 풀처럼 보인 것은 그때문이었군요."

"그녀의 어머니는 19세기 첫무렵 파리에서 아주 유명한 여자였지. 이름은 포스티나에게 준 그녀의 본명인 클레일이 아니라 예명을 쓰고 있었소."

"최근에 그런 여자의 예명을 들은 것 같아요. 바로 2, 3일 전······ 뭐였더라?······."

기젤라는 그 기억이 되살아나자 갑자기 긴장했다.

"내 앞에서 앨리스 에이티슨이 포스티나에게 대놓고 말했어요."

"그 이름이 뭐요?"

"로자 디아몬드. 그녀가 1900년 무렵 파리의 화류계 스타였었다는 말은 나도 들은 일이 있어요."

베이질이 고개를 끄덕였다. 로자 디아몬드······ 이 색다른 이름이 그의 기억의 골짜기에 메아리치며 오랫동안 잊혀졌던 생각을 불러일으키려고 애쓰는 것 같았다.

"그녀는 1912년 어떤 유명한 이혼소송에서 공동피고가 된 일이 있지 않았소?"

"그건 모르겠어요."

"그럼, 내가 내일 조사해 보지. 그 일과 남자 피고의 이름을. 만약 그녀의 어머니가 로자 디아몬드라고 한다면……."

"만약이라고요? 틀림없을 거예요. 왜냐하면 그때 앨리스가 빈정댄 말의 뜻을 이것으로 겨우 알았으니까요. 너무 잔혹한 짓이었어요!"

"앨리스가 어떤 말을 했소?"

"포스티나가 블레리튼을 떠나던 날이었어요. 우리는 셋이서 포스티나가 그린 그리스극에 나오는 인물 메디아의 의상 디자인에 대해 의논하고 있었지요. 그때 앨리스는 포스티나가 선택한 옷 빛깔이 특별히 아테네의 창부만 입는 빛깔이라고 말했어요. 포스티나가 그런 것은 몰랐었다고 말하자 앨리스는 웃으면서 당신은 창부의 습성을 잘 알 거라고 대답했어요. 그리고 로자 디아몬드라는 이름을 알고 있느냐고 포스티나에게 물었지요."

"그럼, 기젤라, 내 질문에 대답하기 전에 그때 일을 잘 생각해 내 보오. 포스티나가 로자 디아몬드라는 이름을 들었을 때 알아차린 것 같았소?"

기젤라는 손가락으로 관자놀이를 누르면서 목을 길게 하고 생각에 잠겼다. 이윽고 그녀는 손을 내리고 힘없이 눈을 들었다.

"솔직히 말해서 잘 모르겠어요. 그날 오후 앨리스가 한 말은 모두 포스티나의 마음을 상하게 만든 것 같았어요. 포스티나는 어머니의 경력을 알고 있었을까요?"

"그녀의 변호사는 아마 아무것도 모를 거라고 말했지만, 어쩌면 그가 잘못 안 것인지도 모르지. 이 문제에 대해서는 내가 그녀에게 따져물어야만 하게 될지도 모르겠소."

"그건 그렇고, 앨리스는 어떻게 포스티나의 어머니에 대해 알고 있었을까요?"

"그 점도 알아볼 필요가 있겠군. 당신 대고모님은 사제트가 사생아였던 사실을 어떻게 알았소?"

"대고모님은 그것을 알지 못했었어요. 그 이야기를 듣고 훨씬 뒤에야 그런 측면에서 문제를 분석한 프래말리온의 책이 출판되어 읽고 알았지요."

"기젤라의 대고모님은 줄리아 폰 글린슈츠베의 일도 알고 있었소?"

"아니오. 그녀가 그 학교에 들어간 것은 그 사건이 있은 지 13년이나 지난 1858년이었거든요. 사제트 선생과 함께 공부한 학생들은 모두 졸업해서 나이 많은 하녀가 두서넛 남았을 뿐이었대요. 하지만 그 무렵에도 근처에 사는 농부들은 그 이야기를 잘 알고 있었던 모양이에요. 그것은 그 학교의 전설이 되었지요. 학생들은 기숙사 침대에서 취침시간이 지난 뒤 몰래 끓인 코코아를 마시면서 그런 괴담 이야기를 소곤거렸을 거예요."

베이질은 자신도 모르게 웃었다.

"괴담으로 만들어버리면 사실의 엄밀한 과학적 규명이 불가능해지는데."

기젤라는 그가 웃는 것을 보고 못마땅한 얼굴을 지었다.

"그건 그래요. 하지만 그로부터 몇십 년이나 지난 뒤 대고모님이 나에게 그 이야기를 들려주셨을 때 아주 인상깊었던 일이 한 가지 있었어요. 노이베르크에 사제트 선생의 생령이 너무 자주 나타나 나중에는 학생들도 전혀 무서워하지 않게 되었다는 거였어요."

"내가 그런 일을 믿을 거라고 생각하오, 기젤라?"

"하지만 그리 신기한 일은 아니라고 생각해요. 내가 당신에게 말하고 싶었던 건 그거예요. 특히 아이들에게는 있음직한 일이지요. 아이들은 일어날 수 있다고 생각되는 일에 대한 지식이 빈약하기 때문에 일어날 수 없는 일을 보고 있다는 사실을 모르는 거지요. 전해들은 말에 따르면, 어떤 학생은 대담하게도 에밀리 사제트의 생령을 만져보았다더군요."

"그래서 그 학생은 뭔가를 느꼈다고 하오?"

"시폰같이 아주 얇고 보드라운 것을 만진 듯했다고도 전해지고, 아무것도 느끼지 못했다고도 전해지고 있어요. 하지만 아무리 똑똑히 보인다 해도 환상이나 영상에 손을 댈 수는 없을 거예요."

"그 학생을 만날 수 있으면 좋을 텐데⋯⋯" 하고 베이질이 말했다. "그 소녀는 과학적 정신과 참다운 용기를 가지고 있으니까."

"언제나 말없이 아주 잠깐 동안 나타나 아무에게도 해를 입히는 일 없는 존재를 무서워하는 편이 우습지요. 생령은 그림자 같은 것으로, 결코 사람에게 해를 끼치지는 않아요. 다만 그것을 본 사람들이 미신 같은 공포에 사로잡혀 자신에게 해로움을 줄 뿐이지요!" 베이질이 말했다.

"어떻게 그처럼 단언할 수 있소? 만약 그런 것이 존재한다면, 그것은 모두 미지의 세계에 속한 거요. 어떤 일이 일어날지 알 수 없지. 베스의 말에 따르면 앨리스 에이티슨이 굴러떨어진 것은 생령이 그녀에게 손을 뻗친 순간이었다고 하오. 그녀는 그때문에 죽은 거요."

기젤라는 좀 자신을 잃고 당황하며 검은 눈을 내리깔았다. 그러나 베이질은 용서없이 말을 계속했다.

"당신은 조금 전 앨리스가 포스티나 양 어머니의 이름을 들먹이며 그녀를 괴롭혔다고 말했지? 만약 포스티나 양이 그 빈정거리는 뜻을 알았다면, 틀림없이 그녀는 앨리스를 죽이고 싶을 만큼 미워했을 거요."

"설마 그런……."

"중세에 마녀들이 붙잡힌 중요한 죄가 뭐였는지 아오?"

기젤라는 힘없이 고개를 끄덕였다.

"멀리 떨어진 곳에서 눈에 보이지 않는 방법으로 사람을 죽이는 마력을 가지고 있다는 것이었지요? 하지만 나는 그런 것을 믿지 않아요!"

"어째서? 당신은 그 비슷한 기묘한 일을 믿으려 하고 있잖소! 그런 일의 재미있는 면만 믿겠다는 말이오? 당신은 옛날 세계며 그 전설을 이야기했는데, 한 가지 잊어버린 일이 있소――'그대들은 마녀를 살려둬서는 안 된다'라는 것. 신화나 괴기담은 언제나 잔혹한 폭력으로 끝나는 것 같소. 새로운 세계의 우리가 그런 비과학적 신앙의 어떤 부활에 대해서 열심히 저항하고 있는 이유 가운데 하나는 거기에 있을지도 모르오. 우리는 고문실이나 화형의 민족적인 기억을 가지고 있소. 신념에 바탕을 둔 행위, 빨간 불꽃과 아비규환으로 신성함이 더럽혀진 어둡고 조용한 밤, 빨간 불빛을 바라보는 신자의 흐리멍덩한 눈……."

"당신은 그것을 무서운 일로 만들어내려 하고 있군요."

"실제로 무서운 일이었소."

"중세는 2, 3백 명을 불태웠지만 현대과학은 로테르담이며 코번트리며 히로시마에서 몇백만 명을 불태웠어요."

"하나의 죄가 다른 죄를 용서한다고 생각하오?"

"당신은 진실이라고 믿고 있던 일이 일찍이 폭력을 만들어냈다고 하여 그것을 부정하고 싶은가요?"

"나는 과학자가 아닌 사람들이 과학을 악용했다고 해서 과학을 부정하려는 생각은 없소."

웨이터장이 그들의 테이블 쪽으로 다가와서 빙긋 웃으며 걸음을 멈추었다.

"윌링 선생님이시지요? 전화가 왔습니다만…….."

조금 뒤 베이질은 얼굴을 잔뜩 찌푸린 채 돌아왔다.

"이런 어이없는 일이 있나? 병원에서 긴급회의가 열린다는군. 재정상의 긴급한 문제이므로 가지 않을 수 없을 것 같소. 내가 아니면 계산해 낼 수 없는 숫자를 그들이 필요로 하고 있거든. 정신과에 들어올 새로운 기계의 코스트를 견적해야 하오. 오늘 밤 늦게까지 걸릴 텐데. 언제나 이렇다니까!"

"그토록 비참한 표정을 짓지 말아요. 일본에 가는 것도 아니잖아요."

"겨우 돌아왔는데 당신을 만날 기회가 닥치는 대로 짓밟히고 있잖소. 이런 상태라면 일본에 있는 것과 다를 바 없지. 그러나 기젤라, 블레리튼으로 가는 기차에 태워주는 일쯤은 하겠소."

"하지만 나는 기차로 가지 않아요. 이번에는 자동차로 왔어요, 다른 선생님한테 빌려서. 아참, 그래요, 좋은 생각이 났어요. 내가 당신을 병원까지 모셔다 드리겠어요."

병원은 열 구획쯤밖에 되지 않았다. 좀더 멀었으면 좋을 텐데, 하고 두 사람은 생각했다.

베이질은 자동차에서 내릴 때 핸들 위의 장갑을 끼지 않은 기젤라의 손에 키스했다. 안타까운 마음으로. 그리고 길 위에서 뒤돌아보고 그녀에게 손을 흔들자 돌층계를 뛰어 올라가 이중문을 밀고 들어갔다.

기젤라는 앞쪽에 이어진 사막같이 공허한 긴 밤을 생각하며 한참 동안 가만히 앉아 있었다. 이 마음의 공허함을 어떻게든 채워야 한다
…….

'몇 시라도 괜찮아요. 금요일이나 토요일이나 일요일, 언제든 당신

이 시간 있을 때 와줘요.'

기젤라는 갑자기 핸들을 돌려 옆길로 들어가 1번 거리에서 주유소를 본 생각이 나 그쪽으로 향했다.

굵은 빗방울이 앞유리창을 두들겼다. 그러나 기젤라는 망설이지 않았다. 행동이 그녀 정신에 안정을 유지해 주고 있었다. 이것은 모험이었다. 그녀는 베이질 윌링을 놀라게 해주고 싶었다. 될 수 있으면 그의 고집스러운 회의주의를 깨뜨려주고 싶었다. 두려워할 건 없다. 일어난 일은 모두 자연스러운 것이다. 그렇지 않으면 일어날 리 없다.

기름으로 더러워진 작업복차림의 졸린 듯한 사나이가 번쩍거리는 불빛 속을 지나 가솔린 펌프로 다가왔다.

"기름 좀 넣어주세요." 기젤라가 말했다. "그리고 뉴저지 주 도로지도를 갖고 계시나요?"

"물론 있지요, 어디 특수한 장소에 가십니까?"

"바닷가에 있는 작은 마을이에요, 블래이트시라는."

제13장

그대의 돌관(棺)이 먹다가 싫증난
살이며 피부를 떼어둔 것처럼
그대는 우리 앞으로 돌아왔구나
똑같은 포스틴.

앞유리 와이퍼가 4분의 2박자 스타카토 발레를 추기 시작했다. 완전히 하나가 되어 움직이는 추상적인 한 쌍의 외다리 무용수. 그들의 춤이 반달 모양으로 닦아 놓은 유리를 통해 거뭇거뭇한 도로를 씻어내는 빗발이 번쩍이는 얇은 막에 가로등 불빛이 희미하게 반사되었다. 그녀는 자동차 안에서 자신의 작고 메마른 세계에 앉아 있었다. 와이퍼의 단조로운 리듬과 끊임없는 엔진 소리가 눈과 귀에 최면작용을 일으켜 그녀를 잠으로 끌어들이려고 했다.

어둠 저쪽에서 가로등빛에 비춰진 도로표지판이 번쩍였다——'여기에서부터 블래이트시 마을로 들어갑니다'. 그 고속도로는 마을의 주요거리가 되려 하고 있었다——그러나 약국과 주유소에서 불빛이 새어나오고 있을 뿐이었다. 기젤라는 그 주유소로 자동차를 몰아넣어 세웠다.

"클레일 양의 별장 말입니까?"

자동차 정비사라기보다 농부같이 진 바지와 저지 옷을 입은 키큰 사나이가 신기한 듯이 기젤라를 바라보았다.

"마을에서 3마일쯤 떨어진 곳에 있지요. 소나무 숲과 바다 사이에 있습니다. 이 길을 1마일쯤 더 가 교차로에서 오른쪽으로 꺾어들면 됩니다. 그 도로를 따라가면 그 집 한 채밖에 없답니다."

마을의 마지막 집이 그 교차로에 서 있었다. 기젤라가 고속도로에서 옆길로 빠졌을 때 자동차 한 대가 그 길을 달려와 그녀와 엇갈려 지나갔다. 빗물을 튀기는 그 자동차의 앞유리창이 한순간 번쩍이며 '택시'라고 씌어진 글자가 언뜻 그녀의 눈에 들어왔다. 택시는 마을 쪽을 향해 달려갔고, 그 불빛도 고속도로의 불빛도 재빨리 그녀의 뒤쪽으로 멀어져갔다.

이윽고 기젤라는 자신의 자동차 전조등 말고는 그녀를 이끌어주는 불빛이 없는, 거의 짐승들이 다니는 길 같은 울퉁불퉁하고 구불구불한 오솔길을 달리고 있었다. 일본전나무 숲이 길 양옆에 벽을 만들고, 낙엽이 길에 두껍게 깔려 잡초를 덮어버렸다. 발가벗은 채 곧게 선 호리호리한 파이프오르간처럼 소리를 내며 바람이 나무 사이를 지나가자 나뭇가지가 울렸다. 기분좋게 사자가 그르렁거리는 소리처럼 바닷가를 때리는 파도 소리가 굵고 낮게 중얼거리듯 들려 왔다. 뉴욕에서 1천 마일이나 멀리 떨어진 것 같았다.

이윽고 자동차가 모퉁이를 돌자 갑자기 내리막길이 되었다. 그때 전조등이 길 왼쪽에서 장님처럼 걸어오는 여자의 모습을 잡았다. 거무스름한 모자에 밝은 빛깔의 코트를 입은 키가 크고 호리호리한 몸매의 여자——자동차가 달려감에 따라 눈이 빙빙 돌 것 같은 속도로

좁혀지는 길고 검은 그림자.

기젤라는 브레이크를 밟았다. 타이어가 점착(粘着) 마찰력을 잃고 말았다. 그녀는 터무니없는 악몽 속에서처럼 자동차가 홱 기울며 마음대로 다룰 수 없게 되었음을 알아차렸다. 그녀는 브레이크를 늦추고, 스스로 의지를 가진 듯싶은 미친 핸들과 싸웠다. 자동차는 펄쩍펄쩍 날뛰다 반원을 그리며 빙글 돌았다. 전조등이 소나무 벽을 훑으며 지나갔다. 자신을 보호하려고 저도 모르게 들어올린 한 팔이 마지막 순간에 감싸고 있던, 죽은 사람처럼 창백한 얼굴이 눈앞을 스쳤다. 그것은 사진 찍을 때 플래시를 터뜨린 순간처럼 잠깐 동안이었지만 얼룩처럼 사라지지 않는 인상을 남겼다. 외침 소리를 질렀으나 목소리가 나오지 않는 듯 벌려진 입술, 파고들 듯이 기젤라를 바라보는 겁먹은 눈. 자동차는 이윽고 심하게 몸을 떨면서 멎고 전조등은 꺼졌다.

기젤라는 얼마 동안 숨을 헐떡이면서 그대로 앉아 있었다. 이윽고 그녀는 가까스로 입을 열어 소리쳤다.

"포스티나, 다친 데 없어요?"

대답이 없었다. 기젤라는 전조등을 켜려고 했으나 스위치에 반응이 없었다. 그녀는 잡물통에 손전등이 있을지도 모른다고 생각하며 더듬어 찾았다. 이윽고 찾아냈다. 곧 불이 켜졌다. 그녀는 자동차에서 내려 지금 보려고 하는 광경의 무서움에 몸이 움츠러드는 듯한 기분을 느끼며 조그마한 손전등빛으로 길을 비추었다.

그러나 아무 모습도 없었다.

"포스티나, 어디 있어요?"

대답이 없었다. 바람의 노랫소리와 비의 속삭임과 바닷물결의 중얼거림이 들릴 뿐이었다.

그러나 기젤라는 전조등이 꺼지기 직전 그 끔찍한 한 순간에 분명 포스티나의 얼굴을 보았다. 포스티나의 파란색 코트와 갈색 펠트 모자를 보았던 것이다. 포스티나는 조금 전의 소름끼치는 충격으로 도로에서 퉁겨져나가 도랑 속으로 굴러떨어져 정신을 잃었거나, 아니면 죽어버린 것일까?

기젤라는 손전등의 둥근 불빛을 천천히 움직이면서 자동차 주위를 비추어보았다. 도로가 움푹 파인 그 부근은 진창구덩이였다. 자동차 타이어가 젖은 진흙 위에 낸 바퀴 자국은 이미 비에 깨끗이 씻겨 보이지 않았다. 다른 차바퀴 자국도, 발자국도 없었다.

기젤라는 도로의 그다지 높지 않은 곳으로 올라가 길에 쌓인 낙엽 위로 불빛을 돌렸다. 낙엽은 비에 젖어 갈색으로 반짝였다. 빈틈없이 수북이 쌓여 얼음처럼 딱딱하고 매끄러웠다. 그것들은 여러 해 동안 조금도 흐트러지는 일 없이 조용히 거기에 쌓여 있었을 것이다.

기젤라는 이제 포스티나의 이름을 부르려 하지 않았다. 길 양옆을 살피며 서쪽 방향으로 몇 피트 걸어보았으나 아무것도 눈에 띄지 않았다. 진창에는 아무 흔적도 없었다. 핏자국도, 떨어뜨린 장갑도 없었다. 벗겨진 구두도, 아무것도 없었다.

자동차로 돌아오자 흠뻑 젖어 뼛속까지 얼어붙을 것처럼 추웠다. 기젤라는 엔진을 걸고 스타터를 밟았다. 엔진은 마치 소리내기가 두려운 듯 침묵을 지키고 있었다. 전기회로가 끊어진 것이다. 그녀는 추위 때문에 마비된 머리로 생각했다. 그때문에 전조등이 꺼졌다는 것을. 캄캄한 속에서 담배를 꺼내 성냥으로 불을 붙였다. 구역질이 날 듯한 맛이었다. 이런 일은 처음 겪는 경험이었다. 이 얼어 붙을 듯한 추위는 차가운 바람이나 비 때문만이 아니라 공포 때문이란 것을 그녀는 비로소 깨달았다.

기젤라는 손전등과 핸드백을 들고 자동차에서 내렸다.

마을은 포스티나의 집보다 멀 것이다. 그러나 그녀는 전등 불빛과 사람들과 전화가 있는 마을로 돌아가고 싶었다. 다만 자동차 때문에 방향을 잃어 머리가 혼란스러웠다. 소나무 숲은 어느 쪽 방향이나 똑같아 보였다. 자동차 바퀴자국은 완전히 흙탕 속에 녹아버렸다. 그녀는 다리가 움직이는 대로 걷기 시작했다.

10분쯤 걸었을까, 물가에 철썩이는 파도 소리가 전보다 높아져 있음을 알았다. 그녀는 다시 손전등을 비추었다. 발 밑 진흙은 바닷가 모래로 바뀌고 소나무 숲이 엉성해졌다. 그 사이로 불빛이 보였다. 그녀는 그쪽으로 걸어갔다.

이윽고 숲이 끝나고 빈약한 풀이 가득 자란 두 개의 높은 모래언덕 사이를 지났다. 불빛은 거기서 조금 떨어진 또 하나의 모래언덕 위에 서 있는 집에서 새어나오고 있었다. 파도 소리가 가까이 높게 들렸으나, 그쪽에는 별 없는 하늘과 눈에 보이지 않는 바다의 시커먼 공간이 있을 뿐이었다.

기젤라는 잠시 망설였다. 그러나 이윽고 모랫길을 걸어 그 집으로 향했다.

정면 현관의 불빛이 장미꽃이며 월계수며 러시아 올리브가 있는 정원을 둘러싼 흰 울타리를 비춰주었다. 기젤라는 넓은 문을 지나 또다시 모래 오솔길을 걸어갔다. 그 집은 페인트 칠을 하지 않은 얇은 널빤지로 지붕이 이어져 있었는데, 햇빛을 쬐고 바람에 닳고 모래와 소금에 절어 납빛으로 변해 있었다. 셔터며 나무 부분에는 흰 페인트가 칠해져 있었다. 은빛 호박단 옷을 입고 흰 산양가죽장갑을 낀 세련된 중년여성이 사는 집으로서는 조촐한 편이었다.

기젤라의 걸음이 둔해졌다. 모래언덕 저쪽에서 보였던 불빛은 그 집 홀에서 새어나온 것이었다. 열려진 정면 문이 경첩을 축으로 하여 천천히 흔들리며 열쇠구멍에 꽂혀 있는 열쇠고리에 달린 몇 개의 열쇠가 희미한 쇳소리를 내고 있었다.

그녀는 문턱에서 다시 걸음을 멈추고 초조한 목소리로 불렀다.

"포스티나!"

대답이 없었다. 그녀는 홀로 한 걸음 발을 들여놓고 멈추어 섰다.

테이블 램프가 쇠로 된 다리 위에 빳빳이 씌워진 하얀 색 새틴 갓을 통해 밝게 빛나고 있었다. 그것은 나선형 층계 옆 전화 테이블 위에 놓여 있었다. 부드럽고 가정적인 그 빛은 흰 나무 부분이며 초록빛 나뭇잎 무늬가 있는 흰 벽지를 비춰주었다. 그밖의 불빛은 없었다.

똑딱거리는 소리가 정면 벽에 걸린 낡은 밴조 형 시계 쪽으로 기젤라의 눈길을 이끌었다. 바늘이 11시 20분을 가리키고 있었다. 그 옆으로 층계가 힘차게 떨어지는 폭포수같이 궤도를 그리며 아치를 만들고, 이끼빛 카펫이 하얀 커브를 한 층계씩 더듬어 올라갔다. 층계 밑에는 작고 낡은 여행가방이 두 개 놓여 있었다. 포스티나가 블레리튼을 떠날 때 가져갔던 두 개의 여행가방이었다.

기젤라는 다시 홀의 한쪽 통로를 따라 그녀의 오른쪽에 있는 아치 통로 쪽으로 천천히 걸어갔다. 그러자 프랑스식 창문 같은——가느다란 나무테두리에 유리가 끼워진——양쪽으로 여닫는 문으로 칸막이가 된 두 개의 거실이 보였다. 바로 앞쪽 방은 홀의 테이블 램프 불빛으로 간접 조명을 받고 있었다. 그 저쪽편 방은 아치 통로에서 너무 멀기 때문에 어둠에 싸여 아무것도 알아볼 수가 없었다.

기젤라는 다시 목소리를 높였다.

"포스티나, 기젤라예요. 포스티나, 어디에 있지?"

기젤라는 숨막힐 듯한 고요함을 견딜 수가 없었다.

그녀는 첫번째 거실 테이블에 일부러 소리내어 핸드백과 손전등을 놓았다. 그녀의 눈길이 전등 스위치를 찾아 방을 주욱 훑어보더니 테이블 건너편 벽에서 발견했다. 그녀는 테이블을 돌아 그 스위치 쪽으로 팔을 뻗쳤다. 그때 그녀의 발이 뭔가 부드러운 물체에 닿았다. 그녀는 내려다보았다. 순간 가쁜 숨결이 쉬어터진 소리를 내며 그녀의 목구멍을 뚫고 나왔다.

포스티나 클레일이 마치 안쪽 방으로 향해 쓰러진 듯한 자세로 바닥에 엎드려 있었다. 역시 파란색 코트를 입고 있었는데, 갈색 펠트 모자는 머리 저쪽에 나동그라져 있었다. 어깨 옆에 구부러진 그녀의 왼손은 갈색 가죽장갑을 끼고 있었다. 오른손은 마치 무언가를 막으려는 듯 머리 위로 뻗쳐 있었다. 오른손은 장갑을 끼지 않았다. 그 주위에는 쭈글쭈글해진 장갑과 입을 크게 벌린 핸드백과 분과 입술연지와 잔돈지갑과 그밖의 자질구레한 것들이 마룻바닥 위에 흩어져 있었다. 그녀의 옷이나 몸에는 아무데도 흙탕이 튄 흔적이 없었으며, 비에 젖은 얼룩도 없었다. 양말도 구두바닥도 깨끗했다.

포스티나의 얼굴은 그 위에 어지러이 흩어진 연한 금발의 베일로 가려져 있었다. 기젤라는 그 옆에 무릎을 꿇고 앉았다.

"포스티나, 다쳤어요? 자동차가 당신을 치었나요?"

기젤라의 손가락은 차디찬 살 속의 맥박을 찾아낼 수가 없었다. 그 것은 아무 의미도 없는 일이었다. 전쟁 중 응급치료실습을 할 때, 그 녀는 언제나 자신의 맥박조차 좀처럼 찾지 못했던 것이다.

기젤라는 포스티나의 얼굴에서 가만히 머리카락을 쓸어 내렸다. 그 얼굴은 언제나처럼 창백했고, 입술도 지금처럼 힘없이 벌려져 있는 일이 많았다. 기젤라를 깜짝 놀라게 한 것은 눈이었다. 눈까풀이 열리고 눈동자가 넓어진 그 눈은 너무나도 생기가 없었다. 기젤라는 그 녀의 얼굴을 불빛 쪽으로 돌려보았으나 눈까풀은 깜박거리지도 않았고 동공은 수축되지 않았다.

그때 비로소 기젤라는 포스티나가 죽었음을 알았다. 그러나 그녀의 몸 어디에도 상처나 멍든 곳이 없었다. 옷에는 총알구멍도 없었고 나이프로 찔린 자국도 없었다. 한 방울의 핏자국도 없었다.

기젤라는 후닥닥 일어나 전등 스위치를 켰다. 그러나 불빛은 아무데서도 비쳐오지 않았다. 그녀는 천장의 흐린 유리에 덮인 전구를 올려다본 뒤 스위치를 내려다보았다. 그것은 아래위로 움직여 껐다켰다 하는 스위치로, 지금 그것은 아래로 내려져 'ON'이라는 글자가 나와 있었다.

기젤라는 마치 바로 조금 전에 일어난 일을 틀림없이 보았을 사방 벽에 대고 묻기라도 하려는 듯 천천히 방을 둘러 보았다.

홀의 테이블 램프에 켜진 전등빛이 착실하게 아치 형 통로를 뚫고 와 역시 그곳에서도 초록색이 섞인 흰색의 벽지와 장미꽃 무늬의 사라사를 그녀에게 보여주었다. 바닷물이 밀려와 기슭에서 부서지며 쏴아 밀려가는 리드미컬한 소리가 들렸다. 그밖에는 아무 소리도 들리지 않았다. 터질 듯 크게 울리고 있을 그녀의 심장 고동소리조차 들리지 않았다. 그녀는 이 집에 자기 혼자뿐 아무도 없다고 여겨졌으나 확신을 가질 수가 없었다.

그녀는 홀의 전화를 향해 달려갔다.

제14장

소리를 내며 던져진 악마의 주사위는
포스틴을 이겨냈다.

베이질의 머리맡 전화 벨이 요란하게 울렸을 때 옷장 위에 놓인 라듐을 칠한 시계바늘이 2시 57분을 가리키고 있었다. 창문 밖은 아직 어두웠지만 방 안 공기는 새벽녘의 신선함을 띠고 있었다. 그는 졸린 눈을 껌벅이면서 수화기를 더듬어 들고 반사적으로 대답했다.

"여보세요."

"베이질?"

그 낮고 떨리는 목소리가 마치 찬물을 뒤집어쓴 것처럼 그를 대변에 잠에서 깨어나게 했다.

"기젤라, 어디 있소?"

"뉴저지에요. 블래이트시에 있어요. 무서운 일이 일어났어요."

"무슨 일이?"

물을 필요도 없었다. 순간적으로 알 수 있었던 것이다. 이런 시간에 전화를 걸었을 때는 이유가 하나밖에 없을 것이다. 그러나 그녀가 그것을 말로 표현했을 때 어쩐지 현실이 아닌 듯한 느낌이 들었다. 기젤라가 조용히 말했다.

"포스티나 클레일이 죽었어요."

"그래서 당신이 그곳에 간 거요?"

"아니에요. 당신과 헤어진 뒤, 시간이 너무 많이 남아 어떻게 할까 생각하다가 포스티나가 내 형편 좋을 때 언제든 놀러와 달라고 한 말이 떠올라서 온 거예요. 그런데 와 보니 그녀가 죽어 있더군요. 심장마비인지도 모르겠어요. 아무튼 곧 경찰에 알렸는데, 그들은 내 말을 믿지 않는 모양이에요. 그다지 기분이 좋지 않은 것 같아요. 하지만 내가 당신에게 전화하는 것만은 허락했어요."

"누가 담당하고 있지? 주경찰이오?"

"네, 시어즈 부서장이에요."

"알았소. 그럼, 그와 말하도록 해주오. 그리고 되도록 빨리 그곳으로 가겠소. 기운을 내구려, 기젤라. 내가 갈 때까지 어떤 질문에든 대답하면 안 되오. 당신은 지금 어디 있지?"

"포스티나의 별장이에요. 저어, 베이질…… 어머나, 시어즈 부서장님이 오셨어요."

이어서 전선에 실려온 목소리는 매우 위압적이었다.

"이 사건은 뉴저지에서 일어난 것이지 뉴욕에서 일어난 일이 아닙니다. 아셨습니까? 저 젊은 부인이 당신 친구이고, 그녀를 위해 변호사를 부탁해 줄 거라고 하기에 당신에게 전화하도록 승낙한 것입니다. 그러나 이것은 뉴욕 지방검사와는 아무 관계 없는 일입니다. 아셨지요?"

베이질도 물론 알고 있었다. 그는 온갖 지혜를 다 짜냈다. 그러나 수화기를 놓았을 때 자신의 지혜만으로는 충분하지 못하다는 것을 깨달았다. 그는 침대 곁의 전등을 켜고 플래트부슈의 옛친구 집으로 전화를 걸었다. 상대는 뉴욕 경찰국 포일 경감이었다.

경감은 잠이 덜 깬 원망스러운 목소리로 대답했다.

"당신들은 나를 단 10분도 자게 내버려두지 않는군! 대체 이런 시각에 무슨 볼일이오?"

베이질의 목소리와 기젤라라는 이름이 그의 태도를 바꾸어놓았다. 1940년에 처음 만난 뒤 그는 두 사람을 잘 알고 있었던 것이다.

"이거 실례했군, 베이질. 나는 또 센터 거리의 녀석들 가운데 하나인 줄만 알았지, 그들은 무슨 일이 생기기만 하면 지금도 이 늙은이에게 전화하는 버릇이 있어서 말일세……. 그 뉴저지 사건은 좀 귀찮게 될지도 모르겠군. 그곳 주경찰 사람들은 관할권에 대해 아주 까다롭거든. 내 친구가 그곳 주경찰서장으로 있는데 그에게 전화하여 시어즈에게 잘 말하라고 이르지. 그밖에 여기서 할 수 있는 일은 없나?"

"뉴욕에 셉티머스 워트킨즈라는 변호사가 있는데……."

"물론 있지. 자유의 여신상도 있고, 나는 그 두 가지 다 옛날부터 잘 알고 있네."

"포스티나 클레일이 30살이 되기 전에 죽었으므로 그녀 어머니의 유산인 보석을 물려받게 될 사람들의 이름을 되도록 곧 알아내주었으면 하네. 법률적으로는 워트킨즈 변호사가 상속인이지만, 그는 그것을 겉으로 드러내지 않고 특정인들에게 전해달라는 은밀한 부탁을 받았다네."

"그 어머니의 이름이 뭔가? 클레일인가?"

"그렇네. 하지만 그녀는 로자 디아몬드라는 예명으로 알려져 있었던 모양일세."

포일은 가볍게 휘파람을 불었다.

"흐음, 코라 팔과 같은 세계의 여자로군. 그건 몇 해 전 일인가?"

"1912년 어느 유명한 이혼소송사건에서 로자 디아몽드가 공동피고인이 되었던 일이 있잖나?"

"글쎄, 얼른 생각나지 않는구면."

"그건 확실하네. 나는 그 소송의 또 한 사람인 공동피고인의 이름을 알고 싶네."

베이질의 자동차가 호보큰을 지날 무렵에는 이미 비가 멎어 있었다. 그리고 블래이트시 마을에 들어갔을 때는 해가 떠오르기 시작했다. 상쾌한 햇살 속에서 블래이트시는 여느 어촌과 마찬가지로 눈부실 만큼 청결한 경치를 보여주었다. 풀 없는 모래가 농촌의 기름진 땅보다 깨끗하기 때문이리라. 주유소 앞을 지나치다가 낯익은 여자의 모습을 보고 길 옆에 자동차를 세웠다.

"라이트훗 교장선생님 아니십니까?"

자동차 정비사와 이야기하고 있던 라이트훗 교장이 놀라서 뒤돌아보았다.

"어머나, 윌링 씨!"

이런 시각에도 그녀는 단정히 머리빗고 정성들여 옷을 갖춰입어 빈틈없는 위엄을 지니고 있었다. 그러나 뭔가가 빠져 있었다. 지금까지 그녀를 떠받쳐 주던 내면적인 힘 같은 것이……. 마치 저녁놀빛이며, 빛나는 광채며, 정교한 소용돌이무늬를 지닌 아름다운 조개껍질을 발견하여 그 속을 들여다보고 일찍이 그 조개를 자신의 거처로 삼았던 생물이, 이제는 바싹 마른 콩처럼 검고 힘없는 덩어리가 되어 호화스러운 빈집에서 이리저리 뒹굴어다니고 있음을 본 듯한 기분이었다.

"어젯밤 뉴저지 주경찰에서 전화가 왔답니다. 서둘러 기차를 타고 왔는데, 클레일 선생의 별장까지 태워다줄 자동차를 얻을 수 없어

애먹고 있는 중이에요."

자동차 정비사는 한 마디도 놓치지 않고 듣고 있었다.

"부인, 아까부터 말했잖습니까? 여기에는 운전기사가 하나밖에 없는데, 그는 어젯밤 기차로 온 클레일 양을 태워다 주어 지금 별장에서 취조받고 있다고 말입니다. 지금 여기에는 나밖에 없는데, 나는 주유소를 비울 수 없습니다."

"그렇다면 내가 모셔다드리지요" 하고 베이질이 라이트훗 교장에게 말했다.

"친절하시게도! 정말 고맙습니다. 나는 무슨 일이 있어도 가야 한답니다. 가엾은 클레일 선생에 대해서 나는 책임을 느끼고 있습니다. 윌링 씨, 자살이겠지요? 만약 내가 그녀를 그만두게 하지 않았더라면……."

자동차 정비사는 그 말도 놓치지 않고 들었다.

"경찰은 심장마비라고 말하더군요. 클레일 양이 심장이 약하다는 건 이 부근 사람이면 누구나 다 알고 있지요."

"별장으로 어떻게 가야 하오?"

베이질이 물었다.

"이 길을 똑바로 가다가 교차로에서 오른쪽으로 꺾어들면 바닷가까지 외길입니다."

두 사람은 자동차를 몰았다. 어젯밤 내린 비로 씻겨진 마을은 이른 아침 햇빛을 받아 맑고 깨끗이 빛났다. 자동차는 고속도로에서 오른쪽으로 빠져 일본전나무 숲 속으로 들어가 아직도 진창이 된 움푹 파인 곳으로 내려갔다가 다시 호리호리한 나무들이 듬성듬성해진 모랫길로 올라갔다.

근처 나무들이 만드는 선은 푸른 하늘과 그보다 더 파란 바다가 맞닿은 곳에 칼날처럼 정확하게 그어져서 한 줄기 낮고 끝없는 수평선에 의해 옆으로 잘려져 있었다.

자동차는 모래언덕 사이를 뚫고 달려서 넓은 바닷가로 나왔다. 베이질은 가장 높은 모래언덕을 뒤로 하고 서 있는 회색 별장을 바라보면서 로자 디아몽드를 이 황량하고 인적없는 땅에 감추어둔 에드워드 7세 시대의 부호(富豪)를 떠올렸다. 화려한 파리와는 너무도 다른 환경이다. 그러나 만약 로자 디아몽드가 타고난 시재(詩才)를 지니고 있었다면 틀림없이 바다와 바람을 사랑하고, 고요와 고독을 사랑했을 것이다. 조금도 쓸쓸하지 않았을 것이다. 혼자, 또는 자신이 택한 한 애인과 사는 것이 그녀들의 사치스러운 이상이었을 테니까.

하얀 나무울타리 부근에 자동차가 몇 대 세워져 있었다. 베이질은 빈자리를 찾아 엔진을 껐다. 화려한 제복의 솔기가 터질 듯이 뚱뚱한 한 사나이가 느릿느릿 다가왔다.

그는 무지해서, 민주주의와 무례를 혼동하는 버릇없는 태도로 물었다.

"무슨 일이오?"

"시어즈 부서장님에게 볼일이 있어서 왔소. 나는 윌링이라는 사람이오."

"당신의 여자친구는?"

"라이트홋 교장선생님이오. 폰 호헤넴즈 선생이 근무하는 학교를 경영하시는 분이지요."

"부서장님은 지금 바쁘오. 대체 무슨 볼일이오?"

"그에게 묻는 편이 빠르겠지. 그쪽에서 나를 만나고 싶어하니까."

베이질의 말은 그 주경찰관의 얼굴을 곧 검붉게 만들었다.

"뭐라고?……."

그때 정면 현관문이 열리고 부르는 소리가 들렸다.

"돕슨!"

"네!"

"윌링 씨라면 안으로 안내해 드리게."

"네."

돕슨은 라이트홋 교장과 베이질을 돌아보았다.

"부서장님의 말씀을 들으셨지요? 자, 이리 오시오."

라이트홋 교장이 정원을 걸어가며 겁먹은 목소리로 베이질에게 물었다.

"이번에도 앨리스 에이티슨 양과 같은 일이 일어난 것일까요? 어째서 저런 바보 같은 종복이 여기 오는 모든 사람에게 모욕을 주는 걸까요?"

베이질은 어깨 너머로 뒤돌아보았다. 돕슨이 두 다리를 버티고 서서 손을 허리에 댄 채 두 사람을 노려보고 있었다. 그의 눈은 당황한 빛을 띠었으며, 입술의 움직임이 남몰래 이렇게 중얼거리는 것 같았다.

'바보 같은 종복이라고? 종복이라니, 무슨 말이야?'

열려진 정면 입구에 경찰관으로서는 기준체격보다 좀 작은 몸집에 부서장 제복을 입은 거무튀튀한 사나이가 서 있었다.

그는 진지한 태도로 인사했다.

"돕슨이 영리하지 못해 실례했습니다. 그의 목에서 위쪽으로는 뼈만 있고, 발에는 맞는 구두가 없을 만큼 덩치가 크지요. 나는 지금 신문기자들과 이야기하는 중이니 잠시 이 홀에서 기다려주십시오."

"폰 호헤넴즈 양은?" 하고 베이질이 물었다.

"그녀는 이제 자유입니다. 곧 당신에게 데려다드리겠습니다."

시어즈는 아치형 통로를 지나 거실로 달려갔다. 그의 목소리가 중얼거리듯 낮게 들렸다.

"자아, 여러분, 이리 와서 이야기를 빨리 끝내주시오."

라이트훗 교장은 찬탄의 눈길로 초록과 하얀빛 홀을 둘러보았다.

"마치 보석상자나 인형의 집 같군요. 기막히게 훌륭한 축도예요."

베이질이 물었다.

"클레일 선생 이전에 여기서 누가 살았는지 아십니까?"

"아니, 모릅니다. 당신은 아시나요?"

"로자 디아몽드라는 여자가 살았지요."

"뭐라고요!"

라이트훗 교장은 놀라움에 찬 눈길을 돌렸다.

"윌링 씨, 나는 마치 1천 년 전 옛날로 되돌아간 기분이에요. 당신 세대 사람들은 아무도 로자 디아몽드라는 이름을 들은 일이 없으리라고 생각했는데. 나도 소녀시절에 그 이름을 들었을 뿐이니까요."

"그녀를 파리에서 뉴욕으로 데려온 남자의 이름을 들은 적이 있습니까?"

라이트훗 교장은 한층 더 흥미를 느낀 듯 다시 홀을 둘러보았다.

"아니, 없어요. 그런 사람이 있었다는 말은 들었습니다만, 이름은 몰라요. 그녀는 파리를 떠난 뒤 사람들 눈에 띄지 않았지요."

베이질이 덧붙였다.

"그는 뉴욕 사람이었다고 합니다. 그의 아내는 이혼소송을 제기하여, 로자 디아몽드를 공동피고인으로 지명했지요. 이 말에서 뭔가 생각나는 일이 없습니까?"

라이트훗 교장은 고개를 가로저었다.

"유감스럽지만 나는 그 무렵 아주 어린 소녀여서 그런 여자들이 있다는 것을 알지 못했답니다."

시어즈가 조금 초라한 옷차림의 두 젊은이와 함께 아치형 통로에 나타났다.

"그럼, 여러분, 이만 실례하겠소."

"고맙습니다, 부서장님."

두 젊은이는 라이트홋 교장과 베이질을 수상한 듯이 보더니 정면문으로 나갔다.

"이리 들어오십시오."

시어즈는 아치형 통로 쪽으로 베이질과 라이트홋 교장을 손짓하여 불렀다.

거실을 칸막이한 유리문이 활짝 열려 있어 두 개의 방은 아침 햇살로 밝게 빛났다. 양쪽 방에 달아낸 창문이 서로 마주보고 있었다.

베이질은 그 햇살 속에서 헬쑥해진 기젤라의 얼굴을 보자 시어즈와 라이트홋 교장의 존재를 까맣게 잊어버린 듯 성큼성큼 방을 가로질러 가서 그녀의 손을 꼭 잡았다. 그 손은 싸늘했다. 그리고 그녀의 얼굴에는 피로한 웃음이 떠올라 있었다. 베이질은 그녀의 손을 힘주어 잡고 시어즈를 돌아보았다.

"당신은 어째서 이 사람을 구류한 거요?"

베이질이 경찰관이고 시어즈가 범죄자인 듯했다.

포일 경감이 최선을 다해 손을 쓴 것 같았다. 시어즈가 차분히 대답했다.

"아닙니다, 구류한 것이 아닙니다. 그때는 어디든 자유로이 갈 수 있습니다. 다만……"

"다만, 뭐요?"

"만약 그녀가 이치에 맞는 이야기를 해주었다면 전혀 문제가 없었을 텐데…… 그녀와 저 남자가 하는 말이 도무지……"

베이질은 그때까지 그 사나이를 알아차리지 못했다. 더부룩한 머리의 몸집작은 사나이가 바지 위에 기장(記章)이 없는 낡은 육군 외투를 걸치고 소파 구석에 웅크리고 앉아 있었다. 그의 눈에는 곤혹스러움이 담겨 있었다.

"하지만 나는 세 번이나 이야기했습니다" 하고 사나이는 한탄하듯 말했다. "어젯밤 일은 내가 말한 그대로입니다. 절대로 틀림없습니다!"

"당신에게 네 번째로 그 이야기를 해달라고 부탁해야겠소. 이분은 뉴욕에서 오신 월링 박사요. 그곳 지방검사의 의학보좌로 계시는 분이오. 실은 나의 상관인 레덜러 서장께서 전화를 걸어 모든 정보를 이분에게 제공해 드리라고 말씀하셨소, 모든 정보를! 그런데 아무것도 없는 형편이오. 자, 당신이 직접 월링 박사에게 이야기해 주시오."

라이트훗 교장은 기젤라의 옆 의자에 가만히 앉아 격려하듯 기젤라에게 웃음을 지어보였다.

그때의 움직임이 시어즈의 눈길을 끌었다.

"당신은 클레일 양이 근무한 학교의 라이트훗 교장이시지요?"

"클레일 양은 바로 얼마 전까지 우리 학교에 근무했었습니다."

"그녀는 어째서 학기 도중에 학교를 그만두었습니까? 폰 호혜넴즈 선생이 그 점에 대해서 아무 말도 하지 않았기 때문에……."

라이트훗 교장이 신중하게 대답했다.

"클레일 선생은 담당한 학과──미술과 제도(製圖)──에 대해서는 유능한 교사였습니다만, 학생들로부터는 그에 어울리는 존경을 받지 못했습니다."

"어째서지요?"

"성격에 결함이 있었기 때문이지요, 시어즈 씨. 당신이 일하는 분야에서도 그것은 중대한 일이겠지요?"

"때로는 그렇지요." 의심스러워하는 말투였다. "좋소, 자, 론슨 씨, 이야기해 주시오."

기젤라와 라이트훗 교장의 중간에 서 있던 베이질은 교장이 내쉰 거의 알아들을 수 없을 만큼 희미한 안도의 한숨을 들을 수 있었다. 그녀는 몹시 지친 듯 의자등받이에 머리를 기대고 눈을 살짝 감았다. 또다시 그녀는 블레리튼 학교가 신문에서 떠들썩해지는 일을 막아낸 것이다.

그들은 칸막이문을 활짝 열면 두 개의 거실이 하나의 길다란 방이 되는 그 바로 앞쪽 방에 앉아 있었다. 두 번째 거실 끄트머리의 달아낸 창문이 갑자기 경사를 이룬 물가의 풍경을 밝은 파란색과 흰색 델라로비아 장식접시처럼 가장자리를 두르고 있었다. 두 개의 거실에는 거의 똑같은 가구가 마련되어 있고 똑같은 장식이 되어 있었다. 술장식이 달린 흰 커튼, 흰 갓을 씌운 테이블 램프, 옛스러운 마호가니 책장, 소파와 팔걸이의자에 씌운 사라사 천에 장미꽃 수를 놓은 덮개, 그리고 빛바랜 장미꽃 카펫. 이런 가구며 실내장식은 이 방이 처음 로자 디아몬드를 위해 꾸며진 뒤 지금까지 달라지지 않았을까? 아마 그럴 것이다. 소시지같이 얼룩진 핑크 빛 대리석을 위쪽에 끼워 넣은 장식조각을 붙인 한 쌍의 작은 티크 테이블은 그녀 시대의 물건이었다. 꽃무늬 자수가 든 사라사는 영국에서 갓 옮겨온 그 무렵 최신 유행이었다.

두 개의 방을 같은 색으로 장식하여 칸막이문을 열면 한 개의 길다란 방처럼 보이도록 꾸민 것도 틀림없이 그녀였을 것이다. 가을이 되면 그녀는 칸막이문은 닫고 작은 난로가 한쪽 방을 따뜻하게 덥히도록 한 것이다. 라디에이터는 없었다. 물론 옛날 여름별장에 그런 것이 있었을 리 없었다.

칸막이문에 프랑스식 창문처럼 유리를 끼워 그것을 닫아도 안쪽 방 끝의 달아낸 창문이 보였으며, 그 창문을 통해 바다 경치를 즐길 수 있도록 고안한 것도 그녀였을까? 그런 생각이 문득 베이질의 마음속에서 로자 디아몽드를 잠깐 되살아나게 했다. 머리를 깨끗이 빗어올려 그 무렵 유행하는 모양으로 꾸민 숱많은 붉은 머리, 몇 년 전 종(鐘)모양의 스커트 대신 막 등장한 길고 폭이 좁은 슬릿 스커트, 여름에는 얇은 천으로 만들어 입었다. 색깔은 회색이나 흰빛, 또는 초록이나 물빛. 1912년에 머리카락이 붉은 여성은 그밖의 색깔을 입으려고 하지 않았다.

그리고 포스티나가 이야기한 것은 무엇이었을까? 그렇다. 수놓은 흰 아마포로 만들어진 자루가 긴 양산. 겨울이면 그녀는 틀림없이 바다표범 털가죽옷을 입었을 것이다. 그 무렵 밍크는 검은 담비의 모조품으로 보여 경멸받았던 것이다. 그리고 컬하지 않은 타조 깃털을 꽂은 검은 모자를 쓰고 있었을 것이다. 그 모자는 일찍이 그것을 쓰고 포장 없는 마차를 타고 경마에서 돌아오다 귀부인들이 여름의 소나기를 만났던 데서 '루토르 도토이유'라고 불렸다.

한순간 로자 디아몽드의 모습이 마치 살아 있는 사람처럼 뚜렷하게 떠올랐다. 저 달아낸 창문 옆에 서서 후텁지근한 여름의 바닷바람에 붉은 머리카락을 나부끼고 있는 늘씬한 모습. 또는 가을 해질녘에 장작이 발갛게 타는 저 난로 앞에서 차를 따르고 있는 모습. 그 곁에 몸을 굽히고 그녀의 머리내음을 맡으며 머리칼에 입맞추고 있는 사나이——그 모습은 떠오르지 않는다.

죽은 사람의 혼령을 불러일으키려는 시도는 거기서 실패로 끝났다. 로자 디아몽드의 마지막 애인이며 포스티나의 아버지였던 이름모를 사나이는 공허한 그림자일 뿐이었다. 그녀는 후회했을까? 아니, 베이질의 마음의 눈에 뚜렷이 보이는 그 여자는 후회하고 있지 않았다. 그녀는 잔잔히 웃으며 마벨의 시를 중얼거렸을 것이다.

무덤은 사람 눈에 띄지 않는 아름다운 곳.

그러나 거기서 포옹하는 자 없으리라 나는 생각하노라.

이런 생각이 소리며 불빛의 속도보다 빠르게 시간 그 자체의 속도로 베이질의 마음을 스쳐지나갔다. 육군 외투를 입은 사나이가 막 이야기를 시작했다.

"……클레일 양은 어젯밤 10시 50분에 도착한 기차에서 내려 내 택시를 탔습니다. 비가 억수같이 쏟아졌지요. 요즈음 계절에는 흔치 않은 비였지만, 어쩌면 손님을 태울 수 있을지도 모른다고 생각하고 나는 역으로 갔던 겁니다. 나는 이 집 앞 돌층계 있는 곳에 자동차를 몰아넣고 그녀를 내려주었습니다. 그리고 그녀의 여행가방을 현관까지 들어다 주었습니다. 그녀는 팁을 겨우 10센트밖에 주지 않았지만요.

내가 자동차로 돌아왔을 때 그녀는 현관열쇠를 구멍에 넣고 있더군요. 나는 엔진을 걸고 장미꽃을 심어놓은 곳에 차바퀴가 처박히지 않고 돌릴 수 있을 만한 빈터가 없을까, 하고 어깨 너머로 뒤돌아보았습니다. 그때 그녀의 모습이 보였지요.

그녀는 정면 문을 활짝 열어놓은 채 안으로 들어가서 홀의 테이블 램프를 막 켠 참이었습니다. 홀에 여행가방을 놓는 것도, 정면 문에 열쇠뭉치가 매달려 있는 것도 나는 똑똑히 보았습니다. 그리고 마지막으로 그녀를 보았을 때 그녀는 불켜진 테이블 램프 곁에 서 있었고, 그녀 머리 위의 벽시계가 내 계기판의 시계와 똑같이 11시 5분을 가리키고 있었습니다.

그리고 나는 좁아서 몹시 힘들었지만 겨우 자동차를 돌려 젖은 모랫길을 빠져나와 도로로 나왔지요. 교차로까지 왔을 때 자동차 한 대가 내 차와 엇갈려 클레일 양의 별장을 향해 가더군요. 내가 차고로 돌아온 것은 11시 25분이었습니다. 내가 알고 있는 사실은 그뿐입니다."

베이질이 시어즈를 보았다.

"지금 한 이야기의 어디가 이상합니까?"

"그의 택시와 엇갈린 차는 폰 호헤넴즈 양의 자동차였습니다. 그녀도 교차로에서 택시와 엇갈렸던 일을 기억하고 있습니다. 그런데그녀가 이 집에 도착했을 때 정면 문은 아직도 열쇠구멍에 열쇠가꽂힌 채 열려 있었습니다. 홀의 테이블 램프도 켜져 있었고, 시계는 11시 20분을 가리키고 있었다고 합니다. 여행가방은 저 아치형 통로 곁에 있었고요. 클레일 양은 이 방에서 전등 스위치 바로옆 마루 위에 쓰러져 죽어 있었습니다.

경찰의사는 그녀의 몸에 폭력을 당한 흔적이 전혀 없으므로 론슨과 헤어진 뒤 1분도 안 되어 이 방에 와서 스위치를 켜려고 손을뻗친 순간 본디부터 약했던 심장이 발작을 일으켜 고동이 멎어버렸을 거라고 합니다."

베이질이 말했다.

"그래도 뭐가 이상한지 도무지 모르겠군요. 두 사람——폰 호헤넴즈 양과 이 사람——의 증언은 아주 자세한 점까지 모두 딱 들어맞지 않습니까? 남은 부분을 채워넣는 것은 어렵지 않지요. 요컨대 클레일 양은 대부분의 여자가 밤중에 아무도 없는 어두운 집으로 돌아왔을 경우 누구나 하는 일을 한 겁니다. 다시 말해서 그녀는 모든 것을 다 제쳐두고——열쇠는 열쇠구멍에 꽂은 채, 여행가방은 홀에 내팽개쳐 놓은 채——여기저기 전등을 켜려고 했던 겁니다. 그런데 불행하게도 그녀는 홀에 있는 것 말고는 어느 전등도켜지 못하고 어둠 속에서 혼자 죽었습니다."

"그럼, 좀더 차근차근 이야기를 진행시키도록 하겠습니다. 그녀는홀에서 곧장 이 방으로 들어왔습니다. 도중에 다른 일로 시간을 보내지 않았습니다. 한쪽 장갑 말고는 모자도 코트도 벗지 않았습니다. 정면 문에 꽂은 열쇠를 뽑지도 않았고, 문을 닫지도 않았습니다. 그렇다면 홀의 저 테이블에서부터 이 방의 스위치가 있는 곳까지 걸어오는 데 시간이 얼마나 걸렸겠습니까?"

"1분도 안 걸렸겠지요."

"그렇습니다. 그렇다면 그녀는 론슨이 소나무 숲까지 가기도 전에, 다시 말해서 아직 이 집이 보이는 곳에 있을 때 죽었다는 결론이 나옵니다. 그의 이야기에 따르면 차고까지 20분, 안으로 들어갔으니까 그가 폰 호헤넴즈 양과 엇갈린 교차로까지는 8분쯤 걸렸을 겁니다. 따라서 폰 호헤넴즈 양은 11시 13분에 교차로에서 그와 엇갈렸을 겁니다. 그 11시 13분에 클레일 양은 이미 죽어 있었겠지요, 그렇지 않습니까?"

시어즈가 다짐하듯 베이질을 보았다. 베이질이 동의했다.

"죽었거나 죽어가고 있었겠지요. 그녀는 스위치를 켜지 못했으니까, 론슨이 11시 5분에 그녀와 헤어진 뒤 곧 쓰러졌음에 틀림없습니다."

"아닙니다. 그녀는 스위치를 켤 시간이 있었습니다" 하고 시어즈가 바로잡았다. "스위치는 켰지만, 천장의 저 조명기구 가운데 두 개의 전구가 모두 끊어져 전기가 들어오지 않았던 것입니다. 그녀가 저 스위치를 내리는 데 시간이 얼마나 걸렸겠습니까? 겨우 몇 초였을 겁니다."

"그렇지요. 그런데 그게 어떻게 되었다는 말씀입니까?"

시어즈는 화가 치미는 듯 눈을 번뜩이며 몸을 앞으로 내밀었다.

"폰 호헤넴즈 양의 말에 따르면 11시 13분 소나무 숲 사이를 지날 때 혼자 빗속을 걸어오던 여자를 하마터면 치일 뻔했다고 합니다. 게다가 그 여자는 폰 호헤넴즈 양의 친구인 클레일 양이었다는 것입니다. 적어도 그보다 몇 분 전 이 집에 죽어 있었거나 쓰러져 죽어가고 있었을 그 사람이 말입니다. 클레일 양이 어떻게 그런 시각에 집을 나와 반 마일이나 걸어갈 수 있었겠습니까? 그렇다면 두 사람의 증인 가운데 한쪽이 거짓말하고 있는 게 아니겠습니까? 그것은 어느 쪽이겠습니까? 론슨? 아니면 폰 호헤넴즈 양?"

그때 깜짝 놀라 숨을 삼키는 소리와 함께 딱딱한 마룻바닥에 유리 떨어지는 소리가 들렸다. 라이트홋 교장이 불쾌한 얼굴로 장갑낀 손을 내려다보고 있었다. 그녀는 느린 목소리로 말했다.

"코안경을 손에 들고 있었는데, 멍청하게도 렌즈를 눌러서 깨뜨린 모양이에요."

제15장

실(糸)은 포도주에 젖었고,
모든 섬유는 언제든 실이 될 수 있었다.

베이질의 자동차는 쏜살같이 언덕을 올라가 옛날이야기가 나올 듯
한 소나무 숲을 뚫고 달렸다. 발삼 향기가 따뜻한 아침 햇살에 자극
되어 주위에 떠돌았다. 움푹 파인 땅을 올라가자 그는 갑자기 속력을
늦추고 차를 세웠다.
"그 일이 일어난 게 이 부근이었소?"
"네."
그 옆에 앉아 있던 기젤라가 젖은 진흙이 쏟아진 비에 씻겨내려가
움푹 파인 땅을 내려다보았다. 진흙이 마르기 시작하여 반들반들하게
굳어진 표면에 금이 가 있었다. 도로는 저쪽에서 왼쪽으로 구부러져
정렬한 병사들처럼 길 양 옆에 질서정연하게 늘어선 소나무벽이 길을
반달 모양으로 잘라냈다. 갈매기 한 마리가 햇살 속에서 환성을 지르
며 숲 위로 날아올랐다. 파도가 쉴새없이 바닷가를 때리는 함성과 같

은 소리가 귀에 울려왔다. 이제 사자는 장난치기를 그만두고 기분나쁘게 목구멍 깊은 곳에서 으르렁거리고 있었다.

베이질이 말했다.

"아무리 형편없는 변호사라도 자동차 전조등으로 잠깐 보고 알아보았다는 그런 증언은 곧 공격할 수 있을 거요. 시어즈도 그것을 알고 있소."

"하지만 그건 틀림없이 포스티나였어요."

기젤라는 파란 혈관이 대리석에 무늬를 새긴 듯한 흰 관자놀이에 덮인 검은 머리카락을 뒤로 젖히며 아직도 두통이 나는지 손가락으로 눌렀다.

"지금 당신을 보고 있는 것만큼 똑똑히 그녀의 얼굴이며 눈을 보았어요."

"하지만 아주 잠깐 동안이었겠지" 하고 베이질이 타이르듯 말했다.

"자동차가 그녀를 친 것 같은 충격을 느꼈어요. 그리고 난 뒤 차에서 내려 보았지만 아무도 없었어요."

기젤라의 손이 무릎 위로 떨어졌다. 그녀는 눈을 감고 머리를 좌석 등받이에 기댔다. 바람이 그녀의 머리를 다정하게 쓰다듬었다. 그녀는 말을 계속했다.

"포스티나가 죽은 원인은 심장마비래요. 당신이 오시기 전에 시어즈 부서장이 말했어요. 아무도 도와줄 사람이 없을 때 발작을 일으킨 것이 아주 운이 나빴다고요. 만약 누군가 곁에 있어 곧 의사라도 불렀다면 살아났을지도 모른다는 거예요. 하지만…… 그처럼 특별한 시각에 그녀가 죽었다는 데에는 무언가 다른 원인이 있지 않을까요? 전부터 심장이 약했다 하더라도 아무 까닭 없이 쓰러져 죽는 일은 없으리라 생각해요. 지나치게 긴장했다든가, 충격을 받앉다든가, 아무튼 그때 심장이 무리한 부담을 주는 일이 없었다면 이렇게 되지 않았을 거예요."

"그녀는 홀까지 여행가방을 들고 갔다고 했지?"

"하지만 그건 그다지 무겁지 않았어요."

"여행이나 요 며칠 동안의 걱정거리며 고민으로 피로해 있었는지도 모르오."

"그럴까요?"

기젤라는 머리를 좌석등받이에 기댄 채 눈을 뜨고 숲 위의 끝없는 푸르름을 바라보았다.

"현대의학에서는 육체적 죽음이란, 과정이 느려서 법률의 눈으로 보듯 그처럼 급작스러운 변화가 아니라고 하잖아요?"

"법적인 죽음은 심장과 폐의 호흡이 멎었을 때 일어나지. 그러나 죽은 뒤 일어나는 경직은 '근육의 사투(死鬪)'라고 일컬어지고 있소. 다시 말해서 그것은 심장이나 호흡이 멎은 뒤 일어나는 죽음의 과정이오. 러시아의 어떤 생리학자는 전쟁 중 법적으로는 사망한 병사를 한 시간 뒤 심장을 소생시킴으로써 되살려냈다고 보고하고 있소."

"그렇지요? 법적인 죽음은 허구예요. 복잡하고 까다로운 매장의식이 문명인들로 하여금 자연 상태에서의 죽음이란 느리고 긴 과정이라는 사실을 보지 못하게 만들었어요. 이른바 '죽어가고 있다'는 상태는 눈에 보이지 않는 곳에서 부패과정으로 옮겨가고 있다는 뜻으로, 정말 '죽었는지' 어떤지는 육체 그 자체가 없어져버리지 않는 한 아무도 모르는 거예요.

법률가나 검시관은 이러이러한 상태가 되었을 때를 '사망시각'이라고 말하지만, 죽음은 그처럼 순간적인 것이 아니라고 생각해요. 그것은 육체에 일정한 정도의 신진대사며 체온을 주어 사람으로서의 기능을 유지하게 하고 있는 조직적인 힘이 서서히 허물어지는 일이에요. 다시 말해서 숨을 거둔다는 것은 삶의 끝이 아니라 죽어 가고 있는 상태──육체가 썩어없어질 때까지는 끝나지 않는 과정의 시작인 셈이지요."

"당신은 포스티나 양이 천천히 죽었다고 말하려는 거요? 그 과정이 매우 느리기 때문에 그녀는 여기까지 걸어왔다가 다시 집으로 돌아가 겨우 거기서 쓰러진 거라고?"

"아니에요."

기젤라는 흙투성이가 된 악어가죽 구두를 신은 날씬한 다리를 점잖게 뻗었다.

"그녀의 구두에는 흙이 전혀 묻어 있지 않았어요. 깨끗이 말라 있었지요. 양말에도 빗물 튄 자국이 전혀 없었어요."

"그럼, 무슨 말을 하려는 거요?"

"만약 죽음이 정말 세포가 느릿느릿 분해되는 것이라면──그리고 만약 살아 있는 사람의 생령이 정말 존재한다면──그 생령은 육체의 법률적인 죽음 뒤에도 얼마 동안은 살아 있을 수 있지 않을까요? 특히 그 죽음이 심장이나 호흡이 갑작스럽게 정지되어서 일어났을 경우에는 더욱."

베이질이 씁쓰레하게 웃었다.

"결국 그 말이로군. 그것은 모든 유령 이야기의 기원이오."

"무슨 뜻이지요?"

"역사적으로 볼 때 살아 있는 사람의 생령관념이 죽은 사람의 망령관념보다 먼저 생겨났던 모양이오. 많은 인류 학자의 말에 따르면, 생령관념은 우리가 꿈 속에서 보는 자신이나 다른 사람들의 모습에 그 기원을 둔다고 말하고 있소. 고대 이집트 사람이나 그리스 사람은 맨 처음 카(제2의 영)를 믿게 되었소. 그 뒤 이 영적인 현상은 과연 육체의 죽음과 함께 소멸되는 것일까? 그렇지 않으면 육체가 죽은 뒤에도 계속 살아 있는 게 아닐까 하는 의문을 갖기 시작했소. 이리하여 유령관념이 생겨났소.

이 유령에 대한 공포가 로마 사람들로 하여금 죽은 사람의 험담을 삼가고 칭찬만 하도록 만들었지. 이것이 시대가 흐르면서 차츰 변화하여 불로불사(不老不死)의 소망으로까지 발전한 셈이오.”

“포스티나의 심장이 고동을 멈춘 정확한 시간을 알 수 있으면 좋겠는데…….”

“어째서?”

“바로 그 시각에 내 자동차가 뭔가와 충돌한 듯한 강한 충격을 느끼고 헤드라이트가 꺼진 것 같은 생각이 들어서 견딜 수가 없어요.”

베이질이 놀라서 기젤라를 돌아보았다.

“당신은 설마…….”

“아무래도 마음에 걸려요. 이 길을 헤매다니던 포스티나의 생령이 내 자동차에 치인 순간 그 충격으로 진짜 포스티나가 죽은 게 아닐까 하는 생각이 들어요. 과연 그녀는 생령이 받은 충격 때문에 죽었을까요?”

베이질이 고개를 저었다.

“이런 이야기는 20세기에 살며 이성 있고 교양 있는 두 사람이 나누는 대화로서는 좀 이상하군. 마치 옛날 신화를 다시 듣는 기분이오. 버드나무를 베어 쓰러뜨린 순간 죽은 여자의 이야기, 사냥꾼이 이리의 앞발을 하나 잘라낸 바로 뒤에 나타난 오른팔을 잃은 사나이 이야기처럼 토템 신앙이 만들어낸 신화 같은 것이오. 옛사람들은 생령이 동물이나 풀들과 나무, 돌 속에도 깃들어 있어 임시로 머무르던 곳이 파괴되면 본인이 상해를 입거나 죽는다고 믿었던 거요."

기젤라는 자신의 확고하지 못한 생각에 대해 조금 씁쓰레하게 웃으면서 그에게로 얼굴을 돌렸다.

"나는 이 길에서 틀림없이 그녀의 모습을 보았어요. 그러나 당신은 못 보았으니 그것이 얼마나 생생한 현실이었는지 이해해 달라는 게 무리겠지요. 하지만 그렇다면 내가 본 것이 무엇인지 어떻게 설명하시겠어요?"

"지금으로서는 아직 뭐라고 말할 수가 없소. 그전에 알고 싶은 일이 몇 가지 있는데……."

"어떤 일이지요?"

"어째서 포스티나가 갑자기 이 별장에 왔는가 하는 것이오. 나는 그녀에게 요 며칠 동안 뉴욕에 머물러 있으라고 단단히 충고했었소. 나는 그녀가 그 충고를 받아들였으리라고 생각했었지."

"포스티나가 나에게 전화했을 때 이번 금요일 여기서 누군가와 만난다고 말했어요. 그녀가 꼭 만나고 싶은 사람을. 나는 그때 이곳에 올 수 있을지 어떨지 몰랐어요."

"그래서 그녀는 혼자 왔군……."

베이질은 생각에 잠긴 듯한 표정을 얼굴에 떠올렸다.

"와보니 죽음이 그녀를 기다리고 있었다……."

"그래요, 죽음이 기다리고 있었어요" 하고 기젤라는 느릿느릿 되풀이했다. "하지만 어떤 모습으로? 어떻게?"

"그건 모르지."

베이질은 기젤라의 핼쑥해진 얼굴과 꺼멓게 그늘진 눈을 보았다.

"당신을 마을 여관으로 데려다주고 수면제를 처방해 주지. 그리고 저녁식사 때 데리러 가겠소."

그 레스토랑은 나무들로 둘러싸인 정원 한가운데의 조금 높직한 곳에 있는 매력적인 흰 널빤지를 두른 목조건물 안에 있었다. 유리판과 은그릇으로 번쩍이는 몇 개의 테이블이 놓여진 유리를 끼운 베란다의 쾌적한 불빛이 저녁 어둠 속으로 비쳐나갔다.

기젤라는 깨끗한 시골 공기를 깊숙이 들이마시고 나서 한숨을 쉬었다.

"이것이 어젯밤 내가 있었던 세계와 같은 세계라고 믿어지지 않아요. 비와 진창과 어둠뿐이었던 세계. 온몸이 오싹할 정도로 조용히 마룻바닥에 누워 있던 포스티나."

베이질은 포도주 리스트를 살펴보았다.

"부르고뉴 산 백포도주로 주문하지. 운좋게 훌륭한 것을 만나면 부르고뉴 산은 특별히 맛이 좋으니까. 당신도 몇 잔 마시고 어젯밤에 있었던 일 따위는 모두 잊어버리구려, 기젤라."

"내가 잠들어 있는 동안 라이트훗 교장은 어떻게 되었나요?"

"블레리튼으로 돌아갔소. 시어즈 부서장이 학교에 대한 일이 전혀 신문에 나지 않도록 최선을 다하겠다고 약속해 주었소. 그녀는 그 일밖에 관심이 없었소."

"그녀가 그토록 냉혹한 사람인 줄은 몰랐어요. 하지만 안경을 깨다니 어이가 없어요."

"그녀는 기절할 정도로 놀란 거요. 나도 그때는 놀랐었소. 하지만 열흘도 지나지 않아 그녀는 모든 일을 기억 속에서 내쫓아 버릴 거요. 사람이란 불쾌한 일이나 언짢은 일은 대개 그런 식으로 잊어버리지."

"내 자동차는 많이 망가졌나요? 빌려온 건데."

"당신이 생각한 대로 전기회로가 끊어졌더군. 지금 수리소에서 손보고 있으니 내일은 블레리튼으로 타고 돌아갈 수 있을 거요."

"어째서 오늘 저녁에는 안 되지요?"

"오늘 저녁에는 다시 그 여관에서 머물도록 하오, 라이트홋 교장에게 말해 두었으니까. 당신은 심한 충격을 받아 앞으로 24시간 동안 휴식이 필요하오."

"그럼, 당신은?"

"경찰이 그 별장에서 물러갔으니 다시 한 번 가볼 생각이오, 시어즈가 열쇠를 내주더군."

웨이터가 부르고뉴 산 백포도주를 가져왔다. 기젤라는 한 모금 마셨다. 그녀의 눈에 생기가 되살아나고 뺨이 희미하게 물들었다.

기젤라가 테이블 위에 손을 놓자 베이질이 자기 손을 위에 얹었다.

"자, 이제 되었소."

베이질은 그 순간 더없는 행복과 편안함을 느꼈다.

그러나 그것은 한순간에 지나지 않았다. 웨이터가 물러가자마자 어딘지 수상해 보이는 젊은이가 다가왔다.

"실례합니다. 저, 폰 호헤넴즈 양이시지요?"

기젤라가 얼굴을 들었다. 뺨에 떠올랐던 발그레한 빛깔이 조금 사라졌다.

"뉴욕 데일리 리플렉터 사의 기자입니다. 당신은 어젯밤 그 길에서 포스티나 클레일 양의 모습을 보았다고 했는데, 그 일에 대해 잠깐 물어보고 싶습니다."

베이질의 손이 그녀의 손을 힘주어 꼭 쥐었다. 그의 눈초리는 젊은 사나이를 꼼짝 못하고 쩔쩔매게 만들었다.

"폰 호헤넴즈 양은 신문에 발표할 만한 이야기에 대해 아무것도 알지 못합니다."

젊은 기자가 따져물었다.

"당신은 누구십니까?"

"나는 윌링이라는 사람이오."

"베이질 윌링 씨? 지방검사 의학보좌이신 정신과 의사 윌링 씨입니까?"

"그렇소."

"당신은 폰 호헤넴즈 양의 친척입니까?"

"그렇지 않소. 우리는 약혼한 사이오."

"그래요!……."

기자는 놀란 표정을 지었다. 그러나 그 표정은 아주 짧은 한순간 뒤에 사라졌다.

"이 사실을 신문에 발표해도 좋겠습니까?"

"좋소. 그러나 우리는 그밖에 당신에게 제공할 수 있는 정보가 아무것도 없소."

"네, 실례가 많았습니다."

젊은이는 서둘러 사라졌다. 베이질은 그가 맨 처음 만난 웨이터에게 어디에 가장 가까이 전화가 있는지 묻는 말소리를 들었다.

이윽고 기젤라의 빰이 장밋빛으로 붉게 물들었다. 그것이 그녀의 까맣게 반짝이는 눈을 한층 더 생기 있게 보이도록 했다. 그녀는 억누르는 작은 목소리로 말했다.

"아까 그 말씀은 아주 색다른 결혼신청이었어요."

"아아, 미안하오. 그때는 좋은 아이디어인 것 같은 생각이 들어서 ──모든 상황으로 판단해서 말이오."

"나는 전혀 그렇지 않다고 부인할 기회가 없었어요."

"그랬지. 당신은 아니라고 부정하고 싶었소?"

"아니오."

"그 뜻은 예스?"

"네."

두 사람은 이 분별 없는 혼동을 기막힌 재치라도 되는 듯 재미있어하며 웃었다. 그리고 나서 포도주며 모든 것을 다 잊어버리고 서로의 눈을 마주보았다.

그때 마음속의 어떤 그림자가 기젤라의 눈빛을 흐리게 했다.

"그는 어떻게 알았을까요? 시어즈 부서장은 신문기자에게 말하지 않겠다고 약속했는데요."

"그 이야기를 할 수 있는 사람은 그뿐만이 아니거든. 확실히는 모르지만 아마 다른 경찰관이나 택시 운전기사의 입에서 당신의 증언을 은근히 비추는 말이 새어나왔을 거요. 기자들은 시어즈에게 그 점을 다그쳐 물었을 테고, 그는 굳이 부정하지 않았겠지. 그는 당신이 신문에 발표한다고 하면 겁을 먹고 자신의 이야기를 다시 꾸밀 거라고 생각했는지도 모르오. 그는 당신의 이야기는 망상이라고 여기고 있소. 그 정도는 아니더라도 당신이 지금 상상력을 활동시켜 그 증언을 거두어들일지도 모른다고 여겼을 테지. 왜냐하면 당신의 증언은 그의 보고서를 결론 없는 것으로 만들 염려가 있기 때문이오.

만약 당신이 증언을 거두어들이면 그는 시종일관 '자연사'라는 설명으로 무난히 넘어갈 수 있을 거요. 여관으로 돌아가는 길에 저녁신문을 몇 가지 사서 그가 기자들에게 어떤 말을 했는지 알아봅시다. 자, 그럼, 이 프랑스 포도주──아마 캘리포니아 산이겠지만──와 영국의 참서대──이것도 아마 이 지방 넙치겠지만──를 주문합시다."

두 사람은 여관으로 돌아올 때까지 신문 파는 가게를 찾아내지 못했다. 여관에서 팔고 있는 두 종류의 뉴욕 신문은 단조로운 농업과 어업을 생업으로 하는 지방의 흥미를 돋구기 위해 도시생활을 화려하게 소개한 타블로이드 판이었다.

문제의 기사는 생각보다도 심했다. 한쪽 타블로이드 판에는 기젤라가 아름다운 용모의 오스트리아 여백작이라고 실려 있었다. 다른 한쪽에는 건강하고 생활의욕이 있는 미국인으로부터 직장을 빼앗는 많은 탐욕스러운 망명자들 가운데 한 사람이라고 씌어 있었다. 그러나 사건 자체에 대해서는 두 신문 모두 모순된 점을 한 가지 지적하고 있을 뿐이었다. 다시 말해서 택시 기사는 11시 5분에 포스티나와 별장에서 헤어졌다고 주장하고 있는데, 그 뒤 기젤라가 길에서 그녀와 만났다고 말하여 두 사람의 증언이 서로 맞지 않는 것을 지적하고 있을 뿐이었다. 시어즈도 신문기자들도 에이드스튼이나 블레리튼에서 있었던 포스티나에 관한 소문을 듣지 못한 모양이었다. 베이질은 만약 이 신문사가 그 일을 눈치챘다면 기사가 어떻게 나왔을까 생각하니 부르르 몸이 떨렸다.

그는 별장으로 가는 길에 기젤라의 자동차가 내일 아침 출발할 수 있게 되어 있는지 확인하기 위해 수리소에 들렀다. 진 바지 차림의 키큰 사나이가 가솔린 점프에 기대서서 두 종류의 타블로이드 판 신문 가운데 질낮은 쪽을 갓 없는 둔한 전등불빛 아래에서 읽고 있었다.

"그 차는 이제 다 고쳤습니다" 하고 그는 가까이 다가오면서 말했다. "이 저녁신문을 읽으셨습니까?"

"읽었소."

"기묘하군요."

"그렇더군요."

회색 눈이 베이질의 얼굴에서 뭔가 단서를 찾으려는 듯 쏘아보았다.

"이건 처음 있는 일이 아닙니다."

"무슨 뜻이지요?"

"실은 말입니다……."

그는 아스팔트 위의 기름얼룩을 내려다보았다.

"클레일 양은 아무래도 묘한 데가 있었습니다. 이번 가을 어느 날 밤 내가 낡은 자동차를 타고 가는데 뒷길을 걸어오는 그녀의 모습이 보였지요. 혼자서 말입니다. 그래서 나는 자동차를 세우고 태워주겠다고 말을 걸었습니다. 그런데 그녀는 마치 내 목소리가 들리지 않는 것처럼 아무 말 없이 그냥 걸어가지 않겠습니까. 나는 조금 화가 났지요. 그야 내세울 만한 차는 아니지만 그래도 버젓이 움직이거든요. 우습게 보지 말라고 말해 주고 싶었지요. 아무튼 나는 그냥 가버렸습니다.

그리고 나서 1주일 뒤 주말에 그녀가 또 왔더군요. 그녀가 코네티컷 주 어느 학교에서 학생들을 가르치고 있을 때였습니다. 나는 우체국에서 그녀를 만났지요. 그래서 그때 일을 말해 주었더니 그건 내 착각이라는 거였습니다. 그녀는 지난해 여름 이후 여기에 온 적이 없다는 겁니다. 묘하지 않습니까?"

"그렇군요."

"그런 이야기를 들은 일 없습니까?"

"글쎄요……."

"우리 할머니는 스코틀랜드의 높은 지대에서 자랐답니다. 그 할머니는 사람이 죽기 조금 전에 흔히 그런 일이 있는 법이라고 말해 주었었지요. 역시 클레일 양도…… 떠나고 말았습니다."

죽은 사람에 대해 솔직한 말을 해서는 안 된다는 금기가 그 사나이에게 강한 영향을 미치고 있음을 베이질은 알아차렸다. '떠나고 말았습니다……'라는 뻔히 속이 들여다보이는 이런 표현으로 죽은 사람의 마음이 흡족할 것인가?

베이질은 조용히 말했다.

"뉴욕의 신문기자에게는 그 이야기를 하지 않는 편이 좋소. 그들은 당신 이야기를 믿지 않을 테고, 더욱이 그것을 자료삼아 이상한 이야기를 꾸며내는지도 모르니까요. 그런 일로 평판이 나쁘게 나면 내년 여름 뉴욕 사람들이 여기 왔을 때 당신 주유소가 어떻게 되겠소?"

베이질은 소나무 숲에 이르자 자동차 속력을 떨어뜨렸다. 자동차는 아무 일도 없이 움푹 파인 땅으로 내려갔다가 다시 언덕길을 올라왔다. 오늘 저녁에는 비록 전조등이 꺼지더라도 그의 눈에 띄지 않게 숲을 몰래 빠져나갈 수 없을 것이다. 은으로 만든 낫처럼 날카로운 초승달이 나무 사이를 통해 길을 비추고 있었기 때문이다.

그는 이윽고 숲을 빠져나와 고요하고 아름다운 밤경치 속을 달렸다. 흰 모래가 달빛을 받아 은빛으로 반짝이고, 바닷가로 밀려왔다 부서지는 파도가 소란한 검은 공간에 허옇게 떠올랐다가는 사라졌다. 산들바람이 별장 주위의 러시아 올리브 잎을 살랑거리게 했다. 별장은 가로막대에서 쉬는 작은 새처럼 조용히 어두운 그림자를 모래언덕 위에 눕히고 있었다. 그곳은 은둔자나 시인이나 서로 사랑하는 남녀에게 어울리는 보금자리였다.

베이질은 자동차에서 내리자 차문을 닫았다. 그 소리가 쥐죽은 듯 조용한 어둠 속에서 높이 울렸다. 현관으로 걸어가는 발소리도 몇 배나 크게 울렸다. 그는 자물쇠 속에 열쇠를 넣었다. 그것은 간단히 매끄럽게 돌아갔다. 그는 정면 현관문을 열고, 한층 더 깊은 집 안의 고요함에 신경을 쓰면서 한참 동안 문 앞에 서 있었다. 아무도 없는 것이 확실했다. 만약 누군가가 있다면 아무리 가만히 멈춰서 있다 하더라도 살아서 숨쉬고 있는 이상 그 고요함 속에 뭔가 이질적인 것이 섞여들었을 것이다.

그는 겨우 24시간 전에 포스티나가 서 있었던 곳에 멈춰섰다. 그때는 사납게 바람이 휘몰아치는데도 그녀는 열쇠뭉치를 열쇠구멍에 꽂아둔 채 문을 활짝 열어놓았다. 그리고 나서 홀로 들어가 전화 테이블 위의 테이블 램프를 켰다. 그는 그녀가 했을 행동을 되풀이했다. 캄캄한 어둠 속에서 테이블 램프를 켰을 때 불빛이 어느 정도까지 미치는지 알았다. 그가 예상한 대로였다. 노란빛 밝은 직사광선이 그의 허리높이까지 비추었다. 그 위쪽은 천장과 층계 꼭대기 근처의 어두운 그늘과 섞여들었다. 그는 발길을 돌려 그녀가 했던 대로 아치형 통로를 빠져나가 거실로 들어 갔다. 그의 손이 벽을 더듬어 스위치를 찾아냈으나 누르지는 않았다. 다만 스위치에서 팔 길이만큼 떨어진 곳에 서서 포스티나가 쓰러졌을 때 향하고 있던 방향으로 얼굴을 돌렸다.

빛은 이번에도 거의 그의 예상과 들어맞았다. 첫번째 거실은 직사광선이 희미하게 비쳐들었으나 안쪽 거실은 어두컴컴했다. 그 희미한 불빛 속에서 흰 나무부분이며 초록색과 흰색의 벽지며 장미꽃 무늬를 수놓은 사라사가 화려하고 매력적이었다. 아무데도 그녀를 놀라게 할 만한 뜻하지 않은 불길한 것이 보이지 않았다. 그러나 죽음이 기다리고 있던 곳은 바로 여기였다. 어떻게? 어째서?

그는 몇 분 동안 그곳에 우뚝 선 채 주위를 둘러보며 생각했다. 사치스럽고 세련된 방은 혼자 비밀을 간직한 채 시치미떼고 그를 바라보는 것 같았다. 단 한 가지라도 벽이 감출 수 없는 비밀이 없을까?

그는 마침내 전등 스위치를 켰다. 머리 위의 흰 전구가 노란빛을 뿜으며 바로 앞 거실을 눈부신 불빛으로 가득 채웠다. 조금 약한 직사광선이 안쪽 방으로 비쳐들어 구석구석까지 뚜렷하게 비춰냈다. 어젯밤 시어즈가 포스티나를 당황하게 했던 끊어진 전구를 바꿔놓았던 것이다.

베이질은 구석구석을 살피며 두 개의 거실을 걸어다니기 시작했다.

방은 깨끗이 정돈되어 있었다. 커튼도 깨끗이 세탁되었고, 몇 번이나 빨아서 빛이 바래기는 했으나 카펫이며 의자덮개도 깨끗했다. 색칠을 하지 않은 나무 부분은 솜씨좋은 기술자가 몇 번이나 다시 에나멜 칠을 했는지 진한 크림 빛 광택이 돌았다. 그 에나멜 표면에는 금이나 얼룩이나 브러시 털 같은 것도 전혀 보이지 않았다. 그러나 꼭 하나에 흠이 있었다. 두 개의 방을 칸막이하여 양쪽으로 밀어 열도록 된 유리가 끼워진 문틀에 할퀸 듯한 자국이 있었다. 아주 가느다란 자국으로, 끝이 뾰죽한 코바늘로 몇 번 할퀸 듯해 보였다. 더욱이 그것은 새로 난 흠집 같았다.

베이질은 천장의 전등을 끄고 테이블 램프를 켰다. 난로 옆에 놓인 나뭇가지로 엮은 바구니에 장작과 불쏘시개가 들어 있었다. 그는 난로 속에 장작을 피라밋 모양으로 얼기설기 쌓고 불을 붙였다. 그리고 팔걸이의자를 그 옆으로 당겨놓았다. 그런 다음 담배에 불을 붙이고 의자에 몸을 묻었다. 난로불이 다 타버린 것도 알아차리지 못한 채 그는 계속 생각에 잠겼다. 장작타는 소리가 가라앉자 고요함이 한층 더 깊게 느껴졌다.

베이질은 또다시 담배를 피우려고 주머니에 손을 넣었다. 담배 케이스에 담배가 한 개비밖에 남아 있지 않았다. 그는 그 담배에 불을 붙이고 턱을 당기듯 하여 깊이 빨아들이면서 높은 의자등받이에 머리를 기댔다. 그 자세는 그의 멍한 눈길을 벽난로 선반 위에 있는 거울로 향하게 했고, 거울 속에는 홀로 이어지는 아치 형 통로의 영상이 비쳤다. 불붙은 담배가 그의 손에서 자신도 모르게 떨어졌다.

한 마디도 입을 열지 않은 그 상대는 언제부터 어두컴컴한 통로에서 홀을 등지고 서 있었을까? 밝은 색 코트를 입은 키가 크고 몸이 마른 사람의 영상. 짙은 색 모자차양이 핏기없는 얼굴에 그늘을 만들어주었다. 파르스름한 안개가 긴 듯한 눈이 거울 속에서 베이질의 눈길과 마주쳤다. 죽은 여자 포스티나 클레일의 눈이었다. 베이질이 거울 속에서 상대의 눈을 본 만큼 상대도 틀림없이 그의 눈이 보일 것이다. 베이질은 어렸을 때, 만약 거울 속에 다른 사람의 모습이 보이면 비록 그에게는 자신의 모습이 보이지 않아도 상대에게는 완전히 자기 모습이 보인다는 것을 처음 배웠을 때 느낀 소박한 놀라움이 생각났다.

저것은 거울 속의 영상에 지나지 않는 것일까? 만약 뒤돌아보면 저 통로에는 아무도 없고 텅 비어버릴까? 아니면 장작불이 타오르는 앞에서 골똘히 생각에 잠겨 있다가 반쯤 잠이 든 것일까?

거울 속의 영상이 움직였다. 베이질의 등 뒤에서 아무 소리도 나지 않았으나 느껴지는 것이 있었다. 희미한 레몬 바비나 향기였다. 베이질은 꼼짝도 하지 않고 말했다.

"어서 들어오시오."

제16장

인간과 죽음이 승부를 겨루는 게임에서는
죽음이 이길 것이 뻔하거늘……

베이질은 벌떡 일어나 통로 쪽을 돌아보았다. 그의 갑작스러운 동작이 가벼운 바람을 일으켜 꺼져가던 난로불이 마지막 불꽃을 올리며 타올랐다. 그는 말을 계속했다.

"나는 당신 얼굴생김이 포스티나 클레일 양과 닮았다는 것을 알아차린 순간 그녀로 착각될 만한 사람은 당신뿐임을 알았소. 그녀와 당신은 둘 다 잿빛도는 금발, 자그마한 머리, 갸름한 얼굴모양, 오똑한 코, 얇은 입술, 안개가 낀 듯한 푸른 눈빛, 호리호리하니 귀족적인 몸매──게다가 어깨너비가 좁고 손목과 발목이 가늘어서 팔다리가 늘씬하게 뻗어 있소. 그녀는 여자로서는 키가 큰 편이었고, 당신은 남자로서는 중키 정도요. 물론 그녀에 비해 당신은 살결이 검은 편이고, 그녀처럼 어깨가 처지지도 않았으며, 그녀가 내성적이고 얌전했던 것과 반대로 당신은 대담하고 쾌활하지요.

    그러나 이런 것들은 모두 하찮은 일들이라 어렵지 않게 변장할
수 있었을 거요. 포스티나 클레일 양의 아버지가 세상을 떠난 것은
1922년, 당신은 1925년에 태어났소. 따라서 포스티나 클레일 양의
아버지, 다시 말해서 로자 디아몽드의 연인은 당신 할아버지였음에
틀림없소. 즉 포스티나 양은 당신 아버지의 배다른 누이동생으로,
당신에게는 고모가 되는 셈이오. 그러나 당신이 어째서 그녀를 죽
이고 싶어했는지 아무래도 알 수가 없소. 당신 할아버지가 그녀 어
머니에게 준 보석을 받기 위해서였소? 아니면 당신 할머니의 자존
심을 상하게 하고 자기 것이 되어야 할 보석을 빼앗은 여자의 딸을
파멸시키고 싶은 일종의 로맨틱한 복수심 때문이었소?"

"월링 씨, 내가 포스티나 양을 죽이다니, 당치도 않습니다. 그녀가
죽었을 때 나는 여기 있지 않았으니까요."

"그것을 증명할 수 있겠소?"

"그럴 필요도 없을 겁니다. 죄없는 사람은 일부러 알리바이를 만들
필요가 없으니까요. 나는 집에서 조용히 하룻밤을 지내고 있었습니
다——혼자서. 그러나 나도 조금은 법률을 공부했기 때문에——1
년쯤이지만——단순히 알리바이가 없는 것을 이유로 범인으로 단
정할 수 없다는 것쯤은 압니다. 나를 범인으로 단정하기 위해서는
범행 현장에서 나를 보았거나, 또는 그 무렵 그곳에 있었던 것을
본 증인이 필요합니다. 포스티나 클레일, 또는 그녀와 닮은 사람을
길에서 만났다는 증인이 있을지도 모르지만, 그러나 그것이 레이먼
드 배이닝이라는 증거가 되지는 않지요. 살인사건을 재판할 때는
의심할 여지가 없는 명확한 증거가 필요하니까요.

    당신이 나를 범인으로 몰기 위해 필요한 또 한 가지는 살인방법
을 밝혀내는 것입니다. 이곳 경찰관들에게 들어 보니 그것은 우선
불가능할 듯싶더군요. 첫째, 그녀의 시체에는 아무 상처도 없었습

니다. 심장마비로 죽었으니까요. 게다가 당신은 믿지 않겠지만 나는 정말로 그녀가 죽었을 때 그 자리에 있지 않았습니다."

베이질이 조용히 말했다.

"그건 나도 아오. 그녀는 죽을 때 혼자였소. 그러나 역시 살해된 것이오."

레이먼드가 놀라며 조금 당황한 목소리로 물었다.

"뭐라고요! 그럼, 그녀가 어떻게 죽었는지 당신은 아신단 말씀입니까?"

"알면서 모른다고 말할 수는 없지. 안 그렇소?"

"윌링 씨, 묘한 말투는 쓰지 마십시오. 나는 그녀가 어떻게 죽었는지 전혀 모릅니다. 이야기를 들으면 내가 이번 일로 얼마나 당황하고 있는지 아실 겁니다. 아마도 당신과 내가 알고 있는 사실들을 하나로 연결하면 진상의 윤곽이 대강 드러나리라고 생각합니다. 나는 꼭 그렇게 하고 싶습니다! 그렇게 하지 않으면……."

"그렇게 하지 않으면?"

"나는 이제부터 일생 동안 어디서 현실이 끝나고 환상이 시작되는지 모르게 될 것입니다. 다음에 내디디는 한 걸음이 단단한 흙을 밟을지, 밑도 없는 수렁으로 빠져들 것인지 모르는 채 늪지를 헤매는 사나이처럼 말입니다."

레이먼드는 어두컴컴한 아치형 통로를 나와 방 한가운데로 걸어들어왔다. 그러자 환상이 사라졌다. 전등과 난롯불빛으로 비추어진 그는 어디서나 볼 수 있는 여느 사람이었다. 진한 갈색 모자를 쓰고 낙타털 코트를 입은 늘씬하게 키가 큰 금발의 살결이 흰 젊은이.

그는 모자를 곁에 집어던지고 코트를 벗고 의자를 불 쪽으로 가까이 끌어당겼다. 그리고 셀로판지에 싸인 채 손도 대지 않은 담뱃갑을 베이질에게 내밀었다.

"조금 전 당신께서 마지막 한 개비 남은 담배를 피우시는 것을 보았습니다. 나는 당신이 거울 속의 나를 알아 보시기 조금 전부터 거기에 서 있었지요."

"어째서?"

"잠깐 놀랐던 겁니다. 당신이 이런 곳에서 무엇을 하고 있을까 하고, 그리고 저 통로로 왔을 때 거울에 비친 당신 얼굴이 보인 것입니다."

"자동차 소리가 들리지 않는데……."

"역에서부터 걸어왔습니다. 택시는 보이지 않고, 게다가 나는 2, 3일 전에 자동차를 팔아버렸거든요."

"발소리도 나지 않았소."

레이먼드는 다리를 길게 뻗어 낡은 안장을 맸던 가죽처럼 윤기 있고 아름다운 갈색 쇠가죽구두를 내보였다.

"고무바닥이거든요."

"취미가 꽤 사치스럽군. 그런데도 차를 팔았단 말이오?"

"돈사정이 곤란해서요. 요즘은 누구나 다 그렇지만. 적어도 한 달에 1천 달러는 들거든요. 1년에 1만 2천 달러. 증권 세일즈맨으로 3천 5백 달러쯤 벌고, 할아버지가 남겨주신 주식과 재산에서 6천 달러의 수입이 있지만, 그것만으로는 모자랍니다. 굶어죽을 정도는 아니지만."

"당신 할아버지께서 로자 디아몽드에게 준 보석은 값이 많이 올랐을 거요. 당신은 그 보석에 대해 알고 있었소?"

"물론 알았지요. 로자 디아몽드는 할아버지가 죽기 전에 자신의 계획을 들려준 모양입니다. 할머니가 그것을 아버지에게 말씀하시고, 아버지가 나에게 이야기해 주었지요. 그래서 신문에서 포스티나 양이 죽었다는 소식을 듣고 오늘 저녁 곧 워트킨즈 씨와 의논했습니다. 배이닝은 그 리스트에 적힌 여섯 사람 가운데 하나입니다. 그래서 지금 시세로 3만 달러나 되는 루비 귀걸이와 이 별장이 내 손으로 들어오게 되었습니다.

포스티나 양은 죽기 조금 전 이 별장을 워트킨즈 씨에게 넘겨준다는 유언을 남겼습니다. 그러나 워트킨즈 씨는 이 별장도 나의 할아버지 것이었으므로 나에게 돌려주겠다고 합니다. 이처럼 외딴집은 기껏해야 5, 6천 달러쯤밖에 안 되겠지만 말입니다. 아무튼 나는 포스티나 양이 죽은 덕분에 3만 7천 달러가 주머니에 굴러들어온 셈입니다. 그러나 이만한 돈이 들어오리라는 것을 미리 알았다 해도 당신은 설마 내가 그 때문에 포스티나 양을 죽이려는 계획을 세웠다고 생각지는 않겠지요?"

베이질은 한숨을 내쉬었다.

"그보다 훨씬 적은 돈 때문에 사람을 죽인 사나이도 얼마든지 있소. 여자도 마찬가지요."

"그야 뭐 단 50센트 때문에 칼에 찔린 사나이며 2, 3천 달러의 보험금 때문에 독살된 자식이 있다는 건 나도 압니다. 그러나 9천 5백 달러의 연수입이 있고, 게다가 어엿한 사회적 지위를 가진 사나이가 그것을 헛되이 하면서까지 사람을 죽이다니, 옳은 정신이라고 볼 수 없지요."

"3만 7천 달러는 지금의 당신에게 있어 큰돈이오. 게다가 당신은 로자 디아몬드의 딸을 미워했음에 틀림없소."

"당치도 않은 말입니다. 나는 그런 병적인 로맨티스트가 아닙니다. 나의 할아버지는 할머니와 헤어진 뒤 로자 디아몬드를 만났지요. 그것도 내가 태어나기 전 훨씬 옛날 일입니다. 나는 3대나 거슬러 올라간 옛날일에 대해 계속 원한을 품을 만큼 집념이 강하지 못합니다. 아니, 오히려 나는 늘 로자 디아몬드 사건 같은 일이라도 없었더라면 따분했을 가족들에게 훌륭한 자극을 주었다고 생각했었지요. 거기에 대해 자랑스러움을 느낄 정도랍니다."

"그런데 오늘 저녁 무엇 때문에 여기에 왔소."

"이 집을 보러 왔습니다. 이제는 내 집이니까요. 대낮에 그처럼 자주 회사를 빠질 수는 없잖습니까."

"당신이 처음 포스티나 양을 만나 그녀가 당신과 닮았다는 것을 안 건 언제였소?"

"만일 내가 조심성 있는 사나이라면 그 질문에 대답하지 않을 겁니다. 그러나 내가 이해하지 못하는 일을 당신이 설명할 수 있을지 모르므로 결단을 내려 말하겠습니다. 이것은 앨리스밖에 알지 못했습니다만, 그녀도 죽어버렸고……."

베이질이 말을 가로막았다.

"나는 그전부터 메이드스튼과 블레리튼을 잇는 선은 앨리스와 포스티나만이 아님을 알아차렸소. 당신이 그 두 학교를 잇는 제3의 선이었지요. 당신은 1년 전 앨리스 양과, 그녀가 메이드스튼에 있을 무렵 약혼했으니까."

"네, 그것이 시초였습니다."

레이먼드는 몸을 앞으로 내밀고 두 손을 무릎 사이로 늘어뜨리면서 난롯불을 바라보았다. 베이질은 그제야 비로소 일찍이 이 방에서 로자 디아몬드 곁에 서 있던 사나이의 모습을 똑똑히 머릿속에 그릴 수 있었다. 난로 앞에서 그녀가 내놓은 차를 마시고, 피아노 곁에서 악보를 넘겨주는 사나이. 몸놀림이 가볍고 몸매가 유연한 그 사나이의 물결치는 머리카락이 난롯불빛을 받아 얼굴에 금빛 그림자를 이루고, 스타사파이어같이 안개낀 듯한 파란색으로 반짝이는 눈——포스티나와 마거리트의 눈을 닮았지만, 그녀들과 달리 대담하고 냉소적인 빛이 그 눈을 더욱 생기 있게 보이도록 했다.

레이먼드는 이야기하기 시작했다.

"메이드스튼은 엄격했습니다. 남자의 방문은 일요일밖에 허락되지 않았고, 그것도 감독이 붙어 있었지요. 그래서 나는 그 어려운 문제를 해결하기 위해 로마의 이교도들이 쓰던 낡은 방법을 택했습니다.

젊은 클로디우스가 여자옷을 입고 남성은 참가할 수 없는 보나데아의 겨울축하회에 몰래 섞여들어가 발각되었고, 그 때문에 카이사르가 불륜의 혐의가 풀리지 않는 아내와 인연을 끊었다는 이야기를 기억하십니까? 나는 클로디우스처럼 젊고 몸이 호리호리한데다 수염이 없습니다. 그러므로 여자 모자와 코트와 양말과 구두를 차려입고 어두컴컴한 속에서 다른 사람들로부터 안전한 거리를 유지하면 많은 여자 가운데 한 사람으로 여겨지리라고 생각한 것입니다.

메이드스튼 학교에서는 여자들이 대부분 낙타털 코트를 입고 있었으므로 그다지 어렵지 않았습니다. 모자차양으로 얼굴이 얼마쯤 가려졌지만 정성스럽게 분을 바르고 미용사들이 '가발'이라고 부르는 것──내 머리빛깔과 똑같은 가발을 썼습니다. 그리고 모두들 아래층에 있을 때를 엿보아 프랑스식 창문으로 들어가 뒤층계를 올라가 발코니에서 앨리스와 만났습니다. 아주 유쾌했습니다. 그런 모험이 없다면 하찮은 연애장난에 지나지 않았을지도 모르는데, 거기에 음모의 스릴이 더해졌으니까요.

그 다음 일요일 본디 옷차림으로 앨리스와 만났을 때, 그녀는 명랑하게 떠들어댔지요. 내가 많은 여자들 가운데 한 사람으로 여겨졌을 뿐만 아니라 어떤 특정한 젊은 여교사──포스티나 클레일 양──와 착각되었다는 것입니다. 찻길을 걸어가던 누군가가 발코니에 있는 나를 보았는데, 같은 시각에 도서실에서 포스티나 양을 본 다른 사람이 있어 크게 말다툼이 벌어졌다는 거였습니다.

나는 그때까지 포스티나 클레일이라는 이름을 들어본 적이 없었지만, 로자 디아몬드의 본디이름이 로즈 클레일이었다는 것을 알고 있었고, 원칙적으로 말하면 배이닝이라는 성을 가져야 할 딸이 있다는 것도 알고 있었습니다. 그러므로 포스티나 클레일이라는 여자와 내가 어째서 그처럼 닮았는지 곧 추측할 수 있었습니다, 그래서 나는 앨리스에게 그 일을 이야기했습니다."

"그랬군요. 그 우연한 성공에 기분이 좋아진 당신은 그녀와 닮은 점을 교묘하게 이용하여 메이드스튼에서 은밀히 앨리스를 만났었군요, 모두 여섯 번이었지요?"

"문제는 바로 그것입니다."

레이먼드는 침착하게 난롯불을 보고 있었다. 빨간 불꽃이 그 뺨에 난 연한 금빛 솜털에 빛의 꽃가루를 뿌려주었다.

"내가 설명할 수 없는 일은 바로 그 점입니다. 도무지 이상하거든요, 당신도 믿어지지 않을 겁니다."

"대체 무슨 말이오?"

"장난삼아 한 짓이 어떤 뜻밖의 결과를 가져왔을 때 느끼는 묘한 심정입니다. 그런 일이 있고 2주일 뒤 앨리스와 나는 크리스마스 휴가로 뉴욕에 있었는데, 젊은이들만 모이는 어느 댄스파티에 참석했었습니다. 그런데 그녀가 무섭게 화를 내는 것이었습니다. 지금도 그때 그녀가 한 말을 기억하고 있습니다. '당신은 또 했더군요, 안되잖아요, 좀더 조심성이 있어야지! 그런 일은 한 번이면 충분해요, 만일 당신이 그런 일을 계속하다 붙잡히기라도 하면 우리는 둘 다 혼날 거예요.'

그래서 나는 대체 무슨 이야기를 하는 거냐고 물었습니다. 그러자 그녀는 '지난 주일 메이드스튼에서 어떤 사람이 또 여자로 변장한 당신을 보았어요. 아마 당신은 내 방으로 오기 전에 겁을 먹고 얼른 가버렸겠지요' 하고 말했습니다.

나는 곧 부인했습니다.

'당치도 않아. 나는 거기에 가지 않았어. 두 번 다시 그런 짓을 할 생각도 하지 않았고.'

그러나 놀랍게도 앨리스는 내 말을 믿지 않았습니다. 두 여자가 같은 시각에 저마다 다른 장소에서 포스티나 선생을 보았다면서 또 말다툼을 벌였다는 것이었습니다. 그 장소가 너무나 암시적이어서 앨리스는 내가 메이드스튼에 다른 여자를 만나러 간 것으로 생각했나 봅니다. 그것이 그녀의 질투를 불러일으키고 매우 화나게 만들었습니다. 우리가 싸우고 헤어진 것은 바로 그 때문이었지요."

레이먼드는 표정만 빼놓으면 포스티나와 꼭 닮은 푸른 눈을 베이질에게로 돌렸다.

"월링 씨, 나는 자신의 명예를 걸고 맹세합니다. 내가 여자로 변장하고 메이드스튼에 간 것은 한 번뿐입니다. 두 번 다시 그런 모험을 할 생각은 없었습니다. 메이드스튼에서 무슨 일이 일어난 것일까요? 그들이 본 것은 무엇이었을까요?"

베이질은 진지한 표정을 띤 젊은 얼굴을 살피듯이 바라보았다.

"당신이 한 번 포스티나 양으로 변장하고 나타난 일이 실마리가 되어 그 다음에는 메이드스튼 학교 교장의 책장에 꽂힌 정신병학 연구 서적에 의해 부추겨진 히스테리와 착각되었는지도 모르지요."

"그럼, 블레리튼에서는 무슨 일이 일어났습니까?"

"나는 당신이 우연히 메이드스튼에서 포스티나 양으로 변장할 수 있음을 알았기 때문에 틀림없이 블레리튼에서 계획적으로 실행한 일을 부인하리라고 생각했소."

"그건 너무한데요. 내가 무엇 때문에 그런 쓸데없는 얼빠진 일을 해야 합니까? 지난해 메이드스튼에서 그런 바보 같은 장난을 했을 때 나는 아직 하버드의 학생이었습니다. 그러나 올해는 일을 해서 생활을 꾸려나가고 동생을 보살펴야 할 책임이 있는 몸입니다. 그런데 무엇 때문에 내가 그런 하찮은 장난에 긴 시간과 노력을 낭비하겠습니까? 내 누이동생을 포함한 학생들을 놀라게 하고, 가엾은 포스티나 양에게서 일자리를 빼앗을 필요가 대체 어디 있었겠습니까? 어째서 아무도 재미있어하지 않는 장난을 굳이 해야 한다는 겁니까?"

"당신은 그것으로 앨리스를 기뻐하게 만들 수는 있었을 거요."

"그녀는 재미있어하지 않았습니다. 소동이 커져감에 따라 그녀는 처음 밀회한 일이 탄로나 우리 둘 다 벌을 받게 되지 않을까 조바심했습니다. 특히 포스티나가 알게 될까봐 걱정하고 있었습니다. 블레리튼에서 앨리스는 포스티나 자신이 무의식중에 정신이상자처럼 기괴한 짓을 하는 거라고 말하면서 그녀가 그렇게 믿도록 만들려고 했습니다.

블레리튼 학교의 학예회 날, 앨리스가 미리 정한 시각에 정원 정자에서 만났으면 좋겠다고 하기에 나는 일찍 파티에서 물러나왔습니다. 우리는 그곳이라면 단둘이 만날 수 있으리라고 생각했었습니다. 날씨가 추웠으므로 다른 사람들은 아무도 정원에 나가려고 하지 않았고, 게다가 응접실 창문에서 꽤 떨어져 있으므로 다른 사람이 엿들을 염려도 없었습니다. 그곳에 내가 갔더니 앨리스는 굉장히 화가 나 있었습니다. 단둘이 만나자고 한 것은 어째서 내가 아직도 포스티나 양으로 둔갑하고 다니는지 그 이유를 듣고 싶었기 때문이라는 거였습니다. 다시 말해서 그녀는 내가 블레리튼의 다른 여자를 만나러 다닌다고 생각했던 것입니다. 그녀는 나의 질투심을 불러일으키려고 일부러 플로이드 체이스와 결혼할 생각이라고 말했습니다."

"그래서 뭐라고 대답했소?"

"뭐라고 대답했느냐고요? 그녀가 화가 나서 날뛸수록 나는 생각할 기력을 잃었습니다. 첫째, 나는 블레리튼에 생령이 나타났다는 이야기를 그해 처음 들었으니까요. 나는 이미 앨리스와 말다툼할 마음이 없어져 그녀를 정자 옆에 남겨둔 채 찻길에 세워둔 자동차를 타고 뉴욕으로 돌아왔습니다. 내 기분이 어땠는지 상상하시겠습니까?

내게는 가짜 영매를 소재로 한 옛날 소설이 있었지요. 브라우닝의 《진창》이었던가요? 아무튼 어떤 사기꾼이 밤마다 손님을 모아놓고 북 같은 것을 둥둥 두드리며 영혼을 불러내어 이야기하듯 그럴싸하게 기괴한 연극을 했습니다. 그러던 어느 날 밤 그가 엉터리 연극을 시작하기 전에 정말로 영혼이 나타난 것입니다. 그곳에 있는 사람들 가운데 그것이 진짜라는 것을 안 사람은 그 사기꾼뿐이었지요. 다른 사람들은 처음부터 모든 것이 진짜라고 믿었던 것입니다. 그러니까 사람들에게 그 일을 알리면 거짓말이 탄로날 게 뻔하지요.

그렇다고 해서 이제 새삼스럽게 아무나 무신론자를 불러다 자유로운 증인이 되어달라고 부탁할 수도 없습니다. 가짜 연극을 해왔다는 증거가 여기저기 있었기 때문입니다. 이제는 교묘한 수단으로 사람들을 속이는 게 아니라 진짜가 나타났는데 아무에게도 털어놓은 수가 없게 되었습니다. 아마 그는 넋을 잃었을 겁니다. 천박한 상업주의의 우스꽝스러운 몸짓으로 비웃어대던 것이 실제로 있다는 사실을 깨달았을 때 그 놀라움이 얼마나 컸겠습니까? 더욱이 그 영혼은 조소받은 것을 원망하고 분개해서 나타났는지도 모릅니다.

나는 학생시절 메이드스튼에서 장난삼아 모험을 했습니다. 그런데 마치 그것이 발단이 된 것처럼 똑같은 일이 차례차례 일어났습니다. 그러나 누가 내 이야기를 믿어주겠습니까? 나를 거짓말쟁이로 생각하고, 내가 처음부터 모든 일을 꾸며냈다고 여기는 것이 당연합니다. 나는 메이드스튼에서 꼭 한 번 포스티나 양으로 변장한 일에 자극을 받아 집단환각을 일으킨 게 아닐까도 생각해 보았습니다. 모든 일이 그처럼 정상적이고 단순한 현상이라고 나 자신이 믿을 수 있다면 마음이 놓였을 겁니다. 그러나 나는 마거리트의 이야기며 당신이 들려준 에밀리 사제트에 대한 이야기를 듣고 있는 동안 뭔가 다른 일처럼 생각되기 시작했습니다.

포스티나 양이 메이드스튼에서 또 한 사람의 자기가 나타났다는 이야기를 들었을 때——특히 교장의 책을 읽은 뒤——그것은 그녀 자신에게 있어서도 큰 충격이었을 것입니다. 그 충격이 일종의 촉매작용을 하여 우리가 이해 할 수 없는 어떤 반응을 일으켜서 그녀의 전인격(全人格)이 분열하여 또 한 사람의 포스티나가 되어 나타나는 일이 심리적으로 봐서 있을 수 있습니까?"

베이질의 반응은 천천히 나타났다.

"그럼, 당신은 포스티나 양의 죽음을 어떻게 설명하겠소?"

"심장마비란 충격, 다시 말해서 공포를 뜻합니다. 그녀는 혼자 이곳에 왔다가 뭔가를 본 것입니다. 이것 말고 모든 사실에 들어맞을 수 있는 설명이 있겠습니까?"

베이질이 물었다.

"당신은 정말 그 이야기를 듣고 싶소?"

"물론입니다. 이런 수수께끼와 의혹에 시달리고 있느니보다 어떤 설명이라도 듣는 편이 훨씬 낫습니다."

"좋소."

베이질은 재판관 같은 말투로 설명하기 시작했다.

"그렇다면 한 걸음씩 이야기를 진행시키겠소. 메이드스튼에서 했던 맨 처음의 장난에 대해 당신이 이야기한 것은 진실이라고 가정합시다. 아직 학생 신분인 앨리스를 만나기 위해 당신은 여자로 변장했소. 그리하여 포스티나 양으로 잘못 보여졌소. 그녀는 그런 당신이 들킨 장소에 있을 리가 없었으므로 미신적인 하녀와 보호자들 손에서 자라난 학생들이 옛날 생령전설을 쑤군거리기 시작했소. 집단 히스테리가 아무도 몰래 천천히 온 학교에 퍼졌소. 게다가 메이드스튼 학교 교장은 심령학을 취미삼아 연구하고 있었으므로 그런 현상을 전혀 믿지 않는 사람과 달리 심리적으로 그것을 때려부술 수가 없었소.

당신은 그런 이야기를 앨리스로부터 듣고 알았소. 당신은 클레일이라는 이름을 생각해 내고, 두 사람이 서로 닮은 것은 혈연관계가 있기 때문임을 깨달았소. 또한 포스티나 양이 30살 되는 생일을 맞기 전에 죽었을 경우 당신이 로자 디아몽드의 루비 귀걸이를 상속받게 된다는 사실도 아버지로부터 들어서 알고 있었소. 물론 그 귀걸이가 어느 정도 값어치가 나가는 것인가도 알고 있었소. 정당한 유산상속자인 당신이 가치가 떨어진 주식이며 채권을 물려받고, 불법적 상속자인 포스티나 양이 가치가 많이 오른 보석을 물려받는다는 짓궂은 운명이 당신의 감정을 무척 상하게 만들었소.

당신 아버지는 당신에게 포스티나가 할아버지로부터 약한 심장을 물려받았다는 사실까지 이야기했을 거요. 그래서 당신은 포스티나 양의 사망 가능성에 대해 꽤 진지하게 생각하기 시작했소. 그러나 살인용의로 법정에 끌려나가 유죄선고를 받을 염려가 있는 방법은 취하고 싶지 않았소. 그러는 동안 이윽고 당신은 만일 운이 좋으면 자신과 그녀가 가는 길이 서로 엇갈릴 때의 기회를 잡아 아무

혐의도 받지 않고 그녀를 죽일 방법이 있음을 깨달은 거요."

"그녀를 죽인다고요?"

레이먼드의 순진한 눈이 어이없는 듯 크게 뜨여졌다.

"그건 너무하군요, 윌링 씨. 내가 여기 있지 않았는데 어떻게 그녀를 죽일 수 있었겠습니까?"

"포스티나 양이 죽었을 때 당신은 여기에 없었소. 그러나 몇 주일, 아니면 몇 달 전에 당신은 일부러 이곳을 찾아와 커튼이 쳐져 있지 않은 창문으로 집 안을 미리 살펴보았을 거요."

"무엇 때문에 그런 짓을 할 필요가 있지요?"

"이 집의 설계며 가구며 실내장식이 옛날 그대로 있는가 확인하기 위해서요. 나는 저 빛바랜 사라사며 옛스러운 작은 티크 나무 테이블을 보았을 때 곧 그것들이 옛날 그대로 있음을 알았소. 당신이 옛날 실내장식에 대해 아는 방법은 얼마든지 있었소. 이 집에 대해 가족들에게 전해오는 말이며, 내부 사진도 있었을 거요. 이 집은 당신 할아버지가 로자 디아몽드를 만나기 전에는 그의 소유였을 테니까."

"하지만 내가 무엇 때문에 이 집의 설계며 실내장식에 대해 걱정해야 합니까?"

베이질의 눈길이 파란 눈을 잡았다.

"그건 조금 뒤에 이야기해 주지요. 지금까지 나는 모든 사실관계에 대해 당신 말을 따라왔소. 사실의 해석은 다르지만. 자, 그럼, 이제부터 사실에서 떨어지기로 합시다. 왜냐하면 나는 이렇게 말하고 싶기 때문이오. 당신은 포스티나 양의 생령에 대한 일반적인 확신이 강해져서 그 이야기가 그녀 자신의 귀에 들어가도록 하기 위해 메이드스튼에서 몇 번이나 여자로 꾸미고 나타났소. 그러나 점점 세밀해져서 포스티나 양과 똑같은 옷차림을 하게 되었을 뿐만 아니라, 자세며 걸음걸이며 몸짓까지도 흉내내어 당신 특유의 장난스러운 표정을 감추고 그녀의 진지하고 침울한 표정까지 꾸밀 수 있게 되었소.

고무바닥을 댄 구두를 신고 유령처럼 소리없이 걸어다녔으며, 언제나 신중하게 계산하여 반드시 어두컴컴한 속에서, 그것도 목격자로부터 안전한 거리를 두고 모습을 나타냈지요. 당신은 이미 사제트의 이야기를 알고 있었소. 생령의 역사를 조사했던 것이지요. 그리고 바로 이 가장 극적인 부분을 재현하기 위해 애를 먹었소. 그러나 당신은 앨리스 에이티슨 양에게 그 비밀을 털어놓을 수가 없었소. 그녀는 공모자로 끌어넣기에는 너무나 마음이 잘 변했기 때문이오. 대수롭지 않은 일로 당신을 배신할 염려가 있었으니까. 아마 당신은 앨리스도 생령의 존재를 믿게 되기를 바랐을 거요.

포스티나 양이 생령 소동 때문에 메이드스튼에서 해고 되었을 때 당신은 매우 기뻐했소. 직장을 잃는다는 것은 아주 현실적인 문제이므로 그 이유도 현실감을 갖지요. 이제 포스티나 양 자신도 생령을 믿지 않을 수 없는 기분에 사로잡히게 되었소. 그것이 당신이 계획한 일이었소. 이윽고 당신은 그녀를 뒤쫓아 블레리튼으로 따라왔소. 그녀가 그 학교에 취직했으므로 당신은 누이동생을 그리 보냈소.

라이트홋 교장의 말에 따르면 마거리트는 올 가을까지 뉴욕의 어떤 학교에 다녔다고 하더군요. 그러나 당신은 블레리튼의 내부 사정을 알 필요가 있었으므로 누이동생을 스파이로 쓰기 위해 블레리튼으로 전학시켰소. 앨리스 에이티슨 양으로서는 불행한 일이었지만, 그녀는 당신 누이동생이 블레리튼에 전학했다는 말을 듣자 다시 당신과 접촉할 수 있게 되기를 기대하며 그곳에 취직했소. 왜냐하면 그녀는 당신을 사랑하고 있었기 때문이오.

블레리튼에서도 당신은 역시 프랑스식 창문으로 드나들며 뒤층계를 남의 눈에 띄지 않는 통로로 삼아 포스티나 양의 생령 연극을 거듭했소. 포스티나 양은 낙타털 코트를 푸른색 톱코트로 바꾸었소. 당신도 그와 똑같은 것을 샀고, 늘 얼굴에 그늘을 만드는 모자를 쓰는 구실로 삼기 위해 그녀의 외출복을 그대로 흉내내어 입었소. 그리고 목격자를 신중하게 선택했지요. 무지하여 암시에 걸려들기 쉬운 하녀며 당신 누이동생을 포함한 경솔한 12, 3살의 소녀들을.

물론 메이드스튼에서와 마찬가지로 어두컴컴하고 속이기 쉬운 불빛 속에서 목격자로부터 언제나 안전한 거리를 두고 나타났소. 그러나 당신이 아무리 신중하게 행동해도 몇 번 나타나는 동안 운나쁘게 닥친 몇 가지 일은 피할 수 없었소. 당신은 몇 가지 피하기 어려운 오산을 해서, 만약 당신에게 배짱이 없었다면 계획을 망쳐버렸을지도 모르는 위험에서 아슬아슬 빠져나온 일도 여러 번 있었소.

한 번은 찻길에서 오는 앨리스와 기젤라를 빙 돌게 만들기 위해 정면 입구의 문을 잠가 다른 통로로 빠져나갈 시간을 벌어야 했던 적도 있었소. 또 한 번은 좁은 뒤층계에서 하녀 아린과 마주쳤으나 저녁때라 어둑어둑하여 대담하게 그 위기를 헤쳐나갈 배짱이 생겼소. 또 한 번은 2층에서 달아날 길을 잃어 하는 수 없이 정면 층계로 내려와 도중에 라이트훗 교장을 앞지른 일도 있소. 당신은 비록 멀찍이 거리를 두더라도 그처럼 힘겨운 목격자를 골라잡고 싶지는 않았을 거요. 그런데 아주 가까운 거리였으므로, 마치 고문받는 듯한 기분이었을 테지. 그러나 당신은 순간적으로 냉정하게 재치를 발휘하여 당신이 별안간 지나치면 교장이 당황하리라 계산하고 꽤 난폭하게 재빨리 그녀 곁을 뛰어내려가 어두운 응접실의 프랑스식 창문으로 도망쳤소.

 마침 그때 아린이 불이 켜져 있는 식당으로 들어왔는데, 거기서 부터는 당신 모습이 보이지 않았소. 이 마지막 두 가지 예는 당신이 사람들 바로 곁에 모습을 나타낸 특별한 경우로, 아마 두 번 다 예기치 못한 일이었을 거요. 두 번 다 운이 없었던 셈이지요. 그러나 그 위기를 교묘하게 헤쳐나가자 생령 이야기를 박진감 있게 하는 훌륭한 효과를 가져다주었소. 가짜로 남을 속이려고 하는 길이라면 이처럼 당장 탄로날 위험을 무릅쓰지 않을 거라고 사람들은 말할 테니까요.

 어찌되었든 당신이 생령이 되어 나타나는 연극에는 언제나 상대가 꿰뚫어볼 위험이 있었지만, 여기서 당신을 지켜준 것이 한 가지 있소. 미신적인 공포가 목격자를 멀리하게 만들었던 것이오. 게다가 당신의 성격이 그런 모험심을 즐겼음에 틀림없소. 게다가 여자로 변장하여 사람을 놀라게 한 것은 전문적으로 정확하게 말해서 법률 위반이지만, 그때까지는 중대한 범죄를 아무것도 저지르지 않은 셈이오. 그러므로 붙잡히더라도 단순한 장난으로 인정받을지도 모르지요. 악질적인 취미지만, 적어도 법적인 문책을 받지는 않았을 거요.

 그런데 앨리스 에이티슨이 블레리튼에 불쑥 나타난 게 또 하나 귀찮고 불운한 일이었소. 계산에 없는 일이었을 테니까. 물론 앨리스는 블레리튼에서 포스티나 양에 대한 새로운 소문을 들었을 때, 이른바 '생령'이 당신임을 알아차렸소. 그러나 그녀는 당신의 목적까지 꿰뚫어 보지 못했으므로 당신이 블레리튼에서 또 다른 여자를 만나기 위해 낡은 속임수를 쓰고 있다고 잘못 짐작했소. 처음 얼마 동안은 당신을 사랑하고 있었으므로 기젤라에게 여기서 일어난 일을 나에게 알리면 후회하게 될 거라고 겁을 주어 당신을 감싸려고 했소. 그러나 만일 앨리스 양이 당신의 사랑을 되돌이킬 방법이 없다는 것을 깨달으면 곧 당신을 옹호하지 않고 틀림없이 배신할 것임을 깨달았소. 학예회가 열린 날 그녀는 이미 다른 남자, 플로이드 체이스에게로 마음이 옮겨지려 하고 있었소. 그때 당신은 그녀를 없애야 한다고 깨달았던 거요."

레이먼드는 너무도 놀라 어이없는 듯한 얼굴을 지었다.

"앨리스를…… 당신은 내가 앨리스를 죽였다고 생각하십니까?"

베이질의 대답은 사무적이었다.

"그녀는 당신이 감쪽같이 포스티나 양으로 변장했다는 것을 알고 있는 단 한 사람이었기 때문에 죽여야만 했던 것이오."

"어째서 내가 그것을 걱정해야 합니까?"

"왜냐하면 앨리스 양은 그것을 알고 있었기 때문에 당신이 포스티나 양이 죽은 현장에 있지 않았어도 어떻게 그녀를 죽일 수 있었는지 추리할 수 있는 단 한 사람이었기 때문이오. 따라서 포스티나 양보다 앞서서 앨리스를 죽이지 않으면 마음을 놓을 수가 없었던 거지요.

당신은 학예회 파티에서 일찍 빠져나갔는데, 마침 기젤라에게 길에 세워둔 자동차 안에서 위스키를 마시러 가는 참이라고 말한 직후였소. 그러나 실은 마을 여관에 잡아둔 당신 방으로 돌아가서 포스티나 양의 것과 똑같이 만든 파란색 코트와 갈색 모자로 변장하고 약속한 정자에서 앨리스 양을 만난 것이오. 당신이 만날 장소로 그곳을 택한 것은, 거기서 기숙사까지 5백 피트나 떨어져 있었기 때문이오. 마침 누군가가 그만큼 떨어진 창문에서 당신을 본다면 틀림없이 클레일 선생으로 여겼겠지요.

아까 당신은 앨리스 양을 정자 곁에 남겨둔 채 헤어졌다고 말했지만, 엘리자베스는 조금 다른 증언을 하고 있소. 클레일 선생이 팔을 뻗쳐 에이티슨 선생을 밀자 비명을 지르며 뒤로 떨어져 돌층계에서 굴러떨어졌다고 말이오. 당신은 앨리스 양의 목을 부러뜨릴 만큼 세게 밀쳤소? 만약 그렇다면 실로 대담하고 잘 계산된 교묘한 수법이라고 하지 않을 수 없소. 누군가 당신을 보았다 하더라도 꽤 먼 거리였으므로 포스티나 선생으로 생각될 테니까. 포스티나 양에게 알리바이가 없었다면 그녀는 앨리스 살해용의로 호송되었을지도 모르오. 또한 그녀가 알리바이를 갖고 있었다면, 다시 생령에 대한 헛소문이 퍼지겠지요. 그것은 메이드스튼까지 거슬러올라가 그 기괴한 이야기를 입증하는 긴 역사와 위증의 동기가 전혀 없는 증인이 있기 때문이오. 경찰은 조서에 모든 사건을 '히스테리'라고 기록하고, 앨리스 양의 죽음은 생령에 대한 많은 사람들의 두려움——포스티나 양 자신의 공포도 포함하여——을 급격하게 증대시킬 것이오."

레이먼드는 이 고발을 상대의 자제심을 거스르는 태도로, 마치 다른 사람의 이야기를 듣고 있는 듯 매우 흥미로운 얼굴로 가만히 귀기울여 듣고 있었다. 그러나 그의 흰 살결은 조금도 달라지지 않았으며 난로의 장밋빛 불빛에 아름답게 비치고 있었지만, 이 젊은이의 마음 밑바닥에 뭔가 병든 것——마치 인간의 자연스러운 반응이 마비되거나 위축되어 버린 듯한 기묘한 감정이 죽어가는 것처럼 보였다.

이윽고 그는 아무 표정 없는 얼굴로 입을 열었다.

"상황증거는 잘못된 결론을 끌어낸다고 말하는 이유를 이것으로 잘 알았습니다."

마치 누군가 다른 사람의 일을 의논하고 있는 것 같은 말투였다.

"당신은 참으로 훌륭한 논리적인 추리를 펴 나를 범인으로 만들었습니다. 모든 점이 예상했던 대로 들어맞았으며, 게다가 정확한 사실들이 잘못된 추리에 꼭 들어맞은 것을 보고 정말 감탄할 뿐입니다. 그러나 아직 한 가지 남았군요, 가장 중요한 문제가. 나는 어떻게 해서 포스티나 양을 죽였습니까? 그녀는 심장마비라든가, 아니 자연사였지요? 더욱이 나는 그녀가 죽었을 때 여기 있지 않았습니다. 그것은 맹세해도 좋습니다."

"물론 당신은 그녀가 죽었을 때 여기에 있지 않았소" 하고 베이질이 가볍게 받아넘겼다. "그러나 그 일이 모든 것을 소용없게 만들었는지도 모르오."

"어째서요?"

"포스티나 양의 말을 인용하겠소. '만약 어느 날 밤 방의 불을 끄고 문을 걸어잠그고 혼자 있을 때 갑자기 사람모습이 나타난다면, 그리고 바로 눈 앞에 있는 그 얼굴 생김새가 나와 똑같고 이 뺨에 난 여드름까지 똑같다면 어떻게 될까요?…… 만약 그런 일이 일어난다면…… 나는 틀림없이 충격을 받고 죽을 거예요.'"

레이먼드의 손 끝이 매끄러운 뺨을 쓰다듬었다.

"그러나 내 얼굴에 여드름 따위는 없습니다. 게다가 나는 그때 여기에 있지 않았습니다."

"당신은 상황을 알지 못하는 어두컴컴한 방에 들어갔을 때 낯선 사람이 당신을 향해 다가오는 것을 본 일이 있소? 그리고 당신 자신의 지각에 대해 신뢰하고 있었음에도 불구하고 그 낯선 사람이 거울에 비친 당신 자신이라는 것을 뒤늦게 깨달은 경험이 있소?"

"포스티나 양은 그 방의 상황을 잘 알고 있었습니다" 하고 레이먼드가 반론했다. "게다가 난로 선반 위쪽에 있는 단 하나의 거울은 위치가 너무 높아서 실물을 잘못보는 일은 없을 것입니다."

"당신은 이 집의 구조를, 두 개의 거실을 알고 있었소. 이 두 개의 거실은 크기며 모양이며 창문의 위치와 숫자까지 똑같고, 거의 같은 색깔의 같은 물건으로 장식되어 유리를 끼운 이중문으로 칸막이

된 것도 알고 있었소.

당신은 저 유리 뒤쪽의 검은 커튼을 압정으로 꽂아놓지 않았소? 아니면 기술이 없는 사람이 작은 창문틀에 페인트를 칠할 때 유리를 더럽히지 않기 위해 흔히 하는 것처럼 검은 판지(板紙)를 양쪽 문틀 속의 유리 뒤쪽에 끼워 두지 않았소? 저 틀에 흠집이 남아 있소. 아마 당신은 그 뒤 얼른 바늘이나 뭔가로 그 판지를 벗겨냈던 모양이더군. 그리고 당신은 이 앞쪽 거실 천장의 샹들리에 속에 필라멘트가 끊어진 전구를 넣어두었소.

포스티나 양은 아무도 없는 이 집에 와서 문을 연 다음 열쇠꾸러미를 열쇠구멍에 꽂은 채 홀로 들어가 테이블 램프를 켰소. 그 다음에 곧장 이 거실로 들어온 것은 우연이었소. 그러나 늦든 빠르든 어젯밤 그녀가 이 방에 들어올 것은 뻔한 일이었지.

그리고 그녀가 이 방으로 들어왔을 때 일어날 수 있는 일은 한 가지밖에 없소. 저 벽에 있는 스위치를 켠 것이오. 전구가 끊어져 있었으므로 전등은 켜지지 않았지요. 그때 어떤 움직임이 그녀의 눈을 저 유리를 끼운 문쪽으로 끌어갔소. 그 유리는 뒤쪽에 검은 것이 붙여져 거울 노릇을 했소. 그녀의 눈을 끈 것은 누구의 움직임이었을까요? 물론 거기에 비친 건 그녀 자신의 움직임이었소. 그러나 그녀는 그것이 영상이라는 걸 알지 못했소. 저 문에는 투명한 유리가 끼워져 있다고 믿었을 테니까. 검은 것이 뒤에 붙여져 있으리라고는 전혀 알아차리지 못했던 거요.

그녀는 유리를 통해 안쪽 거실을 보고 있었던 게 아니라 임시로 만든 거울에 비친 첫번째 거실을 보고 있었던거요. 그 두 개의 거실은 너무나 비슷했기 때문에 그녀는 그것을 깨닫지 못했소. 홀에 켜놓은 단 하나의 전등불에서 비쳐나오는 약한 불빛이 유리를 끼운 칸막이문 근처에서는 꽤 혼동되기 쉽게 되어 있어 안쪽 거실에 없는 난로가 놓인 쪽 벽은 임시로 만든 거울에 비치지 않았을 거요.

　그리고 무슨 일이 일어났는지는 당신이 알고 있는 그대로요. 포스티나 양 자신의 영상이 그녀를 죽인 것이오. 왜냐하면 그녀는 거울이 있을 리가 없는 곳에서 자기 모습을 보았기 때문이오. 그녀는 1년 이상이나 생령의 신화를 믿기 위한 심리적 준비를 쌓아왔소. 그리고 자신의 생령을 보면 죽음이 임박했다는 증거라는 생각에 사로잡혀 있었소. 게다가 그녀는 심장이 약했소. 그녀는 모든 환영 가운데서도 가장 오래되고 가장 단순한 것——자기 자신의 영상——을 보고 깜짝 놀라 치명적인 충격을 받고 쓰러졌소. 위협하거나 겁을 줄 만한 것이 전혀 없는 장소에서, 물처럼 맛도 색깔도 없는 유리가 쓰러져 엎드린 여자의 시체를 비추고 있는 곳에서, 공포로 죽은 것이오.

　당신이 쓴 수법에서 뛰어난 점은 변장과 영상을 교묘하게 결부시켜 이용했다는 것이오. 포스티나 양의 마음속에 있는 자신의 생령에 대한 환상은 그 두 가지의 특성을 갖춘 형식으로 만들어져 있으므로 그중 어느 한쪽이 아니라 진짜 유령이 아니면 효과를 기대할 수 없었을 거요. 영상은 유리가 없는 방 안이나 문 밖에서 당신이 블레리튼에서 한 것처럼 자유로이 움직일 수 없소. 그리고 변장도 블레리튼에서 했던 것처럼 그녀와 다른 행동을 하여 동시에 그녀 자신에게 보일 수는 없소. 아무리 교묘한 변장에 뛰어나다 해도 어젯밤 당신이 임시로 만든 거울 속에 비친 영상처럼 그녀의 얼굴이며 몸이며 옷 등 온갖 자세한 부분까지 정확하게 재현할 수는 없을 거요. 그녀는 이 두 가지 요소를 한 가지 사실로 받아들이고, 다시 말해서 생령을 보았다고 생각하고 충격을 받은 것이오.”

“당신의 상상력은 기막히군요, 윌링 씨. 그렇다면 포스티나 양이 어젯밤 이 별장에 온다는 것을 내가 어떻게 알았을까요?”

"당신은 그녀에게 전화하여 여기서 만났으면 좋겠다고 말했소. 그녀는 그것을 애매한 말로——당신 이름은 말하지 않고——기젤라에게 이야기했소. 아마도 당신은 그녀 아버지가 밝히지 않은 가족의 한 사람이라고 자기를 소개했을 거요. 그녀는 그 점에 대해 오랫동안 의혹을 갖고 있었소. 또 당신은 워트킨즈 씨며 그녀 어머니의 일을 이야기함으로써 자기 이름을 말하지 않고도 신원을 파악하도록 할 수 있었을 거요. 당신은 그녀가 사생아라는 사실을 그녀에게 알리고, 스캔들을 피하기 위해 남몰래 만나고 싶다고 그녀에게 이해시켰을 것이오. 그것은 포스티나 양처럼 고독한 여자에게 있어 강력한 유혹이었을 게 틀림없소."

"그래서 포스티나 양이 죽어가는 동안 나는 알리바이를 만들고 있었단 말입니까?"

"아니, 그건 너무 노골적인 말이오. 당신은 좀더 교묘했소. 게다가 당신은 누군가가 시체를 발견하기 전에 임시로 거울을 만드는 데 썼던 판지나 커튼을 떼어내야 했소. 그래서 당신은 포스티나가 죽은 뒤 곧 이곳으로 왔소. 며칠 전 저 유리를 끼운 문을 거울로 바꾸어놓기 위해 왔을 때처럼 당신은 포스티나 양으로 변장하고 있었소. 운이 좋았다면 당신은 두 번 다 아무에게도 들키지 않았을 텐데, 유감스럽게도 처음에는 주유소 사나이가 당신을 자동차에 태워주려고 말을 걸었소. 결국 당신은 두 번 다 남에게 모습을 드러냈지만, 모두 당신 계산대로 포스티나 양으로 알았소. 만약 포스티나 양이 죽은 뒤 그 모습을 보았다는 사실을 경찰이 안다면 어떻게 될 것인지 당신은 잘 알고 있었소. 포스티나 양의 생령 이야기가 유령이야기로 바뀌어 결국 경찰은 이 사건을 마을의 미신소동이라고 단정하고 조사를 중단하겠지.

어젯밤 당신은 포스티나 양이 죽고 나서 몇 분 뒤 검은 판지를 떼어냈소. 당신은 몇 시간이라도 이 집에 혼자 있을 수 있으리라고 생각했소. 그러나 그때 소나무 숲 쪽에서 이리로 다가오는 자동차 소리가 들렸소. 운이 나빴던 거요. 포스티나는 기젤라를 주말에 초대했던 것이오. 그 때문에 당신은 예정대로 끊어진 전구를 바꿔끼울 틈이 없었소. 그래서 포스티나 양이 해놓았던 상태대로 정면 문을 활짝 열어놓고 홀의 전등을 켜 놓은 채 소나무 숲으로 도망쳐야 했소. 모습이 보이지 않도록 숲 속으로 가려고 했으나 어두운 밤이라 하는 수 없이 도로로 나왔는데, 하필이면 급한 커브 길이라 하마터면 기젤라의 자동차에 치일 뻔했소. 그러나 그녀의 자동차 전조등이 고장났기 때문에 당신은 바닥이 고무로 된 구두로 소리없이 모습을 감추었소. 소나무의 낙엽이 두껍게 깔린 곳에서는 발자국 소리가 나지 않았으며, 길 위의 발자국도 기젤라가 손전등을 켜기 전에 비로 깨끗이 씻겨버리고 없었소. ”

“참으로 기막힌 창작이신데요. 그러나…… 그뿐입니다. ”

레이먼드는 작은 소리로 웃었다.

“당신은 아무 증거도 갖고 있지 못합니다. ”

“그럴까? 아니지, 몇 가지 급소를 잡고 있다오. ”

“예를 들면? ”

“살아 있는 사람의 몸은 어떤 냄새를 갖고 있지요——옷냄새, 로션 냄새 등등…… 라이트훗 교장은 블레리튼에서 아주 가까운 거리에서 생령을 만난 사람 가운데 단 하나 신뢰할 만한 증인인데, 그녀는 생령이 아무 냄새도 나지 않았다고 했소. 그것은 정말 인간이 아니었음을 뜻하는 것일까요? 아니면 어떤 사람의 몸에서 나는 냄새가 다른 어떤 사람에게는 느껴지지 않는 무슨 이유가 있었을까요? 그 이유는 꼭 한 가지 있소. 두 사람이 같은 냄새를 지니고 있었기 때문이오. 두 여성이 같은 향수를 쓰고 있으면 대개 그 냄새를 느끼지 못한다오. 담배를 피우지 않는 사람이 피우는 사람과 키스했을 경우에는 니코틴 냄새를 강하게 느끼지만, 담배를 피우는 사람끼리 키스했을 경우에는 서로 아무것도 느끼지 못하는 법이오. 라이트홋 교장은 레몬 바비나를 쓰고 있었소. 따라서 생령이 그녀에게 아무 냄새도 느끼게 하지 않았다면, 그도 레몬 바비나를 사용하고 있음에 틀림없소. 그것은 몸에 밴 습관이므로 그 사나이가 포스티나 양으로 변장할 때 깜박 잊고 냄새를 지우지 않은 것도 당연하지요. 라이트홋 교장도 말했듯이 그녀가 쓰고 있는 향수는 남자 로션이었소. 물론 포스티나 양의 것은 아니었소. 그녀는 라벤더밖에 쓰지 않았지요.

이런 일들이 내가 생령의 정체를 조사하는 범위를 꽤 좁혀 주었소. 어두컴컴한 불빛 속에서 어느 정도 거리를 두면 포스티나 양으로 보일 만큼 그녀와 닮은 사람. 습관적으로 레몬 바비나를 쓰는 사람. 메이드스튼과 블레리튼 두 학교에 관계를 가진 사람. 포스티나 양에게 위해를 가하든가 또는 살해하려는 동기를 가진 사람.

어젯밤 내가 우리집 서재에 들어갔을 때 레몬 바비나 향기를 느꼈지만, 당신들 세 사람 가운데 누구에게서——체이스 씨인지, 체이스 부인인지, 아니면 당신에게서 풍겨온 것인지 알 수 없었소. 그러나 아까 당신이 통로에 서 있을 때 다시 그 향기가 났으므로 당신임을 알았소."

레이먼드는 여전히 마취된 것 같은 무표정한 얼굴이었다.

"참으로 요령 있고 독창적이며 그럴듯한 추리로군요. 그러나 유감스럽게도 그것은 틀렸습니다, 완전히. 물론 나는 면도한 뒤 레몬 바비나를 씁니다. 그러나 나는 나 자신이나 포스티나 양에 대해서 당신에게 진실을 이야기했습니다. 당신은 믿지 않으실지도 모릅니다. 그러나 당신이 믿든 믿지 않든 그것이 진실임을 나는 알고 있습니다. 당신이 자신의 추리를 믿는다 하더라도 그것을 증명할 수는 없을 겁니다. 레몬 바비나 이야기는 너무도 근거가 빈약합니다."

그는 일어나 두 손을 주머니에 찔러넣은 채 성큼성큼 방 안을 걸었다. 마치 역사가 오랜 집을 구경하러 온 관광객처럼 신기한 듯 유리를 끼운 문이며 천장의 전등을 바라보았다. 한참 뒤 그는 멈춰서서 멍하니 건방진 웃음을 지었다.

"살인을 성공시키기 위해서는 법을 알아야 한다는 게 나의 지론입니다. 빠져나갈 구멍은 거기밖에 없으니까요."

"그게 무슨 뜻이오?"

"당신도 아실 것입니다. 그렇지 않다면 우리는 미스터리소설의 끝부분처럼 이렇듯 재미있고 솔직한 이야기를 즐기고 있을 리가 없습니다. 벌써 오래 전에 경찰에 가 있겠지요. 다시 말해서 비록 당신이 하신 말씀이 모두 정말이라 하더라도——나는 인정하지 않지만——나를 살인범으로 만들 수는 없습니다."

"어째서지요?"

"당신은 내가 그 대답을 모를 줄 아십니까? 천만에요! 내가 만일 당신이 말씀하신 것과 같은 방법으로 포스티나 양을 살해했다 하더라도, 나는 증권 세일즈를 하기 전 1년 동안 법률을 공부해 둔 것을 지금 진심으로 다행스럽게 생각합니다. 당신도 잘 아시겠지만, 사람을 위협해서 죽게 한 경우 살인을 입증하기는 불가능합니다. 특히 피해자가 심장이 약했다고 알려진 경우에는 더욱 그렇지요. 내가 한 짓이 심장마비를 불러일으켰다는 것을 당신은 법정에서 어떻게 입증하겠습니까?

그녀는 어찌되었든 내부 또는 외부적인 갖가지 원인으로 심장마비를 일으켰을지도 모릅니다. 육체적인 상해가 죽은 원인인 경우에는 법이나 의학으로 입증할 수 있겠지요. 총탄에 의한 상처라든가 칼로 벤 상처, 타박상, 또는 독살인 경우에는. 그러나 정신적인 상해가 심장마비의 원인이라는 것을 대체 누가 의심할 여지가 없을 만큼 명확하게 입증할 수 있겠습니까? 당신이 하려고 하는 것은 그런 일입니다. 지방검사는 이길 승산이 없는 고소를 하지 않습니다. 민사소송이라면 이런 사건에서 고발의 이유가 되는 증거에 설득력이 있다는 것만으로도 좋겠지요. 그러므로 피해자의 가족이 손해배상 민사소송을 일으킬 수는 있을 겁니다. 그러나 포스티나 양에게는 가족이 없습니다. 사생아니까요."

베이질은 자리에서 일어났다.

"당신이 잊고 있는 일이 한 가지 있소. 앨리스 에이티슨 양은 놀라서 죽은 게 아니오. 그녀는 포스티나 양과 닮은 사람, 포스티나 양과 똑같은 옷을 입은 사람에게 떠밀려 층계에서 굴러떨어졌소. 그것을 엘리자베스 체이스가 보았소. 당신이 포스티나 양과 똑같은 옷을 샀다는 것도 증명할 수 있소. 당신이 포스티나와 비합법적 혈연관계라는 것, 학예회 날 블레리튼에 모인 사람들 가운데 포스티나 양의 옷과 똑같은 옷을 입히면 그녀와 착각할 만큼 닮은 사람은 당신뿐이었음도 입증할 수 있소. 그리고 이유야 어떻든 당신이 앨리스 양과 싸우고 있었다는 것도 입증할 수 있소. 당신이 유죄판결을 받는 것은 앨리스 양의 죽음에 대해서요. 그럼, 나는 당신을 구속시키겠소."

레이먼드는 처음으로 베이질을 놀라게 했다. 그는 조금도 당황하지 않고 잘라말했다.

"당신 좋으실 대로. 난 조금도 상관없으니까요."

"어째서?"

"무죄방면이 될 게 뻔하기 때문입니다. 나는 이제부터 계속 살아야 합니다."

"죄를 짊어진 채?"

"아닙니다, 그런 단순한 일이 아닙니다. 이야기를 진행시키기 위해 내 말이 사실이라고 가정하고 봐주십시오. 그렇게 하면 나는 어떤 상태에 놓이게 될까요?"

수수께끼를 담은 푸른 눈이 커튼을 열어젖힌 창문 너머로 수평선에서 하늘 가득 떠오른 별들의 굉장한 반짝임을 바라보았다.

"나는 죄가 없다는 것을 알고 있습니다. 당신이 말씀하신 그런 마술 같은 것을 나는 하지 않았음을 알고 있습니다. 그러나 그것을 아는 사람은 나뿐이지요…… 따라서 어떤 기분나쁜 문제에 맞닥뜨리는 것도 나뿐일 겁니다. 나는 혼자 그것과 맞서야 합니다. 메이드스튼과 블레리튼에서는 대체 무슨 일이 일어난 것일까요? 어젯밤 포스티나 양이 이 거실에 들어왔을 때 본 것은——그녀에게 치명적인 충격을 준 것은——대체 무엇이었을까요?"

"당신은 아직도 그것을 환영이라고 고집할 생각이오?."

"물론이지요. 당신이 해명하지 못한 문제가 아직도 몇 가지 있습니다. 매그와 베스가 포스티나 양의 환영을 보고 있었을 때 포스티나 양의 움직임이 둔해져서 마치 몽유병자처럼 느릿느릿하고 나른하게 보였던 것은 어찌된 일일까요?"

"포스티나 양은 늘 식사 뒤 비타민을 먹었소. 당신은 여러 기회를 이용하여 크기도 빛깔도 아주 똑같은 수면제 알약과 바꿔친 것이오. 그러므로 앨리스 양이 깨달았듯이 그 비타민은 포스티나 양의 각기나 빈혈증에 듣지 않았소. 이것은 당신이 언제쯤 생령으로 나타나면 적당할까 짐작해 알아내는 문제를 쉽게 풀어주어 생령은 언제나 식사시간 즈음에 일정한 간격을 두고 나타났소. 마침 그때쯤 약효가 나타나기 시작하니까. 그녀는 블레리튼을 떠날 때 그 약병을 지니고 있었소. 그녀가 학예회 파티 도중 기젤라와 전화로 이야기할 때 졸린 듯한 목소리를 낸 것도 차마시는 시간에 그 약을 먹었기 때문이오. 그것도 당신이 에밀리 사제트의 이야기를 흉내낸 부분이지요. 에밀리 사제트도 그녀의 생령이 나타날 때는 움직임이 둔해졌다고 기록되어 있소."

"당신은 모든 것을 설명할 수 있다고 생각하시는 모양이군요. 그럼 이것을 설명해 주십시오. 포스티나 양으로 변장한 내가, 진짜 포스티나 양이 층계 중간에서 라이트훗 교장을 앞지르고 싶다는 충동을 억누르고 있음을 알고 그 말없는 충동을 실행으로 옮길 수 있었던 건 어떻게 된 일일까요?"

"그것은 우연이었소. 당신은 운이 좋았던 거요. 반대로 말하면 포스티나 양은 운이 나빴던 것이지요."

"우연? 운? 그것이 최선을 다한 대답입니까? 나는 그때 일을 생각할 적마다 언제나 불안해집니다. 당신은 어떻습니까?"

레이먼드가 너무나도 진지한 태도를 보이자 베이질은 한순간 그 표정에 끌려들어가 그를 믿고 싶은 기분이 되었다. 그러나 과학 교육의 압도적인 무게가 천칭을 다른 한쪽으로 끌어내렸다.

"어째서 그렇게 고집부리는 거요. 오늘 밤 이곳에는 증인이 아무도 없소. 나는 지금 당신이 인정한 일을 다른 사람에게 증명할 수가 없소. 그런데 어째서 나에게 진실을 말하지 않소? 지금 여기서만이라도 그렇게 하면 당신은 심리적으로 구출될 거요. 앞으로 오랫동안 형무소에 있거나 또는 다른 어디에 있든 이 비밀은 당신 마음속에서 더욱 무거워져갈 것이오. 그때가 되면 당신은 고백할 기회를 갖고 싶다고 생각하겠지만, 그러나 그 기회는 영원히 없을지도 모르오."

레이먼드는 천천히 고개를 저었다. 그리고 마치 뚜렷한 사실을 이야기하듯 거침없이 말했다.

"당신은 나를 믿지 않으시는군요." 그의 흰 얼굴이 테이블 램프 빛을 받아 눈부시게 빛났다. "당신도 나도, 다른 어떤 사람도 이 사건의 진상은 영원히 알 수 없을 것입니다. 그 일부조차도 알 수 없을 것입니다. 모든 것이 다 수수께끼입니다. 거기에 아주 조그마한 수수께끼를 더할 수도 없고 뺄 수도 없습니다."

레이먼드는 별을 올려다보며 잔잔하게 웃었다.

"저기에 무엇이 있는지는 신밖에 모르는 것입니다!"

THE TWO BOTTLES OF RELISH

두 병의 소스

로드 던세이니

두 병의 소스

제 이름 말입니까? 스미저스라고 합니다. 신분은 시시한 세일즈맨이며 취급하는 상품은, 고기 따위의 음식에 짠맛을 내기 위해 치는 나무누모라는 브랜드의 소스입니다. 이 소스를 식료품점에 파는 일이 제 직업입니다. 판매하는 물품은 확실해서, 어디에 내놓아도 절대로 뒤떨어지는 상품이 아닙니다. 예, 이것은 에누리 없는 장사입니다. 몸에 해가 된다는 신맛 따위는 조금도 함유돼 있지 않습니다. 그래서 팔기는 참으로 수월했습니다. 그렇지 않다면 제가 이 장사에 손을 대지도 않았을 것입니다. 그러나 곧, 판매에 좀더 연구가 필요한 상품으로 바꾸어 볼까 생각하고 있습니다. 왜냐하면 파는 데 고생이 많으면 그만큼 이익도 많다는 것이 우리 장사꾼의 상식이니까요.

지금 저는 장사도 더할 나위 없이 순조롭고, 주거도 신분에 맞지 않을 만큼 널찍한 아파트를 빌려 사는 형편이어서——어떻게 그런 곳으로 들어가게 되었느냐고요? 그것이 지금부터 말씀드리려는 사건을 해결하는 발단이 되었습니다. 들으시면 틀림없이 깜짝 놀라시리라 생각합니다. 왜냐하면 저처럼 교육을 받지 못한 사람의 입에서 그런 이야기가 튀어나오리라고는 상상도 못하셨을 테니까요. 그래도 저 말고는 모두 입을 다물고 있으니까, 그런대로 제 이야기를 들어주셔야 할 거예요.

저는 지금 이 장사를 시작하기에 앞서 런던에서 셋방부터 찾았습니다. 여러 군데 팔러 다니기 위해서는 도심에 가까운 곳에 자리잡지 않으면 아무래도 만사가 불편할 것이기 때문입니다.

그래서 적당한 곳을 찾았습니다. 몹시 우중충한 건물만 늘어서 있는 곳인데, 그곳의 부동산 소개소에 의논하러 갔습니다. 제가 갖고 싶은 방은 침대에 찬장이 딸려 있을 뿐인, 이른바 플랫이라는 방이었습니다.

그런데 그때 소개소에는 먼저 온 손님이 있었습니다. 소개소 주인은 어디서 봐도 훌륭한 신사인 그 손님을 안내하려는 참이어서, 저 따위는 전혀 상대해 줄 것 같지 않았습니다. 저는 차례가 돌아올 때까지 우두커니 있기도 뭣해서 그 신사 꽁무니에 달라붙어 그 셋방을 같이 보러 갔습니다. 그 신사는 제가 찾는 방과는 달리 상당히 호화로운 아파트 방을 찾고 있었습니다. 거실에 침실, 게다가 욕실까지 딸려 있는 아파트 방이었습니다.

이것이 처음 린리 씨와 서로 알게 된 계기였습니다. 소개소 주인이 안내하던 신사가 바로 그 린리 씨입니다. "집세가 약간 비싸군." 린리 씨는 이렇게 말했습니다.

그러자 소개소 주인은 휙 창가로 다가가서 말없이 이를 쑤시기 시작했습니다. 그런 간단한 동작 하나가 얼마나 웅변처럼 잘 말해 줄 수 있는지, 그것은 참으로 깜짝 놀랄 정도였습니다. 소개소 주인이 그 동작으로 하려는 말은 '셋방은 얼마든지 있습니다. 아울러 세를 들 사람도 얼마든지 있습니다. 다른 방을 보여 드려도 좋으나, 그래도 마음에 들지 않는다면 조금도 거리낌없이 그만두십시오. 우리는 다른 손님을 기다릴 뿐입니다, 이렇게 노골적으로 말하는 대신 소개소 주인은 말없이 계속 이를 쑤시고 있었습니다.

그래서 저는 린리 씨 옆으로 다가가서 말했습니다.

"어떨까요? 저, 방세의 반은 제가 부담할 테니까 공동으로 빌리지 않겠습니까? 절대로 방해는 하지 않겠습니다. 저라는 사람은 낮에는 언제나 밖에 나가 있으며, 모든 일을 원하시는 대로 하겠습니다. 고양이를 기르는 것보다 성가시지 않으리라고 생각합니다만……."

당치도 않은 말을 꺼냈다고 당신들은 깜짝 놀라실지도 모릅니다. 그런데 더욱 의외였던 것은 린리 씨가 시원스럽게 이 의견에 승낙해 버린 일입니다. 저 같은 보잘것없는 장사꾼과 이런 훌륭한 신사가 한 방을 공동으로 빌리다니, 생각만 해도 우스운 이야기 아닙니까. 그래도 린리 씨는 창가에 있는 사나이보다 제쪽이 훨씬 더 낫다고 판단했음에 틀림없습니다.

"그런데 침실이 하나밖에 없는 것 같은데요?"

"제 침대는 저 작은 방에다 만들 테니까 걱정 마십시오" 하고 저는 대답했습니다.

"홀에 말입니까?"

소개소 주인은 홱 뒤돌아보고 여전히 이쑤시개로 이를 쑤시면서 말참견을 했습니다.

"걱정 없어요, 방해가 될 때는 언제라도 찬장 뒤에 숨겨 둘 테니까요."

제가 이렇게 말하자 신사는 잠깐 생각에 잠겼고, 소개소 주인은 다시 입을 다문 채 창 밖에 펼쳐진 런던 거리의 집들을 내려다보고 있었습니다.

이윽고 소개소 주인은 신사를 향해서 말했습니다.

"이쪽은 친구분이십니까?"

"그렇소."

린리 씨는 나쁘지 않은 대답을 해주었습니다. 왜 제가 그런 일을 자청했을까요? 그 당시의 제 신분으로는 방세가 반이더라도 이런 훌륭한 방을 빌려 쓴다는 것은 도저히 무리였는데 말입니다. 그러나 저는 그때 린리 씨가 소개소 주인에게 하는 말을 들었습니다. 그 사람은 최근 옥스퍼드 대학을 막 졸업했으며, 당분간 런던에서 천천히 휴양하면서 직업을 선택하려 한다는 것이었습니다.

그래서 솔직히 말하면, 저는 그 학문을 이용하고 싶었습니다. 옥스퍼드의 교육이 저같이 작은 밑천으로 장사하는 장사꾼에게 어떤 효용이 있을까, 하고 의아하게 생각하실지 모릅니다만, 그런 예가 예상 외로 많이 있습니다. 린리 씨가 지닌 학문을 조금만 저에게 가르쳐 준다면 당장 상품을 배로 팔 수 있을지도 모릅니다. 머지않아 저는 현재의 상품보다 더욱 까다로운 상품을 깨끗이 팔아 치우고, 그때는 물론 매상을 세 배로 올릴 수도 있겠지요. 저는 언제라도 솜씨 좋게 이용해 보일 작정입니다. 한번 지식을 익혀 자기 것으로 만들면 그것을 두 배로 가장하는 것만큼 쉬운 일은 없습니다. 〈실낙원〉을 읽고 있다는 사실을 상대방에게 알리는 데 지옥편의 전행을 암송해 보일 필요는 없습니다. 그렇군요, 반 정도만 지껄여도 훌륭하겠지요.

그럼 슬슬 본이야기로 들어가 볼까요? 오싹해지는 이야기입니다. 보잘것없는 주제에 무슨 허풍을 떠느냐고 웃으시겠지만, 자, 우선 들어보십시오.

우리는 그렇게 해서 셋방에 자리잡았습니다. 그런데 그와 동시에 최초에 이용하려고 기대한 린리 씨의 대학교육이라는 것도 곧 잊어버린 일처럼 되고 말았습니다.

그렇게 된 이유는, 이 린리 씨라는 사람이 도무지 무엇이라 말할 수 없는 괴상한 인물이었기 때문입니다. 괴짜라고 할까요, 천재라고 할까요? 그는 기상천외한 생각이 그야말로 무진장으로 튀어나오는 사람이었습니다. 그뿐이 아니었습니다. 그는 이 편에 뭔가 좋은 생각이 떠오르면 곧 그것을 알아차렸습니다. 실제로 제가 하려는 말을 그 사람이 앞질러 말해 버린 적이 한두 번이 아니었습니다. 독심술이라는 법술은 보통 손쉬운 일이 아니었습니다. 그것을 영감이라고 하면 좋을까요?

저는 그 무렵 하루 종일 일하고 저녁때 셋방으로 돌아오면 노곤한 것을 잊기 위해 체스에 열중했습니다. 그런데 그 사람 앞에서 최종 판국을 생각하는 일은 금물이었습니다. 왜냐하면 제가 말을 늘어놓고 생각하고 있으면 그 사람이 옆에 다가와서 체스판을 언뜻 보고 이렇게 말하기 때문입니다.

"당신은 이번엔 이 말을 움직이려 하고 있군요?"

"잘 아시는데요, 그런데 어디로 움직일 작정인지, 거기까지 아세요?"

"이 세 개의 눈 중 어느 하나겠지요?"

"이거 놀랐는데요, 그대로입니다만, 그러나 생각해 보면 어디로 움직여도 이건 빼앗겨 버리지요."

그 체스 말은 언제나 반드시 여왕이었습니다. 이어서 그 사람은 이렇게 말하는 것이었습니다.

"그렇고말고요, 그곳으로 움직이는 것은 불리한 수입니다. 빤히 알면서도 두는 거나 다름없어요."

사실 그것은 그 사람 말대로였습니다. 그런 식으로 상대방의 마음을 끝까지 앞질러서 생각해내는 그것이 그 사람의 방식이었습니다.

그런데 어느 날 앤지에서 그 무서운 살인사건이 발생했습니다. 당신들은 벌써 잊으셨을지도 모르는데, 스티거라는 사나이가 노드다운스에 있는 별장을 빌려서 어느 처녀와 동거 생활을 시작했습니다. 저도 그 사나이의 이름은 그때 처음 들었습니다.

처녀는 200파운드의 저금을 가지고 있었는데, 사나이가 그 돈을 마지막 1페니까지 우려먹자마자 처녀가 사라졌습니다. 막강한 수사력을 자랑하는 스코틀랜드 야드(런던 경시청)에서도 끝끝내 그 처녀의 행방을 찾아낼 수가 없었습니다.

그런데 사건의 해결은 제가 우연히 신문 지상에서 그 스티거라는 사나이가 나무누모 소스를 두 병 사가지고 갔다는 기사를 읽음으로써 시작되었습니다. 정말로 감심한 일인데, 아자소프 경찰은 그런 사소한 일까지 조사했습니다. 그 처녀가 살아 있는지 죽어 있는지 하는 가장 중요한 점만 알 수 없을 뿐, 나머지 일은 하나에서 열까지 완전히 조사가 끝난 듯했습니다.

저에게는 나무누모 소스를 사가지고 갔다는 일로 그 사나이가 강하게 인상에 남았습니다. 어느 날 린리 씨와 함께 식사를 하고 있을 때 그 일을 화제에 올린 까닭도 거기에 있었습니다. 나무누모 소스를 팔기 위해 매일 아침부터 밤까지 한창 뛰어다닐 때의 일이어서, 나무누모 소스와 관계있는 일이라면 어떤 하찮은 일이라도 척 직감이 오는 형편이었습니다.

"당신은 체스의 국면을 생각하게 되면 참으로 굉장한 재능을 발휘하시지요. 그런데 어째서 그 재능으로 아자소프 괴사건의 해결에 나서 주지 않습니까? 저는 그것이 이상해서 견딜 수가 없어요. 그 사건에는 체스와 다름없이, 아니 그 이상으로 흥미진진한 데가 있다고 생각되는데요?"

"그렇다고 할 수 없어요. 살인사건이라는 것은 체스에 비교하면 열 배나 평범한 일로 정해져 있어요."

"이 사건은 별도입니다. 경시청이 완전히 범인에게 감쪽같이 넘어간 형세이니까요."

"정말인가요?"

"그렇고말고요, 완전한 패배예요."

"설마, 그렇지 않을 텐데요" 하고 말했으나 그는 갑자기 흥미를 느끼기 시작한 듯, 잇달아 상세한 사실을 알고 싶어했습니다. 그래서 저는 그 자리에서 신문을 읽고 안 사실을 하나하나 자세히 들려주었습니다.

여자는 몸집이 작고 귀여운 금발 처녀였습니다. 이름 말입니까? 낸시 엘스라고 합니다. 저금이 200파운드쯤 있었는데, 그 돈으로 두 사람은 세든 별장에서 닷새 동안 동거 생활을 했습니다. 그런데 그로부터 사나이 쪽은 계속해서 두 주일이나 그대로 살고 있었지만, 처녀의 모습은 싹 지운 듯이 없어져 버리고, 그뒤 아무도 본 사람이 없다는 것입니다.

스티거는 이웃사람들에게 처녀가 남미에 갔다고 했습니다. 그런데 다시 고쳐 말하기를, 처녀의 행선지는 남아프리카로, 남미라니 그런 말을 한 기억이 없다고 했습니다. 처녀의 은행 예금을 조사해보니 한 푼도 남지 않았습니다. 마침 그 무렵 스티거는 자기 명의로 150파운드 가까이 입금하고 있었습니다.

그런데 앤지 마을에 주재하는 순경이 엉뚱한 일로 스티거에게 의혹을 품기 시작했습니다. 그 단서가 또한 별난 것이었습니다. 스티거가 매일 사들이는 음식물을 보니 반드시 야채 가게로부터였습니다. 그래서 순경은 그를 채식주의자라고 여긴 듯합니다. 그리고 그 순경에게 있어 채식주의자는 아주 진귀한 사람으로 보였던 모양입니다. 그 뒤부터 그 순경은 특별히 주의를 기울여 쭉 스티거에게서 눈을 떼지 않고 있었습니다. 그의 감시하는 태도는 상당히 빈틈없어서, 경시청으로부터 보고를 요청받았을 때, 대답할 수 없는 것이 하나도 없을 정도였습니다. 물론 문제의 처녀가 어떻게 되었는가 하는 점만은 여전히 알 수 없는 채였는데, 아무튼 그는 그 결과를 8, 9킬로미터 떨어진 아자소프의 경찰서에 보고했습니다. 그래서 곧장 담당 경관이 출장하게 되어, 본격적인 수사가 개시된 것입니다.

경찰이 본 바로는 처녀의 모습이 사라진 뒤부터 사나이는 별장과 그 집을 둘러싼 작은 뜰에서 한 걸음도 밖으로 나간 기미가 없었습니다. 오랫동안 감시를 계속하고 있으면 어떤 사람에게서라도 뭔지 모르게 수상한 점이 나오는 법입니다. 이 경우도 여러 가지 의심스러운 점이 나타났습니다.

스티거가 채식주의자만 아니라면 틀림없이 그 마을 순경의 주의를 끌지도 않았을 것이며, 따라서 제가 린리 씨에게 판단하도록 자료를 주는 일도 없었겠지요. 생각해 보면 세상의 사건이란 참으로 기묘하더군요.

그렇다고 해서 그에게 이렇다 하는 수상한 점이 있었다는 말은 아니며, 구태여 말한다면 어디서 생겼는지 모르는 150파운드라는 돈이 그의 손에 들어갔다는 사실뿐이었습니다.

그것을 발견한 사람은 아자소프 경관이 아니고 스코틀랜드 야드에서 온 경관이었습니다.

아니, 그래그래, 또 하나 가장 중요한 이야기를 잊고 있었습니다. 이건 앤지 마을의 순경이 발견했는데 낙엽송에 관한 일입니다. 이 이야기를 듣고 스코틀랜드 야드에서 온 경관들은 의외의 사실에 찔린 모습이었습니다. 린리 씨도 최후까지 해결할 수 없을 일 같았습니다. 저 같은 사람은 의아스럽게 계속 생각하고 있었을 뿐입니다.

그 이야기를 좀더 자세히 말씀드리지요. 세든 별장이 있는 뜰 한쪽에 낙엽송이 열 그루 서 있었습니다. 스티거는 별장을 빌려 쓰는 데 있어 소유자와 어떤 계약을 했는지, 그 낙엽송을 어떻게 처분하거나 자유라는 결정을 한 모양이었습니다. 스티거는 낸시가 죽었다고 생각되는 날부터 그 나무를 한 그루씩 베어 쓰러뜨리기 시작했습니다.

1주일쯤 그는 매일 세 차례씩 뜰에 나가 낙엽송 베기를 일과로 하고 있었습니다. 그는 낙엽송들을 남김없이 베어 쓰러뜨리자, 이번에는 그것을 60센티미터쯤의 장작으로 패서 쌓아올렸습니다. 별난 일입니다. 무엇 때문인지 짐작도 안 됩니다. 모처럼 도끼가 있기 때문에 써보려고 한 일인지도 모릅니다. 그런데 그것 때문에 그런 힘든 일을 두 주일이나 계속해서 할 수는 없겠지요. 낸시 같은 작은 여자라면 일부러 도끼 따위를 사용하지 않더라도 별로 힘들이지 않고 죽여서 잘게 자를 수도 있었을 것입니다.

그리고 시체를 태워버리기 위해 장작이 필요했다고 생각할 수도 있겠지요. 그러나 그는 그것을 사용하지 않았습니다. 모두 깨끗이 쌓아올렸을 뿐 손을 대는 기미는 조금도 없었습니다. 누구나 미심쩍게 생각한 일인데 수수께끼는 여전히 수수께끼 그대로 남았습니다.

이러한 사정을 저는 상세하게 린리 씨에게 이야기했습니다. 이야기는 이게 다였다고 생각합니다. 아아, 그래그래, 잊었습니다. 수상한 일이 아직 있었군요. 스티거는 정육점에서 사용하는, 큰 고깃덩이를 자르는 식칼을 사들였습니다. 범죄자들은 비상식적인 짓을 하는 법인데, 이 경우에는 그다지 바보 같은 짓을 했다고 할 수는 없습니다. 여자의 몸을 잘게 자르려면 아무래도 그 정도의 칼은 필요할 테니까요.

그런데 공교롭게도 그것을 근거로 해서 놈을 붙들기에는 난처한 사실이 반대쪽에서 대기하고 있었습니다. 잘게 자른다면 틀림없이 태우기 위해서인데, 그런 기미가 전혀 보이지 않았습니다. 이따금 굴뚝에서 연기가 오르기는 했습니다. 그러나 그것은 요리를 하기 위해 불을 사용한 것임을 곧 분명히 알 수 있었습니다.

경관들은 그 점엔 익숙했습니다. 마을의 순경이 말을 꺼내 아자소프 경찰서 동료의 손을 빌려서, 다음과 같은 방법으로 그것을 확인했습니다. 별장 주위를 약간의 숲이 빙 둘러싸고 있었습니다. 그 가운데 적당한 나무를 동서남북 방향에서 한 그루씩 골라 몰래 기어 올라가 흘러나오는 연기의 냄새를 맡아 본 것입니다. 몇 번이나 되풀이해서 맡아 보았는데 살이 타는 냄새는 한 번도 난 적이 없었답니다. 언제나 보통 취사 연기뿐이었습니다. 아자소프 경찰의 겨냥은 꽤 훌륭했습니다만, 스티거를 교수대에 보낼 만한 근거를 찾지는 못했습니다.

그후 스코틀랜드 야드에서 온 경관들이 그 사실을 다시 한 번 확인했지만 녀석을 체포할 근거로는 모자란다고 판단한 모양이었습니다. 그럼 그들은 무엇을 알 수 있었을까? 경찰은 몰래 별장과 뜰 사이에 눈에 띄지 않도록 분필을 가지고 표를 해두었습니다. 며칠이 지나도 그것이 조금도 엷어지지 않았습니다. 말하자면 낸시가 실종되고부터 사나이는 한 번도 문 밖에 나간 적이 없다는 것입니다. 아차, 또 하나 깜빡 빠뜨린 말이 있습니다. 그에게 식칼 말고 큰 줄이 한 자루 있었습니다. 그런데 그 줄에는 뼈를 간 것 같은 가루 따위가 전혀 묻어 있지 않았습니다. 식칼에 핏자국이 보이지 않았던 것도 마찬가지입니다. 물론 그것들을 잘 씻어 놓았는지도 모릅니다. 아무튼 저는 그 이야기 모두를 린리 씨에게 해주었습니다.

그런데 여기서 이야기를 더 진척시키기 전에 그때의 제 기분을 말씀드리겠습니다. 쓸데없는 참견일지도 모르지만 저는 그 사건을 그대로 내버려 두면 위험하다고 생각했습니다. 저 같은 학문이 없는 사람의 말이라고 진지하게 들어주지 않으실지도 모르지만, 여하튼 그 사나이는 사람을 죽인 것입니다. 이를테면 그 사나이가 무고하더라도 틀림없이 누군지는 몰라도 흉악한 살인귀가 이 사건 뒤에 숨어 있는 것입니다. 그 처녀는 살해된 것입니다.

세상 사람들은 이것으로 사건이 일단락되었다고 생각할지도 모릅니다만, 살인귀는 앞으로 무슨 짓을 할지 알 수 없습니다. 범인 입장에서는 한번 발을 내디딘 이상, 좀처럼 그만둘 수 없겠지요. 그뿐 아니라 사람을 예사로 죽이는 무서운 사나이가 경찰의 수사망을 겁내기 시작하면 오히려 그땐 어떤 흉악한 짓을 할지 알 수 없습니다.

살인 이야기란 미스터리소설에서 읽으면 재미가 있어서 부인들 가운데도 밤중에 혼자 난롯가에서 즐기는 분이 있습니다. 그러나 그것이 현실의 사건이라면 그리 간단한 일이 아닙니다. 범인이 자포자기가 된 경우나, 그렇지 않더라도 어떻게 해서든 범죄의 자취를 숨기고 싶어 초조해지기 시작한 경우엔 어떤 난폭한 짓을 할지 모릅니다. 범행 전의 성격과는 아주 달라져 버린다고 보아 틀림없겠지요. 앞으로도 이와 같은 사건이 있으면 이점만은 잊지 않으시도록 주의 말씀을 드리는 바입니다.

그건 그렇고, 저는 린리 씨에게 이렇게 말했습니다.

"제 얘기를 듣고 뭔가 짐작되는 바가 없습니까?"

"하수도는 조사했나요?"

"스코틀랜드 야드에서 파견된 사람들도 거기에 착안했어요. 아자소프 경찰서 경관들도 그런 생각을 했고요. 하수도라는 건 누구나 한번은 수상히 여겨 살펴보는 곳인 모양이에요. 가는 파이프가 뜰 밖에까지 나와 거기에서 하수가 괸 곳에 이어져 있을 뿐, 별로 무엇 하나 흘려 보낸 기미가 보이지 않았습니다. 다시 말해 수상한 것은 아무것도 흐르지 않았다는 뜻입니다만……."

린리 씨는 그때 두세 가지 의견을 말했으나 그 어느 것도 이미 경관들이 앞서 조사한 것뿐이었습니다.

이런 것은 말하기도 이상한 이야기입니다만, 그때 그 사람이 확대경이라도 꺼내들고 무엇보다 먼저 현장으로 서둘러 달려가 줬다면 제 이야기가 재미있어졌겠지요. 그런데 그 사람은 침착하게 현장에서 발자국 치수를 재거나, 경찰이 찾지 못한 흉기를 발견하거나 해주기는커녕 전혀 일어서려고 하지도 않았습니다. 하긴 그 사람에게 확대경이 없었지만……

실제로 경관들은 이미 손에 넣을 수 있는 한의 증거를 모조리 모으고 있다고 해도 좋았습니다. 그 어느 증거들도 스티거가 처녀를 죽인 것을 가리키고 있었으며, 한편으로는 그 시체를 처치하고 있지 않은 것도 분명했습니다. 시체는 전연 나오지 않았습니다. 남미에 갔다는 말은 물론 거짓말이겠지요. 남아프리카는 더욱더 믿어지지 않습니다. 게다가 저 산처럼 쌓인 낙엽송 장작——누구나 손을 대고 싶어하는 단서임에 틀림없습니다. 그런데 그것이 무엇을 가르쳐 주는가 생각하면 짐작하기조차 어려웠습니다.

그렇다고 해서 증거가 부족하다는 말은 아닙니다. 린리 씨도 현장으로 가서 증거를 더 모으고 싶다는 말은 하지 않았습니다. 요컨대 문제는 모은 증거를 어떻게 판단하는가에 있었습니다. 솔직히 말하면 제가 오리무중이었던 것처럼 스코틀랜드 야드의 전문가들도 자신을 가지지 못하는 모양이었습니다. 린리 씨도 그와 같은 점에서 우물쭈물하는 듯했습니다.

이러한 까닭에, 그때 우연히 하찮은 듯한 일이 제 기억에 남아 있었고 그것을 린리 씨에게 말하지 않았더라면 아마 이 사건은 미궁에 빠져, 비슷한 많은 사건과 다름없이 아주 어둠 속에 묻혀 버렸을 게 틀림없습니다.

린리 씨도 처음 얼마 동안은 그다지 흥미를 느끼고 있지 않은 듯했습니다. 그래도 저는 일단 린리 씨가 관심을 지속토록 할 수만 있다면, 언젠가 이 어려운 사건도 해결해 주리라고 그 사람의 수완만은 믿고 있었습니다.

"당신은 체스의 국면이라면 문제없이 풀어 보이지 않습니까? 이 사건은 그렇게 어렵습니까?"

"농담하지 말아요. 체스가 이런 사건보다 열 배나 더 어려워요."

"그럼, 사건을 빨리 해결해 주셨으면 좋겠군요."

"그렇게 당신이 관심이 많다면, 어때요, 나를 위해 체스판을 정찰해 오지 않겠어요?"

그러한 말투가 그 사람의 버릇이었습니다. 우리는 그 무렵 보름이나 함께 지낸 뒤였기 때문에, 저는 벌써 그 버릇을 충분히 이해하고 있었습니다. 말하자면 그 사람은 저에게 사건이 난 별장을 보고 오라고 시킨 것입니다. 아마 여러분은 일부러 저에게 부탁할 것 없이 그 사람이 스스로 보러 가면 좋을 것이라 생각하실 것입니다만……

그런데 거기에는 이런 까닭이 있었습니다. 린리 씨가 스스로 그 시골을 뛰어다니면 절대로 결론이 나올 가망이 없었습니다. 그 사람의 머리에 절묘한 생각이 떠오르는 것은 난로 앞에 차분히 앉아서 조용히 명상에 잠기는 경우에 한해서였습니다. 그 대신 그러한 태세를 갖추기만 하면 그것은 벌써 문제가 풀린 것이나 마찬가지였습니다.

아무튼 저는 이튿날 곧장 기차로 출발했습니다. 앤지 마을의 역에서 한 걸음 발을 내디디자 제 바로 코앞에 노드다운스 언덕이 유유한 기복을 보이며 넘실거리고 있었습니다.

"저곳을 올라가나요?"

저는 역의 짐꾼에게 물었습니다.

"예, 그래요. 저기 좁은 길이 보이지요? 그리 곧장 올라가면 잠시 뒤에 큰 주목나무들이 나와요. 거길 오른쪽으로 도십쇼. 아주 큰 나무여서 빠뜨릴 염려는 없지만, 거기서부터 앞은……"

짐꾼은 친절하게도 제가 길을 잃지 않도록 자세히 가르쳐 주었습니다. 막상 걸어가 보고, 가르침을 받았기 때문에 크게 도움이 되었음을 알았습니다. 그런데 길을 가르쳐 받음으로써 당도할 수 있었다는 말은 당시의 앤지였기 때문이며, 오늘날에 있어서는 이 사건 덕분에 그 지방이 아주 유명해져서, 편지에 군의 이름을 쓸 필요도 없거니와, 우체국이 있는 근처의 읍을 써 보낼 필요도 없어져 버렸습니다. 제가 간 곳은 그 이전의 앤지 마을이며, 지금의 모습과 비교해보면 새삼스럽게 그 마을의 당국자가 이 사건을 그 지방의 선전에 이용한 그 빈틈없는 처사에 감탄하는 바입니다……

언덕은 넘칠 듯한 햇빛을 흠뻑 받고 유유히 부풀어 올라 있었습니다. 이런 무서운 살인의 소문이 한창인 때에, 5월의 아름다운 꽃들이 난만하게 피고 온갖 종류의 작은 새들이 서로 지저귀는 모양을 전해 보았자 여러분을 어리둥절하게 해드릴 뿐이니 정경 이야기는 그만두기로 하겠습니다.

——여자를 데리고 들어가기엔 아주 좋은 장소군.

저는 무심코 이렇게 중얼거렸습니다. 이런 평화로운, 작은 새들이 즐겁게 노래 부르는 아름다운 곳에서, 하필이면 살인을 하는 놈이 있는가 생각하니 저는 그만 화가 나서, 어쨌든 그놈을 살려 둘 수 없다, 이런 기분이 되었습니다.

저는 별장에 도착하자마자 울타리를 넘어 뜰에 들어가 안의 상황을 살펴보았습니다. 특별히 색다른 일은 없었습니다. 굉장한 발견이라고 생각한 것도 차근차근 주의해서 보면 모두 경찰이 벌써 눈여겨보아둔 것뿐이었습니다. 그런데 그 낙엽송 장작만은 묘하고 이상하게 느껴져서, 언제까지나 제 가슴에서 그 인상이 지워지지 않았습니다.

저는 울타리에 기대어 오랫동안 이 사건에 대한 생각에 잠겨 있었습니다. 산사나무꽃이 달콤한 향기를 보내오는 그 우거진 가지 너머로 산처럼 쌓여 있는 낙엽송 장작이 보였습니다. 그 뜰 맞은쪽 끝에는 조출한 별장이 모습을 보이고 있었습니다. 이렇게 저는 현장의 땅을 밟고 이 사건에 대한 여러 가지 설을 마음속에서 남김없이 되살려 보았습니다. 그 결과 저 같은 사람이 어설픈 궁리를 짜내느니보다, 그러한 두뇌를 쓰는 일은, 전부 저 옥스퍼드인지 케임브리지인지를 졸업했다는 린리 씨에게 맡기고, 저는 다만 본 그대로의 일을 충실하게 보고하는 데에 그쳐 두는 것이 현명하다는 사실을 깨달았습니다.

할 말을 잊었는데, 저는 그날 아침 일찍 이곳으로 출발하기 전에 스코틀랜드 야드에 들렀으나 그곳에서 특별히 들은 이야기는 없었습니다.

그런데 앤지 마을에선 상황이 싹 달라졌습니다. 누구나 친절히 여러 가지로 편의를 돌보아 주었습니다. 그 마을의 순경도 가구에 손대지 않는 조건으로 제가 집안에 들어가는 것을 허락해 주었습니다. 덕택에 저는 건물 안에서 뜰을 볼 수 있었습니다. 역시 거기에서도 맨 먼저 눈에 띈 것은 낙엽송 그루터기들이었습니다.

그것들은 열 개쯤 죽 늘어서 있는데, 벤 자리를 보니 익숙하지 못한 풋내기가 간신히 잘라낸 것 같았습니다. 그래서 저는 다음과 같이 추단했습니다만 나중에 그 말을 들은 린리 씨는 꽤 훌륭한 관찰이라고 칭찬해 주었습니다. 저의 추리라는 것은 그 사나이가 나무 베는 법을 잘 모른다는 것이었습니다.

마을의 순경도 그 추리에는 동감인 모양이었습니다. 그래서 저는 신이 나서 사용한 도끼가 어지간히 무딘 것이라고 말해 보았습니다. 그러나 이번에는 순경도 당장 동의하지를 않고 뭔가 생각에 잠겼습니다. 스티거라는 사나이는 낸시의 모습이 보이지 않게 된 이래 한 걸음도 외출하지 않고, 매일같이 뜰에 나가 낙엽송을 베어 쓰러뜨리고 있었다, 여기까지는 이야기했었지요? 여기에 와서 그것이 틀림없는 사실임을 분명히 확인했습니다. 앤지 마을의 순경도 한 이야기로써, 경찰이 주야 교대로 이 집을 지키고 있었기 때문에 스티거가 외출하지 않았다는 사실은 틀림없다는 것입니다.

그 덕분에 수사의 범위가 훨씬 좁혀졌습니다. 저의 미련은 그 발견을 보통 경관들이 아니라 린리 씨가 해주었으면 하는 것이었습니다. 그 정도의 일은 그 사람이 하려고 마음만 먹으면 문제없이 풀 수 있는 것이었으니까요.

이런 이야기에는 소설처럼 예상 밖의 일이 으레 붙어다니게 마련입니다. 이번 사건에서도 이 사나이가 채식주의자인지, 음식물을 채소 가게에서만 사들인다는 점이 이 사건을 드러낸 단서가 된 것입니다. 그 미묘한 소문만 나지 않았다면 별로 경찰이 이상한 눈으로 볼 것도 없었기 때문에 예상 밖으로 요행히 벗어나 버렸을지도 모릅니다. 고기를 사먹지 않아서 꼬리가 잡혔다고 할 수 있을지도 모르겠군요. 세상의 일이란 하찮은 문제가 계기가 되어 획 발이 걸리는 적이 있는 법이니까요.

뭐니뭐니해도 진실하게 살아가는 것이 무엇보다도 가장 좋은 일입니다. 아니, 이거 어쩐지 이야기가 옆길로 빠져버린 것 같군요. 그런데 이야기란 옆길로 빠지는 것도 또한 재미있어서——좀더 도중에서 지정거리고 싶지만 언제까지 그렇게 하고 있을 수는 없겠지요? 그럼, 본이야기로 다시 되돌아가기로 할까요?

저는 모든 정보를 수집했습니다. 이러한 범죄 사건에서는 단서라는 말을 쓴다고 하더군요. 그런데 그 단서는 전혀 쓸모가 있을 법하지도 않은 것들뿐이었습니다. 어쨌든 정성껏 수집했습니다. 그가 마을에서 어떤 물건을 샀는가 하는 것까지 남김없이 모두 조사했습니다. 쓴맛이 적은 소금을 사가지고 간 사실도 알았습니다. 생선 가게에서는 얼음을 사갔습니다. 그리고 아까도 말한 것처럼 채소 가게에서는 야채를 대량으로 구입했습니다. 머진 앤드 선스라는 가게였습니다.

저는 마을의 순경과 의논했습니다. 슬랙거라는 이름의 사나이였습니다. 제가 납득이 되지 않은 점은, 처녀의 모습이 보이지 않게 되었을 때 왜 곧장 가택 수사를 하지 않았는가 하는 점이었습니다. 그 점을 순경에게 질문하자 그 답은 이러했습니다.

"그럴 수가 없었지요. 그 처녀의 얼굴이 보이지 않는다고 해서, 처음부터 살인 사건이라고 의심을 품을 까닭은 없지요. 이상하다는 생각이 든 것은 사내가 채식주의자라는 말을 들었을 때부터였어요. 우리는 수사를 시작했지요. 그런데 영장을 가지고 있지 않기 때문에 처녀의 행방을 신문할 수는 없었어요."

"그래, 집 안으로 뛰어들어가서 무엇을 발견했나요?"

"커다란 줄이 한 자루, 그리고 고기를 자르는 식칼과 도끼. 그 도끼는 처녀를 마구 자르기 위해 사들인 게 틀림없어요."

"나무를 베기 위해 샀는지도 모르죠."

"그, 그건 그렇게 생각할 수도 있지만……."

슬랙거는 떨떠름하게 대답했습니다.

"그건 그렇다치고, 무엇 때문에 나무를 잘랐을까요?"

"그건 경찰서의 높은 분에게는 의견이 있는 듯하지만, 우리 같은 말단에게는 설명해 주지도 않아요."

여기에서 문제가 되는 것은 낙엽송 장작이었습니다.

"그런데 정말 그 녀석은 그녀를 잘게 토막냈을까요?"

저는 물어보았습니다.

"남미에 갔다는 말을 했다면서요."

그 밖엔 어떤 대화를 주고받았는지 기억하고 있지 않습니다. 참, 접시 종류는 큰 것이나 작은 것이나 모두 깨끗이 씻어 놓았다는 말도 들었습니다.

해질 무렵, 저는 조사한 사실을 린리 씨에게 알려 주기 위해 열차를 타고 귀로에 올랐습니다. 그때 떠나기 직전에 눈에 뜨인 늦은 봄 해질 무렵의 광경을 꼭 이야기하고 싶습니다. 음침한 별장을 둘러싸고 오히려 그것을 축복하는 것처럼 부드럽고 조용한 황혼 빛이 부근 일대에 떠돌고 있던 그 광경을 말입니다…… 그러나 여러분은 역시 살인 사건 쪽에 흥미가 있으시겠지요?

저는 모든 이야기를 린리 씨에게 해주었습니다. 말할 필요도 없을 것 같은 일까지 말했습니다. 그런데 성가시게도, 제가 적당한 데서 이야기를 일단락지으려니까, 린리 씨는 좀더 상세하게 하나에서 열까지 다 이야기해 달라고 자꾸만 졸랐습니다.

"무엇이 중요하며 무엇을 생략해도 좋은지 하는 구별은 미묘하기 때문에 당신에게는 도저히 무리예요. 하녀가 쓸어낸, 주석으로 만든 징 한 개에서 미궁에 빠질 뻔한 살인 사건이 발각된 적도 있으니까요."

이치는 지당했습니다. 그러나 아무리 이튼이나 해로우에서 교육을 받은 사람이라도 하는 말에 모순이 있다면 저도 잠자코 있을 수가 없습니다. 애당초 이 사건은 제가 말한 나무누모 소스 이야기가 해결의 발단이 되었다는 것을 여러분은 이미 아실 것입니다. 스티거가 그것을 두 병 사가지고 갔다는 사실은, 제가 아니라면 누구의 주의도 끌지 않을 일이었습니다. 그런 제가 무엇이 중요하며 무엇이 중요하지 않은지 알 수가 없다니, 린리 씨도 약간 말이 지나치지 않았을까요?

솔직히 말하면 저로서도 나무누모 소스의 일을 이야기하고 싶어 좀이 쑤셨습니다. 왜냐하면 저는 앤지에 간 그날 소스를 50병이나 팔아치웠으니까요. 저는 스티거가 두 병이나 사간 사실을 멋들어지게 선전에 이용했습니다. 하긴 그 정도의 이용 방법은 바보가 아닌 한 우리 장사꾼에게는 누워서 떡먹기입니다만. 그런데 그런 것은 린리 씨에게는 아무 상관없는 일이었습니다. 문제는 그 다음에 있는 것입니다.

사람의 마음속이란 옆에 있다고 해서 알 수는 없습니다. 세계에서 가장 아슬아슬하고 재미있는 사실이라도, 그것이 겉으로 드러나지 않고 마음속에만 머물러 있다면 누구의 눈에도 띄지 않을 것입니다. 그런데 그날 밤 린리 씨의 마음속에서는 생각이 그다지 활발하게 움직였다고 여겨지지 않습니다. 식사 전에나 식사할 때나, 그리고 그뒤 난로 앞에서 이야기에 열중하고 있는 동안에도, 그의 사색은 뜻하지 않은 장애에 부딪쳐서 더이상 앞으로 나아가지 않는 모양이었습니다.

그것은 무엇인가 하면, 스티거가 시체를 어떻게 처분했는가 하는 그 수단 방법이 발견되지 않는다는 것이 아니라, 왜 두 주일 동안이나 일과처럼 매일매일 나무를 자르고 있었는가 하는 그 이유였습니다. 현장에 가서 알았는데, 스티거는 나무 대금이라며 별장 주인에게 25파운드나 지불했답니다. 그것이 린리 씨를 괴롭히는 점이었습니다.

그리고 스티거는 어떤 방법으로 시체를 처분했을까요, 그것에는 여러 가지 방법이 상상되지만 전부 경찰이 조사를 끝마친 것들뿐이었습니다. '심야에 땅 속 깊이 묻었겠지' 하고 말하면, 경찰에선 분필 자국이 조금도 지워지지 않고 있지 않은가 하고 부정하겠지요. '어딘가로 옮겨버렸겠지' 하고 말하면, 경찰에선 집에서 밖으로 나간 기미가 절대로 없다고 주장하겠지요. '그럼 태워버렸겠지' 하고 말하면, 경찰에선 굴뚝의 연기가 낮게 흐를 때 냄새를 맡아 보았으나 살이 타는 것 같은 냄새는 없었고, 그 뒤로도 주의해서 뜰을 둘러싸고 서 있는 나무에 올라가 보았지만 역시 그런 흔적은 볼 수 없었다고 하겠지요.

솔직히 말해서 저는 완전히 린리 씨의 수완에 홀딱 반해 있었습니다. 그것은 그 사람 머리 속에는 남들과 다른 굉장한 지혜가 간직되어 있다는 것을 별로 교육받지 않은 저도 충분히 알고 있었으니까요.

그래서 이런 사건은 린리 씨가 그 자리에서 해결해 주리라고 믿었습니다. 그런데 막상 사건이 조사되자 경찰 쪽이 척척 선수를 치고 그 사람은 좀처럼 그것을 앞지를 기미를 보이지 않았습니다. 저는 아주 비관해 버리고 말았습니다.

누군가 별장을 방문한 사람은 없느냐고 린리 씨는 되풀이해서 물었습니다. 별장에서 뭔가 끌어낸 사람은 없느냐고 묻기도 했습니다. 저는 그런 말을 들어도 대답할 수가 없었습니다. 그래서 어쩔 수 없이 그다지 도움이 될 것 같지도 않은 두세 가지 의견을 지껄여 보거나, 한 번 더 나무누모 소스 이야기를 시작할까 하고 생각해 보거나 했습니다. 그러자 그 사람은 날카롭게 그것을 가로막았습니다.

"그 경우 당신은 어떤 방법을 취하겠어요? 스미저스 씨, 당신이라면 어떤 방법으로 시체를 처리하겠어요?"

"제가 낸시 엘스를 죽였다고 하면 말입니까?"

저는 되물었습니다.

"그렇지요."

"그런 엄청난 짓을 할 리가 없으니 생각한 적도 없습니다."

린리 씨는 그 말을 듣고 '아이고 맙소사, 곤란한 사람이구나' 하는 듯 한숨을 쉬고 제 얼굴을 가만히 바라보았습니다.

"그야, 분명히 제게는 탐정이 될 소질이 없지요."

린리 씨는 이런 말을 하는 제가 더욱 안타까운 듯이 머리를 흔들었습니다. 그리고 그는 한 시간쯤 줄곧 뭔가 생각에 잠겨 난로의 불을 응시하고 있다가, 한 번 더 머리를 흔들고 일어서더니 침실로 갔습니다.

저는 그 이튿날의 사건을 평생 잊을 수 없을 것입니다. 저는 그날도 언제나처럼 저녁때까지 나무누모 소스를 팔러 뛰어다니다가 9시쯤에 린리 씨와 함께 저녁 식사 테이블에 앉았습니다. 이러한 셋방에서는 밥을 짓고 반찬을 만드는 일이 귀찮아서, 우리는 언제나 찬 요리를 들었습니다. 그날 밤에도 린리 씨는 샐러드를 먹기 시작했습니다. 지금도 그때의 광경을 눈앞에 보는 것처럼 역력히 마음속에 그릴 수 있습니다…….

그때 저는 앤지 마을에서 나무누모 소스를 듬뿍 팔고 온 것을 떠올리고 아주 기뻐하고 있었습니다. 그 지방에서는 이번 사건 이래 나무누모 선전이 아주 잘 되어 있어서 풋내기라도 팔아치우는 일은 쉬웠습니다. 아무튼 그날 밤 저는 대단히 기분이 좋았습니다. 사정이 어떻든 그런 자그맣고 보잘것없는 마을에서 50병이나——정확하게 말하면 48병입니다만——팔았다는 것은 확실히 자랑해도 좋을 만한 일입니다.

그래서 저는 그 일을 무심결에 그만 입 밖에 냈습니다. 그러나 린리 씨에게는 소스 이야기가 별로 재미 없다는 사실을 알아차리고 저는 얼른 이야기를 끝맺었습니다. 그런데 참으로 눈치가 빠른 린리 씨가 그때 어떻게 했다고 생각하십니까? 그는 제가 왜 이야기를 그만두었는지 그 이유를 잘 알고 있는 듯, 별안간 손을 내밀며 이렇게 말했습니다.

"그 나무누모 병을 집어 주어요, 샐러드에 칠 테니까."

저는 아주 기뻐 그만 그 병을 린리 씨에게 건네 줄 뻔했습니다. 나무누모 소스를 샐러드에 치다니 당치도 않은 일입니다. 이 소스는 고기를 재료로 한 짠맛나는 요리에만 사용하는 조미료입니다. 그것은 병에 붙은 상표에도 분명히 설명되어 있습니다.

그래서 저는 린리 씨에게 말했습니다.

"이 소스는 고기 요리에만 사용하는 조미료입니다."

저도 짠맛의 요리라는 게 어떤 것인지 확실히 설명할 수는 없었습니다만…….

그러자 갑자기 그의 얼굴에 이상한 표정이 떠올랐습니다. 사람의 얼굴이 그렇게까지 변할 수 있는지 몰랐습니다.

린리 씨는 한 마디도 말하지 않았습니다만, 그 표정은 그의 감정을 웅변하고 있었습니다. 유령을 본 사람 같다, 이렇게 표현하고 싶은 얼굴이었습니다. 아니, 아니, 그것만으로는 아직 충분하게 표현하지 못한 것 같습니다. 아무도 지금까지 본 적이 없는 것을 본 사나이, 꿈에도 예상하지 않았던 것에 우연히 맞닥뜨린 사나이, 이렇게 말하는 편이 적당할지도 모릅니다.

그리고 린리 씨는 지금까지와는 전혀 다른 목소리, 한층 눌러 죽인 듯한 낮고 차분한 목소리로 말했습니다.

"야채 요리에는 사용하지 못하나요?"

"전혀 맞지 않습니다."

저는 대답했습니다.

그 말을 듣자 린리 씨는 갑자기 목구멍 안에서 우는 듯한 기묘한 소리를 냈습니다. 저는 지금까지 그에게 그런 격심한 감정의 움직임이 있으리라고는 꿈에도 생각지 않았기 때문에, 이튼이나 해로우에서 교육을 받으면 사람의 마음이 돌로 변하는 줄 알았습니다. 그의 놀라는 모양이라니, 눈물이 어려 있지는 않았지만 완전히 흥분하고 있는 상태였습니다.

린리 씨는 천천히 사이를 두고 한 마디 한 마디 이렇게 말하기 시작했습니다.

"누구나 실수가 있는 법이지요. 아마 그는 나무누모 소스를 야채 요리에 사용했겠지요."

"한 번쯤은요. 그러나 두 번 다시 사용하는 사람은 없어요."

저는 이런 말투를 썼는데, 그 밖에 뭔가 적당한 말이 있었을까요?

그런데 린리 씨는 제가 한 말에서 뭔가 중대한 의미라도 발견한 것처럼 '한 번쯤은요'라고 몇 번이나 되풀이하고는 생각에 잠겼습니다. 그럭저럭하는 사이에 저도 점점 그 말에 정말 무서운 의미가 함축된 것 같은 기분이 들었습니다.

그리고 그가 기분 나쁜 침묵을 지키고 있기에 이번에는 반대로 저쪽에서 말을 걸었습니다.

"왜 그러십니까?"

"스미저스 씨."

그는 말했습니다.

"예?"

"잘 들어요, 스미저스 씨. 곧장 앤지의 식품점에 전화해서 물어봐야 할 일이 있어요."

"뭔데요?"

"스티거가 소스를 두 병이나 사갔다는데, 같은 날 두 병을 함께 사갔는지, 아니면 다른 날 한 병씩 사갔는지 그것을 확인해 주어요."

저는 그가 계속해서 뭔가 더 말할 줄 알고 잠깐 그대로 기다리고 있었으나, 끝내 아무 말도 없었습니다. 그래서 저는 집 바깥으로 나가 들은 대로 실행했습니다. 통화에는 약간 시간이 걸렸습니다. 9시가 지났기에 그 마을에 주재하는 순경을 불러내어 조사해 주도록 부탁했습니다. 이렇게 해서 저는 스티거가 6일 간 사이를 두고 소스를 한 병씩 사갔다는 사실을 알았습니다.

방으로 돌아온 저는 그 사실을 린리 씨에게 전했습니다. 제가 방으로 되돌아왔을 때 그는 싱글싱글 웃으면서 맞이해 주었는데, 순경이 조사해 준 전말을 이야기하자 갑자기 눈빛이 달라졌습니다.

그 사람처럼 일일이 모든 일을 진지하게 생각하면 살아 있는 인간의 몸뚱이는 당장 병이 들어버립니다. 저는 언제까지나 말없이 생각에 잠겨 있는 그에게 "브랜디라도 한잔 마시고 주무시는 것이 어떻습니까?" 하고 말했습니다.

그러자 그는 그럴 수 있는 형편이 아니라는 표정으로 말했습니다.

"스코틀랜드 야드에서 누군가 서둘러 와주었으면 하는데요, 한 번 더 전화를 걸고 와주지 않겠어요? 곧바로 한 사람이 이곳까지 출장해 주도록 말입니다."

"이런 늦은 시간엔 불러도 경감 같은 사람은 와주지 않아요."

린리 씨의 눈이 번쩍 빛났습니다. 사람이 달라진 것처럼 의연한 태도를 보이며 말했습니다.

"괜찮으니까 이렇게 말해 봐요. 낸시 엘스는 벌써 이 세상에 없다고, 알겠어요? 하여간 곧 누군가 오도록 말해 보는 겁니다. 내가 그 사나이에게 이유를 자세히 설명하겠어요."

그리고 저를 위해 덧붙인 말이겠지만 이렇게 말했습니다.

"당분간 스티거에게서 감시의 눈을 떼지 않도록 하려는 겁니다. 그럭저럭하는 동안에 다른 증거를 찾아내어 꼼짝 못하게 해줄 작정이니까요."

전화를 하자 스코틀랜드 야드에서 와주었습니다. 앨튼 경감이 몸소 왔습니다.

기다리고 있는 동안 저는 계속 린리 씨에게 말을 걸었습니다. 거기엔 분명히 호기심도 곁들여 있었지만, 제 본심은 그가 난롯불을 물끄러미 바라보며 생각에 잠겨 있는 모습이 너무 지나치게 진지해서 그 기분을 풀어주고 싶었기 때문입니다. 그런데 그는 어떤 질문을 받아도 설명할 기분이 되지 않는 듯했습니다.

"살인이란 무서운 일입니다. 그런데 그 흔적을 은폐하기 시작하면 더욱더 무서운 사태가 되는 법이지요."

린리 씨는 그 이상 아무 말도 하고 싶지 않다는 기색이었습니다.

"이야기는 여러 가지가 있어요. 그러나 듣지 않는 편이 나을 것 같은 것들뿐입니다."

확실히 그대로였습니다. 저도 그 이야기를 듣지 않은 편이 나았다고 생각합니다.

솔직히 말하면 직접 설명을 들은 것은 아닙니다. 린리 씨가 앨튼 경감에게 한 말을 언뜻 듣고 멋대로 상상해 보았을 뿐입니다. 지금 저는 쓸데없는 짓을 했다고 후회하고 있습니다.

여러분들도 이쯤에서 책을 덮고 이 뒤는 읽지 않으시는 편이 좋을지 모릅니다. 예? 아무리 살인 사건 이야기를 좋아하는 분이라도 이제부터 뒤가 좋지 않거든요. 여러분들이 좋아하는 살인 이야기는 좀 로맨틱한 맛이 나는 것이겠지요? 그런데 실제로 사회에서 일어나는 사건은 악독하고 불쾌한 느낌이 드는, 소름이 끼치는 것들이 많습니다.

앨튼 경감이 찾아오자 린리 씨는 잠자코 양손을 흔들고 침실 쪽을 가리켰습니다. 그리고 둘이서 그곳으로 들어가 작은 소리로 이야기에 열중했습니다. 제가 있는 곳에서는 무슨 이야기인지 한 마디도 들리지 않았습니다.

저는 침실로 들어가는 경감의 모습을 보고 있었는데, 경감은 아주 기력이 좋아 보이고 쾌활한 사람이었습니다.

이윽고 두 사람은 다시 모습을 나타내어, 제 앞을 지나 홀로 나갔습니다. 그때 저는 두 사람이 소곤거리는 말을 들었습니다.

"그런데 말입니다, 린리 씨. 왜 그 녀석은 나무를 베어 쓰러뜨렸을까요?"

린리 씨는 조용히 말했습니다.

"식욕을 북돋우기 위해서지요."

MWA 첫 여성 회장 매클로이
그리고 동양적 신비 던세이니

1977년 1월에 사립탐정 마이클 셴 시리즈의 작가로 유명한 블레드 헐리데이가 세상을 떠났는데, 헬런 매클로이는 그의 아내였다.

영국과 미국의 미스터리 작가들 중에는 부부가 모두 작가인 예가 적지 않다. 둘이서 팀을 만들어 미스터리를 쓰는 대표적인 부부로는 헨리 월슨 경감을 처음 만들어낸 황금시대 작가에 속하는 G.D.H.와 M.I. 콜 부부, 노스 부부 이야기로 미국에서 폭넓은 인기를 얻은 프랜시스와 리처드 록리지 부부, 1950년에 FBI 이야기를 발표하여 성공한 고든 부부 등이 있다. 팀을 만들지는 않았으나 잘 알려진 로스 맥도널드와 마거리트 밀러도 부부 작가이며, 《페이퍼백 스릴러》의 작가 린 메이어의 남편은 《악마 벡트르》를 쓴 헨리 새튼이다.

그런 이유로 매클로이와 헐리데이는 사이좋은 작가 부부의 대표적 존재라는 말을 들었다. 그러나 헐리데이는 매클로이와 이혼한 뒤 캐서린 롤링즈, 그 다음에 마지막으로 메리 사베지와 결혼했다. 캐서린 롤링즈는 헐리데이와의 공동 필명인 헐 데블레트라는 이름으로 미스터리소설을 썼으며 메리 사베지에게도 미스터리 작품이 있다. 다시 말해서 헐리데이는 무척이나 여류작가를 좋아했던 모양으로 그의 일련의 아내들은 모두 글쓰는 작가였다.

헬런 매클로이의 아버지 윌리엄 C. 매클로이는 〈뉴욕 이브닝 선〉지에서 18년 동안 일했다. 헬런은 브루클린의 프렌드 스쿨에서 퀘이커 교의 교육을 받고, 유럽에서 마지막 교육을 마쳤다. 그 뒤로는 해외에 머무르면서 미국과 유럽의 신문 및 잡지사들을 위해 정치와 예술에 관한 기사를 썼다.

그녀는 소녀 시절에 셜록 홈즈에 열중한 일이 있으며, 미스터리에 대한 관심을 계속 품고 있었다.

이윽고 미국으로 돌아오자 30년대 끝무렵부터 미스터리소설을 쓰기 시작했다. 블레드 헐리데이와 결혼하여 딸 하나를 낳은 것은 이 무렵이다. 헐리데이는 미국탐정작가클럽(MWA)을 창설한 사람 가운데 하나였으며, 매클로이는 1950년 여성으로서 처음으로 MWA 회장에 취임했다. 그리고 3년 뒤 MWA 비평상을 받았다.

매클로이의 처녀작 《죽음의 무용》은 1938년에 발표되었다. 그녀의 소설에서 이후 탐정역을 맡아보는 정신과 의사 베이질 윌링 박사가 이 작품에서 처음으로 등장했다.

이 처녀작이 호평을 얻자 매클로이는 곧 작가 생활에 전념하여 1942년에는 브로드웨이 극장에서 일어난 살인사건을 다룬 《살인의 단서》로 제2차 세계대전 초기의 분위기를 전해주었다. 이 작품은 스토리의 복잡한 구성으로 칭찬을 받았다.

1945년의 《달아난 자》는 그해의 가장 우수한 미스터리소설로 뽑혔으며, 비평가들은 소설의 배경인 스코틀랜드와 인물에 대한 묘사가 특히 훌륭하다고 칭찬했다. 윌링이 등장하지 않는 《패닉(1944)》은 암호 해독을 주제로 한 미스터리로서 유명하다.

이처럼 미스터리 작가로서 착실한 진전을 보인 매클로이는 그 밖에도 뛰어난 단편을 몇 편 발표했다. 1860년대의 북경(北京)을 무대로 한 〈연경기담(燕京奇譚)〉은 그녀의 두 번째 단편으로, 1946년 제1회 〈EQMM〉(엘러리 퀸즈 미스터리 매거진) 콘테스트에서 2등을 차지했다. 1947년 3등으로 뽑힌 〈커튼 저편〉에서는 이름없는 정신과 의사가 중요한 역할을 해내며, 베이질 윌링이 단편에 등장하는 것은 이듬해 콘테스트에서 2등을 차지한 작품부터이다. 그 작품의 제목은 이 책과 마찬가지로 〈어두운 거울 속에(Through a Glass, Darkly)〉였다.

매클로이는 오랫동안 파리의 이중 분신(二重分身) 사건으로 유명했던 에밀리 사제트 사건을 연구했으며, 이 제재를 소설로 만들 생각으로 단편을 쓰기 시작했다. 그런데 소설은 300장 정도나 되었다. 결국 그녀는 이것을 다듬고 또 다듬어 4분의 1 정도로 줄여 콘테스트에 응모했으나, 이 장수로는 처음의 의도를 실현시킬 수 없었던 모양이다. 그리하여 여기에 옮긴 이 장편소설을 썼고 이듬해 1949년 랜덤하우스 사에서 출판되었다.

단편 콘테스트에서는, 베이질 윌링이 하늘을 나는 원반(圓盤)의 보고를 조사하는 〈노래하는 다이아몬드〉로 1949년도 특별상을 받았다. 이 제목은 1965년에 출판된 그녀의 유일한 단편집 표제가 되기도 했다.

《어두운 거울 속에》는 분신 테마를 중심으로 한 환상적인 요소가 강한 미스터리소설이다. 이러한 괴기전설을 미스터리소설에 채택하는 솜씨가 뛰어난 사람은 딕슨 카이다. 《요녀의 은신처》《화형법정》《흑사장(黑死莊) 살인사건》 등은 그 대표적인 예로 꼽히고 있다. 이 전통은 지금도 여전히 《난쟁이들이 무서워서》의 존 블랙번이나 L.P. 데이비스 같은 영국 작가들에 의해 계속 씌어지고 있다.

딕슨 카의 작품은 괴기성과 미스터리소설의 짜임새가 뛰어나 무섭고 굉장한 효과를 가져오지만 매클로이의 작품에서는 여류작가이기 때문인지 공포와 놀라움은 한층 신비스럽고 음영 짙은 분위기가 된다.

교외에 있는 여학교 기숙사라는 무대 설정이 초자연적인 분위기를 북돋워 질좋은 공포소설을 읽는 듯하다. 그리고 맨 끝에 미스터리소설 본디의 묘미인 예상 밖의 수수께끼 풀이가 준비되어 있어 누구나 다 충분히 즐길 수 있다.

영국과 미국의 여류 미스터리소설 작가의 작품 가운데 유명한 애거서 크리스티가 발표한 《슬리핑 마더》를 비롯하여 고딕 로망 풍의 요소를 미스터리소설에 잘 살린 작품이 적지 않은데, 이 작품도 그런 면에서 성공한 대표적인 예라고 할 수 있다.

《두 병의 소스》의 작가 로드 던세이니(Lord Dunsany, 1878~1956)는 에이레의 귀족 출신으로서 뛰어난 극작가이며 소설가이다. 그가 세계적 명성을 얻은 것은 희곡 〈빛나는 문(The Glittering Gate, 1909)〉이 애비 극장에서 상연된 뒤였다.

그의 작품에는 공상과 현실이 미묘하게 교차되어 있으며, 동양적 신비와 공포가 괴기스런 언어의 마술에 깃들여 있다. 이 점에서 그가 메테를링크에게서 영향받았음을 부인할 수 없을 것이다. 이와 같은 그의 특징은 단편집 《A Dreamer's Tales(1910)》와 《Tales of Wonder(1916)》에 가장 잘 나타나 있다.

《두 병의 소스》는 시체 은닉 장소의 트릭이 핵심을 이루고 있으며 트릭으로서는 너무나 의미심장하다. 마지막 한 행은 평범하게 묘사했는데도 실은 소름 끼치는 공포가 독자의 간담을 서늘하게 한다. 추리와 이상이 혼연일체된 이 작품은 미스터리 명작으로 꼽히게 하는 데 손색이 없다.